»Ihr seyd das Salz der Erde.
Wo nun das Salz dumm wird,
womit soll man salzen?
Es ist nichts hinfort nütze,
denn daß man es hinaus schütte,
und lasse es die Leute
zertreten.«

EVANG. MATTHÄI V. 13.

PROLOG

I

Der schwarze doppelköpfige Vogel, der Adler mit den drei Kronen, umklammert mit seinen Klauen den goldenen Apfel und das blanke Schwert. Weshalb erschien er plötzlich über uns? Weshalb verhüllte er den Himmel mit seinem schwarzen Gefieder? Mit rauschenden Flügeln, mit klirrenden Ketten, an denen Wappen hingen, entwich er dem schwarzgelben Schild über dem Tabakladen, in dem mein Bruder seine Zigaretten einzukaufen pflegte. Ähnlich einem aufgescheuchten Hahn riß er sich plötzlich los von dem blechernen Schild über dem Haupteingang der Post, gerade in dem Augenblick, als ich meiner Mutter ein Telegramm ins Dorf schickte, eine Botschaft, daß ich einen Sohn bekommen habe. Seine bequemen Nester, gebaut vor vielen Jahren über den Toren der Schule, des Gerichts und des Gefängnisses, ließ der Adler hinter sich. Weg flog er von den roten runden Siegeln der Tauf-, Trau- und Totenscheine. Jäh verschwand er von meiner zerfetzten Staatsangehörigkeitsurkunde. Reißaus nahm er von dem Urteil, das mich zu zehn Kronen Strafe verurteilte für eigenmächtiges Überschreiten der Eisenbahnschienen. Er floh von den messingnen Knöpfen des Briefträgers, von der Mütze des Finanzbeamten, vom Helm des Gendarmen. Also wiegte er sich über unseren Köpfen, mit dem Schwert zwischen den Klauen, ein riesiges schwarzgelbes Flugzeug.

Mein Bruder: er ist Leser eines Lokalblättchens. Mein anderer Bruder: er ist Angestellter in einem Handelsbüro. Alle meine Brüder sehen den Adler, wie er so in der Luft kreist und die Kralle mit dem heraldischen Schwert bedrohlich vorstreckt. Wie ein göttlicher Blitz schimmert das scharfe Schwert in seinen geschliffenen Fängen, bis es unerwartet aus der Höhe stürzt, und seine Spitze durchbohrt das Herz meiner fernen Mutter, unserer Mutter, der alten Bäuerin, während sie, zur Erde gebeugt, ihr mit der Forke die letzte Frucht dieses Jahres entreißt: die Kartoffel.
Mein Bruder ist ein gewöhnlicher Mensch. Meine Brüder: das sind gewöhnliche Leute: Barbiere, Schuster, Eisenbahner, Straßenbahnschaffner, Eisengießer, Büroangestellte, Kellner, Bauern. Ja, Bauern.
Meine Schwester ist eine einfache Frau. Alle sind sie so: einfach und geschwätzig. Marktfrauen, Büglerinnen, Modistinnen, Näherinnen, ›Mädchen für alles‹, Ammen für Kinder, die besser daran sind als meine.
Sie sahen, hörten, lasen in ihren Blättchen, betrachteten die bunten Ansichtskarten. Ich selbst sah, hörte, las vielleicht.

II

Alle erhoben sich. Alte Rokokofauteuils seufzten erleichtert auf, mit einem Mal befreit vom Druck der würdigen Körper.
Unten, vor dem Portal, schlugen die Stiefel der Schloßwache zusammen. Soldaten des 99. mährischen Infanterieregiments hatten das uralte Privileg, diesen heiligen Ort zu bewachen.
»Gewehr herauuus!« rief jammernd der Posten die Wache

an wie eine Lokomotive, die den Opfern einer Katastrophe die letzten Ehren erweist. Die Wache präsentierte das Gewehr. Der kahle, hagere Elegant, ein kaltes Lächeln unter dem schwarzen Schnurrbart, räusperte sich. Ihm fällt heute die wichtigste Rolle zu. Schon in seiner Kindheit hatte er eine außerordentliche Vorliebe für Geschichte. Einen herausfordernden Blick warf er noch einmal auf die Minister, die in Erwartung erstarrt waren. Ihre Galagesichter, an Wochentagen eher sauer und übelgelaunt, verrieten eine bereits fortgeschrittene Arterienverkalkung. Nur mit Mühe führten abgebrauchte Pumpen den Herzen dieser Herren blaues Blut zu. Es ist allgemein bekannt, für wen diese Herzen schlagen. Die Geschichte selbst wird es bezeugen, wem sie ihren ›letzten Tropfen Bluts‹ zu opfern gelobt haben. (Besonders, da niemand nach ihm verlangt hatte.) Unterdessen kämpfte dieses Blut gegen seine eigene Dekadenz.
Der Blick des höflichen Elegants verharrte schließlich auf der silbernen Perücke der Maria Theresia, die aus dem enormen Rahmen, mit großen, unbestechlich männlichen Augen, auf die Glatzen und Bärte rings um den Tisch heruntersah. Oberhalb ihrer Perücke, über dem vergoldeten Rahmen, brannte das rote, grüne, violette Feuer großer Edelsteine, die in der Krone des heiligen Stephan eingefaßt waren, auf deren Zacke ein Kreuz sich beugte. Die Krone glitzerte im Glanz der untergehenden Sonne, und farbige Tränen tropften von ihr. Aber noch stärker glühten die Augen der Herrscherin. (*Sie* hatte nie an Sklerose gelitten.) Ein Wagen fuhr ratternd vor das Tor. Ein trockener Aufprall der Gewehrkolben. Irgendwo unten ein hartes Husten. Und die prächtigen Türflügel sprangen auf. Zwei straffe Gardeoffiziere pflanzten sich reglos zu beiden Seiten des Eingangs auf, zwei Statuen im Foyer des Hof-

theaters ähnlich. Ein geheimnisvoller Ritus mauerte blitzschnell zwei lebendige Figuren in die trübe Stille hinein wie in das leere Innere kalter Marmornischen. In dieser Stille verlor sich der splitternde, klirrende, gläserne Klang der Sporen. Rasch legten die Gesichter der Herren Gala an. Der kleine, gedrungene Generalstabschef runzelte die buschigen Brauen. Sein ergrauender Kopf, auf ›Igel‹ geschoren, neigte sich leicht seitwärts über die linke Brust, an der bald die höchsten Sterne und Orden aufblühen sollten. Der kahle und elegante ›Minister des kaiserlichen Hauses und der äußeren Angelegenheiten‹ trat ungeduldig von einem Fuß auf den anderen. Er hatte Hühneraugen von den allzu engen Lackstiefeln, die er in seiner Position so oft anlegen mußte. Es geht darum, die Gesandtschaften zu faszinieren! Er, als einziger in dieser Gesellschaft, war parfümiert. Sehr diskret übrigens. Die Parfüms pflegte er direkt aus Paris zu beziehen. Er traute den heimatlichen nicht.
Auf einmal erschienen zwei Alte in Generalsuniformen, dottergelbe Scherpen über der Brust, einen dritten Greis im himmelblauen Rock in der Mitte. Er ging gebückt und stützte sich auf einen Stock mit silbernem Griff. Alle drei trugen graue Backenbärte und waren einander ähnlich wie drei Briefmarken. Ein gemeinsames Leben, die gleiche Langeweile und die gleichen Freuden hatten ihnen das gleiche Aussehen gegeben. Und wenn nicht das Goldene Vließ unter dem dritten Knopf an der Brust der gebückten Gestalt gewesen wäre, hätte ein Fremder nicht erkannt, wer von den drei Greisen Österreichs Kaiser von Gottes Gnaden sein sollte: apostolischer König von Ungarn, König von Böhmen, König von Dalmatien, Kroatien und Slavonien, König von Galizien und Lodomerien, König von Illyrien, Erzherzog von Ober- und Niederöster-

reich, Großherzog von Krakau, Großherzog von Siebenbürgen, Herzog von Lothringen, Kärnten, Krain, Bukowina, Ober- und Niederschlesien, gefürsteter Graf auf Habsburg und Tirol, Markgraf von Mähren, König von Jerusalem usw. usw., und welche die Adjutanten sind: der Graf Paar und der Baron Bolfras.

Die Minister und Generäle neigten die Häupter. Nur einer, diesmal der dritte backenbärtige Doppelgänger seiner Majestät, stand aufrecht. Dazu war er befugt. An seiner Brust – sie war bedeutend jünger als die kaiserliche – trug auch er das Goldene Vließ. War er doch der Enkel des Siegers von Aspern, des Erzherzogs Karl.

Der Fauteuil, auf dem sich der Kaiser niederließ, war rot und aus Plüsch und stand dicht unter dem großen Porträt der Maria Theresia. Eine Weile lang schien es, als ob die Augen der Kaiserin, über den Kopf Franz Josephs hinweg, nach den buschigen Brauen des kleinen Barons Conrad spähten, dem Chef des Generalstabs, wie, um ihn zu erinnern, daß die höchste Auszeichnung für einen Offizier der kaiserlichen und königlichen Armee ihr Orden, der Maria-Theresien-Orden, ist, war und bleiben wird. Conrad weiß, wofür man ihn bekommt.

In diesem Augenblick begann die Dämmerung die Konturen der alten Porträts mit einem grauen Schleier zu überziehen und sie zu vergrößern. Die Porträts wuchsen, wuchsen, bis sie mit den Tapeten und Täfelungen des prächtigen Saales in ein einziges Grau verschmolzen. Prinz Eugen von Savoyen versank schon mit einem letzten Blitz des schwarzen, spiegelglatten Panzers im Dämmer, aus dem sich nur noch für eine Weile das goldene Zepter und der Siegelring abhoben. Die Krinoline der Maria Theresia blähte sich wie ein riesiges, schwellendes, wassergefülltes Polster. Man hätte meinen können: bald steigt

aus dem goldenen Rahmen die alte Stammutter der Habsburger, drängt mit mächtigen Ellbogen die Sklerotiker auseinander und setzt sich vertraulich neben die welke Frucht ihres satten Blutes. Sie legt ihren nackten, schwellenden Arm um den Alten, sie flößt Kraft in seine blutlose Dürre und bricht in ein starkes, lebensvolles Gelächter aus. Aber schon erlöschen die Lichter an der Krone des heiligen Stephan; und auch das Feuer ihrer Augen.
Ein Lakai tritt ein. Er entzündet das elektrische Licht in den kristallenen Kronleuchtern. Aber nicht alle Birnen, denn Seine Majestät verträgt kein starkes Licht. Mit zitternder Hand setzt der Kaiser seine Brille auf. Dann nimmt er sie wieder ab und putzt sie lange mit dem Taschentuch. Nun ist die Geduld des kahlen Außenministers, des Grafen Berchtold, erschöpft. Er entnimmt der Aktentasche Papiere und blickt streng und dennoch dienstbeflissen zum Kaiser hin. Das Pariser Parfüm steigt seinem Nachbarn, dem Kriegsminister Exzellenz Krobatin, lieblich in die Nase. Dieser Duft um die Dämmerstunde weckt Erinnerungen aus den Zeiten der Jugend. Wundervoll küßt man in Ungarn! ... Der Kaiser putzt nicht mehr die Brille. Die hölzernen Gesichter der höchsten Würdenträger des Staates beleben sich – keine Spur mehr von Sklerose. Der Kaiser spricht. Mit matter Stimme dankt er für irgend etwas. Das, wovon gestern der liebe Graf Berchtold sprach, hat ihn sehr traurig gemacht. Wenn er sich nicht irrt, das heißt – wenn sein Gedächtnis nicht irrt: Belgrad? – Mit Befriedigung nimmt der Kaiser die ungeheure Erbitterung seiner geliebten Völker zur Kenntnis, die fordern – fordern –, der Kaiser kann sich nicht erinnern, was sie fordern – die geliebten Völker.
Also fingen sie an, ihm zu erklären. Etwas, was der Kaiser dennoch um keinen Preis verstehen wollte. Zuerst setzten

sie es ihm ruhig auseinander, wie eine Mutter ihrem Kind, bis sie die Selbstbeherrschung verloren und zu gestikulieren anfingen. Als er endlich begriff, begannen sie schon mit ihm zu handeln. Der Kaiser wehrte sich, sträubte sich, zögerte lange, hustete, erinnerte an die ermordete Kaiserin Elisabeth. Einmal erhob er sich sogar, aus eigener Kraft, und schlug mit dem silbernen Griff des Stockes auf den Tisch, daß die lebendigen Statuen der Gardeoffiziere erbebten, daß die Augen der Maria Theresia wieder aufflackerten. Erzherzog Friedrich sprang auf, der Enkel jenes von Aspern. Er näherte sich der Majestät, beugte sich über das rosige Ohr, in dem ein Klümpchen grauer Watte steckte, und streute lange Zeit irgendwelche schweren Worte hinein. So begegneten einander die beiden Goldenen Vließe an der Brust der Habsburger und baumelten einige Minuten friedlich nebeneinander. Und nun gab der Kaiser nach. Er fügte sich dem Willen seiner geliebten Völker.

Er hatte noch einen Wunsch: sie möchten, getreu der Tradition, Eichenblätter auf ihre Tschakos stecken. Und singen sollen sie.

An dieser Stelle unterbricht der Erzherzog den Monarchen wiederum und bemerkt laut, daß das Heer im zwanzigsten Jahrhundert im Krieg keine Tschakos mehr trage, sondern einfache, leichte Feldkappen. Der Kaiser bittet um Entschuldigung: er hat lange keine Manöver mitgemacht.

An seinen Augen ziehen die alten Köpfe der Veteranen von Novarra vorbei, von Mortara und von Solferino, die Panduren und Radetzky ... Verschämt wendet er sich an den Kriegsminister, so wie ein Schüler an seinen Lehrer: »Vielleicht könnten Sie mir sagen, Exzellenz, wieviel Soldaten ich habe?«

»Achtunddreißig Divisionen in Friedensstärke, die Honveds und die Landwehr nicht eingerechnet!«
»Danke. Ich habe achtunddreißig Divisionen!« Achtunddreißig Divisionen! Franz Joseph sieht jede einzelne Division vor sich, die ihm auf Tod und Leben vereidigt ist, er vergnügt sich an der Vielfalt und den bunten Farben dieser Ziffern. Er beschwört die letzten Paraden herauf, an denen er teilgenommen hat, die letzten fiktiven Kämpfe, in denen der Feind durch ein rotes Band an der Mütze kenntlich gemacht war. Er selbst, der Kaiser zu Pferd, führte damals eine der kämpfenden Armeen, und sein Gegner war kein anderer als der vor vier Wochen ermordete Franz Ferdinand, der Thronfolger. Hier täuscht ihn das Gedächtnis nicht! Das vergißt man nicht! Die alte Leidenschaft erwachte. Für eine Weile verspürte der Greis von neuem den alten Unwillen gegen diesen fiktiven Feind aus den Manövern, dessen wirklichen Tod er jetzt zu rächen hat, er und das ganze kaiser- und königliche Heer. Das Blut stieg dem alten Kaiser zu Kopf bei dem Gedanken, daß ihm dieser hartnäckige Franz Ferdinand nicht einmal nach dem Tode Ruhe gebe, der Thronfolger, der so viele Jahre auf des Kaisers natürlichen Tod vergeblich gewartet hatte. Irgend etwas in dem Alten rief: Und ich habe ihn überlebt! – Aber auch dieser Gedanke verlor sich sogleich im Nebel der Trauer um den unvergeßlichen, einzigen Sohn Rudolf, dem es auch nicht vergönnt gewesen war ... »Mir bleibt nichts erspart!«
Eine peinliche Stille senkte sich über den Saal. Wie Weihrauch über den Leichen Ermordeter schwebte der süßliche Duft Berchtoldscher Parfüms. Adieu, Pariser Parfümerien! Der Weg ist verschlossen: hier – Dreibund, dort – Triple-Entente! Das begriff Berchtold sehr wohl. Er wußte, wonach die neue Geschichte roch. Sie roch nach Beschränkung

auf heimatliche Erzeugnisse. Aber jetzt, in dieser gespenstischen Stille, nahm nicht einmal der joviale Krobatin Berchtolds Parfüms zur Kenntnis. Pulver hatte er zwar auch niemals gerochen, aber immerhin, er war Kriegsminister.

Der Kaiser dachte nach. Seine blauen, feuchten Augen trübten sich hinter den Gläsern. Das glattrasierte Kinn versank im goldenen Kragen, aus dem nur noch die Watte des Backenbarts hervorkam. Das glitzernde Kreuz auf der Krone des heiligen Stephan neigte sich noch tiefer, als drohte es auf das Haupt des Greises zu fallen. Er schwieg weiter, versunken in den düsteren Katakomben seiner Erinnerung: lauter Tote ...

Die Atmosphäre um den runden Tisch verdichtete sich immer mehr. Die alten Fauteuils stöhnten. Die Sklerose in den Adern der Paladine schritt vor. Bis die Ungeduld des Kronrats stärker wurde als die Etikette. Die Generäle fingen an zu flüstern. – Höchste Zeit! Er muß unterzeichnen! – Krobatin konnte ohne eine Zigarette nicht länger sitzen bleiben. Da stieß Graf Berchtold den Grafen Paar an. Der schob dem Kaiser einen länglichen Bogen Papier hin. Der andere von den Doppelgängern des Kaisers hielt in der Hand einen Federhalter mit einer neuen, noch nicht gebrauchten Stahlfeder, wie es das Hofzeremoniell befiehlt. Die Augen aller richteten sich auf die trockene, feinnervige Hand des Kaisers. Endlich raffte er sich auf und rückte die Brille zurecht. Alle atmeten auf. Einige Minuten lang schritt der kalte Blick des Monarchen die schwarzen, steifen Reihen der Buchstaben ab. Er hielt strenge Musterung über jeden Ausdruck, über jedes Komma. Aber nach der Durchsicht der ersten Sätze röteten sich die Augenlider, und etwas fing in den Augen zu brennen an. Seine Brille beschlug. In der letzten Zeit ermüdete den

Greisen das Lesen schon sehr, besonders bei künstlichem Licht. Er riß seinen Blick vom Bogen los, und da er die Ungeduld des Kronrats sah, führte er die Feder mit zitternder Hand an den offenen, schwarzen Schlund des Tintenfasses. Die Hand kehrte zurück mit der Feder, feucht von der giftigen Flüssigkeit, und bebend fiel sie auf das Papier. Bald kam die Linke zu Hilfe und hielt das Papier fest.

Der Kaiser setzte seinen Namen darunter, auf den die Minister so lange gewartet hatten. Kaum aber stand das Wort ›Franz‹ auf dem Papier, versagte die Feder, die Tinte reichte nicht. Der Kaiser griff zum zweitenmal nach dem Tintenfaß und ritzte sich leicht mit der zitternden Feder den Daumen der linken Hand. Aus dem Finger quoll ein winziger Tropfen Blut. Er war rot. Niemand hatte es bemerkt. Der Kaiser trocknete schnell den Finger und schrieb mit einem kräftigen Zug ›Joseph‹ dazu. Die Tinte war blau.

Graf Berchtold nahm das Schriftstück entgegen. Am nächsten Tag wurde es in alle Sprachen der Monarchie übersetzt. Es hing gedruckt an allen Ecken der Städte und Städtchen, der Dörfer und begann mit den Worten: »An meine Völker«. Denen, die nicht lesen konnten, lasen die Trommler der Gemeinden das Manifest vor. Der Kaiser erhob sich mit Hilfe der Adjutanten. Während des Dienstes gab er niemandem die Hand. Diesmal drückte er nur die Hand des Ministerpräsidenten. Noch einmal wandte er sich an der Schwelle um und sagte – niemand wußte, zu wem:

»Wenn ich mich nicht irre... Blut wird fließen!« Dann ging er hinaus. Der Erzherzog Friedrich bot dem Finanzminister Bilinski eine Havanna an.

Unten schlugen die Absätze der Stiefel der Infanteristen

vom 99. Regiment zusammen. Ein trockener Aufschlag der Gewehrkolben. In den nahen Kasernen blies man zum Zapfenstreich: die neunte Stunde.
Die Soldaten der ganzen Monarchie gehen um neun Uhr schlafen ...

III

Die Hausmeister schlossen, wie gewöhnlich, um zehn Uhr die Tore und öffneten sie verspäteten Mietern gegen das übliche Sperrgeld von zwanzig Hellern. Mechanisch stopften sie die Nickelmünzen mit dem abgenutzten Adler in ihre Taschen. Aber niemand eilte nach Hause. Sogar die Betten der solidesten Wiener blieben noch lange nach Mitternacht leer. Nur die Kinder schliefen. Nur die Arbeiter aus den Fabriken schnarchten, abgerackert, gleichgültig gegen alles und zu allem bereit. Schon um acht Uhr nämlich löste die Nachtschicht sie ab. Es schliefen die Verkäufer, die täglich im grauen Morgenlicht auf den Marktplatz ziehen, es schliefen die Briefträger, die den ganzen Tag auf den Beinen waren, treppauf, treppab, Stufen hinauf und Stufen hinunter. Es schliefen die Sträflinge in den Zellen, oder sie täuschten vor, daß sie schliefen. In Spitälern, in Kliniken, in den noblen Sanatorien lagen eingeschlafen alle diejenigen, die von den Krankheiten des Friedens befallen waren. Ihnen hatte man Schlafmittel gegeben. Auf den Friedhöfen schliefen die Verstorbenen. Irgendwo weit schlief der Kaiser.
Die wachgebliebene Stadt aber kochte von Leben. Gleichgültig gab sie ihren mächtigen Leib den nächtlichen Lüsten hin. In billigen Buden trank sie zufrieden Limonade und aß Knackwürste. Oder sie vergeudete ihre Überschüsse in den kostspieligen Palästen ausgesuchter Freuden.

Die Arbeit ging, wie gewöhnlich, ihren Weg in den Bäckereien und Druckereien. Brot und Zeitungen stellt man in der Nacht her. Die Bäcker, entblößt bis zum Gürtel, schieben auf langen Schaufeln Klumpen Teig in den Ofen. Später ziehen sie dampfende Laibe Brot hervor, von einer braunen Glasur überzogen.

Über die Kästen gebückt stehen die Setzer und backen gleichgültig das morgendliche Brot für die Seele des Volkes. Dampfende, stinkende Worte. Als die ersten in dieser Nacht erzitterten die Setzer. Aus den unermeßlichen Vorräten bleierner Mikroben, in denen, zerschlagen in Atome, die Weltgeschichte ruht, griffen die Setzer auf einmal fünf Buchstaben heraus. Jeder dieser fünf Buchstaben – jeder für sich ohne Bedeutung – ergibt zusammen mit den andern das chemische Zeichen des Unheils. Während des Setzens zitterte die Hand eines Setzers. Dann versagte für einen Moment sein Verstand. Und als er nach einer Weile das Bewußtsein wiederfand, rieb er sich die Augen und begriff, daß er ein Wort ohne Sinn zusammengesetzt hatte: K l i e g. Mit Bedauern klaubte er den Buchstaben l heraus und warf ihn wieder in das Gefache zurück, in dem Hunderte von brüderlichen Buchstaben l schlummerten. Mit dem Gefühl einer Schuld, mit irren Fingern nahm er die richtige Type heraus und gab Zeugnis einer Wahrheit, an die er nicht glaubte. Dann wusch er sich die Hände.

Der Satz fiel schief aus und wanderte so in die Maschine. Das schreckliche Wort ging aus der Presse in die Welt und schleppte den Trauerflor der Druckerschwärze hinter sich her.

Die Gesellen in den Bäckereien, die den Teig in den langen Trögen kneteten, hörten plötzlich auf zu arbeiten. Sie unterbrachen die Arbeit. Mit Messern kratzten sie die klebrigen Teigreste von den Fingern und liefen auf die Straße. Plötzlich fuhren die Trambahnen an den belebtesten Punkten der Stadt nicht weiter. Grünliche Funken zischten unter den Oberleitungen wie bei Kurzschluß. Der Strom floß durch die Nerven der Fahrgäste, Schaffner und Wagenführer. Sie hielt es nicht einmal bis zur nächsten Haltestelle. Sie stiegen aus und stürzten sich über die Zeitungen. Zum erstenmal schienen sie zu merken, wie schwarz die Buchstaben sind.

Herr M. Rosenzweig aus Drohobycz, Hauptaktionär der ›Anglo-Rosenzweig Oil Company‹, der, auf der Durchreise nach Venedig, in einem der ersten Hotels am Platze gerade im Begriff war, seine Hochzeitsnacht zu verbringen, erhob sich plötzlich aus dem Bett, zog sich provisorisch an und rannte, ohne Kragen, so schnell er konnte in die Halle, um die Extraausgabe des ›Neuen Wiener Journals‹ zu kaufen.

Sogar Liebespaare, aneinandergeschmiegt auf den Bänken städtischer Anlagen oder betäubt und berauscht in den Auen des Praters, trennten sich plötzlich. Die Liebe, aufgescheucht vom frostigen Hauch des Todes, verließ ihre parfümierten und übelriechenden Schlupfwinkel und begab sich ins Gewühl der Boulevards. Die alte Großmutter Donau rauschte hinter dem Prater, wie gewöhnlich, und trug ihre ewige Ruhe ins Schwarze Meer, um sie dort gleichsam zu bewahren. Ihre letzte Welle nahm für ewig die bezaubernde Melodie dieser Stadt mit, eine Melodie, die nie mehr zurückkehren wird.

Von Mund zu Mund ging die Neuigkeit. Die Münder nagten, kauten, sogen an ihr, kneteten sie, zerrieben sie, bis auf einmal eine Million Lippen ein Wort aufs Pflaster ausspuckte wie eine bittere Mandel. Der Krieg erfüllte schon alle Kaffeehäuser, Bars, Restaurants. Schon stimmten überall die Orchester die Kaiserhymne des alten Meisters Haydn an. Kronenstücke, Zweikronenstücke, Fünfkronenstücke: den Adler auf der einen, den Kopf des Kaisers auf der anderen Seite, klirrten anders als sonst, metallischer als sonst auf den geäderten Marmorplatten, sobald die alarmierten Offiziere »Zahlen!« riefen. Der Krieg beherrschte die Lokale. Er hüpfte über die Zäune der Villen, die im Mondlicht auf den Weinhängen Gersthofs schliefen. Er zwängte sich durch die Ritzen alter Mauern der Innenstadt, geil wie eine Katze im März tummelte er sich auf dem kupfernen Dach der Hofoper. Er lauerte in den Garderoben der Kabaretts und sprang den lustigen, nichts ahnenden Gästen an den Hals, als sie mit den Garderobennummern kamen, um ihre Kleider abzuholen. Wie eine plötzliche Seuche fing er an, die lästige Phantasie des Kleinbürgers aufzurühren. Das geheimnisvolle Kriegsgespenst verdunkelte selbst das Bewußtsein der behäbigen Liebhaber des Pilsner Bieres. Ein seliger und tödlicher Schauer drang in die Herzen jener, denen die Apoplexie drohte. Irgendwelche verschwommenen und krassen Bilder erhoben sich aus alten, vergessenen Schulbüchern; losgelöste Visionen alter Schlachten, die von billigen Öldrukken her bekannt waren, aufgehängt in Friseurstuben, von Fliegen besprenkelt, fingen an, in das Innere bürgerlicher Seelen einzudringen und ihnen stürmisch ihre langjährige Ruhe zu rauben. Vor den Augen erstand plötzlich jenes Ideal der Ammen: der martialische Husar-Stiefelputzer mit dem schwarzen Schnurrbart ›Es ist erreicht‹, bekannt von den Reklameschildern für Schuhcreme. Irgend etwas zerbrach in den Hirnen aller.

Aus den Fenstern der Kasernen sickert Licht. Das war seit Jahren nicht geschehen: nach Mitternacht volles Licht in den Kasernen! Die Soldaten rollen Mäntel, schnüren Tornister, packen Patronen, putzen die Eßgeschirre, schmieren die Bajonette. In den Ställen striegeln die Kavalleristen die glänzenden Flanken der Hengste und kämmen die Mähnen; die braven Gäule wiehern und kauen hörbar den Hafer. Die Unteroffiziere prüfen Sättel, Gurte, fluchen auf die Dragoner wegen fehlender Knöpfe. Die Wachtmeister rennen aufgescheucht von Kanzlei zu Kanzlei. In den Quartieren der Offiziere stopfen die Frauen wasserdichte Socken und füllen Thermosflaschen mit warmem Tee. So ist es in allen Städten.

Es schläft nur das Dorf, das ewige Reservoir alles Soldatenmaterials, der unerschöpfliche Quell der physischen Kraft. Es schlafen die Dörfer an den Auen der Donau, es schlafen die Dörfer an der Weichsel, am Dnjestr, am Inn. Es schlafen die versteckten Dörfer der Alpen, Siebenbürgens, der Sudeten. Überall liegen die rothäutigen Knechte neben ihren Pferden auf Stroh, die Bäuche gefüllt von Kartoffeln und Roggenbrot. Sie schlafen und dampfen. In den Ställen atmet das Vieh, hörbar, wie immer, ruhig ...

Der erstaunte Bahnwärter in der fernen Huzulei reibt sich von Zeit zu Zeit die Augen, wacht auf, zieht seine Hosen zurecht, drückt die Mütze über die Ohren, nimmt das rote Fähnchen in die Hand. Immer wieder muß er die Bahnschranken schließen. So viele Züge in dieser Nacht und alle nach Ungarn! »Was ist los?« fragt er den Lokomotivführer des haltenden Güterzuges.

»Krieg!«

»Krieg?« wiederholt der Bahnwärter und reißt den Mund weit auf. Hat er recht gehört, soll er's glauben? Stramm dastehend salutiert er mit der Fahne den blinden Waggons, die Munition und Schweine dahinführen.

*

Beim Morgengrauen fielen Heuschreckenscharen auf alle Städte. Die Finsternis dieser letzten Nacht hatte bläuliches Gewürm ausgebrütet. Tausendfüßler, die mit Bajonetten stechen, Wespen, mit tödlichen Stacheln bewaffnet. Sind das etwa die gleichen Soldaten, an deren schöne Parade wir uns noch am vergangenen Sonntag nicht satt sehen konnten?
Die Generäle rasen mit ihren Autos durch die Straßen. Die roten Generalsstreifen ihrer Uniform zucken vor den Augen der Gaffer auf wie das Rot des Toreros.

IV

Schneller! Keine überflüssigen Rührseligkeiten! Näherinnen, hört auf, eure Liebsten zu küssen, drückt ihnen zerknitterte Fotografien in die Hände und – auf Wiedersehen! Köchinnen, trocknet mit den fettbefleckten Schürzen eure Augen und streichelt mit euren ungelenken Fingern, die nach Einbrenne duften, die glattrasierten Nacken eurer Gefreiten. Jeder Mensch hat etwas, wovon er sich trennen muß. Frauen haben Männer, Mütter haben Söhne. Kinder, begeistert vom ungewohnten Aussehen ihrer Väter, trennen sich von ihnen; besonderen Spaß machen den Kindern die Pfeife und der Kompaß an dem blauen Schnürchen. Endlich haben die Kinder begriffen, daß die Eltern auch Kinder sind, besonders, wenn sie weinen. (Sicherlich sind sie von jemandem verprügelt worden oder sollen noch verprügelt werden.) Es gibt Kinder, die sich darüber freuen, daß der Vater ins Feld geht. Jetzt wird es niemanden geben, der sie haut. Wo mag bloß dieses Feld sein? Die Gerichtsratswitwe eilt zum Magistrat, dem Staat ihr einziges Andenken abzuliefern: ihren goldenen Ehering, um dafür einen eisernen zu kriegen. Es muß eben jeder etwas besitzen, wovon er sich trennen kann.

Die duftende Komtesse Lilli läßt sich ihr Haar schneiden und legt eine weiße Haube an. Sie geht in einem weißen Mantel in die Kunstakademie, über der eine Fahne des Roten Kreuzes flattert. Es verlangt sie danach, mit ihren Mädchenhänden die Nachttöpfe der Verwundeten hinauszutragen. Noch ist die Jungfräulichkeit dieses Krieges unberührt. Noch sind die Spitäler leer.

Die Brücken über den Flüssen dröhnten. Schon rückt der Landsturm von den Bahnhöfen her in die Kasernen. Schwarze, hölzerne Koffer auf den Rücken, Blumen an den Mützen. Schon rauchen die kleinen Kessel der Feldküchen – in den Schulhöfen. Ein junger Einjähriger, Student der Philosophie, ißt zum ersten Male in seinem Leben Fleisch mit einem Löffel. Ein alter Landsturmmann, Versicherungsagent der ›Providentia‹, liegt zum ersten Male im Leben auf der nackten Erde. Noch wurden die Monturen nicht verteilt, noch stecken alle in der eigenen Haut. Ein Monteur der Siemenswerke ist unzufrieden. Zwar weiß er, daß er zu den technischen Truppen kommt, aber auch das ist Militär. Vorläufig schmecken ihm die Zigaretten, die er auf dem Bahnhof von irgendeinem hübschen Fräulein bekommen hat.

Es ging los. Die Rekruten trennen sich von ihrer eigenen Persönlichkeit. Das ist der schwerste Abschied. Mit Verachtung und Trauer werfen sie zugleich mit ihrem Zivilanzug ihren alten Menschen in den Winkel und verabschieden sich im würdigen Rock des Kaisers von ihrer Gesundheit und ihrem Leben.

Schon kleideten sich die Ochsentreiber von der Theiß, die Schweinehirten aus der Pußta, die Hirten aus den Karpaten in blaue Uniformen. Vor allem – in die Kantine! Schon sind die Bauern in Galizien, in Mähren, in der Steiermark in eine einzige Farbe gekleidet. Die Bosniaken setzen die Feze auf ihre kurz geschorenen Köpfe, ein Entgegenkommen des katholischen Staates gegenüber dem Islam. Der Einjährige, Student der Philosophie, sieht zum ersten Male in seinem Leben Fußlappen. Er tröstet sich damit, daß wahrscheinlich auch Napoleon sie getragen hat. Die Dragoner setzen die Helme mit blitzenden Adlern auf, doch müssen sie diese unter blauen Futteralen bergen, damit sie aus der Ferne nicht in der Sonne glänzen und sie nicht den feindlichen Karabinern verraten. Aus demselben Grunde verhüllen die Chargen ihre Rangabzeichen auf den Kragen. Nur die Husaren verzichten nicht auf ihre Roßhaarpinsel, obwohl auch sie ihre Husarentschakos in graue Wachsleinwand stecken müssen. Vergeblich sucht man nach den stolzen Hahnenfedern auf den Hüten der Jäger. Wie gewöhnliche Infanterie werden sie abmarschieren. Auch der Pfarrer verkleidet sich. Er trägt zwar sein Priestergewand, aber er wurde Hauptmann und wird, mit einer Offiziersmütze geschmückt, das ins Feld rückende Regiment mit Weihwasser besprengen. Er wird Gott geben, was Gottes ist, und dem Kaiser, was des Kaisers. Er wird die Erschlagenen begraben und die Schwerverwundeten von der Todsünde des Mordes entsühnen. Er wird in den Lazaretten Erbauungsschriften verteilen.

Schon formierten sich die Korps, die Divisionen, die Brigaden und die Regimenter. In der ersten Kompanie eines jeden Regiments tragen die Fähnriche die Fahnen. Ungeheure Reihen in merkwürdigen Kostümen warten gehorsam auf das Kommando ihrer Führer. Nur die Gesichter tragen keine Masken. Aber die Gesichter haben ja sowieso keine Bedeutung mehr. Heute gelten nur Rümpfe, Gliedmaßen und außerdem der Wert der Sterne und Knöpfe, die dem Menschen angenäht sind. Knöpfe! Knöpfe vor allem müssen in Ordnung sein! Und die Zeit für Masken wird übrigens auch noch kommen – für Gasmasken!

Die Soldaten der kaiser- und königlichen Armee steckten nach alter Tradition Eichenblätter an ihre Mützen. In der Hose jedes Soldaten nistet eine diskrete Erkennungsmarke, die ›Totenkapsel‹, wie ein Kassenzettel mit Nummer und Preis. Nach der Schlacht wird sie von den Sanitätern den Leichen abgenommen. Dann ist die Transaktion mit dem eroberten Gebiet definitiv.

Habt acht! Schon führen die Leutnants, Feldstecher und Landkarten auf der Brust, ihre Kompanien. Die Hauptleute reiten an der Spitze der Bataillone. Hinter ihnen die Adjutanten und Hornisten. Die Regimentskommandeure zu Pferde salutieren mit Säbeln dem Publikum, das patriotische Rufe ausstößt und Blumen streut, die von den Hufeisen der Gäule zertreten werden. Die Regimentskapelle spielt den Radetzkymarsch. Die Gesichter der Tschechen, die mächtige messingne Helikone und Posaunen blasen, triefen von Schweiß. Ein kleiner Tambour, ein uniformiertes Kind, haut aus allen Kräften auf das Kalbfell der Trommel. Die große Pauke zieht ein kleiner Esel.

Aufbruch! Aufblitzen die Säbel der Offiziere und Fähnriche. Ihr werdet nicht lange mehr in den Strahlen der Sonne glänzen! Bald wird ein Befehl seiner Exzellenz des Herrn Kriegsministers euch aus der Welt schaffen, damit der Feind den Offizier vom einfachen Soldaten nicht unterscheide. Ein Bajonett wird euch vertreten. Ein gewöhnliches, gemeines Bajonett! Aufbruch! Die Kompaniebläser setzten an, die Tambours ließen die Trommeln wirbeln. Oh, ihr Trommeln, ihr werdet nicht lange mehr den

Infanteristen den Takt diktieren. Ein Befehl seiner Exzellenz des Herrn Kriegsministers wird euch in Kürze abschaffen.

Abmarsch! Es marschierten Menschen, Pferde, Esel, Maultiere, Schlachtvieh. Es marschierten Eisen, Messing, Holz und Stahl. Es ratterte der Troß, es knirschten die Lastautos, dumpf rasselten die Munitionswagen, voller Granaten, Schrapnells und Bomben, sortiert in Kisten wie Mineralwasserflaschen. In schwerem Marsch arbeiteten sich die Lafetten der Mörser vor, der Kanonen, der Haubitzen. Es gingen, es fuhren, es schnauften lebendige und tote Ziffern, Ziffern, ausgebrütet in den Köpfen der Generalstäbler. Schnurgerade ausgerichtet marschierte ein Feld von Köpfen in Kappen, in Helmen – wogten die Körper in blauen, grauen und grünen Blusen wie Getreide dahin. Ganze Armeen der Menschen, die in neuen gelben, noch nicht geschwärzten Stiefeln marschierten. Rhythmisch schaukelten die Tornister mit den Eßgeschirren – auf den Rücken polnischer, deutscher, tschechischer, italienischer, magyarischer Soldaten. Es rückten vor – Brotsäcke, Patronentaschen, Gewehre, Bajonette, zu Fuß, zu Roß, von Menschen, von Pferden, Bauernwagen und Autos transportiert. Es füllen sich die Güterwagen (40 Mann – 8 Pferde) mit Massen von Menschen, Tieren, Eisen, Holz, Tuch, Gurten und Geduld. Das Bedrohliche, in solchen Mengen angehäuft, weiß selbst nicht, was mit sich anfangen. Vorläufig entlädt es sich im Gestampf, im Gedröhn und Gerassel.

In diesem Zug verbrüderte sich der Mensch mit dem Tier, mit dem Eisen, mit dem Holz. Schon ersetzt ihm das Gewehr seine Frau, statt des Bruders ist ihm der Brotsack Freund und die Feldflasche mit Wasser – sein liebstes Kind. O Kind, küsse die verbrannten Lippen des Infanteristen in der Stunde der Entbehrung. Es nicken die braven Köpfe der Schimmel, der Braunen, der Falben; Esel, mit Maschinengewehrteilen beladen, sehen sich zum letztenmal auf den Trittbrettern der Waggons mit einem sanften, stillen Blick um.

Abmarsch! ... Es weinten die Bahnhöfe Wiens, Budapests, Prags, es weinten die Bahnhofshallen Lembergs und Krakaus. Mit einem Schluchzen antworteten ihnen die Bahnhöfe in Belgrad, Petersburg, Moskau und Warschau.

Die verschwitzten, schäumenden, trunkenen Nummern, die Köpfe, Hände, Füße und Rümpfe ziehen breit nach Osten und Süden, von Ost nach West, von Süd nach Nord, irgendeine fremde Sucht zu befriedigen, irgendeinen fremden Ruhm zu mehren. Zum Turnier der eigenen Qual, des Hungers, des Fiebers ziehen die gesunden, kräftigen Lungen, Herzen, Mägen aus – zu Tausenden, zu Zehntausenden, zu Hunderttausenden, in alle Richtungen der Welt.

Von allen Flugplätzen, aus allen Flugzeughallen flatterten mit einem Surren der Propeller, wie Puppen aus den Kokons, Schmetterlinge, Libellen, Taranteln hervor. Eindecker und Doppeldecker.

Aufbruch zu Lande, zu Wasser, in der Luft. Die Kanoniere der Torpedoboote, der Panzerschiffe halten ihre Lunten bereit. U-Boote, zum Tauchen klar, schieben die Periskope über die Fläche der See und lauern auf Beute. Die Apparate singen Hosiannah zu Ehren ihrer Erfinder. Ehre sei dem Menschen in der Höhe, auf der Erde und unter dem Wasser!

Dem blauen Gewimmel unter den schwarzgelben Fahnen rückt ein Gewimmel olivfarbener, schnurrbärtiger Serben entgegen – von der Drau, der Save, dem Timok. Sie rauchen Pfeifen und singen im Takt. Sie stehlen sich durch das Schilf der Sümpfe, sie schleichen durch die Moräste ihrer Heimat – und warten.

Dem kaiserlichen Gewimmel entgegen wälzt sich die Woge der Russen, von Ikonen gesegnet. Es reiten Kosaken vom Amur, aus Kasan, vom Don, auf hurtigen Rossen. Schiefäugige Mongolen hüpfen auf ihren Zwergpferdchen. Anmutige Tscherkessen, schlank in der Taille wie Mädchen, jagen, den Kindschal im Gurt, an die Weichsel, an den Bug, den Njemen. Lange, unzählige Kolonnen sibirischer Infanterie mit Pelzmützen, kaukasische Linienregimenter in sandfarbenen Kitteln ziehen im Eilmarsch nach Polen. Na Germanca! Los, auf den Deutschen!

Es spielen die Balalaikas, die Hirtenflöten und Brummeisen. Bei längerer Rast spielt man einen Steirer auf der Ziehharmonika:

Von Warschau bis nach Petersburg
den Russen nach im Marsch, Marsch, Marsch!

singt das Lemberger 30. Regiment, die ›eiserne Brigade‹.

»Na zdar!« ruft es aus den schnapsgewohnten Kehlen der Tschechen im Vorbeifahren vor den Waggons der Magyaren. »Eljen!« antworten die Tschikosen, in Honveds verwandelt. Mit den Rufen: »Živio«, »Hoch«, »Niech żyje«, »Hurra«, »Evviva«, »Daj Bože harazd« grüßen sich im Vorbeimarschieren die Bataillone der vielsprachigen Monarchie. Es jagen die Züge wie riesige eiserne Konservenbüchsen, gefüllt mit menschlichem Fleisch.

In der fernen Huzulei stehen die Dorfjungen wie betäubt, Burschen mit großen Mäulern, die von einem Ohr zum andern reichen, die Hemden über den Hosen, und winken mit ihren großen Hüten den vorüberfliegenden Militärzügen zu.

Der Mann, der auf der Linie Lemberg-Czernowitz-Itzkany am Wärterhäuschen Nr. 86 provisorisch die Funktion eines Bahnwärters ausübt, kann nicht schlafen. Der Bahnwärter wurde gestern einberufen und fuhr zu seinem Kader. Jetzt muß der andere, ein gewöhnlicher Träger aus Śniatyn, Tag und Nacht die Schranken bewachen und auf die ordnungsgemäße Umgruppierung der Armee achtgeben und insbesondere die ›russophilen Elemente‹ hindern, Balken auf die Schienen zu legen. Ihn amüsieren die lustigen Aufschriften an den Wänden der Waggons, die den Zaren Nikolaus und den König Peter am Galgen darstellen. Einmal vergafft er sich so, daß er die herannahende Lokomotive nicht hört und die Schranken nicht schließt. Beinahe hätte er einen Milchhändler ums Leben gebracht, der mit seinem Karren über die Schienen fuhr, gerade als der Zug in voller Fahrt die Weichen kreuzte. Das erschrockene Pferd wollte um keinen Preis zurück und zerbrach die Deichsel. Fast im letzten Augenblick lief der Wärter auf den Damm und hielt durch das Fahnensignal den Zug rechtzeitig auf, der voll war von singenden Rumänen. Der Lärm der Soldaten erfüllte die ganze pokutische Ebene. Der Geruch des Strohs, des menschlichen Schweißes, des Pferdeurins mischte sich mit dem scharfen Duft des frisch gemähten Heus hinter der Böschung. Aus einem Wagen zweiter Klasse sprang ein Major, der Transportkommandant, und fragte in einer unbekannten Sprache nach der Ursache der Störung. Der Mann mit dem Fähnchen stammelte etwas auf ukrainisch, auf polnisch, brachte sogar einige jiddische Brocken hervor, zeigte endlich auf die Milchpfütze, auf den Damm und den Juden, dem es gelungen war, sich samt Pferd auf die andere Seite zu flüchten.

»Schweinerei!« brüllte der Major. »Ich werde dich anzeigen, du Krautwachter!«

Dann drohte er in Richtung des Juden mit der Reitgerte, gab dem Maschinisten ein Zeichen und kehrte in den Waggon zurück. Der Zug fuhr weiter, und der Mann mit dem Fähnchen blieb allein mit seiner Schande zurück.

»Krautwachter!« wiederholte er.

Jetzt wußte er, daß er zum Landsturm einrücken würde. Übrigens war ihm alles gleich. Krieg ist Krieg. Und der Krieg hat schon begonnen.

Am 1. August 1914 richtete der Kanonier des k. u. k. Donaupanzerschiffes ›Temes‹ seine Kanone auf Belgrad und feuerte ab. Die Donauschiffe begannen, diese Stadt zu bombardieren. Am 2. August erdröhnten an der kurländischen Küste bei Libau die deutschen Schiffsgeschütze. Am 3. August entwickelten die französischen Alpenjäger in den Vogesen ihre Schwarmlinien. Die französischen Flieger versuchten am selben Tag die Rheinbrücken zu sprengen. Die deutsche Kavallerie überschritt die Grenzen Burgunds und drang in die Wälder von Delle vor. Der erste Zusammenstoß Österreichs mit Rußland fand bei Nowosielitza statt, an der Grenze von Bessarabien und Bukowina.

Unbekannt bleibt der erste Mensch, der in diesem
Kriege das Leben verlor.
Unbekannt bleibt der Mensch, der ihn erschlug.
Unbekannt bleibt der letzte Mensch, der in diesem
Kriege gefallen ist.
Mein Wort hebt ihn aus der Erde, in der er liegt: er
wird mir diese Ausgrabung verzeihen.
Unbekannt bleibt der unbekannte Soldat.

I. KAPITEL

In die tauben Winkel der huzulischen Erde, die an Sommerabenden nach Minze duftet, in verträumte Dörfer, die an stillen Almen liegen, wo die Hirten lange Holzflöten blasen, dringt die Eisenbahn. Sie allein verbindet diese entlegenen Gebiete mit der Welt. Sie wirft in die dunkle Nacht die bunten Lichter der Signale und vergewaltigt die Stille und Jungfräulichkeit des großen nächtlichen Friedens. Mit dem Getöse beleuchteter Waggons zerreißt sie den Schleier des Nebels, weckt mit langgedehntem Pfiff die Hasen und die eingeschläferte menschliche Neugier. Wie eine ungeheure eiserne Leiter, auf felsigen Boden gelegt, laufen schwarze schimmernde Schienen auf hölzernen Schwellen von Unendlichkeit zu Unendlichkeit. Weiße Stationshäuschen, von Hecken umzäunt, kleine Gärten, Lauben und Blumenrabatten mit farbigen Glaskugeln auf weiß angestrichenen Stöcken, unzählige eiserne Brücklein über Bäche gespannt und Wärterhäuschen, dicht nebeneinandergereiht, strafen die Mär Lüge, hier sage der Teufel dem Belzebub ›Gute Nacht‹.

Auf der kleinen Station Topory-Czernielitza verlädt seit 20 Jahren ein Mann Getreide, Holz, Kartoffeln und Fässer mit Spiritus, gebrannt in benachbarten Brennereien, ein Mann, der aus dem Dunkel kam. Die Dunkelheit war sein Vaterland und sein Element, wie Wasser Element des Fisches ist und das Element des Maulwurfs die Erde. Wie ein Maulwurf arbeitete sich Peter durch die Dunkelheit

hindurch und höhlte in ihr unterirdische, seinem Leben unentbehrliche Gänge. Wie ein aufs Land geschleuderter Fisch schnappte er verzweifelt nach der gnädigen Luft.
Er putzte die Stationslampen, füllte sie mit Petroleum und fegte den sogenannten Wartesaal rein. War es nötig, so half er beim Ausbessern der Geleise, schaffte die durchgefaulten Schwellen weg, streute Kies, dann und wann fuhr er sogar zusammen mit dem Ingenieur auf der Draisine. Schnellzüge berücksichtigten die Station Topory-Czernielitza nicht einmal durch ein verlangsamtes Tempo. Sie ignorierten sie geringschätzig, indem sie sie in eine verächtliche Rauchwolke hüllten. Aber im Sommer kam es vor, daß hier irgendwelche Herrschaften aus der Stadt ausstiegen. Gymnasiasten kamen mit schweren Holzköfferchen, die sie selbst nicht schleppen konnten. Der Zug hielt in Topory kaum drei Minuten, und die hilflosen jungen Herren riefen, um die Angst zu verbergen: »Träger!« in befehlendem Ton, wie erfahrene Reisende. Dann stürzte Peter in den Wagen, auch wenn er kein Träger war und keine Eisenbahnerkappe besaß und nicht einmal das übliche Nummernblech der Eisenbahner hatte, griff nach dem Gepäck und trug es zu den hinter dem Stationsgebäude wartenden Pferdedroschken. Zuweilen fuhr der ruthenische Pfarrer in die Stadt, und man mußte ihm in den Wagen helfen. Manchmal war in den großen Wäldern Jagd, und es gab Grafen, die, um die eigenen Pferde zu schonen, die Eisenbahn vorzogen. Bei solchen Gelegenheiten konnte man so manchen Groschen verdienen und einige gräfliche Zigaretten unter die Mütze stecken. Das waren Zeiten!
Oder nach der Ernte: die Hafersäcke und dann die Maissäcke. In solchen Fällen konnte man hin und wieder ein Loch in einen Sack bohren und dann behaupten, die Säcke

wären ›von alleine‹ löcherig geworden. Übrigens waren die Säcke nicht plombiert. Der Stationsvorsteher war menschlich: es gab einen tüchtigen Anranzer – versteht sich –, aber vom Dienst entlassen tat er nicht. Versetzte einem der Stationsvorsteher eins, so empfahl es sich, ihm auf der Stelle die Hand zu küssen, sich an die Brust zu schlagen und zu sagen: »Bei Gott, mein Ehrenwort, war das letzte Mal!« Aber das Gestohlene mußte man nicht zurückgeben. Das war ein Leben!

Peters ganzes Leben war ein Tragen: Schon als Kind trug er die Folgen jener berühmten Huzulenkrankheit, die die Menschheit angeblich den Franzosen verdankt. Diese Folgen waren an der typischen Nase erkennbar, sowie an gewissen Mängeln des Gesichtssinnes, die jedoch mit zunehmendem Alter nicht größer wurden. Unabhängig von den französischen Einflüssen wirkten sich im kindlichen Organismus Peters auch englische Einflüsse aus. Und also geschah es, daß Frankreich und England, diese zwei feindlichen Elemente, die sich in der Arena der Geschichte seit so vielen Jahrhunderten bekämpften, sich im Körper eines Huzulenkindes versöhnten.

Bis an sein Lebensende behielt Peter als Mitgift der Geschichte krumme Beine.

Überdies trug er noch: den vom Vater geerbten Schafspelz sowie des Vaters Namen. Seinen Vater kannte er nicht. Seine Mutter war eine Huzulin und rauchte bis ins späte Alter ihre Pfeife. Sie hielt sich aufrecht, hatte kleine Füße, einige schöne buntgestickte Hemden und Pelzwesten sowie eine Menge Kinder, die fast immer gleich nach der Geburt gestorben waren. Nur Peter wurde großgezogen und jene Paraska, die nach der Meinung vieler ernstzunehmender Leute besser getan hätte, nicht am Leben zu bleiben. Der legendäre Vater war angeblich Pole und hieß Niewiadomski*. Diesen Namen – ohne die Herren vom Adel verletzen zu wollen – gab man Kindern, deren *pater incertus est*. Peter jedoch war der Sproß eines gesetzlichen Ehelagers. Dieses Lager stand in einer Hütte, die heute halb zerstört ist, am äußersten Ende der Gemeinde Topory. Dieser Hütte wegen, die mit Stroh gedeckt war, saß Peter sein ganzes Leben lang in Topory, und kein einziges Mal verführten ihn die ›Sachsen‹**, obschon sie ihn öfters versuchten. Zur Hütte gehörte ein Morgen Obstgarten. Von den zwei Apfelbäumen trug der eine seit langem keine Früchte mehr (er gehörte natürlich der Paraska, die in die Stadt fuhr und in einer gewissen öffentlichen Anstalt ›verkam‹, wie sich der Herr Pfarrer auszudrücken pflegte), dagegen fraßen sich jeden Herbst die Kinder der Nachbarn an Peters Pflaumen von den sechs Pflaumenbäumen satt. Eigenen Boden besaß Peter nicht, doch bekam er von der Eisenbahnverwaltung ein Stückchen Erde dicht am Bahndamm geliehen. Er baute Kartoffeln an, Saubohnen, Mais, Kohl sowie einige Sonnenblumen. Eigentlich war nicht er es, der dies pflanzte, sondern ein Waisenmädchen namens Magda. Sie hatte eine Schwäche für Sonnenblumen. Nach dem Tode der alten Niewiadomska im Jahre des Herrn 1910 fing sie an, sich in der Nähe von Peters Hütte herumzutreiben; die bösen Weiber im Dorfe redeten, daß Magda öfters, wenn sie ihm abends Milch hintrug, erst am frühen Morgen zurückkehrte – gerade recht zum morgendlichen Melken. Denn eine eigene Kuh besaß Peter auch nicht. Als Kind trieb er zwar Mut-

* Niewiadomski, d. h. etwa »Unbekannter«.
** Vor dem Kriege pflegten galizische Bauern massenhaft nach Preußen, Westfalen und Sachsen auszuwandern, wo sie Arbeit suchten. Das nannte man allgemein: nach Sachsen wandern.

ters Kuh und Mutters Gänse auf die Weide, aber kaum war die Mutter begraben, verkaufte er die Kuh auf dem Jahrmarkt. Die Hälfte des Geldes sandte er der Paraska; denn so schickte es sich; die andere Hälfte versoff er. Die Gänse trug er der Frau Stationsvorsteherin hin, kaum daß er für sich vorher ein paar Federn ausgerupft hatte.

Statt des Viehzeugs hatte er einen Hund. Und was für einen Hund! So ein Hund ist kein Hund mehr, das ist schon ein Engel. Milch gab er freilich nicht, aber dafür war er ein guter Hund, das heißt: ein böser. Seine Mutter war eine Schäferhündin, der Vater ein Wolf. Peter gab nicht viel auf Rasse, war er doch selbst ein Mischling. Der Hund hieß Baß, wegen der mächtigen Stimme. Als Baß zu altern begann, wurde er eher gleichgültig als sanft, und am Ende fürchtete ihn niemand mehr im ganzen Dorfe. Dieser Hund war des Trägers Peter Niewiadomski einzige und wahre Liebe.

Warum heiratete Peter die Magda nicht? Diese Frage warfen oft Leute auf, die dem Ehesakramente zugetan waren, und einmal richtete sie sogar der ruthenische Pfarrer vom Beichtstuhle während der Osterbeichte an Peter.

»Kinder hatte ich keine mit ihr«, erklärte Peter, »so werde ich auch keine haben.«

Und ungeachtet der furchtbaren Folgen im jenseitigen Leben, mit denen der Pfarrer drohte, der ausnahmsweise, da es um das Heil einer harten Sünderseele ging, bereit war, seine Trauungsgebühr zu ermäßigen, erklärte Peter kategorisch: »Ich werde sie nicht heiraten, weil sie keine Jungfer ist.«

Es lagen jedoch noch andere Gründe vor, derentwegen Peter keinesfalls – vorderhand wenigstens – sein Haupt mit der Krone aus Goldblech schmücken wollte, die nach dem griechisch-katholischen Ritus bei der Trauungszeremonie das Brautpaar zu tragen pflegt. Peter Niewiadomski war ein Phantast. Er träumte von einer ganz anderen Kopfbedeckung. Sie war vielleicht nicht so prunkvoll wie die Hochzeitskrone, aber dafür konnte man sie bis ans Lebensende tragen und nicht nur während der Trauung. Und wenn es schon darum ging, sich den Mächtigen dieser Welt äußerlich ähnlich zu machen, so war Peter der Wahrheit viel näher, wenn er sich eine bestimmte Kappe aus Tuch wünschte, statt des blechernen Symbols von zweifelhaftem Wert, das ihn in der Stunde der Trauung Königen gleichstellen sollte. Übrigens war er der Meinung, daß Könige nur auf den Spielkarten goldene Kronen tragen, und auf Karten verstand er sich sehr gut.

In uralten, vielleicht noch in Metternichs Zeiten, hatte irgendein gescheiter Hofrat in Wien die österreichisch-ungarische Kappe erfunden. Er entwarf ihre Form, setzte ihre Maße fest, ersann den Schnitt und den Schmuck und zwang sie, nachdem ihm die allerhöchste Zustimmung zuteil geworden war, allen Köpfen auf, die dem Kaiser dienen wollten. Um mit gutem Beispiel voranzugehen, trug sie auch der Kaiser selbst, der seiner eigenen Person diente, es trugen diese Kappe die Verwandten des Kaisers, seine Marschälle und Generäle, Kommissäre und Offiziere, Gendarmen – außer Dienst – und Militärkapellmeister, es paradierten mit ihr Amtsdiener, Briefträger, Gymnasialpedelle, Gefängniswärter und Eisenbahner bis zum Bahnwärter. Es war die kaiserliche Kappe. In ihr zeigte sich seine Majestät der Kaiser auf dem Balkon oder in der Equipage, an ihr schwarzes, schimmerndes Dach legte er die zitternde Hand im weißen Handschuh, sooft ihn die Untertanen begrüßten, derer er so viele zählte im Laufe seiner 66jährigen, huldreichen Regierung. Natürlich mußten Zuschnitt und Verzierungen in so vielen Jahren die verschiedensten Änderungen erfahren. An der kaiserlichen Kappe hinterließen so manche Niederlage und so mancher habsburgische Sieg ihre Spur. Je nach der Art des Dienstes und des hierarchischen Grades bereiteten die gescheiten Erfinder und Erneuerer der Kappe verschiedene subtile Nuancen vor, dem Auge des Laien nicht immer sichtbar. So war z. B. die Offizierskappe aus schwarzem Tuch genäht, am unteren Rande von einer Goldschnur umsäumt, in deren Mitte ein schwarzer Faden in feinem Zickzack lief. Niedere Funktionäre hatten keine goldene, sondern eine gelbe Schnur. Nur etwas war allen gemein: das kaiserliche Monogramm. Es mußte an einem Ehrenplatz der Kappe eingenäht oder eingeprägt sein. Kaiserliche Menschen waren mit dem Monogramm gezeichnet wie kaiserliche Schnupftücher, kaiserliche Gabeln und Löffel. Damit sie niemand stehle, verkaufe oder versetze.

Peter war auch ein Kaiserlicher. Niemals verließ ihn das Bewußtsein, wem er diene. Nur scheinbar schleppte er Lasten für Gutsbesitzer, nur scheinbar bediente er Juden, die in dieser Gegend mit Getreide und Kartoffeln handelten. In Wirklichkeit schleppte er alles für den Kaiser. Dafür bezahlte ihn der Kaiser und schützte ihn durch besondere Gesetze. Es sollte nur irgendein Händler wagen, ihn während seines Dienstes anzurühren! Das wäre eine Beleidigung einer kaiser- und königlichen Amtsperson, und da gibt's keinen Spaß: für so eine Beleidigung kommt man gleich ins Gefängnis.

Und doch beschlichen Peter zuweilen Zweifel, ja eine dunkle Bitternis drang manchmal in sein Herz. Warum sollte er eigentlich nicht eine kaiserliche Kappe tragen wie andere Eisenbahner? Warum sollte er nicht Respekt einflößen? Warum schaute er trotz der vielen Jahre ergebenen Dienstes wie der erstbeste Zivilist aus? Warum avancierte er nicht? War er vielleicht nur ein überzähliges Stück, das man jeden Augenblick ersetzen konnte? War er vielleicht nur ein gemeiner Küchenlöffel, der nicht zum großen Staatsservice gezählt wird?

In solchen Momenten überfiel Peter Niewiadomski tiefes Selbstmitleid, und er kam zur Überzeugung, daß er besser daran täte, den ganzen Krempel, diesen ganzen Bahndienst abzuschütteln, von dem man nur einen Buckel bekommen konnte, aber nicht viel Freude. Vielleicht wäre es doch besser, das Haus zu verkaufen (natürlich mit Zustimmung Paraskas, die sowieso nicht mehr zurückkehren würde), den Obstgarten zu verkaufen und ›nach Sachsen‹ zu gehen? – Solche bitteren Gedanken quälten ihn jedoch nicht lange. Bald trat an die Stelle des Zweifels der Glaube, daß noch nicht aller Tage Abend sei, daß der Kaiser gut, der liebe Herrgott gerecht, und daß beide ihren Leuten nichts zuleide tun würden. Es kommt nur darauf an, geduldig zu warten, geduldig zu schuften, geduldig Lasten zu tragen, geduldig Beleidigungen einzustecken und Spöttereien der Schaffner und Vorgesetzten. Man muß sogar den Zorn des Stationsvorstehers ertragen. Ein kaiserliches Subjekt hatte das Recht, ein kaiserliches Subjekt zu ohrfeigen; denn es tat dies im Namen Seiner Kaiserlichen Majestät. Zivilisten aber – Hände weg!

Und so hoffte Peter viele Jahre hindurch, daß einst der Tag kommen werde, an dem er Beförderung, Gehaltserhöhung und eine Dienstkappe erleben, sich erdienen und erschwitzen würde. Vielleicht bargen sich auf dem Grunde dieses Traumes von der kaiserlichen Kappe Reste einer traurigen Kindheit, in der noch ein alter, auf den Misthaufen geworfener Topf ihm ein militärischer Tschako zu sein schien. Und sicherlich rechtfertigt dieses Überbleibsel aus der Kindheit in der Seele des vierzigjährigen

Peter die Tatsache, die nicht verheimlicht werden darf, die Tatsache nämlich, daß Peter Niewiadomski sich am meisten freuen würde, wenn er, statt zivilmäßig zu grüßen, salutieren könnte. Am liebsten würde er ›richtiger‹ Bahnwärter oder Gehilfe auf Güterzügen. Der Bahndienst hatte seine Reize für Peter, einfach schon durch den Kontakt mit den Waggons, die nach entfernten Bestimmungsorten rollen. Mit diesen Waggons brauste durch die Station Topory-Czernielitza jene große Welt hindurch, die Peter aus den Erzählungen der weitgereisten Leute kannte. Peter hatte schon solche Wagen gesehen, in denen man unter Decken schlafen durfte, bequem und weich wie in einem Bett, und auch andere Wagen, in denen Herren an weißgedeckten Tischen saßen, tranken und aßen und sehr zufrieden aussahen. Oftmals flitzte am betäubten Peter ein Salonzug wie ein Blitz vorbei, mit Gardinen an den Fenstern und Blumentöpfen. An die funkelnden Beschläge gelehnt, stand am Fenster der große, weiße Koch mit weißer Mütze und schüttete etwas aus einer messingnen Pfanne.

Und Wagen sah Peter, die aus der Türkei kamen, wo das Meer ist und die Heiden sind, die mehrere Frauen gleichzeitig haben dürfen. Und er sah Wagen, die aus Wien zurückkehrten, wo der Kaiser lebt. Zwar kam er mit solchen Wagen persönlich nicht in Berührung, das stimmt (hielten sie sich doch nicht auf der Station Topory-Czernielitza auf), aber es kam vor, daß er mit dem Hammer die Räder abklopfen mußte, die über ausländische Schienen zu rollen gewohnt waren.

Wenn er mit seinen Händen die Eisenbahnräder berührte, die in ferne, unbekannte Länder gingen, so war es, als berührte er das Geheimnis der Welt selbst, das er nie kennenlernen würde.

Warum sollte er nicht Bahnwärter werden oder im Güterzug bis zur rumänischen Grenze fahren? Wenn er auch nicht lesen konnte, so verstand er doch die Farbzeichen, konnte rot und grün unterscheiden. Die Weichen würde er auch bedienen können. Sagten die Leute von ihm, er sei dumm? Nun, und wenn schon, was ist dabei? Die Heiligen leimen keine Töpfe, und König Salomo war auch kein Schaffner gewesen. Würde Peter Bahnwärter, o – dann würde sich alles ändern. Er würde dem Traualter nicht länger aus dem Wege gehen, Magda allerdings käme dann nicht mehr in Betracht. Peter, der Bahnwärter, wäre eine ausgezeichnete Partie für so manche solide Witwe und sogar für ein älteres Fräulein, eine Bauerntochter etwa, selbstverständlich mit ordentlicher Mitgift. Dann würde er ein Haus gründen, ein richtiges Heim mit einem richtigen Weibsbild. Er würde die Hütte renovieren, das Dach ausbessern, durch das jetzt der Regen sickert, und es mit frischem Stroh bedecken. Würde das faulende Gebälk der Decke flicken, das Bettgestell mit einer groben Bürste scheuern. Über dem Bette würden in einer Reihe Heiligenbilder hängen, die Unbefleckte Jungfrau, die Mutter Gottes von Poczajow, der Herr Jesus von Milatyn und verschiedene andere, und über den Bildern wären an Drähten Papierrosen angebracht. Auf dem Jahrmarkt würde er eine Kuckucksuhr kaufen, eine Mäusefalle, eine Kasserolle, an den Fenstern stünden Fuchsien in Blumentöpfen, rot wie Radieschen. Die ganze Stube würde er blau anstreichen. Die Frau bekommt gewiß von Haus aus bemalte Kästen mit, in denen Hemden, Schafspelze, Geld und Gebetbücher aufbewahrt sein werden. Magda darf, wenn sie will, weiter dienen, nur wird sie dann seine eigene Kuh melken, die zur Mitgift gehört. Nein, er wird die Magda nicht Hals über Kopf hinauswerfen, Gott behüte! Schlafen wird sie mit ihm nicht mehr dürfen, das ist klar. Sie wird schon einen anderen Kerl finden.

Derartige Gedanken, die er dem Pfarrer bei der Beichte nicht offenbarte, hielten Peter in Topory fest und verhinderten den entscheidenden Schritt Magda gegenüber. Diese Gedanken vereinten beide Lebensideale: Kappe und Haus, in einer fröhlichen Vision. Mit den Augen der Phantasie sah Peter sein verkommenes Häuschen in einem blühenden Zustande, restauriert und in Ermangelung von Kindern bevölkert von Hühnern, Enten, ja sogar Ferkeln, mit denen Baß in paradiesischer Eintracht lebte. Sein Haus stellte er sich immer als Wohnsitz des Glücks vor. Er hätte dann zu Ostern Würste vom eigenen Schwein, Speck fürs ganze Jahr und eigene, nicht gestohlene Gänsefedern in den Ehebetten.

*

Eines Tages, um 5 Uhr 20 früh, rief der Stationsvorsteher von Topory-Czernielitza Peter zu sich. Gewöhnlich pflegte der Stationsvorsteher um diese Zeit noch zu schlafen, heute jedoch war er schon völlig angezogen, allerdings unrasiert, und hatte schon gefrühstückt, wovon eine leere Tasse und eine nicht zu Ende gegessene Semmel auf blechernem Tablett zeugten. Warum hat der Stationsvorsteher sein Frühstück nicht beendet? Das war Peters erster Gedanke, als er sich im Büro eingefunden hatte. Der Gedanke: warum ihn ›der Alte‹ so zeitig kommen ließ, tauchte in Peters Kopfe erst mit geraumer Verspätung auf. Der Stationsvorsteher saß am tickenden Telegraphenapparat, auf dem Kopf die Dienstkappe, deren Rot von seinem blassen Gesicht, das mit dunklen Borsten bestückt war, besonders auffallend abstach. Er beachtete den Eintretenden nicht. Er war ganz davon in Anspruch genommen, einen langen Papierstreifen durch seine Finger gleiten zu lassen, von dem er aufmerksam irgendwelche Geheimnisse ablas. Der Apparat tickte ohne Unterlaß. In diesem reglosen Schweigen, welches das Büro und den ganzen Raum um die einsame Station im Felde erfüllte, erschrak Peter vor dem stumpfen und hartnäckigen metallischen Klopfen des Apparates. Willenlos wandte er seinen Blick von der Gestalt des Vorstehers zum Fenster hin, durch das nur der klare Himmel und einige stille Bäume zu sehen waren. Der Himmel und die Bäume beruhigten ihn. Plötzlich stoppte der Apparat. Das war noch bedrohlicher. Der Stationsvorsteher hob den Kopf. Er schien sehr verändert. Von seinem trockenen, kalten, doch immer zufriedenen Gesicht war jener spöttische, harte Ausdruck verschwunden, gewissermaßen über Nacht weggewischt, der Peter so viele Jahre hindurch verlegen gemacht hatte. Wie viele schwere Momente seines Lebens verdankte er diesen Augen, die sogar dann stachen, wenn sie gnädig geschlossen waren! Diese Augen konnten das Klopfen des Herzens aufhalten und in die entferntesten Winkel von Peters Gewissen sehen. Vor diesen Augen wand und krümmte sich Peter so lange, bis er jenes falsche Lächeln erlernte, mit dem die armen Teufel die Last der Verachtung von sich zu werfen suchen. So viele Lasten trug Peter im Leben, und doch lasteten auf ihm am schwersten die Blicke des Stationsvorstehers, wenn er sie in seinem Rücken fühlte. Heute waren die Augen des Vorstehers erloschen, sie glichen den hohlen Läufen einer Doppelflinte, in der keine Patronen mehr stecken. Was ist denn los mit dem Stationsvorsteher? dachte Peter. Er blickt mich nicht an wie sonst, er schaut mich so an, als wäre er kein Stationsvorsteher mehr. Vielleicht wurde er versetzt, und man machte Schluß mit seiner Herrschaft auf der Station Topory-Czernielitza? Peter begann, über seinen Vorgesetzten so zu denken, als wäre er seinesgleichen. In der Tat, der Physiognomie nach zu urteilen, glich der Stationsvorsteher heute dem Peter Niewiadomski. In seinen Augen sah man dieselbe Verblüffung und dieselbe dumpfe Machtlosigkeit wie in den Augen jener Menschen, die vergeblich die grausamen Gesetze des Daseins zu erkennen versuchen. Heute kroch aus dem Stationsvorsteher hervor, was in ihm menschlich war: seine Schwäche. Und es kroch aus ihm seine bäuerliche Abstammung heraus, die er unter dem Beamtenrock gründlich verbarg. Das Leben des Menschen hat Augenblicke, die seine langjährige Mühe, sich selbst und andere zu belügen, zunichte machen. In solchen Augenblicken tritt plötzlich, durch irgendein chemisches Mittel verursacht – die Grundfarbe hervor. Uns verrät eine einzige unkontrollierte Handbewegung, ein Zucken der Mundwinkel oder ein bestimmter Tonfall. Etwas Ungewöhnliches mußte in dieser Nacht geschehen sein, wenn sich der Stationsvorsteher so sehr verändern konnte. Vielleicht war seine Familie von einem Unglück heimgesucht worden, vielleicht wurde er eines Disziplinarvergehens beschuldigt? Oder gab man ihm in den Kreisen, zu denen er auf der Leiter der Beamtenhierarchie emporkletterte, zu verstehen, daß er von niedriger Herkunft sei? Nein! Es hat sich nichts Schlimmes zu Hause ereignet, noch hat jemand gegen ihn Anzeige erstattet, auch hat ihm niemand vorgehalten, daß sein Vater Radmacher im Rohatiner Bezirk war. Ganz andere Dinge haben sich in dieser Nacht zugetragen ...

In dieser Nacht brach der ganze Fahrplan zusammen, der seit undenklicher Zeit ehernes Gesetz für die Strecke Lemberg-Czernowitz-Itzkany bedeutete. Auf einmal fiel er mit Getöse in Trümmer, und er erhob sich nicht mehr aus seinem Zusammenbruch. In diesem Augenblick traten jene geheimnisvollen Instruktionen ›für den Kriegsfall‹ in Kraft, die der beim Eintritt in den Staatsdienst vereidigte Stationsvorsteher versiegelt in einer eisernen Kassette, im sichersten Winkel des Geldschrankes aufbewahrte. Sie stammten nicht von zivilen Gesetzgebern, die ihre Befehle im Verkehrsministerium, dem Gipfel des Sinai der Eisenbahn, empfangen, sie stammten vom Generalstab. So stürzte das strenge Glaubensgesetz, dem die Eisenbahn in blindem Gehorsam so viele Jahre hindurch treu gewesen war. Der Zivilverkehr wurde eingestellt.

Der Stationsvorsteher streifte Peter mit einem hilflosen, beinahe flehenden Blick und überreichte ihm zwei große, weiße Papierbogen, die dichtbedruckt und zusammengerollt waren.

»Niewiadomski«, sagte er mit seltsam weicher Stimme, »'s ist Krieg!«

Es dauerte lange, bis die Bedeutung dieser Worte Peter erreichte. Das Wort ›Krieg‹ prallte gegen seinen Kopf wie ein schwerer Erdbrocken; es durchbohrte die Schädeldecke, durchbohrte die Hirnhaut und drang ins Hirn. Peters Hirn wurde sogleich von Bildern überflutet. Im Nu erblickte Peter die Manöverübungen, die vor zwei Jahren in dieser Gegend stattgefunden hatten. Soldaten in großen Massen taten, als würden sie schießen. Es wurde von einer und von der anderen Seite geschossen, sie lagen am Geleise zu beiden Seiten des Bahndammes, sie kämpften um die Schienen, aber keiner von ihnen wurde getötet. Denn alle erhoben sich, als die Trompeten ertönten, alle zündeten sich Zigaretten an, lachten und marschierten mit Musik in die großen Wälder. Peter wußte, daß die Menschen im wirklichen Kriege einander töten. Er sah die toten Serben und Bulgaren aus der Schlacht bei Tschataldscha auf einer farbigen Illustration irgendeines Blättchens, das ihm ein Ladenbesitzer in Śniatyn gezeigt hatte. Er erinnerte sich auch an die Bilder aus dem russisch-japanischen Kriege. Und plötzlich machte das Wort Krieg einen Purzelbaum in seinem Hirn und fiel in die Hauptschlagader. Es hätte sie zerfetzt, wenn es nicht vom Blut ins Herz fortgeschwemmt worden wäre. Von da arbeitete es sich bis in den Bauch vor und hielt dort mit einem scharfen Schmerz. Für eine Sekunde fühlte Peter Todesangst. Doch langsam begann das schwere Blut, vom plötzlichen Auftrieb erschöpft, ins Hirn zurückzukehren. Auf seinen Wellen trug es die Überreste des toten Wortes ›Krieg‹. Peter hatte sein Gleichgewicht wieder. Er erinnerte sich, daß im Kriege nur Soldaten sterben, und er gehörte nicht zum Militär. Ruhig hörte er nun die weiteren Worte des Vorstehers an: »Nehmen Sie diese Plakate und bringen Sie sie im Wartesaal unter der Uhr an! Nicht zu niedrig und nicht zu hoch! Verstehen Sie mich, Niewiadomski?« Während er den Befehl erteilte, wurde sich der Stationsvorsteher bewußt, mit wem er redete, daher versuchte er, seiner entwaffneten Stimme den Anschein gewohnter Strenge zu verleihen: »Passen Sie auf, daß nichts zerrissen wird! Nicht schief kleben!«

Peter ging hinaus. Behutsam machte er hinter sich die Tür zu, auf der die Aufschrift zu sehen war: »Fremden Eintritt streng verboten«. Er stand im dunklen Korridor und hielt den Krieg in der Hand. Der Krieg in seinen Händen war noch nicht entfaltet, er war geschlossen wie im Frühling die Blätter frischer Knospen.

Peter faltete ihn erst im Wartesaal auseinander. Als Peter hinausging, sah der Vorsteher auf die große Wanduhr. Erregt, wie er war, blickte er alle fünf Minuten auf die Uhr. Unter der Uhr hing feierlich ein großer Abreißkalender.

Das erste, was der Vorsteher jeden Morgen zu tun pflegte, war, einen Zettel vom Kalender abzureißen. Heute saß der Vorsteher bereits seit einer Stunde im Büro, und auf dem Kalender hing noch immer der 27. Juli. In diesem Büro dauerte noch immer das ›Gestern‹. Es war unberührt. Warum schaffte der Stationsvorsteher von Topory-Czernielitza nicht den gestrigen Tag aus der Welt? Wollte er auf diese Weise jene Zeit festhalten, in der noch sein von der Eisenbahnbehörde bestimmter Fahrplan geherrscht hatte und noch nicht der ›ihrige‹? Wollte er die Zeit festhalten, in der noch die gestrige Weltordnung gegolten hatte? Oder hat er einfach, im Drang der Arbeit, die auf ihn in dieser Nacht niederprasselte, seine alltägliche Gewohnheit vergessen? Es war schon 5 Uhr 30, die sechste Stunde verging, und der Stationsvorsteher rührte den Kalenderzettel von gestern nicht an.

Um 6 Uhr 25 klopfte jemand an die Tür. Der Vorsteher fuhr hoch. Um seine Füße wanden sich wie Schlangen weiße Papierstreifen, bedeckt mit Morsezeichen. Wie ein komischer Tänzer auf einem Ball, ein Liebling der Damen, in Papierschlangen verstrickt, befreite sich der Vorsteher von den Papierschlingen, deren Inhalt er bereits mit Bleistift ins Reine geschrieben hatte. Er schüttelte den Krieg von den Füßen – und war frei.

»Herein!« rief er.

Es erschien der Praktikant, der um 7 Uhr den Dienst übernehmen sollte. Der Anblick seines Stellvertreters versöhnte den Vorsteher mit der Wirklichkeit. Schnell ging er an den Kalender und riß den 27. Juli herunter. Er zerknüllte ihn in den Händen und warf ihn in den vollen Papierkorb wie in ein Massengrab erschlagener Soldaten. So trennte man sich auf der Station Topory-Czernielitza vom letzten Tage des Friedens.

Der Wartesaal war noch leer. Der Schalter, an dem der Vorsteher dem Publikum Fahrkarten verkaufte, war noch geschlossen. Zweimal am Tage mußten die Leute vor dieses Fensterchen eilen, um ihren Zug zu erreichen. Heute brauchen sie sich nicht mehr zu hetzen. Es ist nicht bekannt, wann und ob überhaupt das Fensterchen geöffnet wird. Es war geschlossen gleich dem Mund eines Verstorbenen; kein Geld wird mehr eingenommen, und keine Fahrkarten werden mehr ausgegeben. Es sei denn, es wird einst von derselben Macht wieder geöffnet, die in der heutigen Nacht das Gesetz gestürzt hatte.

Links vom Schalter, über den hölzernen Bänken, hing noch ein riesiges, gelbes majestätisches Papier, kariert und von schwarzen Linien in Felder geteilt, in Haupt- und Nebenlinien. Es war der Wandfahrplan der k. u. k. Staatsbahnen im ostgalizischen Gebiet. Menschen, die lesen konnten, lasen darauf voll Vertrauen die sakramentähnlichen Stunden und Minuten der An- und Abfahrtszeiten. Heute werden sie nur noch leblose Erinnerungen ablesen. Der offizielle Fahrplan hing unbrauchbar, unwichtig, als eine alte Todesanzeige am Tor eines Hauses, aus dem gestern bereits die Leiche fortgeschafft wurde.

Noch andere Plakate und Kundmachungen hingen in diesem Raum. Ein längst vergilbtes, farbiges Plakat vom eucharistischen Kongreß in Wien lud zu erledigten und vergessenen Feierlichkeiten ein. Stattliche Truthähne und Hennen warben für die III. Landesgeflügelausstellung. Ein beleibter, lächelnder Kellner im Frack, mit überschäumenden Bierkrügen in beiden Händen, empfahl dies Getränk im Namen der Lemberger Aktienbrauereien. Eine geschmeidige Sphinx-Frau mit hübschem, olivenfarbenem Gesicht und mit großen Ringen in den Ohren rauchte eine Zigarette ›nur mit Abadie-Zigarettenpapier‹. All dieser

Schmuck der armen Wände im Wartesaal der Station Topory-Czernielitza hing hier seit Jahren dank Peter Niewiadomski, der diese Plakate anklebte.
Seit einer Stunde trockneten an der Tür des Wartesaals zwei neue Plakate: weiß, groß, ernst, ohne irgendwelche Zeichnungen, ohne lächelnde Kellner und ohne sphinxartige Frauen. Sie waren identisch und untrennbar wie die siamesischen Zwillinge, und auch diese Bogen hatte Peter angeklebt. Ihre Frische war herausfordernd.
Gegen 7 Uhr kamen die ersten Fahrgäste: der Forstmeister im grünen Hut, einige Bäuerinnen mit Kiepen, einige Huzulen in roten Hosen und etliche Juden in schwarzen Kaftans. Alle drängten sich vor die neuen Plakate, sprachen laut, waren voll Ungeduld und konnten nichts verstehen. Bald erschien der Vorsteher. Er wollte persönlich Mitteilung machen, daß der Personenzug nicht kommen werde. Die Strecke sei vom Militär in Anspruch genommen. Plötzlich fiel sein Blick auf die Plakate, die er heute Peter anzukleben befohlen hatte, und er verlor die Selbstbeherrschung. Er wurde wütend.
»Wo ist Niewiadomski?« schrie er. »Da wird's etwas setzen!«
Niewiadomski wußte nicht, wofür.
»So was, so ein Dummkopf! Das kaiserliche Manifest, das kaiserliche Manifest hat der Kerl verkehrt angebracht!«
Er konnte sich lange nicht beruhigen, schließlich lief er ins Büro, holte neue Plakate und klebte sie selbst an. Und da begannen die im Wartesaal versammelten Leute die Worte des Manifestes ›An meine lieben Völker‹ laut zu buchstabieren. Zunächst einzeln, je nach der Geläufigkeit im Lesen, dann im Chor, zusammen mit den Analphabeten. Sie wiederholten jedes Wort wie die Litanei in der Kirche. Der Glaube an den Kaiser Franz Joseph vereinigte

in diesen entlegenen Ländern die römischen Katholiken mit den griechischen Katholiken, die Armenier und die Juden zu einer gemeinsamen und allgemeinen Kirche. Peter nahm unwillkürlich den Hut vom Kopf, und mit offenem Munde hörte er die feierliche Klage des Kaisers. Bis hierher schickte der Kaiser seine Klage, bis an die äußerste Grenze seines Reiches, damit ihn gute Menschen, einfache Menschen bemitleideten und sich des Unrechts, das ihm widerfahren war, annahmen. Und seine getreuen Untertanen enttäuschten den Kaiser nicht.

In dieser allgemeinen Rührung, die den Wartesaal der Station Topory-Czernielitza ergriff, vergaß Peter Niewiadomski seine eigene Schande: denn er hatte eine dicke Haut, aber ein weiches Herz.

In biblisch-feierlichem und wehmütigem Stil beklagte sich der Kaiser in seinem Schreiben über die bösen und verruchten Serben, die ihn nicht in Ruhe auf den Tod warten ließen, sondern ihn nun zwangen, das Schwert zu ziehen.

Was ist ein Schwert? dachte Peter. Das muß irgendein langes, zusammenlegbares Messer aus Silber sein. Seine Majestät der Kaiser trägt es in der Tasche und zieht es im Kriegsfalle hervor.

Zwei Tage später ließ der Stationsvorsteher Peter abermals zu sich kommen. Peter dachte, er werde der Majestätsbeleidigung beschuldigt und bestraft werden, weil er das Manifest verkehrt angebracht hatte. Als Entschuldigung konnte er nur angeben, daß er des Lesens unkundig sei, und auf den kaiserlichen Plakaten waren keinerlei Bildchen, nach welchen er sich hätte orientieren können, wo der Kopf und wo die Füße wären. Der Vorsteher jedoch empfing ihn ruhig und überaus gnädig. Offenbar hatte er den Skandal von vorgestern vergessen. Die Mobilmachung übertönt alles. Für viele Verbrecher war sie eine liebe und unerwartete Amnestie.

»Niewiadomski«, sagte der Vorsteher, »Sie sind ein Esel – aber ich habe keinen anderen Mann bei der Hand. Einen nach dem anderen nehmen sie mir weg, zum Militär. Niewiadomski, Sie müssen jetzt in das Wärterhäuschen 86 ziehen, denn der Bahnwärter Banasik hat seinen Einberufungsbefehl bekommen und rückt zur Ersatzreserve ein. Heute noch gehen Sie auf die Strecke hinaus, dort nehmen Sie seine Kappe und Fahne, und von nun an werden Sie an seiner Stelle die Schranken bewachen. Banasik wird Ihnen alles zeigen. Der Krieg wird nicht lange dauern, drei, höchstens vier Wochen. In einer Woche marschieren wir in Belgrad ein, in zwei Wochen nehmen wir Warschau, und in drei Wochen werden wir mit Gottes Hilfe in Moskau sein. In vier Wochen sind alle wieder zu Hause, auch Banasik, wenn man ihn inzwischen nicht erschlägt. Bis dahin haben Sie an der 86 zu sitzen und Dienst zu machen. Daß ich nur keine Klagen zu hören bekomme! Jetzt ist Krieg, und da gibt es keinen Spaß! Sie fliegen, und kein Hund wird nach Ihnen bellen!«

Mit den Worten: »Wir werden in Belgrad einmarschieren« und »Warschau nehmen« meinte der Vorsteher nicht etwa seine persönliche Teilnahme am Feldzug, von der ihn, vorderhand wenigstens, sein Amt und sein Alter enthoben; er gebrauchte nur eine in allen Kriegen populäre Form eines Zeitworts, mit der diejenigen, die zu Hause bleiben, ihre Solidarität mit denen manifestieren, die in den Krieg gehen. Peter waren die raffinierten Metaphern, deren sich zivilisierte Menschen seit dem Altertum bedienen, unverständlich. Er nahm jeden Ausdruck wörtlich. So dachte er sich, daß der Vorsteher zusammen mit dem Bahnwärter in den Krieg ziehen würde. Dieser Gedanke drängte vorderhand sein persönliches Interesse in den Hintergrund. Hätte Peter wie die zivilisierten Menschen denken können, so hätte er sich gewünscht, daß der Krieg möglichst lange dauern oder daß der Bahnwärter Banasik überhaupt nicht zurückkehren solle. In beiden Fällen hätte er ja Chancen, für immer im Wärterhäuschen 86 zu bleiben. Doch Peter hatte nicht die Fähigkeit zu derart weitgehenden Spekulationen. In großer Ruhe, die fast an Entsagung grenzte, nahm er die so heiß ersehnte Schicksalsänderung zur Kenntnis. Nach all dem, was er vom Vorsteher zu hören bekam, empfand er seine unerwartete und bedingte Beförderung eher als eine Degradierung. Er wurde ja nur als Notbehelf Bahnwärter und nicht auf Grund seiner Verdienste und Fähigkeiten.

Und also setzte Peter Niewiadomski die erträumte Eisenbahnerkappe, die kaiserliche Kappe auf. Zwar war sie nicht aus schwarzem, sondern aus blauem Tuch, und den Knopf mit dem kaiserlichen Monogramm hatte sie auch nicht, dafür aber war sie mit einem schönen metallenen, in die Unendlichkeit rollenden Wagenrad geschmückt, und zu beiden Seiten des Rades schossen ausgebreitete Flügel wie aus Engelsarmen hervor. Doch diese Kappe, unter solchen Umständen empfangen, bedeutete keine Auszeichnung mehr und bereitete Peter keine Freude. Ihr Reiz verging, ihr Zauber verflüchtigte sich, sobald er sie aufsetzen durfte. Peter war das Opfer seiner eigenen Einbildung.

Die Neuigkeit, daß Peter Niewiadomski eine Eisenbahnerkappe trug, wurde von der Welt mit Gleichgültigkeit aufgenommen. Und so naiv war Peter doch nicht, um die Veränderungen, die nach dem 28. Juli die Welt erfahren hatte, als Folgen seiner Beförderung zu betrachten. Trotzdem wunderte es ihn, daß die nächste Umgebung, die in

die Einzelheiten seiner Ernennung nicht eingeweiht war, ihm gar keine besondere Aufmerksamkeit schenkte. Sogar Magda blieb völlig gleichgültig. Derartige Gefühle empfindet vermutlich ein junger Autor, der seinen Namen zum erstenmal gedruckt sieht und sich wundert, daß die Leute auf der Straße nicht mit Fingern auf ihn zeigen. Eigentlich stellte Peter gar keine Forderungen an die Welt. Es schmerzte ihn nur, daß der Höhepunkt seines Lebens so eindruckslos verging, eher an eine unangenehme, ja eine geradezu erniedrigende Erinnerung geknüpft war und sich spurlos im allgemeinen Chaos und Pathos dieser denkwürdigen Tage auflöste. Bald darauf war sein Kopf so sehr von Gedanken über die Veränderungen in der Welt erfüllt, daß kaum noch Platz blieb für Gedanken über seine eigene Rolle in dieser Welt. Nicht einmal das Salutieren, wozu er jetzt das Recht hatte, freute Peter – seitdem er so viele Leute in Uniformen sah, die salutieren mußten.
Er verschloß die Tür seiner Hütte, nahm Baß mit und ging auf die Strecke hinaus. Die Frau des Wärters wohnte noch wenige Tage im Wärterhäuschen, doch fuhr sie bald mit den Kindern in die Stadt zu Verwandten. Niewiadomski war nun allein. Nur einmal täglich, um die Mittagsstunde, brachte Magda das Essen. Das Wärterhäuschen stand im offenen Felde, hoch oben auf dem Wall, man mußte Stufen hinaufklettern wie auf einer Leiter. Vor Peters Augen fingen von jetzt an Züge, Züge, Züge ohne Ende vorbeizuflitzen, mit Kriegsfracht beladen. Zehn Nächte lang konnte er nicht schlafen: so viel machten ihm die Schranken zu schaffen. Einmal stieß ihm sogar eine peinliche Geschichte zu: Durch sein Versehen wäre beinah ein Jude samt Wagen und Pferd überfahren worden. Peter verlor vollends den Kopf, den armen Kopf,

auf dem er jetzt die kaiserliche Kappe trug. Sie war ein wenig zu groß und rutschte ihm über die Ohren. Der Krieg betäubte ihn mit dem Getöse der Eisenbahnwaggons, dem zitternden Dröhnen der Kanonen auf ungedeckten Wagen, mit dem vielsprachigen Lärm der Soldaten.

Nach zehn Tagen und zehn Nächten wurden immer weniger Militärzüge in diese Richtung geschickt, immer seltener vernahm man den Gesang der Soldaten. Am Ende hörten die Transporte in dieser Gegend ganz auf. Alles wurde still. Allmählich wurde der Verkehr von Personenzügen wieder aufgenommen, obwohl der Schalter im sogenannten Wartesaal der Station Topory-Czernielitza sich nur einmal täglich öffnete; und kein Fahrplan bürgte mehr für Pünktlichkeit. Am häufigsten wurde Peter des Nachts durch die Güterzüge geweckt. Manchmal lag auf der Strecke eine solche Stille, und die Luft war so klar, daß er den Gesang der Telegraphendrähte hören konnte und die Stimme der Maschinen aus der fernen Sägerei.

II. KAPITEL

Stille herrschte am Himmel, und Stille herrschte auf der Erde; es bellten keine Hunde, und es krähten keine Hähne, als der Kaiser Franz Joseph seine Soldaten einberief. Die Stimme des Kaisers drang zwar nicht bis ins Huzulenland, wohl aber reichte dahin die kaiserliche Post. Und wohin auch sie nicht vordringen konnte, dorthin fanden Gemeindeschreiber und die Gendarmen.

Es saßen in Kanzleien die Feldwebel, es saßen die längerdienenden Suppacken und holten aus vergilbten, verstaubten Folianten die ältesten Jahrgänge hervor. Sie fischten die Namen sämtlicher Männer heraus, von denen sie nur das eine wußten: daß diese Menschen Namen haben. Jedem Namen stellten sie eine persönliche Einberufungskarte aus, und diese schickten sie der Gemeinde zu. So mancher von den Einberufenen lag schon seit langem auf dem Kirchhof seiner Gemeinde oder faulte in fremder Erde. Doch Namen sterben nicht so schnell wie Menschen, und der Tod führt seine Register genauer als die Feldwebel. So rief der Kaiser die Lebenden und die Toten.

Peter Niewiadomski gehörte zum Jahrgang 1873. Er selbst wußte nichts davon; denn er verstand sich nicht auf Zahlen, aber die Gemeinde wußte es. Die Gemeinde weiß alles. Die Gemeinde führte ebenfalls Bücher und Rubriken, in denen für ewige Zeiten mit Tinte eingetragen wurde, wann wer auf diese Welt gekommen oder aus ihr gegangen ist. In Friedenszeiten zählt die Gemeinde jedem

Menschen vor, daß er das einundzwanzigste Lebensjahr vollendet hat, und jeder muß sich beim Militär melden. Blind, hinkend, taub, bucklig – einerlei: einmal im Leben muß sich jeder stellen. Beim Militär ist es nämlich wie in der Heiligen Schrift: alle sind berufen, aber nicht jeder ist auserwählt.
In Friedenszeiten war Peter bei allen drei Musterungen für untauglich erklärt worden, als einziger Ernährer der Familie, die damals aus der greisen Mutter und dem unehelichen Kind der Paraska bestand. Bald nach diesen Musterungen starben beide, zuerst das Kind, dann die Alte, aber Peter – was gewann er schon dabei? Das gewann er: er brauchte nicht zum Militär. Er dachte schon, sie hätten ihn vergessen, doch da irrte er sich. Der Kaiser hatte nämlich ein gutes Gedächtnis: wen er braucht, dessen erinnert er sich auch nach zwanzig Jahren noch. Nein! Der Kaiser hat Peter Niewiadomski nicht vergessen, er hat ihn sich nur für die schwarze Stunde vorbehalten.
Und wirklich kam die Stunde. Nicht schwarz, sondern hell, eine vorabendliche Stunde, in der die Erde still wird, wie von der Hand eines Engels gestreichelt, für den gerade die Glocken in allen Kirchen läuten. Der weite Himmel, blau wie das Gewand der Jungfrau Maria, umfängt sanft die Erde, auf der aller Lärm und Streit verstummt. Insektenschwärme, vom fortwährenden, kreisenden Flug in der erhitzten Luft ermüdet, dämpfen den Schlag ihrer summenden Flügel. Die besänftigte, erlöschende Glut öffnet unsichtbare Ventile. In dieser Stunde schlagen sogar hadernde menschliche Herzen ruhiger, und den größten Bösewichtern dieser Welt wird die Gnade des Friedens zuteil.
Peter war von der großen Ruhe ergriffen. Er vergaß den Krieg, der weit hinter dem erlöschenden Horizont wütete.

außerhalb der Grenzen seiner müden Sinne. Schon verstummte in abgekühlter Luft das letzte Stöhnen der fernen Sägemaschine, und über dem Grün der Büsche, die das Dorf verdeckten, stieg allmählich blauer Rauch aus allen Hütten. Überall bereitete man schon das Abendessen. Aus jenen Hütten, die Schornsteine hatten, schoß der Rauch in kerzengeraden Säulen hinauf und zerfloß im azurnen Äther, aus armseligen Lehmhütten dagegen bettete er sich niedrig als breite und träge Wolke. Peter machte sich daran, Kartoffeln zu schälen. Der letzte Tageszug ist schon an dem Wärterhäuschen 86 vorbeigefahren. Erst in zwei Stunden sollte ein Güterzug kommen. Peter setzte sich auf die Schwelle des Häuschens; nahm die Kappe ab. Baß lag neben ihm, mit gesenkter Schnauze, und belauerte die Ameisen, die in dichten Schwärmen auf dem Boden wimmelten. In dieser Stille tat er ihnen nichts Böses. Man konnte sein ruhiges, gleichmäßiges Atmen hören.

Plötzlich hob der Hund die Schnauze und spitzte die Ohren. Er vernahm ein verdächtiges Geräusch unterhalb des Damms. Nach einer Weile sprang er jäh auf und verharrte in abwartender Haltung. Jemand mußte an die Drähte gestoßen haben, die Peters Kurbel mit den Schranken verbanden; sie ertönten mit leisem, feinem Geklirr. Niedrig angebracht, dicht über der Erde, zitterten sie längere Zeit in der Stille. Etwas ging durch die Stille, etwas näherte sich dem Wärterhäuschen. Peter beachtete die Unruhe des Hundes nicht. Er schälte fleißig Kartoffeln und warf sie in einen irdenen Topf voll Wasser. Baß aber witterte etwas Schlimmes und begann zu knurren. Und als das Geräusch immer näher kam, hielt er es nicht aus und bellte laut. Er verschluckte sich im Bellen, in dem Angst war und Zorn und Protest. Und das Böse schlich still, wie eine giftige

Schlange, durch das Gebüsch, glitzerte mit goldenen Flekken durch das Grün, verlor sich, kroch wieder hervor.

»Kusch, Baß!« rief Niewiadomski und stellte die Kartoffeln zur Seite. Baß duckte sich, hörte auf zu kläffen, knurrte nur noch leise in sich hinein. Zwischen den Büschen blitzte ein Bajonett auf, das wie ein Spiegel die schiefen Strahlen der versinkenden Sonne sammelte. Hierauf erschien die goldene Spitze eines Soldatenhelms, und auf einmal tauchte hinter dem Wall der Krieg auf. Er marschierte in schwarzen, beschlagenen Schaftstiefeln, kletterte die Treppe mit Gewehr und Säbel hinauf und stand vor Peter da in Gestalt des Gendarmeriekorporals Johann Durek.

Beim Anblick des Gendarmen wurde Peter immer unheimlich zumute. Nicht, daß er etwas auf dem Gewissen gehabt hätte, sondern nur, weil ein Gendarm immer nach Gefängnis und Ketten riecht, die er auf jeden Fall in der Diensttasche aufbewahrte. Den Korporal Durek kannte Peter genau. Oft unterhielt er sich mit ihm auf der Station, und diese Bekanntschaft erfüllte ihn mit Stolz. In Peters Augen galt jener Gendarm als Gipfel der Intelligenz und des guten Geschmacks. Eine Art Seife, die Korporal Durek beim Rasieren gebrauchte, verfehlte nicht, mit ihrem eigenartigen Geruch auf Niewiadomski Eindruck zu machen. Am meisten jedoch imponierte ihm der goldene Zahn, der im Munde des Gendarmen glänzte, so oft er ihn auftat, sei es dienstlich, sei es privat. Dieser Zahn machte den Abstand zwischen Peter und der Person des Johann Durek deutlicher als das ganze Gold auf dem Helm und an der Uniform, deutlicher noch als das bedrohliche schwarze Sturmband am Halse, als der Karabiner und der Säbel. Er flößte *ad personam* Respekt ein, und selbst wenn sich der Korporal Durek nackt ausgezogen hätte, auch

dann noch hätte ihn der Goldzahn vor jeder Vertraulichkeit geschützt.
Diesmal tat Durek den Mund dienstlich auf, doch geruhte er, ihn mit einem privaten Lächeln versöhnlicher zu machen.
»Hab' für Sie eine Einladung, Niewiadomski!«
»Etwa zum Militär?«
»Nein, zu einem Ball!«
Die Ironie war unbekannt in dieser Gegend. Darum fühlte Peter auch im ersten Augenblick ihre Spitze aus den Worten des Gendarmen nicht heraus. In Peters Kopfe huschten für einen Augenblick Bruchstücke einer Tanzmusik vorbei, irgendeiner Kolomyjka, von Ziehharmonika und Geige gespielt, und vor seinen Augen wirbelten schwere, bunte Röcke. Der Gendarm gab ihn bald der Wirklichkeit zurück. Aus der Ledertasche zog er ein kleines, versiegeltes Papier.
Gutenberg, Johann Gutenberg hieß jener Mann, den der Teufel in Mainz mit Rheinwein betrunken machte und im Jahre 1450 eine neue Tortur für Schriftunkundige, für die Armen im Geiste erfinden ließ. Vom Teufel besessen, gründete Gutenberg zusammen mit einem gewissen Faust die erste Druckerei. Von nun an verbreitete sich die teuflische Saat wie eine Choleraseuche, um bei Tag und Nacht gierige, vom Hochmut ihrer Kenntnisse gefangene Seelen zu verwirren, zu bezaubern und zu vergiften. Und obwohl man seit jener Zeit so viele unschuldige Ballen weißen Papiers mit schwarzen Teufelszeichen beschmutzte, daß man in dieses Papier die ganze Erdkugel hätte einwickeln können, gab es noch im Jahre 1914 viele gerechte Menschen auf der Erde, besonders im Śniatyner Bezirk, die der Versuchung nicht erlagen. Sie erschraken nicht einmal vor dem Gesetz der allgemeinen Schulpflicht, nicht vor

Geldstrafen, nicht vor Haft, sondern zogen es vor, zu zahlen oder abzusitzen, als die Seelen ihrer Nachkommen mit dem lateinischen oder dem kyrillischen Alphabet zu bedrängen. Freilich hatten sie in diesem siegreichen Kampf einen stillen, jedoch mächtigen Verbündeten. Und zwar: das Budget des K. K. Ministeriums für Kultur und Unterricht. Und also war es die Regierung selbst, die indirekt den Teufel bekämpfte, der in jeder Schrift sitzt, sogar in der Heiligen Schrift. Aus diesem Grunde eben unterschreibt ein rechtschaffener Mensch keine Papiere, sondern er setzt drei: + + +. Diese drei heiligen Zeichen vertreiben den Teufel aus allen Kontrakten, Quittungen und Wechseln.

Der Teufel freilich ist rachsüchtig. Auf allen Wegen des menschlichen Lebens, auf den geraden und auf den Kreuzwegen, stellte er wie Vogelscheuchen Tafeln und Warnungen auf.

Hier ist das Spucken verboten! Dort ist das Rauchen verboten! Und die Unkenntnis des Gesetzes schützt nicht vor Strafe. ›Kein Trinkwasser!‹ ruft der Teufel über dem riesigen Faß auf der Station Topory-Czernielitza.

›Achtung auf den Zug!‹

›Strzeż się posiągu!

Позір! Стерегтися Поїзду!*(›Sterehty sia pojiżdu!‹) ›Sama la trenu!‹*

schreit der Teufel mitten im Felde von einer Holztafel am Pfosten, unweit von dem Wärterhäuschen 86. Er heuchelt die Ergebenheit eines Freundes, der ums menschliche Leben besorgt ist, als läge ihm dies am Herzen und nicht des Menschen Tod. Und der Tod ist überall, überall muß man vor ihm fliehen. Nicht nur im Kriege. Überall, wo Geleise sind, ist auch der Tod, und er kann jeden Augenblick aus ihnen herausspringen. Der Tod lauert in der sonnigen Luft und fällt plötzlich als Blitz auf die Köpfe der Schnitter.

Der Tod ist im Wasser. Viele Wasserleichen werden in der Sommerzeit aus dem Pruth und aus dem Czeremosz herausgefischt. Der Tod sitzt sogar in den Pilzen, auch mit den Pflaumen kriecht er in unserem Bauch, und auf dem Grunde der Süßigkeit liegt die gefährliche Ruhr. Der Teufel lacht den Tod des Menschen aus, dieser falsche Freund. Zu den Tauben spricht er mit Worten, die Blinden warnt er mit Zeichen. Gewiß gibt es Mittel, den Teufel zu betrügen. Zum Beispiel: den Schlagbaum. Das Pferd, die Kuh und der Huzule können nicht lesen, und doch sandte ihnen Gott einen Engel, ebenfalls einen Analphabeten, der sie vor dem Tode auf den Schienen schützt. So manche Kuh, so manchen Huzulen hätte der Teufel geholt, besonders in dieser Kriegszeit, wäre nicht Peter Niewiadomski da.

Der Korporal wußte, daß Niewiadomski ein Analphabet war. Und trotzdem überreichte er ihm die Einberufungskarte mit einer Miene, als wüßte er's nicht. Es schmeichelt der Eitelkeit des Korporals sehr, daß ihn Niewiadomski wird bitten müssen, das Papier vorzulesen. Für Leute, die lesen konnten, war Durek nur der Vollstrecker der Befehle einer höheren Gewalt, er fühlte sich Analphabeten gegenüber nicht nur als Teilhaber dieser Gewalt, eingeweiht in ihre Intentionen, sondern zugleich auch als Repräsentant der Bildung. Er war für sie der Vertreter der Schuld und Strafe und besaß nicht nur die Schlüssel zu Gefängniszellen, sondern auch zu allen Geheimnissen, die im geschriebenen Wort eingeschlossen sind. Auch diesmal konnte sich Durek das Vergnügen an seiner Überlegenheit über Niewiadomski nicht versagen, doch war er weit davon entfernt, sich an der Qual der Geringen weiden zu wollen. Im Gegenteil. Erst vor einer Stunde sprach er bedauernd, im Flur eines nahen Herrenhofes, wohin er sich begab, um

die bevorstehende Beschlagnahme des Heus anzusagen, und wo man ihn mit einem Gläschen Schnaps, einem Stück Kuchen und einigen Zigaretten empfing:
»Unser Volk ist noch sehr ungebildet, gnädige Frau Gräfin, – *Minimum* achtzig Prozent Analphabeten.« Mit dem Wort ›Minimum‹ wollte er zu verstehen geben, daß er selbst zu den Gebildeten gehörte.
Seine Hoffnung war nicht vergeblich. Niewiadomski warf einen hilflosen Blick auf das Papier und sagte: »Ich möcht' Sie bitten, Herr Korporal ...« Der Gendarm wußte das weitere. Das reichte ihm als Genugtuung. Rasch öffnete er den Bogen, dort wo das Siegel war, schaute nach dem Termin und verkündete streng:
»In fünf Tagen pünktlich um 9 Uhr früh vor der Kommission in Śniatyn!«
Das Wort ›pünktlich‹ unterstrich er mit einer Stimme, an der zu erkennen war, daß Korporal Durek den Autoren des Schriftstücks volle Zustimmung zollte. Doch Peter wollte genau wissen, was auf dem blauen Papier stand, und er bat Durek, ihm alles von Anfang bis Ende vorzulesen. Durek strahlte. Seine Gesichtszüge wurden noch strenger als sonst, und seine Stimme erinnerte an die Stimme eines Schauspielers, den man ein Todesurteil vorlesen läßt. Mit besonderem Nachdruck betonte er die Worte lateinischen Ursprungs. »Herr Peter Niewiadomski«, rezitierte er, »hat sich zur Musterung zu melden ...« Nicht so schlimm, wenn sie mich mit Herr anreden, dachte Peter und atmete erleichtert auf. Seine Ohren schluckten jedes Wort, und seine Phantasie nahm es mühevoll auf. Manche Worte jedoch waren nicht hinunterzuschlucken. Sie waren spitzig und böse wie Bajonette. »Der Einberufene hat sich in nüchternem und sauberem Zustande zu stellen ...« Werde im Pruth ein Bad nehmen müssen und

die Magda ein Hemd waschen lassen... »Das Nichterscheinen zum bestimmten Termin hat eine Zwangsvorführung vor die Kommission zur Folge und wird mit Haft und Geldstrafe laut Paragraph 324, Artikel 12 und Paragraph 162, Artikel 13 des Landsturmgesetzes vom Jahre 1861 bestraft...«

Was soll das alles heißen? Zuerst sagen sie ›Herr‹, rufen in Güte, haben Zutrauen, und wenn du nicht gehorchst, dann heißt es: ›Bajonett auf!‹ und ins Gefängnis. Peter sah schon den Korporal Durek, wie er die Ketten aus der Ledertasche zog und ihm das Bajonett vor den Hals hielt. War er doch selbst dabeigewesen, wie Korporal Durek den Banditen Matwij, ›Bulle‹ genannt, gefesselt zur Eisenbahn führte.

Der Gendarm hatte zu Ende gelesen, er faltete das Papier sorgfältig zusammen, übergab es dem Vorgeladenen und beobachtete den Eindruck, den seine Rezitation hervorgerufen hatte. Peter schwieg und schien gleichgültig. Der Gendarm war damit nicht zufrieden. Der ganze Effekt ging verloren. Um also das Bedrohliche der Situation zu steigern und auf seine Macht anzuspielen, sagte er:

»Und wissen Sie, wie wir jetzt mit Deserteuren umgehen? Feldgericht und eine Kugel ins Genick!«

»So ist's richtig«, erwiderte Niewiadomski.

Durek war gedemütigt. Um die Lage zu retten, lächelte er, entblößte den Goldzahn und nahm geräuschvoll das Gewehr von der Schulter. Er besah den Verschluß, überzeugte sich, daß er gesichert war, und stützte das Gewehr an die Wand. Er legte den Helm ab, trocknete mit einem Tuch den Schweiß von der Stirn und setzte sich auf die Schwelle. Dann zog er aus der Tasche eine glänzende Zigarettendose aus imitiertem Silber, mit Zigaretten vollgestopft, die er auf dem Gut von der Gräfin geschenkt bekommen hatte. Und mit Händen, die sich jeden Augenblick in Hände der Gerechtigkeit verwandeln konnten, reichte er Peter die Dose. Peter nahm eine ›Damenzigarette‹ und bemerkte auf dem Emailrücken der Dose einen rosigen weiblichen Körper, der sich schelmisch aus einer Spitzenunterhose hervorbeugte. Er verspürte eine Wärme im Rücken und erinnerte sich an Magda, die nach Sonnenuntergang mit Milch kommen sollte. Sie rauchten und schwiegen. Plötzlich schaute Kaiser Franz Joseph Peter Niewiadomski an. Er schaute vom Kreuz herunter, das auf der Bluse des Gendarmen an einem rot-weißen Bändchen hing. An der Stelle, wo sich die Arme des Kreuzes schnitten, glitzerte die goldene Büste des Kaisers, von einem Kranz umrahmt. Denn Gott und Kaiser sind immer zusammen. Franz Josephs blecherne, kalte Augen stachen Peter durch den Rock, stachen durch das verschwitzte Hemd und drangen bis in sein Gewissen. Wer in so einer Stunde nicht freiwillig dem Kaiser gehorcht, der vom Kreuze ruft, dem wird Jesus Christus am Tage des Jüngsten Gerichts nicht verzeihen.

Zweimal im Leben stand Peter vor Gericht. In beiden Fällen als Zeuge. Es handelte sich um Diebstähle auf der Bahn. Er legte seinen Schwur vor dem Kruzifix ab, das zwischen zwei brennenden Kerzen auf dem Tische stand. Der Richter in einem langen schwarzen Talar und mit einer Kopfbedeckung, die dem Barett eines Geistlichen ähnlich sah, verkündete das Urteil: »Im Namen seiner Majestät...« Da mußten alle aufstehen, wie in der Kirche während der heiligen Messe. Es erhob sich das Gericht, es erhoben sich die Angeklagten und die Zeugen, die Schuldigen und die Unschuldigen. Aber niederknien mußten sie nicht. Über dem grünen Tisch, genau über dem Kruzifix, hing ein riesiges Bildnis des Kaisers.

Peter rauchte die Zigarette zu Ende, und es fiel ihm auf, daß er mit dem Stummel auch den kaiserlichen Adler auf die Erde warf. Der Adler war auf dem Mundstück abgedruckt, denn Zigaretten sind kaiserlich. Alles auf dieser Erde ist des Kaisers oder Gottes Eigentum, dachte Peter. Die Erde und der Himmel, der Pruth und der Czeremosz, die Karpathen und die Kühe, Hunde und Menschen gehören Gott. Die ganze Eisenbahn dagegen, alle Waggons und Lokomotiven, alle Wärterhäuschen und Schranken, sogar ein Stück verrosteten Drahts, sogar eine durchgefaulte Schwelle unter den Schienen, gehört dem Kaiser. Wer eine Schwelle stiehlt, schädigt den Kaiser, und dafür nimmt ihn ein kaiserlicher Gendarm ins kaiserliche Gefängnis. Recht hat er! Die Hauptsache auf dieser Welt ist selbstverständlich das Geld. Und wem gehört das Geld? Es gehört dem, dessen Haupt daraufgeprägt ist. Der Kaiser gibt dem Menschen Geld, so wie ihm Gott das Leben gibt. Das eine aber wie das andere sind nur Leihgaben. Der Kaiser macht mit Gott verschiedene Geschäfte, deswegen hat er das Recht, dem Menschen das Leben zu nehmen, das ihm Gott geborgt hat.
»Nun, so werde ich zum Militär gehen!« sagte Niewiadomski laut.
Der Gendarm schulterte sein Gewehr, setzte den Helm auf und warf den schwarzen Riemen um den Hals. »Nur keine Angst, Niewiadomski! Genommen werden Sie, da ist nichts zu machen, alle nimmt man jetzt, aber, wenn Sie meine Meinung hören wollen, bis Weihnachten ist Schluß mit der ganzen Parade!«
Er sagte: bis Weihnachten, obwohl er überzeugt war, daß der Krieg schon in vier Wochen zu Ende sein werde. Dann salutierte er und ging. Peter vergaß, daß auch er eine kaiserliche Kappe trage, und lüftete sie nach Zivilistenart. Baß

sprang wiederum auf und begann zu bellen, doch Peter brachte ihn mit einem Fußtritt zum Schweigen. Die Drähte tönten, der Gendarm war schon auf der anderen Seite. Bald verschlang die Stille seine Schritte.

In Peters reglosen Fingern steckte das blaue Papier, wie ein Heiligenbildchen zwischen den steifen Fingern eines Verstorbenen. Es packte ihn Angst vor dem Papier, das er nicht verstand. Solange der Gendarm hier war, lebten die Buchstaben und waren menschlich, jetzt aber saß in ihnen der Teufel und schreckte mit Geheimnissen. Peters Schicksal hing jetzt von schwarzen, kleinen bauchigen Kreisen ab, von schlanken und steifen Strichen. So wehrlos sein den Buchstaben gegenüber und nicht einmal wissen, welchen Worten sie entsprechen! Er blickte auf das Wort ›pünktlich‹, und es schien ihm, als sehe er das Wort ›Arrest‹. Eine dunkle Zelle und eiserne Gitter im kleinen Fensterchen. Es war ihm, als ob die Ketten der Buchstaben wie Glieder eiserner Ketten seine Hände fesselten. Auf seinen Händen sah er bereits rote Striemen. Es erwachte in ihm etwas wie ein Gefühl persönlicher Freiheit, die es zu verteidigen galt. Er verstand nur nicht, wie man sie durch ein Stück blauen Papiers verlieren kann. Mit Verzweiflung erfüllte ihn die Machtlosigkeit gegen einen Feind, den er in den Fingern zerknittern könnte und in Stücke zerfetzen, und der Feind würde nicht einmal aufzucken.

Aber vielleicht ist das alles nicht wahr? Vielleicht hat ihn der Gendarm belogen? Wie konnte ein lebloses Papier Gewalt über einen lebenden Menschen haben? Warum sind die Menschen so dumm und glauben an Papiere? Plötzlich entdeckte Peter mit Entsetzen, daß auch die Fahrkarten aus Papier waren, und doch zahlte man Geld dafür. Und das Geld ist auch nur Papier, besonders die wichtigsten Scheine: die 10-Kronen und die 20-Kronen, und wehe dem, der sie verliert. Er selbst mühte sich sein ganzes Leben hindurch, um jeden Ersten des Monats 10 papierne und 5 silberne Kronen zu bekommen. Jawohl, dies alles hat der Teufel ausgedacht! Und was nützte es, wenn er, Peter Niewiadomski, die Vorladung zerreißen würde? Er würde sich höchstens selbst betrügen und nicht den Teufel. Bis jetzt glaubte Niewiadomski, daß der Mensch nur dann gefangen ist, wenn ihm ein Lebender und Stärkerer die Hände fesselt, ihn am Nacken packt, ihn zu Boden wirft. Aber das Papier? Von nun an wußte er, daß es unsichtbare Kräfte gibt, die auch imstande sind, einem Menschen seine Kraft und seine Freiheit zu rauben. Sie verweilen irgendwo in der Ferne und wissen alles über uns und können alles über uns beschließen, ja sogar in den Tod schicken. Da nützen unser Verstand und unser Wille gar nichts mehr. Denn in diesen schwarzen, winzigen, lebendigen Buchstaben münden unsichtbare Fäden, die, wie Telegraphendrähte, von weither, aus Wien, ja vom Kaiser selbst ausgehen. Diese Worte schrieb der Kaiser selbst. Das ist klar, sonst hätten sie nicht eine so große Gewalt!

So ist es also? Der Kaiser weiß von meiner Existenz? Er weiß, daß in der Gemeinde Topory-Czernielitza, im Bezirk Śniatyn, auf der Linie Lemberg-Czernowitz-Itzkany, der Träger Peter Niewiadomski, der Sohn Wassylinas, lebt und ihm treu seit zwanzig Jahren dient? Er kennt mich also, der Kaiser? Er braucht mich, deswegen schreibt er mir: Herr? Herr Peter Niewiadomski! Ein schönes Wort! Und Peter sah den Kaiser, wie er in Wien in seiner Kanzlei sitzt, hinter einem großen Tisch mit goldenen Kanten, und Briefe schreibt an alle Huzulen. An ›die Herren‹ Huzulen.

Schon begann die Nacht ihre Vorhänge über die huzulische Erde zu breiten und ihre Lichter am Himmel zu verschieben. Von den beiden Flüssen Pruth und Czeremosz stiegen Nebel und Dünste. Peter erhob sich, streckte die Knie, seufzte schwer, griff nach dem Topf mit den rohen Kartoffeln und kehrte dem Himmel, der Erde und der hereinbrechenden Nacht den Rücken. Baß ließ er draußen. Er trat in die Stube, stellte die Kartoffeln auf den abgekühlten Herd. Er hatte keine Lust zu essen. Er legte sich in Stiefeln aufs Bett. Plötzlich fuhr er auf, ging an die Tür und drehte den Schlüssel um. Das pflegte er sonst nie zu machen. Dann legte er sich wieder aufs Bett, rücklings, und bemühte sich, nichts zu sehen und an nichts zu denken. Er sah jedoch viel. Also schloß er die Augen. Aber auch das half nicht. Selbst durch die geschlossenen Lider schlich die Wirklichkeit ins Hirn und quälte ihn mit Bildern. Er sah und fühlte auf sich die Hände des Korporals Johann Durek, die drohenden Hände der Gerechtigkeit.

Um diese Zeit kehrten die Kühe, von grünen Kräutern und farbigen Blüten satt, von den Weideplätzen zurück. Der feierliche Zug hielt am Wege zu den Ställen, stand reglos da. Die Kühe berührten mit den Hörnern die eigenen Rücken und brüllten gen Himmel wie Dampfersirenen: sie wollten die übermäßige Last, die ihre Euter schwellte, loswerden. In den Schreien der Kühe ertönten Urkräfte des Lebens und der Vegetation, der Milch und der Mutterschaft. Die Stimme des Viehs zerbrach, wie in Vorahnung der Schlachthäuser. In diesem ergreifenden Ruf nach Linderung, nach Rast, nach Schlaf erkannte Peter die Stimme seiner eigenen Seele. Auch seine Seele war schwer und beladen und nährte sich von Gras. Mit Mühe verdaute sie jetzt ihr Schicksal, das unverdaulich war wie rohes Fleisch.

Frösche begannen schon ihr nächtliches Quaken, Grillen stachen in die Stille wie mit Nadeln. Auch Baß erinnerte sich an alte Sorgen, vielleicht noch aus einem früheren Dasein, er bellte jedoch nicht gegen den Krieg, er heulte nur traurig zum aufgehenden Mond. Vielleicht schmerzte ihn ein Zahn.

Peter lag mit offenen Augen, die stumpf in die Finsternis stierten.

Auf der ganzen Welt verdarben Gendarmen den Menschen den Appetit.

III. KAPITEL

In jenen Tagen wurden die Körper der Männer gewogen und gemessen. Man sortierte sie nach Gattungen, man klaubte sie aus wie Kartoffeln, wie Früchte, vom Baume des Lebens geschüttelt. Man nahm sie in Massen: schockweise, zentnerweise, waggonweise, und warf alles weg, was ungeraten war, verdorben, krank. Denn groß war seit dem letzten Kriege die Saat an menschlichen Körpern. Von keiner Elementarkatastrophe betroffen, von keiner Seuche dezimiert, gingen schon zwei Generationen von Körpern zugrunde und verfaulten, ohne einen Krieg zu erleben. Doch das Vertrauen, das man der automatischen Zucht der Gattung schenkte, versagte nicht. Das unbewußte Verdienst der Eltern empfing heute die gebührende Huldigung.

Es war das erste Mal seit vielen Jahren, daß man uns nicht nach den Kleidern beurteilte. Im Gegenteil: heute hatten wir nur entblößt irgendeinen Wert, nur nackt konnten wir unsere höchsten Vorzüge zeigen. Nichts mehr wollte man über uns wissen als dies eine: ob wir gesund seien. Man prüfte unsere Zähne, wie man es mit Pferden auf dem Markte tut, man betrachtete uns von vorne, man betrachtete uns von hinten, man klopfte an unser Inneres, um sich zu überzeugen, ob wir nicht wurmstichig seien.

Bis dahin waren wir nur Namen. Alle Kalkulationen des Kriegsministeriums und des Generalstabs stützten sich auf die Zahl der Namen. Namen gingen auf der Welt herum,

Namen mästeten sich, mehrten sich, um sich am Tage der Mobilmachung in Körper zu verwandeln.
Gericht über die Körper wurde in geräumigen Bierstuben, in Tanzsälen und in Wirtshäusern gehalten, denn in größeren Städten strömten die Körper in solchen Massen herbei, daß sie von den Räumen des Ergänzungsbezirkskommandos nicht aufgenommen werden konnten. Also drängten sie sich in Glasveranden, wo sie, ohne bestraft zu werden, Scheiben zerschlugen, stundenlang warteten die Körper in Gärten, in denen noch die Nachklänge der Melodien aus der ›Lustigen Witwe‹, dem ›Walzertraum‹ und dem ›Herbstmanöver‹ schwebten. Hie und da hingen noch an Drähten, die zwischen den Ästen von Kastanienbäumen gespannt waren, bunte chinesische Lampions wie abgehackte Köpfe der letzten Zeugen eines Festes. Und im Hintergrunde des unaufgeräumten Gartens, zwischen fettigem Brotpapier und Wurstabfällen, herrschte der Orchesterpavillon, in ein Möbelmagazin verwandelt. Grüne Stühle und grüne Tischchen krochen schamlos aufeinander und füllten die Muschel des Pavillons bis an die Decke, an dessen Spitze eine goldene viersaitige Lyra glänzte.
So ging es aber nur in großen Städten zu, und Śniatyn ist keine große Stadt. Die berühmte Stadt Śniatyn ist ein kleines Nest, und die Musterungskommissionen amtieren dort im eigenen Gebäude. Nur die Stühle wurden aus benachbarten Wirtshäusern requiriert.
Vom frühen Morgen an wartete Peter Niewiadomski, daß er an die Reihe käme. Es war ein heißer Tag. Peter wollte ein Bier trinken, das zwei Schritte von hier in der Schenke des Sch. H. Schames zu haben war, doch widerstand er der Versuchung, des Verbotes eingedenk, welches in der Einberufungskarte genannt war. Er wird schon nach der Musterung trinken. Er wartete unter einer Menge von

Bauern, Juden und verschiedenen Herrlein. Dieses Gemisch aller Stände und Trachten verwirrte ihn. In kurzen Zeitabständen erschien im Tor des Gebäudes ein dicker, kleiner Feldwebel, ohne Mütze und ohne Säbel. Die Menge verstummte. Aus großen Papierbogen las der Feldwebel Namen. Jeder Name mußte ›hier‹ zurückrufen. Das ›hyr‹ der Bauern klang wie ein Schlucken. Die Augen aller Anwesenden hingen aufmerksam an den Lippen des Feldwebels, von denen Namen schwirrten wie summende Insekten. Peter wartete und wartete. Er wollte sich nicht einmal unterhalten – so sehr war seine Kehle ausgetrocknet. Das lange Warten vor den Toren der Behörden hat auch seine guten Seiten: noch weiß man dort nichts über uns, wir sind für sie nur Namen. Noch ist Zeit, und man kann sich zurückziehen. Im letzten Moment kann sich noch alles wenden. Unter den Menschen, die jetzt vor dem Ergänzungsbezirkskommando in Śniatyn warteten, fehlte es nicht an Optimisten. Gegen alle Vernunft glaubten sie an Wunder und hegten tief in ihren Seelen die Zuversicht auf ein Ende des Krieges – bevor der Feldwebel ihre Namen aufrief. Peter Niewiadomski gehörte nicht zu diesen Menschen. Ihm war alles gleich.

Auf der anderen Seite der Straße stand die Schule. Ein rechteckiges, einstöckiges Gebäude mit einem roten Ziegeldach. Über dem Tor bemerkte Peter eine kleine Glocke. Sie erinnerte an jene Glocken, die er auf Türmchen der Friedhofskapellen und in manchen Meierhöfen auf den Dächern der Viehställe sah. In den Meierhöfen läuteten sie zu Mittag, und auf den Friedhöfen . . .

Peter fürchtete den Tod nicht, doch schien es ihm besser, den Anblick seiner Zeichen zu meiden. Dann weckten Bänke Peters Aufmerksamkeit, die draußen vor der Schule standen. Größtenteils waren sie mit Tinte befleckt. Sie erinnerten ihn daran, daß er weder lesen noch schreiben konnte. An der Seite stand eine große, schwarze Tafel wie ein schwarzes Schild des Teufels. Aus den offenen Fenstern beugten sich viele Köpfe heraus, in Mützen und Hüten. Es waren keine Kinderköpfe. Manche hatten sogar graue Haare.

Um die Mittagszeit schwirrte unter dem dunklen Schnurrbart des Feldwebels der Name: Niewiadomski hervor.

Er stand auf der Liste an vierter Stelle. Niewiadomski rief laut: »Hyr!« und das Wort, das geschriebene Wort, das durch Bücher und Register wandernde Wort – wurde zu Fleisch. Von den vierzig aufgerufenen Namen gaben vier keine Antwort. Sie gingen in der weiten Welt verloren. Alle Anwesenden wandten ihre Köpfe und suchten in der Menge nach den verlorenen Namen. Aber sie fanden sie nicht.

Über steinerne Stufen, die nach Karbol rochen, führte der Feldwebel die ganze Gruppe in einen Saal im ersten Stockwerk. Er befahl, sich rasch zu entkleiden, und verbot das Rauchen. Hier stank kein Karbol mehr. Eine dicke, übelriechende, stickige Luft strömte von den nackten und halbnackten Leibern, die sich in diesem Saal drängten wie auf einem Freskogemälde, welches die Hölle darstellt. Die Luft verschlechterten noch die Kleider, die auf allen Bänken oder gar auf dem Fußboden im Staub drunter und drüber herumlagen. Gespenstisch hingen von Nägeln und Holzpflöcken Hosen herunter, müde, fadenscheinige Ärmel, durchschwitzte Hemden und Wämse, schmutzige Unterhosen, Pelzwesten und Kaftans. Sie sahen aus wie verwesende Leichen von Gehenkten. Unter den Bänken nistete schüchtern verschiedenes Schuhwerk, von eleganten Halbschuhen moderner, amerikanischer Form bis zu dicken Huzulensandalen. Die wenigen herrschaftlichen

Röcke und Westen, die kunstseidenen Hemden mit Liegekragen, bunte Foulardkrawatten und Panamahüte verschwanden in der beängstigenden Menge bäurischer Kleider. Johann Maria Farina gegenüber dem Jülichsplatz, der uralte Bezwinger des Gestanks, gab klein bei und verduftete. So wird voraussichtlich der Wartesaal des Jüngsten Gerichts aussehen, wo sämtliche Unterschiede aufgehoben sein werden, die einst Menschen trennten. Hier waren alle Menschen nackt, und der Gestank, dieser repräsentative Geruch des irdischen Seins, war das herrschende Element. Jeder Körper brachte die Düfte seines Hauses mit sich, das Aroma seiner alltäglichen Mühe, wie auch die Ausdünstungen der Tiere, die mit ihm diese Mühe teilten. Huzulen brachten die stickige Luft ihrer elenden, nie gelüfteten Lehmhütten mit, die Ackerleute rochen nach Erde und Getreide, die Hirten – nach Dünger, die Juden – nach Schenke, Mühle und Schabbes. Und wenn auch niemand etwas zu essen mitbrachte, konnte man doch an den Ausdünstungen der Körper erkennen, womit jeder von ihnen sich nährte. Es half kein Karbol, es half kein Desinfizieren, schon am ersten Tage der Musterung roch es im Saale nach Stall und Vieh. In diesem Kampf der Gerüche, den hier Zivilisation und Hygiene mit der Natur ausfochten, siegte die Natur. Wenigstens in jenem Saale, der als Garderobenraum diente. Von Zeit zu Zeit erschien ein drohend-schweigender Soldat mit einer Wasserflasche. Auf keine Frage der Zivilisten gab er Antwort. Er rauchte Zigaretten und besprengte den Fußboden, um den Staub, die zu Pulver gewordene Erde, zu bändigen. Doch der Staub wollte nicht weichen. Der stolze Soldat kehrte nach getaner Pflicht zurück, woher er kam, und kümmerte sich nicht um das Ergebnis seiner Bemühungen. Niemand gab auf die verlassenen Kleider acht. Wer Lust hatte, konnte stehlen. Doch hier lockte niemanden fremdes Gut. (Sogenannte Wertgegenstände wie Geld und Uhren nahm man in den Musterungsraum mit.) Irgendein Zauber, eine Hexerei haftete scheinbar an den von den Eigentümern verlassenen Kleider, sie waren unantastbar, sie waren tabu. Man ist versucht zu sagen, in diesen Hemden, Hosen und Schuhen blieb die Seele des Menschen stecken, dessen Körper soeben von der Kommission gerichtet wurde.

Bevor jedoch die Körper vor das Antlitz der Kommission vordrangen, mußten sie die Folter der Stühle erdulden. In der Tür, die vermutlich zur Kommission führte, erschien derselbe Feldwebel, der unten vor dem Tore die Namen aufrief. Er las sie jetzt noch einmal vor, doch nur zu je zwei. Und plötzlich fand sich Peter Niewiadomski, von der Stimme des Feldwebels mitgerissen, in einer viereckigen Stube, wo an jeder der vier Wände Stühle in einer Reihe aufgestellt waren, ein Stuhl am anderen, und auf jedem Stuhle saß ein aller irdischer Hülle, allen Schmucks und allen Scheins entblößter – Körper.

Zusammen mit Peter trat ein Jude mit einem langen, dunklen Bart herein. Gegenüber der Tür, durch die sie hereinkamen, erblickte Peter einen schweren, dunkelroten Vorhang. Jeder Neuankömmling mußte, so befahl der Feldwebel, den nächsten freien Stuhl rechts von der Tür einnehmen. In annähernd gleichen Zeitabständen schob eine unsichtbare Hand den Vorhang zur Seite, und ein oder zwei Körper tauchten auf, die den Weg zur Garderobe einschlugen. Gleichzeitig ertönte hinter dem Vorhang eine gebieterische Stimme: »Der Nächste!« – Und wiederum verschlang der Vorhang zwei neue Körper, die auf den nächststehenden Stühlen saßen. Auf diese Weise legten die Körper den Weg automatisch über die Stühle zurück, von der Tür, die zur Garderobe führte, bis zu der

Tür, die mit dem Vorhang verhängt war. Wie in einem Geisterzirkus bewegten sie sich schweigend und nackt von Stuhl zu Stuhl. In Friedenszeiten verbrachten die Bürger der berühmten Stadt Śniatyn auf diesen Stühlen holde Stunden geistigen Schlummers, Bier trinkend, Pfeife rauchend, Karten spielend. Und jetzt waren diese Stühle Passionsstationen für Verdammte. Als wäre vor dem Jüngsten Gericht nur ein Urteil möglich: die Hölle.

Von Stuhl zu Stuhl rückte Peter Niewiadomski vor, auf den rätselhaften Vorhang zu. Zum erstenmal im Leben sah er so viele nackte Körper aus der Nähe. Er sah ausgetrocknete, mürbe gewordene Arme neben üppigen, muskulösen; eingefallene, schwindsüchtige Brüste neben tapferen, heroischen Brustkörben. Hohle, eingesunkene Bäuche wie leergepumpte Ballons saßen neben gemästeten, vom Fett schweren Schmerbäuchen; krumme Rücken, hervorstehende Schulterblätter in der Nachbarschaft klassischer Proportionen. Behaarte Affenrümpfe, formlose Fleischmassen wiegten sich neben glattgeratenen, schlanken, geschmeidigen, oft geradezu mädchenhaften Figuren. Bei einem Manne fiel das Genick eines Büffels auf, ein gewaltiger Rücken und ein riesiger Wanst, von dünnen Füßen gestützt. Peter wunderte sich darüber, daß die Knochen so eine Last überhaupt tragen konnten. Vor seinen Augen wimmelten verschwitzte, krumme, gerade, schwarzbraune, rote, bleiche, behaarte, herrschaftliche und bäurische Beine, Beine, Beine ... Bei fast allen waren die Zehen wehrlos, unschuldig und schamhaft wie kleine Mägdlein, sogar bei jenen, deren Hände aussahen wie Werkzeuge des Mordes.

Zweifellos hatten all diese Körper ihre Seele, ihre Sprache. Die einen waren redselig, die anderen schweigsam und in sich gekehrt, obwohl sie in ihrer Nacktheit nichts mehr zu verbergen hatten. Von Stuhl zu Stuhl. Schlaue Körper und aufrichtige Körper, feige Körper und mutige. Die einen waren mit Sonne, Erde und Wind vertraut, so daß ihre Nacktheit ganz natürlich anmutete, sie würden bekleidet eher befremdend aussehen, andere hingegen waren blaß und ihrer Nacktheit fremd, da sie nie unmittelbar mit der Erde in Berührung kamen, durch Tierhäute, Wolle, Baumwolle und Leinwand von ihr getrennt. Besonders blaß und der Erde ungewohnt waren die Körper der Juden. Ihre schwarzen Bärte stachen unheimlich von der Blässe ihrer Haut ab. Peter Niewiadomski sah nackte Juden zum erstenmal. Bis jetzt hatte er sie immer in langen Kaftans gesehen, die bis zur Erde reichten, und es schien ihm, daß diese Menschen überhaupt keine weiße Haut hätten, die unbehaarten Stellen am Gesicht und an den Händen ausgenommen. Er war immer neugierig zu wissen, wie ein Jude ohne Kaftan aussähe. Da hatte er nun einen nackten Juden vor sich, fortwährend mußte er sich auf den von ihm freigemachten Stuhl setzen. Merkwürdig gluckste der behaarte, stark hervorstehende Knorpel dieses Juden, der Adamsapfel. Auf dem Kopfe behielt er das runde, samtene Käppchen. Angesichts so vieler Gebrechen, Krüppel und zweifelloser Merkmale von Kraft überkam Peter ein seltsames Gefühl. Es schien ihm, daß er unter wilden Menschen sitze, die nackt in der Welt einherlaufen und Höhlen bewohnen. Er hatte gehört, daß irgendwo hinter Amerika solche Menschen lebten. Sie unterscheiden sich gar nicht von Tieren, springen wie Affen auf den Bäumen herum, glauben nicht an Gott und fressen – das kann kaum wahr sein! – Menschenfleisch. Und Peter Niewiadomski begann über Nacktheit und Kleidung nachzusinnen. Er erinnerte sich an den ersten Menschen aus der Heiligen Schrift, der Obstgärtner im Garten Eden war.

Ruhig wandelte er inmitten wilder Tiere, unter Löwen und Tigern, die ebenso nackt waren wie er. Die wilden Bestien taten ihm nichts Böses, bissen ihn nicht, überfielen ihn nicht, auch er quälte sie nicht und tötete sie nicht. Sie schonten einander, und sie fühlten sich wohl zusammen. Sie hatten es immer warm, hatten zu essen, der Mensch brauchte nicht zu arbeiten, weder zu ackern noch zu säen, man brauchte kein Geld – und das hieß Glück. Peter dachte an Eva, und es erwachten in ihm Erinnerungen an die mit Magda verbrachten Nächte – das war eine Sünde, von den ersten Eltern der Menschheit geerbt. Dafür hat sie eben der Engel mit einem Flammenschwert aus dem Paradiese verjagt, und seit jener Stunde müssen die Menschen im Schweiße ihres Angesichts um ihr täglich Brot kämpfen.

Und plötzlich schämte sich Peter Niewiadomski seiner Nacktheit wie Adam, nachdem er die Frucht vom Baume der Erkenntnis des Guten und des Bösen gegessen hatte. Er schämte sich für sich und für alle, die sich da vor ihm von Stuhl zu Stuhl schoben. Nur das Sakrament der Ehe entsühnt die Erbsünde und heiligt die Lust des Leibes, und die Menschen müssen bekleidet in der Welt einherwandeln, um kein öffentliches Ärgernis zu erregen. Das war der einzige Augenblick in Peter Niewiadomskis Leben, in dem er mit aufrichtiger Reue daran dachte, daß er mit Magda ohne Sakrament lebte. Und mit den Papieren, die er in der Hand hielt, mit dem Taufschein und der Einberufungskarte (dem Dokument, das die Zugehörigkeit seiner Seele zu Gott feststellte, und mit dem Dokument, in dem der Kaiser seinen Körper forderte) – verhüllte Peter Niewiadomski seine Scham.

Seine Befangenheit wuchs in dem Maße, in dem er sich dem geheimnisvollen Vorhang näherte. Unwillkürlich wandte er seinen Blick seinen Kameraden zu, um sich zu überzeugen, ob auch sie sich ihrer Nacktheit schämten. Und in der Tat verbargen einige ihren Unterleib diskret, wie er, unter den Papieren, Portefeuilles, Säckchen; doch im allgemeinen genierten sie sich nicht voreinander, waren sie doch Männer unter Männern. Mit großer Besorgtheit hüteten sie in den Händen die Schmucksachen, die sie sich vorsichtshalber aus den Kleidern holten, die im Entkleidungsraum ihrem eigenen Schicksal überlassen waren. Ein stämmiger Bauer mit langem Schnurrbart drückte einen vollgestopften, juchtenen Geldbeutel mit beiden Händen an sich. Viele Hände bewahrten Uhren, die überwiegend dick waren wie Zwiebeln, Roßkopfpatente mit doppeltem Deckel und gelblicher Mike statt des Glases; auf dicken und elfenbeinfarbenen Ketten winkten die Emailgesichtchen der Kinder oder steif frisierte Köpfe ernster Damen. An vielen Hälsen hingen heilige Blechscheiben, Medaillons und kleine Kreuze, sowie Tuchskapuliere, Andenken an Ablaß und Wallfahrten. Ein schmächtiger, glattrasierter Mann, ein Vierziger vielleicht, hatte an der Brust irgendwelche seltsame Zeichen eintätowiert: ein Herz von einem Pfeil durchbohrt, eine kleine Fahne, eine Maus, oder war es eine Ratte, die Buchstaben: F. H. und die Ziffer 1903. Wahrscheinlich hatte er einmal im Gefängnis gesessen oder diente bei der Marine.

Keiner beachtete hier den anderen. Jeder war vollständig von sich in Anspruch genommen, jeder bemühte sich zu erraten, welches Schicksal hinter dem Vorhang auf ihn lauerte.

In jenen Tagen begann der jähzornige und gedankenlose Mars, den Aeskulapus, vor dem er in den Zeiten des Friedens seine Verachtung nicht verbarg, auf einmal ernst zu nehmen. Ja, er versuchte sogar, sich bei ihm einzuschmei-

cheln, vor ihm zu schwänzeln und warb offen um seine Gunst. Denn ohne des Aeskulapus Genehmigung konnte Mars über keinen männlichen Körper verfügen. Also entschieden über das Schicksal des Krieges vor allen andern die Ärzte. Die durchgreifende Änderung des Kurses unter den Göttern brachte eine ebenso gewaltige Veränderung in den Köpfen gewöhnlicher Sterblicher mit sich, Sterblicher in der furchtbar buchstäblichen Bedeutung dieses Wortes. Sie zeigte nämlich, wie relativ die Begriffe Gut und Böse sind, die in den Gehirnen der Menschen wurzeln seit der Zeit, als Adam im Paradiese die Augen aufgingen. Bis dahin – war die Gesundheit allgemein als Schatz gewertet worden, an dem man sich zu freuen und um den man sich zu kümmern hatte. Der Gesundheitstrieb war dem Menschen angeboren, die Krankheit hingegen wurde im allgemeinen als Übel angesehen. Heute, dank dem Bündnis zwischen Mars und Aeskulapus, geschah es, daß eine völlige Umwertung aller Werte erfolgte. Was vor dem 28. Juli schlecht war, z. B. ein doppelseitiger Lungenspitzenkatarrh, ein Leistenbruch, wurde nach dem 28. Juli nicht nur zur Ursache der Freude, sondern eine Art eisernes Kapital, das vor dem Tode versicherte. Es zeigte sich, daß es zwei Arten gibt, von der Welt zu scheiden: den zivilen Tod als Folge von – sozusagen – häuslichen Leiden und Gebrechen, und den militärischen Tod, den gewaltsamen, der Organismen heimsucht, die mit ausgezeichneter Gesundheit begnadet sind. Solch ein Tod wirkt panikerregend auf die menschliche Einbildungskraft, wegen seiner Plötzlichkeit, und auch deshalb, weil sowohl auf ›unserer‹ Seite, wie auch auf der feindlichen, alles getan wird, um ihn dem Menschen leicht zu machen.
Kein Wunder also, daß es unter den Leuten, die in den Wartezimmern der kaiser- und königlichen Musterungs-

kommission von Stuhl zu Stuhl hüpften, viele gab, die sich wegen ihrer blühenden Gesundheit bekümmerten und um jeden Preis wenigstens nach dem Schatten eines Makels in ihrer irdischen Hülle suchten, nach irgendeinem Gebrechen, das voraussichtliche Todesurteil zu mildern. Es gab solche, die durch elenden Gesichtsausdruck und verkümmerte Gestalt Mitleid bei Aeskulapus erwecken wollten. Sie bereiteten sich also gewissenhaft darauf vor, bei der Kommission einen schlechten Eindruck zu machen, indem sie seit mehreren Tagen weder schliefen noch aßen. Sie tranken literweise schwarzen Kaffee, um das Herz zu schwächen. Leute, die vor dem 28. Juli sogar in den Raucherabteilen allein beim Anblick von Zigarettenrauch schiefe Gesichter zogen und wütend auf den Korridor hinauseilten, atmeten jetzt die stärkste Sorte dieses ›Gifts‹ ein, indem sie das Andenken des Monsieur Jean Nicot segneten, der im 16. Jahrhundert den Tabak in Frankreich eingeführt hatte. Um die schädliche Wirkung des Nikotins zu steigern, wickelten sie Tabak nicht in dünnes Zigarettenpapier, sondern in gemeines Zeitungspapier. Um den Schein eines Asthmas hervorzurufen, stieg man in schnellstem Tempo unzählige Male aus dem Parterre zum fünften und sechsten Stockwerk hinauf, man bestieg Berggipfel, Synagogen-, Dom- und Minarettürme. Diese Tätigkeit nannte man allgemein ›Plagen‹, und die gesamten Bemühungen, die darauf abzielten, sich aus dem Militärdienst herauszuschwindeln, nannte man ›Markieren‹. Schon hier im Warteraum nahmen diese Menschen die Stellungen unheilbarer Kranker an, als würden sie befürchten, daß es im letzten Moment zu spät sein würde und daß die Pose mißlingen könnte.

Peter Niewiadomski gehörte nicht zu jenen Menschen. Er hatte zwar krumme Beine, die traditionelle Lues (die übrigens harmlos war) sowie eine leichte Herzerweiterung, eine Folge vieljährigen Dienstes als Lastträger, in der Herzgegend spürte er zuweilen auch ein Stechen – er hielt sich aber für gesund und dachte nicht daran, den Kaiser zu betrügen. Nicht nur, daß er selbst kein Drückeberger war, er ahnte nicht einmal, daß es überhaupt solche Menschen gebe. Nur noch einige Stühle trennten ihn von dem Vorhang. Je näher er dem letzten Stuhl kam, desto lauter schlug sein Herz, doch nicht aus Angst, sondern im Bewußtsein, daß er nackt angesichts der kaiserlichen Kommission stehen werde. Dem Juden auf dem Stuhl vor ihm hüpfte der Adamsapfel immer schneller. Vermutlich schluckte er viel Speichel. Peter war gleichgültig gegen alles, was kommen sollte. Schon fühlte er sich dem Kaiser ausgeliefert und von der neuen Pflicht belastet, von der er nicht die geringste Vorstellung hatte. Sogar der Kampf mit dem Gedanken, was zu tun sei, um sich vom Militär loszuschwindeln, ging über seine Kräfte. Das war gut für die Mutigen, die die Hoffnung nicht aufgaben, daß ihnen im letzten Augenblick irgendein unerwarteter Einfall beispringen und die Entscheidung der Kommission beeinflussen würde, oder auch für jene, die dem Zufall trauten, der selbst ohne ihr Wissen den Arzt in ihrem Körper irgendeinen wertvollen Defekt finden läßt. Von Stuhl zu Stuhl.

Dort, hinter dem Vorhang, schämten sich viele Körper ihrer Gebrechen, doch die Mehrzahl trug sie mit Stolz zur Schau wie unzweifelhafte Zeichen des Sieges. Besonders Juden zeigten herausfordernd ihre Krampfadern, krumme Rücken, Hämorrhoiden, Leistenbruch und Plattfüße. Sie hatten großen Respekt vor der Medizin. Viele von ihnen waren mit den Bezeichnungen der Krankheiten vertraut und mit allem, was die Pathologie des Menschenkörpers betrifft. Sie wußten also, wie ihr wirklicher oder fiktiver Verbündeter hieß, während die Bauern nicht einmal das nennen konnten, was ihnen tatsächlich Leiden bereitete. Mit den Fingern beschrieben sie auf ihrem Körper die Stelle, wo sich der Schmerz konzentrierte. Es gab Juden, die mit Zutrauen zum Kommissionsarzt aufguckten, nicht ohne Hoffnung, in ihm einen Glaubensgenossen zu finden, der, von der unbewußten Stimme des verwandten Blutes bewegt und ›gehorsam‹ den Geboten des Selbsterhaltungstriebes, der so viele Jahrhunderte hindurch diesem Volk half, sich durch alle Stacheldrähte der Geschichte hindurchzuarbeiten – sie ganz oder teilweise befreien würde. Um so größer war ihre Enttäuschung, als der Arzt, der sich wirklich als Jude entpuppte – sie für tauglich erklärte.

In Śniatyn lag das Geschick der Körper, die sich von Stuhl zu Stuhl in der Richtung des dunkelroten Vorhangs bewegten – in den Händen eines Reservestabsarztes, des Doktors Oskar Emanuel Jellinek. Diese zarten, leicht behaarten und von einem dicken Ehering geschmückten Hände ekelten sich nicht – wie das Gerücht ging – vor Bestechungen. Auch das wußten die Juden. In jenen Zeiten enthielten für sie die ersten Buchstaben des lateinischen Alphabets viel mehr Schicksal, Grauen und Gnade als sämtliche hebräischen Buchstaben, aus denen die Thora und der Talmud sich zusammensetzten. Und die Juden zerbrachen sich den Kopf, wie es zu machen sei, daß sich der tödliche Buchstabe A unter den Händen des Doktors Jellinek wenigstens in ein B, wenn nicht in das selige C verwandelte. Vom Buchstaben D durften in jenen Zeiten Leute mit chronischem Magenkatarrh, mit einer angegriffenen Lunge, einer Herzneurose oder einem Rheuma – nicht einmal träumen. Der gnadenreichste aller Buchstaben, D, kam nur für entschieden Schwindsüchtige, Epileptiker, unheilbar Nervenkranke, Verrückte, Blinde, Taube und Krumme in Betracht. Gesunden und Schwächlingen erschien er in Träumen als ein riesiger Keks aus Schokolade. Cherubim trugen ihn auf ihren Flügeln, und er zerfloß im Munde, den Nachgeschmack himmlischer Süße hinterlassend. Für diesen Buchstaben mußte man – sofern man ihn nicht verdient hatte – dem Doktor Jellinek ein Stück Gold bezahlen, bedeutete er doch völlige Befreiung vom Militär, während der Buchstabe C (Dienst ohne Waffe in einer Kanzlei oder einem Magazin) um die Hälfte billiger war und man den Buchstaben B (Wächterdienst mit Waffe, doch hinter der Front) schon für 100 Kronen ergattern konnte. Nicht einmal diese 100 elenden Kronen besaß der Jude auf dem Stuhl vor Peter, der mit dem Käppchen auf dem Kopfe, und deswegen erschauerte er in dem Augenblick, als der Vorhang auseinanderging und sie beide verschlang.

In blauen Rauchwolken, hinter einem langen, mit grünem Tuch bedeckten Tische, auf dem sich Papiere häuften, saßen mehrere Herren von verschiedenem Alter, in Uniformen und in Zivilkleidern. Die einen schrieben beflissen, andere lasen Zeitungen, irgendein Unteroffizier am Ende des Tisches aß in aller Seelenruhe ein Wurstbrot. Fast alle rauchten. Links vom Vorhang stand eine Waage. Genauso eine befindet sich auf der Station Topory-Czernielitza. Dicht an der Waage bemerkte Peter eine merkwürdige, hölzerne Stange mit einem beweglichen Querbrett. Diese Stange erinnerte an einen Galgen. Vollstreckte man hier bereits die Todesstrafe an Deserteuren? Amüsante Bilder hingen an den Wänden: Rote, grüne, gelbe Kreise und kleinere, farbige Vierecke und Punkte. Auch Ziffern und Buchstaben in verschiedenen Größen waren da zu sehen. Doch die Hauptwand gegenüber dem Vorhang zierte das Bild des Kaisers. Alle waren sie in diesem Saal eng zugeknöpft, Kreuze und Medaillen glitzerten an den eingeschnürten Brüsten.

»Vor allem, Kappe ab!« rief beim Anblick des Juden mit dem Käppchen ein kolossaler Herr in einem weißen Kittel, der ihm fast bis zu den Sohlen reichte. Unter den gelben Stulpen klirrten zart und silbern die Sporen. Unter dem Kragen des weißen Kittels lugte der Saum der Goldaufschläge eines Stabsoffiziers hervor. In der linken Tasche stak der schwarze Trichter des Hörrohrs. Es war der Stabsarzt Dr. Jellinek. Der Jude wollte das Käppchen nicht ablegen. Das darf man nicht. Sogar ein Goi sollte es wissen, daß ein wahrhaft frommer Jude nur in einem einzigen Falle mit entblößtem Haupt dasteht: nach dem Tode, vor dem Ewigen. Im Leben und vor Menschen, und seien es Vertreter des Kaisers, ja sogar der Kaiser selbst, darf man das Haupt nicht entblößen. Zu diesem Zweck ist eben das Käppchen da, das man unter dem Hute trägt. In Gerichtssälen und Kanzleien, auf den Höfen und in Bezirksämtern legt man nur den Hut ab, doch an dem Käppchen rührt man nicht.

Als er so in seinem schweigenden Trotz verharrte und das Käppchen nicht ablegen wollte, trat der Sanitätsunteroffizier heran und warf es brutal auf den Boden. Der Jude schwieg. Nur zündete er mit dunklen Flammen seiner Augen den weißen Kittel des Doktors Jellinek an.

»Schon wieder ein Rabbinatskandidat«, rief der Stabsarzt.

Mit vorgetäuschtem Spott lächelte er in die Richtung der Kommission, deren Vorsitzender ein grauer, vertrockneter Oberst im Ruhestand war, der im Kriege reaktiviert worden war. Dieses Lächeln fingen kaum zwei Schreiber auf. Die Kommission nahm es nicht an. Die Kommission ver-

achtete Doktor Jellinek. Aber niemand von den Anwesenden verachtete Jellinek so sehr, wie er selbst es tat. Er selbst empfand am tiefsten die Geschmacklosigkeit dessen, was er gesagt hatte. Es schmerzte ihn, daß er der Kommission, der ganzen Welt, in der er etwas bedeuten wollte, und in gewissen Augenblicken sich selbst vergeblich vortäuschen mußte, daß er kein Jude sei. Alle wußten es. Was aber den Spott selbst betrifft, mit dem er beim Oberst Gefallen finden wollte, so ist der Ausruf: »Schon wieder ein Rabbinatskandidat!« insofern begründet, als viele Juden vorgaben, Rabbinatskandidaten zu sein, da Kandidaten des geistlichen Standes aller Konfessionen ohne Untersuchung vom Militär befreit wurden.
Durch den Mißerfolg eingeschüchtert, beschloß Jellinek, sich sowohl in den Augen der Kommission als auch in den Augen des Opfers zu rehabilitieren, doch vor allen Dingen lag ihm an einer Rehabilitierung vor sich selbst. Jellinek hatte nie eine allzu gute Meinung von seiner Person. Weder von seinen militärischen Tugenden, noch von den medizinischen. Dies schmerzte ihn am heftigsten. Er glaubte, sein Leben verspielt zu haben. Das Militär schätzte ihn gering, weil er Arzt war und obendrein jüdischer Arzt, die medizinische Welt verachtete ihn dafür, daß er beim Militär diente. Sogar die nächste Familie nahm in nur sehr bescheidenem Maße seine Kenntnisse in Anspruch, bei harmlosen Dingen wie Angina oder Magenverstimmung. In ernsteren Fällen zog sie ›richtige‹ Doktoren zu Rate. So ersparte ihm das Leben keine Demütigung, und er rächte sich am Leben, in dem er Schwächere demütigte. Oftmals mußte er in der Offiziersmesse mit jüngeren Offizieren sitzen, obgleich ihm als Stabsarzt ein Platz neben den Majoren gebührte. Auf der Straße kam es vor, daß ihn Hauptleute, besonders die von der Ka-

vallerie, nur nachlässig grüßten, ohne Überzeugung. Es gab Situationen, in denen Dr. Jellinek gern auf sein Diplom verzichtet hätte, nur um seine Achtung im Offizierskorps zu erhöhen.

Stets trug er Sporen. Er hatte das Recht auf ein Pferd, doch ritt er schon seit vielen Jahren nicht mehr. Mit diesen Sporen stieß er nicht sein Reitpferd in die Flanken, sondern spornte sich mit ihnen selber an. Der Klang der eigenen Sporen mehrte seine Würde, die so oft mit Füßen getreten wurde. Er gab sich der Täuschung hin, daß diese Sporen nicht nur auf ihn Eindruck machten, sondern auch auf die Umgebung. Er trennte sich den ganzen Tag nicht von ihnen. Er trug sie von früh bis abends und legte sie nicht einmal ab, wenn er allein war. Am liebsten hätte er sie noch an die Pantoffeln geschnallt, um bei ihrem Klirren einzuschlafen, oder an die nackten Füße, um frühmorgens nicht mit dem üblichen Gefühl des Unbehagens zu erwachen. Schon den ersten Schritt an jedem neuen Tage seines Lebens hätte er gern in voller moralischer und physischer Rüstung getan. Beim Klang der Sporen hatte er zuweilen Visionen ruhmreicher Reiter, stolzer Reiter, von denen er in der Geschichte gelernt hatte, er sah heldische Menschen vor sich und nicht Doktoren der Medizin. Er identifizierte sich mit dem idealen Bilde jener Reiter. Auf einem erträumten Rosse, mit dem Säbel fuchtelnd, nahm er alle Hindernisse, die sein Leben vor ihm auftürmte, weil er ein Jude war. Er trabte im Galopp über die Leichen seiner vielen Feinde, die er in Wirklichkeit mit einem höflichen Lächeln grüßte. Er massakrierte sie mit dem Schwert, zermalmte sie mit den Hufeisen. Auch jenen Deutschlehrer aus dem Gymnasium in Olmütz, der ihn wegen der falschen Aussprache des rollenden ›R‹ quälte (wie vielen Juden in Mittel- und Osteuropa vergiftete dieser Buchstabe das Leben!). Und jene Kollegen aus der Prager Universität, die ihm die Satisfaktion in einer ›Ehrensache‹ verweigerten, und alle Damen, die auf Garnisonsbällen mit ihm nicht tanzen wollten. Er zerhieb, zerhackte, zerstampfte alle Mißerfolge und Niederlagen seines Lebens, schlug mit dem Säbel sämtliche Türen ein, durch die man ihn nicht hereinlassen wollte. Er zermalmte alle Sokkel, die er nicht erklimmen konnte. Solch eine Macht besaßen die Sporen. In diesem Augenblick jedoch, in Anwesenheit des schweigsamen Obersten, kam ihnen die magische Kraft abhanden. Es blieb nur noch eine Rettung – die Schlichtheit. Durch ›menschlichen‹ Umgang dem Juden gegenüber wollte jetzt Jellinek sein Ansehen bei der Kommission wiederherstellen und gleichzeitig sein Selbstgefühl zurückgewinnen. Er wollte sich für seine Menschlichkeit schätzen, da er es auf Grund seiner militärischen und ärztlichen Tugenden nicht tun konnte. Sanft betrachtete er den bleichen, erschrockenen Körper, das abgemagerte Gesicht, von einem dunklen, unregelmäßigen Bart umgeben, den man nie stutzen durfte. Die tief unter schweren, wimperlosen Lidern sitzenden Augen hatten durchblutete Augäpfel. Unter dem aufgeblasenen und im Verhältnis zur schmalen Brust großen Bauch hing jämmerlich in dichter Behaarung – das Zeichen seiner Männlichkeit herunter. Den Augen des Doktor Jellinek, den Augen der ganzen Kommission, den Augen der ganzen Welt und sogar den Augen des Kaisers auf dem Porträt – zeigt sich das stolze Symbol des Bundes zwischen Ephroim Chaskiel Blumenkrantz und seinem Schöpfer.

Und Gott sprach zu Abraham:

»So halte nun meinen Bund, du und dein Same nach dir, bei ihren Nachkommen. Das ist aber mein Bund, den ihr halten sollt zwischen mir und euch und deinem Samen

nach dir: Alles, was männlich ist unter euch, soll beschnitten werden.« (1. Mose. Genesis. XVII. 9, 10.)
Dieses Symbol war es, das Ephroim Chaskiel Blumenkrantz mit dem Stabsarzt Jellinek vereinte. Aber es vereinte ihn nur vor dem Antlitz des Herrn. Es wäre vergeblich, sich jetzt auf die Gemeinschaft in Israel zu berufen, wenn der Krieg mit dem Zaren Nikolaus alle Menschen in Śniatyn und in der ganzen Monarchie – zu Brüdern im Kaiser Franz Joseph machte. Nicht auf die Sodomiten, nicht auf die Amalekiten und nicht einmal auf die Ägypter wollte Dr. Jellinek den wehrlosen Körper Blumenkrantz werfen, sondern gegen die Russen und Serben, die in den Heiligen Büchern Mose nicht einmal erwähnt sind. Wie arm waren jetzt die Lenden, in die Gott das Versprechen der Ewigkeit des Samens legte.
Besonders bemitleidenswert waren aber die Arme. Noch waren an ihnen Spuren der Riemen erkennbar, die beim Morgengebet benutzt werden. Sie hingen reglos herab wie verdorrte Baumäste auf jüdischen Friedhöfen. So mußte der biblische Joseph ausgesehen haben in jenem Augenblick, als die Brüder das Gewand von ihm heruntergerissen und ihn in eine Grube hineinstürzten, um ihn dann den Ismaeliten zu verkaufen. Mitleid übermannte Jellinek bei diesem Anblick. Ruhig, ohne eine Spur von Ironie fragte er: »Was sind Sie in Zivil?«
»A Kestkind!« antwortete der Jude mit farbloser Stimme, in der weder Angst noch Verachtung war. Diese Antwort versetzte Jellinek den letzten Stoß. Der Jude also hatte gar keinen Zweifel daran, daß er, der Stabsarzt Dr. Jellinek, jiddisch verstehen müßte! Dr. Jellinek verstand jiddisch. Er wußte, daß ›Kestkind‹ einen Schwiegersohn bedeutet, dem die Schwiegereltern das sorglose Studium der Heiligen Schriften ermöglichen, indem sie ihn zu sich nehmen

ins Haus und ihn umsonst ernähren. Und er erinnerte sich an den eigenen Vater und die eigene Jugend. Sein Vater war Magazinaufseher in einer Brauerei in Olmütz. Seit dreißig Jahren ruht er bereits auf dem israelitischen Friedhof in Prag. Zweimal im Jahre, am Versöhnungstage und am Todestage (nach der jüdischen Zeitrechnung), sprach Dr. Jellinek für die Seelenruhe seines Vaters Hersch die Gebete: Jiskor und Kaddisch – in der fortschrittlichen Synagoge, wohin er sich im Zivilanzug und im Zylinder zu begeben pflegte. Doch oft vertraten ihn in diesen Gebeten eigens gedungene Juden, ebensolche wie der, der gerade vor ihm stand, nackt, seiner Gnade ausgeliefert. Er gab ihnen Geld für Kerzen, vertraute ihnen den Schutz über die Seele seines Vaters, wie einst, als er ihnen am Tage des Ablebens den Körper seines Vaters übergab, damit sie ihn wuschen und in den Sarg legten.

Er war schon damals Student der Medizin. Er erteilte Nachhilfestunden und sorgte auf diese Weise für den Unterhalt der Mutter. Ohne materielle Unterstützung konnte er aber das kostspielige Studium nicht fortsetzen. Diese Unterstützung gewährte ihm das Militär. Er wurde also des Kaisers Kestkind. Dafür mußte er sich verpflichten, nach Absolvierung des Studiums Militärarzt zu werden. Er begann den Dienst in Olmütz als Assistenzarzt im Garnisonsspital. Nach einigen Jahren wurde er befördert. Gleichzeitig versetzte man ihn nach Galizien. Aus Jaroslau wurde er von den Kollegen hinausgeekelt, von Militärärzten, weil er keine Bestechungsgelder annahm – wie sie. Auf seinen eigenen Wunsch wurde er nach Wadowice versetzt, im Range eines Regimentsarztes, bei einem der dort stationierten Regimenter der Landwehr. Dort heiratete er ein armes Mädchen, das auch aus Böhmen stammte. In Wadowice kam die ältere Tochter Klara zur Welt. Er erzog sie sorgfältig in Prag, ließ sie das Konservatorium besuchen, wo sie Klavierunterricht nahm. Klara war nicht hübsch. Trotzdem war ein gewisser Rechtsanwalt aus Mährisch-Ostrau geneigt, sie zu heiraten. Doch heiraten die Advokaten in jener Gegend nicht ohne Mitgift. Dr. Jellinek war ein guter Sohn, ein guter Mann, wie sollte er kein guter Vater sein? Und obwohl man ihm nichts nachweisen konnte, waren seine zunehmenden Einkünfte, besonders in einer so kleinen Stadt wie Wadowice, verdächtig. Man versetzte ihn also, und zwar diesmal nicht auf eigenen Wunsch, aus Galizien, wo bekanntlich die Grenzen zwischen Tugend und Laster sehr fließend sind – nach Innsbruck. Tirol ist durch Tugenden, Frömmigkeit und Abneigung gegen die Juden berühmt. Dr. Jellinek fühlte sich nicht wohl im alpenländischen Klima, mit seinem Ozon und Ariertum. Er fühlte sich nicht wohl unter Edelweiß, Jodlern und Andreas-Hofer-Traditionen. Als die Tochter am Ende heiratete, reichte er sein Abschiedsgesuch ein und ging als Stabsarzt in die Reserve über. Der Krieg ereilte ihn in Karlsbad, wo er mit Mühe um reiche Patienten aus Rußland und Rumänien kämpfte. Er legte die Uniform wieder an. Er befestigte die Sporen an den Absätzen, küßte die Frau, küßte die jüngere Tochter Hermine, für die er jetzt Mitgift sammeln mußte (»Mein Kind, mein innig geliebtes Kind«, schrieb er später an sie, in den Briefen aus dem Felde), und zog in den Krieg. Er begann den Krieg in Lemberg, im Reservespital Nr. 1, in der Technischen Hochschule. Nach wenigen Tagen wurde er der Musterungskommission in Śniatyn zugeteilt.

Auf diese Weise tauchte die Mitgift des Fräuleins Hermine Jellinek, die in den Karlsbader Mißerfolgen des Vaters begraben schien, unverhofft auf. Zwar wurde in Śniatyn die Reinheit der Einkunftsquellen des Dr. Jellinek von dem grauen, eingetrockneten Obersten bewacht, der hauptsächlich zu diesem Zweck den Vorsitz der Kommission führte, doch führte er den Vorsitz eher nominell, denn in Wirklichkeit war Jellinek hier allmächtig, und er durfte auf Grund seines Gewissens sowie seiner Bedürfnisse Urteile fällen. Jellinek stand dem Obersten gegenüber immer reingewaschen da. Die Ungerechtigkeit, die er zugunsten jener verübte, die A von B und C von D unterscheiden konnten und diesen Unterschied mittels klingender Münze würdigten, glich er dadurch aus, daß er ohne Ansehen der Person die Körper der Analphabeten und jener Menschen, die nicht zahlen konnten, für tauglich erklärte. Nicht immer jedoch ließ er sich vom Verstande und von kalter Berechnung leiten. Manchmal entschied auch das Herz. Und ob er nun den nackten Juden Blumenkrantz bemitleidete oder ob hier das Andenken an den Vater mitklang – er beschloß, den Juden ganz zu befreien. Vorderhand wollte er ihn vergessen. Er schob seine Untersuchung auf. Mit dem letzten Rest des zerfetzten Stolzes sammelte er seine Kräfte, reckte den Kopf hoch, schlug die Absätze zusammen. Die Sporen erklirrten. Dr. Jellinek wandte sich vom Juden ab.

Er trat an die Waage, auf der in diesem Augenblick der Körper Niewiadomskis stand. Schon benetzte der Zugführer Kuryluk mit einem feuchten Schwamm Peters Brust. Dann schrieb er darauf mit einem violetten Tintenstift die Zahl 67. 67 Kilogramm Lebendgewicht. Peter verstand nicht, wozu sie ihn wogen. Es schien ihm, daß er ein abgeschlachtetes Vieh in einer Schlächterei sei. In der Tat erinnerten diese Ziffern, auf Menschenbrüste geschrieben, an die violetten Stampiglien, die Tierärzte auf das Fleisch drucken. Es war die amtliche Feststellung, daß in unserem Fleisch keine Gifte enthalten sind und daß man es ruhig verzehren darf. Dann befahl der Zugführer Kuryluk Peter, sich unter die Stange zu stellen, die wie ein Galgen aussah. Er ließ das Brettchen auf den Kopf herunterfallen. Es war eine Vorrichtung zum exakten Messen der Größe. Das Brettchen erinnerte an das Streichholz, mit dem man in der Schenke den Schaum von den Bierkrügen abstreicht. Hier schob man damit den Schein eines höheren Wuchses von den Menschenköpfen weg, den die Haare hervorriefen. Die Haare zählten nicht mit. Nachdem der Zugführer Kuryluk diese Tätigkeit vollbracht hatte, machte er unter der Zahl 67 auf Peters Brust eine schiefe Linie und schrieb dazu seine Größe: 169. Jetzt trat an Peter ein anderer Unteroffizier mit einem Zentimetermaß heran.

»Hände hoch!« brüllte er, als er sah, daß Peter seinen Unterleib mit den Dokumenten bedeckte. Er nahm ihm die Papiere ab und legte sie auf den Tisch, hinter dem die Kommission saß. Dann maß er den Umfang seines Brustkorbes. Peter begann zu zittern. Nicht vor Kälte und nicht vor Angst, sondern vor Scham. Jetzt erst, in diesem Saal, wo nur angezogene, eng zugeknöpfte Männer, Militärs und Zivilisten, saßen, erreichte sein Schamgefühl den Höhepunkt. Dort, in dem Entkleidungsraum unter lauter nackten Körpern, war seine Scham eher eine religiöse Reaktion auf die Nacktheit, eine traurige Erinnerung an die Erbsünde, eine Folge der Entdeckung des Geheimnisses der Liebe und des Todes. Hier brannte sie nicht nur den Körper und quälte die Seele, hier wandelte sie sich in Zorn. Nein, so was gab es noch nicht! Niemand hat bis jetzt am hellichten Tage Peters Blöße gesehen! Die Weiber nahm er immer im Dunkeln und im Hemde. Er pflegte das Licht auszulöschen, wenn er sich mit Magda schlafen legte. Auch im Bad schaute niemand absichtlich auf seine Scham.

So also stand vor den Männern ein verschämter Mann mit

seinem Körper. Nicht einmal die Nacktheit dieses Körpers, die letzte Habe eines Elenden, war nunmehr sein Eigentum. Er empfand sich als Tier, als ein Hund, als Baß. Er würde sich nicht wundern, wenn man ihn jetzt auf allen vieren kriechen hieße. Mögen sie ihm Fußtritte geben, mögen sie ihn prügeln, nur ihn nicht so genau betrachten. Es ist wahr, daß er nackt aus dem Mutterleibe der Wassylina Niewiadomska auf die Welt kam und daß er einstmals nackt aus dem Schoße der Mutter Erde auferstehen wird, um vor der Jüngsten Kommission im Tale des heiligen Josaphat zu erscheinen. Aber hier tönte nicht die Trompete des Erzengels. Von Zeit zu Zeit drang von der Straße das Tuten eines Autos herein.

Durch Peters Körper ging die Empörung. Sie stieg nach oben, von den schweren Füßen, die wie in die Erde gewachsen waren, von der sich dieser Mensch nur mit Mühe losreißen konnte. Sie stieg auf von den harten, mit Hornhaut bedeckten Sohlen, quoll aus den Ritzen der Nägel und strömte in die Höhe, mächtig und wild. Schon, schon wollte Peters Mund mit einem unartikulierten, urmenschlichen oder urtierischen Laut herausplatzen, als plötzlich die Empörung auf dem halben Wege zusammenbrach und in den Knien steckenblieb. Peters Knie ließen nach. Sie erzitterten. Die Empörung erschrak vor der eigenen Gewalt und kehrte zurück, woher sie kam: in die Erde. Peters Körper war wiederum unterwürfig und geduldig. Eine Fliege, die vom Fenster her zu einer Buttersemmel flog, die gerade einer der Schreiber aß, ließ sich auf Peters Arm nieder, suchte nach irgendeinem nahrhaften Stäubchen und schwirrte sofort davon.

Und jene Herren hinter dem Tische bewunderten Peters Muskulatur, wie ein Kenner antiker Plastik. Ausgemergelte Städter weideten sich an der physischen Kraft, verur-

teilten sie zu schweren, tödlichen Arbeiten, von denen sie selbst frei waren. Warum begaffen sie ihn so? Warum mustern sie diesen Körper so genau? Sie sehen nur einen breiten Schädel von bleichgelbem Haar bedeckt, sie sehen hervorstehende Backenknochen, einen herunterhängenden Schnurrbart, schielende Augen, die klein, hell und traurig sind, eine kurze, flache Nase. Ihre Aufmerksamkeit scheint besonders von der mächtigen, breiten Brust gefesselt, auf der die violetten Ziffern schon verbleichen. Peter Niewiadomski wußte nicht, daß sie nur deswegen auf die Augen achteten, weil sie sich überzeugen wollten, ob seine Augen das Ziel sehen, auf das sie zielen sollen. Wenn die Herren seine Ohren prüften, so nur, um festzustellen, ob sie die Kommandorufe und Detonationen unterscheiden werden. Hier waren Hände nur soviel wert, wie sie tragen konnten. Am wichtigsten waren die Füße. Ihr Los war das Marschieren. Wer schwache Beine hatte, war für die Infanterie untauglich, man nahm ihn zur Kavallerie. Auch untersuchte man die Zähne, wegen des harten Kommißbrotes und des Zwiebacks. Oder war es vielleicht ein Überbleibsel eines alten Rituals aus den Zeiten, als man noch die Stempel von den Patronen mit den Zähnen abbeißen mußte?
Ein junger Offizier stellt Peter Fragen in ruthenischer Sprache und notiert seine Antworten. Alle reden sie etwas in einer unverständlichen Sprache, nur einer: der Oberst, grau, eingetrocknet, wie er da unter dem Bild Seiner Majestät des Kaisers sitzt, schweigt, wie Seine Majestät selbst. Doktor Jellinek tritt an Peter heran, daß Peter seinen schweren Atem spürt wie eine sanfte Windbrise. Zuerst beklopft ihn der Doktor, dann heißt er ihn atmen. Legt auf das Schlüsselbein die linke Hand und klopft dreimal mit dem Mittelfinger der rechten auf den Mittelfinger der linken, die ein goldener Ehering schmückt. Dasselbe wieder-

holt er am linken Schlüsselbein. Dann lehnt er an die Schlüsselbeine das Stethoskop. An dem breiteren, flachen Ende horcht er; schiebt den Trichter nach unten, nach links, nach rechts, kehrt wieder nach oben um. Durch den engen, schwarzen Kanal des Rohrs fließt in sein Ohr, in seinen Kopf, in seine Vernunft, in sein Gewissen der Widerhall von Peters Lungen. Peters Rippen heben und senken sich beim Atmen wie Fischkiemen. Plötzlich nahm Jellinek das Höhrrohr weg.
»Nicht atmen!«
Peter hielt den Atem an. Da legte Jellinek zärtlich seinen Arm um Peter und lehnte den Kopf an seine linke Brust. Er schmiegte sich an sie, als wäre es die Brust einer Frau, die Brust einer Mutter, an der er ausruhen wollte. Des Doktors Kopf war kühl, rund und kahl. Trotzdem kratzte er ein wenig. Er roch nach Rasierseife. Eine Weile lag er reglos an Peter Niewiadomskis Brust. Doktor Jellinek verband sich unmittelbar mit dem Herzen Peters. Es war etwas Mystisches in dieser Umarmung, man könnte sagen: die stumme Kommunion eines Liebespaares. In jenem Moment des innegehaltenen Atems sah Peter seine Mutter Wassylina und sich – als Kind auf ihrem Schoße. Es wurde ihm weh ums Herz, und er war nahe daran, zu weinen. In seinem Blute rauschten Haine, Wälder und Getreidefluren, er hörte sein Blut, wie es an die Tore des Herzens pochte.
Lange lauschte Jellinek auf die subkutanen Laute von Peters Leben. Er legte sein Ohr an den nackten Körper, als wollte er sich überzeugen, ob unter der Hülle der Haut wirklich ein Herz pocht und Blut fließt. Darum ging es ja in jenen Tagen. Lebendige Blutreservoire mußten untersucht werden, bevor man sie aufstöpselte. Also lauschten die Ärzte auf ihre Geräusche, kontrollierten die Druck-

messer des Lebens, legten die Ohren an die Söhne der Erde, als wär's die Erde selbst. Der Saft dieser Erdfrüchte hatte einen hohen Preis, doch mußte er frisch sein. Also untersuchten die Ärzte Körper, fuhren über sie mit den Fingern, als wollten sie von vornherein die Stelle wählen, die von einer Kugel durchbohrt werden sollte. So bezeichnen Tischler mit Bleistiften auf den Brettern die Nagelstellen. Die Augen der Kommission waren kalt wie Bleikugeln und durchbohrten die Körper vollständig.

Irgend etwas mußte in Peters Herz nicht ganz stimmen, da es Jellinek so lange untersuchte. Er zog sogar die Brauen zusammen, überlegte etwas, doch hat dies niemand gemerkt. Jellinek horchte ausschließlich für sich. Welchen Wert besaß fremdes Leben für einen Menschen, der sein eigenes Leben für vertan hielt? Jellinek sandte ohne Gewissensbisse Leute in den Tod. Er rächte sich am Leben, indem er seine prachtvollsten Exemplare dem Tode auslieferte. Je mehr ein Körper von Gesundheit strotzte, desto lieber opferte er ihn dem Tode. Was für eine Rolle spielte er eigentlich, er, Doktor Jellinek? Was stellte er dar in dieser Tragikomödie? Er war Körperlieferant, rechtmäßiger Vermittler zwischen dem Kaiser und dem Tod. Der Kaiser erwarb nicht selbst das nötige Rohmaterial. Das Geschäft vertraute er Juden an, vereidigten, sachverständigen Maklern. Was war denn Schlimmes dabei, wenn Jellinek beide beschwindelte: den Tod und den Kaiser, indem er für Geld gesunde Körper befreite und dafür nicht ganz frische lieferte? Dies Geld war seine Provision.

Wenn er Leute mit höherer Bildung untersuchte, dämpfte er gönnerhaft die Stimme, und wenn sie sich über den Mangel an Kräften, Blutarmut, Nervosität beklagten, pflegte er zu sagen: »Das Leben im Felde wird Ihnen gut tun! Sie werden mal sehen, wie Sie in einem Monat fett werden. Die eigene Mutter wird Sie nicht erkennen! Wenn ich einen Sohn hätte (welch ein Glück, daß er keinen Sohn hatte!), ich würde nicht zögern, ihn an die Front zu schicken!« – Er empfahl das Leben ›im Felde‹, als würde dieses dort blühen und nicht der Tod. Peter Niewiadomski gehörte nicht zu den Leuten mit höherer Bildung. Dr. Jellinek hatte es nicht nötig, die Stimme zu dämpfen. Er wollte mit ihm überhaupt nicht sprechen.

Und er riß den Kopf von Peters Brust los, reckte sich hoch, lächelte freundlich, klopfte ihm gutmütig auf die Schulter, und in vollem Bewußtsein, daß er an demselben Tage für Geld zwei völlig gesunde Menschen befreit hatte und jenen Juden aus Mitleid befreien werde, rief er in die Richtung der Kommission: »A! Tauglich zur Infanterie!«

Und sich an den Juden Blumenkrantz wendend:

»Der Nächste!«

Peter wußte nicht, ob er danken sollte oder vielleicht die Hand küssen, die ihn vor einer Weile so freundlich auf die Schulter klopfte. Er wußte gar nichts. Die Korporale sagten ihm, daß er ›genommen‹ war, hießen ihn gehen und seine Zivilkleider anlegen. Er ging aus dem Saal.

Und wieder schreiben die Schreiber seinen Namen, tragen ihn in Bücher und Register ein. Mit schwarzer Tinte, die sofort trocknet, befestigen sie Peters Namen für ewig auf weißem Papier. Keine Macht wird ihn von hier losreißen. Ein Buch wird ihn dem anderen überreichen, und so wird er wandern von Kanzlei zu Kanzlei und wird vielleicht einmal zum Kaiser zurückkehren. Doch war dieses Wort schon in den Körper eines Soldaten verwandelt, mit einer Regimentsnummer versehen, ein Körper, der auf Staatskosten ernährt und ausgerüstet werden sollte. Ein Körper, dessen Abwesenheit bestraft werden wird.

Und abermals fand sich Peter Niewiadomski in dem Ent-

kleidungsraum. Jetzt machten die springenden Körper auf den Stühlen keinen so großen Eindruck mehr. Noch nicht abgeschätzt, hatten sie in Peters Augen einen geringeren Wert als sein Körper, der schon dem Kaiser gehörte. Dort, vor der Kommission, dachte er, daß man ihm bald die Uniform anlegen werde. Wozu nahmen sie denn Maß? Jetzt hießen sie ihn zurück in die alte Haut schlüpfen. Ein wenig enttäuscht zog er die zivile Hose und den alten Rock an. Er fühlte sich nicht mehr wohl in diesen Kleidern, nur die Eisenbahnerkappe gab ihm das Gefühl der Überlegenheit über die andern Bauern. Im Entkleidungsraum erfuhr er, daß er nach der Vereidigung nach Hause zurückkehren dürfe. Sein Jahrgang werde in sechs Wochen einberufen. Diese Nachricht enttäuschte ihn ebenfalls. Also braucht ihn der Kaiser nicht sofort? Er nimmt ihn nicht auf der Stelle? Peter hatte gedacht, daß er nicht mehr in sein Wärterhäuschen 86 zurückkehren werde, daß er höchstens noch einen Tag bekomme, oder zwei Tage, ›zwecks Regelung der persönlichen Angelegenheiten‹. Wozu soviel Aufhebens machen, wenn der Krieg in sechs Wochen aus sein wird? Der Gedanke ans Kriegsende erfreute ihn. Vielleicht wird er überhaupt nicht einrücken? Peter war jetzt wie ein Möbelstück, das durch den Gerichtsvollzieher beschlagnahmt und gesiegelt ist, aber noch für einige Zeit in der Wohnung des Bürgers, der die Steuern nicht bezahlt hat, zurückgelassen wird.
Der dicke Feldwebel führte den kleinen Trupp der Gemusterten aus dem Kommandogebäude in die gegenüberliegende Schule. Als sie an den hochaufgetürmten Schulbänken vorbeikamen und in die Schule eintraten, erschrak Niewiadomski. Wer weiß, vielleicht setzen sie ihn mit Gewalt in eine der Bänke, drücken ihm einen Schieferstift in die Hand und heißen ihn auf eine schwarze

Schiefertafel – die weißen Zeichen des Teufels zeichnen? Nach einer Weile beruhigte er sich. In dem geräumigen Saal, in den sie mit dem Feldwebel eintraten, gab es keine einzige Bank. Dafür standen in einer Reihe an der Wand befestigt – gelbe, schmale Leitern. Am Ende des Saales ragten, vom Fußboden bis zur Decke, viele glattgedrechselte, elastische Stangen. Direkt neben ihnen spreizten zwei große Böcke ihre Füße, die wie zwei Pferderümpfe mit abgehackten Köpfen, Hälsen und Schwänzen aussahen. Weiter waren ein Sprungbrett zu sehen und staubbedeckte Matratzen. Unter den Böcken lagen eine Menge eiserner Gewichte, unter denen ein dicker, schwarzer Eisenstab auffiel, an dessen beiden Seiten je eine Kugel von der Größe eines menschlichen Kopfes steckte.

An Menschenköpfen mangelte es hier nicht. Es wimmelte in diesem Saal, immer neue Körper strömten herbei, die von Doktor Jellinek als gesund erklärt worden waren. Dort im Kommandogebäude blieben alle Krankheiten, Schwächen und Gebresten, alles Krüppelhafte zurück.

Hier, wo man auf gelben Leitern, Stangen und Trapezen die Kräfte der Kinder ertüchtigte, hatten nur diejenigen Körper Einlaß, deren Gesundheit von der Musterungskommission festgestellt worden war. Doch nicht zur Prüfung der Kräfte und der Geschicklichkeit brachte man diese Leute in den Turnsaal. Hier ging es ausschließlich um die Seelen. Denn der Kaiser Franz Joseph erkannte im Menschen nicht nur die leibliche Hülle an. Er war kein Anhänger der materialistischen Doktrin, noch bekannte er sich zu der Haeckelschen Philosophie. Er huldigte dem Dualismus und sprach nicht einmal dem Elendesten von seinen Untertanen, dem einfältigsten Huzulen den Besitz einer Seele ab. Doch gab er viel auf Ordnung. Erst prüfte er die Körper und dann die Seelen. Das sind zwei verschiedene Dinge, man soll sie nicht vermengen. Im Gebäude des Ergänzungsbezirkskommandos erwarb man für den Kaiser Körper, hier im Turnsaal der siebenstufigen Volksschule – Seelen. Die Körper – einzeln, die Seelen – kollektiv. Trotz des strengen Verbots rauchte man Tabak und spuckte auf den Fußboden. Das Spucken konnte hier nicht im Widerspruch zur Hygiene stehen, kam es ja von lauter gesunden Menschen. Also entlud sich die amtlich bestätigte Gesundheit, so gut sie konnte. Kaum verschwand der Feldwebel – herrschte im Saale fürchterlicher Lärm. Die Nerven, die in jenem Gebäude von der Erwartung des Urteils gespannt waren, entspannten sich hier. Die Jüngeren stürzten sich auf die Trapeze, erklommen die Stangen und rutschten lachend herunter. Die Gewichte reizten sogar Peter. Besonders jenes große Eisen mit den Kugeln. Mit einer Hand stemmte er es in die Höhe.

Plötzlich verstummte der Saal. Die Jüngeren sprangen möglichst geschwind von den Turngeräten. Die glimmenden Zigarettenstummel warfen sie zu Boden und zertraten sie mit den Stiefeln. In der offenen Tür erschien ein junger Offizier mit einer Kopfbedeckung, die Peters Eisenbahnerkappe ähnlich war. Er hatte einen Säbel an der Seite und einen Orden an der Brust. Man machte ihm Platz. Hinter ihm, in gebührendem Abstand, schritt der dicke Feldwebel mit einem Packen Papier in den Händen. Er war ohne Säbel und ohne Kappe.

Der junge Offizier wurde entsandt, die Seelen zu empfangen. Doch schwieg er während der ganzen Zeremonie. Nur einmal flüsterte er dem Feldwebel etwas zu, der die Vereidigung feierlich vornahm. Zunächst teilte der Feldwebel die Anwesenden in drei Gruppen, je nach der Sprache. Die kleine deutsche Gruppe, die überwiegend aus Juden bestand, trennte er von der polnischen und ukrainischen. Jeder durfte in seiner Sprache den Schwur leisten, die militärische Liturgie zwang nämlich nicht ihr Kirchenlatein (d. h. die deutsche Sprache) denen auf, die es nicht verstanden. Nur das Kommando mußte in der k. u. k. Armee deutsch sein. Nachher erklärte der Feldwebel den Seelen, welche in drei Gruppen eingeteilt waren – den technischen Ablauf und die Bedeutung des Rituals. Alle müssen sie ihre Mützen ablegen. Die Juden auch. (Peter sah den Juden nicht, der zusammen mit ihm vor der Kommission stand.) Alle müssen zwei Finger der rechten Hand hochheben, den Mittel- und den Zeigefinger, und beide die ganze Zeit hindurch in der Höhe der Augen halten bis zum Worte ›Amen‹. – »Alle wiederholen laut und deutlich meine Worte.« Nach der Vereidigung, erklärte der Feldwebel, ist jeder, wenn er auch noch wie ein Zivilist aussieht, ein Soldat. – Er unterliegt den Militärstrafen! – Er darf dies nicht, und er darf jenes nicht. Vieles ist verboten. Der junge Offizier, der kaiserliche Bote, stand regungslos und schwieg wie eine allegorische Statue.

Zuerst schwor die deutsche Gruppe, dann die ukrainische, zuletzt die polnische. Peter Niewiadomski gesellte sich zur polnischen Gruppe. Der Feldwebel las die Eidesformel, die Peter mitsamt dem ganzen Chor Wort für Wort wiederholte:

»Wir schwören zu Gott, dem Allmächtigen, einen feierlichen Eid, Seiner Apostolischen Majestät, unserem Allerdurchlauchtigsten Fürsten und Herrn, Franz Joseph dem Ersten, von Gottes Gnaden Kaiser von Österreich, König von Böhmen und so weiter ...«

»... und so weiter«, schallte der Wechselgesang. »Dem apostolischen König von Ungarn, treu und gehorsam zu sein, auch Allerhöchst ihren Generälen, überhaupt allen unseren Vorgesetzten und Höheren zu gehorchen, dieselben zu ehren und zu schützen, ihren Geboten und Befehlen in allen Dingen Folge zu leisten, gegen jeden Feind, wer es immer sei, und wo immer es Seiner kaiserlichen und königlichen Majestät Wille erfordern mag ...«

»... fordern mag«, skandierte der Chor. In Peters Seele dröhnten unsichtbare Trommeln und tönten unsichtbare Fanfaren.

»... zu Wasser, zu Land und in der Luft, bei Tag und Nacht, in Schlachten, in Stürmen, Gefechten und Unternehmungen jeder Art, mit einem Worte, an jedem Orte, zu jeder Zeit und in allen Gelegenheiten tapfer und mannhaft zu streiten ...«

Peter Niewiadomski sah sich zu Wasser und zu Land und in der Luft streiten. Er triefte von Wasser- und Blutströmen. Blut und Wasser drängten sich in seinen Mund, in die Ohren, Nüstern, er drohte zu ertrinken, doch stieß er mit letztem Kraftaufwand seiner geschwächten Arme den Gegner in die Tiefe. Der Gegner war einmal ein Russe mit einem langen Bart, jenem Juden ähnlich, dem der Knorpel hüpfte, dann wiederum ein schnurrbärtiger Serbe von übermenschlicher Kraft. Der Serbe hieb auf Peters Genick mit dem Gewehrkolben ein, und Peter erstach den Serben mit dem Bajonett. Es kam ihm wahrscheinlich irgendein altes Bild aus dem Balkankrieg in Erinnerung.

»... unsere Truppen und Fahnen, Standarten und Geschütze in keinem Falle zu verlassen, uns mit dem Feinde nie in das mindeste Einverständnis einzulassen ...«

Nein, nein, nein, Peter Niewiadomski wird ganz bestimmt keine Standarte verlassen, er wird sich mit dem Feinde nicht in das mindeste Einverständnis einlassen. Er würde nicht einmal imstande sein, mit dem Feinde zu sprechen, er beherrschte weder die serbische noch die russische Sprache. Aber warum schweigt dieser Offizier so fürchterlich?

Er rührt sich nicht einmal. Zweifellos würde das alles erleichtern.
Und der junge Offizier, des Kaisers Bote, rührte sich. Der längliche Spiegel seines Säbels schaukelte. Es schaukelten die goldenen Fransen seines Portepees. Er hob die Hand zum Mund, er hielt sie vor, damit niemand sah, daß er gähnte. Er hatte schon genug. Von früh bis abends – unaufhörlich: »Wir schwören zu Gott.« Da kann man verrückt werden. Es ist schon besser, an die Front zu gehen. Nicht doch, es ist nicht besser, an die Front zu gehen. Es ist schon besser, bis Kriegsschluß von früh bis abends zu hören:
»... uns immer so, wie es den Kriegsgesetzen gemäß ist und braven Kriegsleuten zusteht, zu verhalten und auf diese Weise mit Ehre zu leben und zu sterben.« Der Feldwebel machte eine feierliche, folgenschwere Pause, um dann mit dem Finale einzusetzen:
»So wahr uns Gott helfe. Amen!«
Der Gott des Militärs, vor dessen Antlitz man diesen Eid leistete – hatte eigentlich gar kein Antlitz. Er war interkonfessionell, nicht so wie in Zivil, wo er die einen nur dann erhörte, wenn sie barhäuptig waren und knieten, und die anderen – nur in Mützen und in Hüten und nur stehend kannte. Der kaiser- und königliche Kriegsgott war weder Jehova, noch Vater, Sohn und Heiliger Geist, noch Allah, eher konnte er die Gottheit der Deisten und Robespierres sein. Er verzichtete auf die Attribute der einzelnen Konfessionen, gab die Gestalten auf, die ihm von Dogmen und Legenden auferlegt wurden, ihn bestachen weder Wachskerzen noch Weihrauch. Er stellte jenes höchste Wesen dar, vor dem in vielen Fällen sogar Freidenker und Freimaurer sich demütigten. Das Militär erkennt keine Zweifel an, die nicht im Dienstreglement vorge-

sehen sind, also verpflichtete es dem Kaiser die Seelen der Atheisten, Sozialisten und Anarchisten ebenfalls vor Gott, ohne sich darum zu kümmern, was diese Menschen in Wirklichkeit über ihn dachten. Jeder Atheist wurde somit, im Moment, in dem er diensttauglich erklärt wurde, als gläubig angesehen. So ein Gott also, an dem man nicht zweifeln darf, muß wohl die höchste Abstraktion sein, farblos wie ein Zeichen der Algebra. In der kaiser- und königlichen Militäralgebra war Gott jene unendliche Zahl von Nullen, die man der höchsten Ziffer des Kaisers beifügt. Diesen Gott also rief das Militär zum Zeugen im Augenblick, da die Seelen die Treue der Körper gelobten. Bei dieser mündlichen, unfreiwilligen Abmachung der Völker Österreichs mit dem allerhöchsten Monarchen erfüllte Gott die Funktion eines Notars.

Während der letzten Worte des Eides faßte ein Schauder Peters Seele. Hat er doch Gott mit eigenem Munde versichert, daß er für den Kaiser sterben wolle. Hörte der Kaiser sein Gelübde? Wo ist er? In diesem Saal hing nicht einmal sein Bild, auch gab es kein Kreuz. Der Kaiser ist in den Lüften, unsichtbar wie Gott, den auch niemand mit eigenen Augen gesehen hat. Sie schworen also in die Luft.

Der Eid ging in den Himmel, durchbohrte die Decke des Turnsaals und flog ins erste Stockwerk, wo die Klasse III b lag und in diesem Augenblick ein Transport von Rekruten wartete, der zum Regiment abmarschieren sollte. Über den Köpfen der Rekruten schwebte der Eid vom ersten Stock auf den Dachboden und drang durch eine Staubschicht und rote Dachziegel ins Freie. Er strömte durch die Schornsteine und Luftschächte. Er strömte auch auf die Straße, durch drei breit geöffnete Fenster des Saales. Der Himmel war rein und blau, so daß der Eid auf seinem Wege zu Gott auf keinerlei Hindernisse stieß.

Doch für manche Leute war Gott im Saale anwesend. Er schwebte über den Körpern, den Seelen, den Turngeräten. Peter Niewiadomski schlug die Augen zu Boden wie in der Kirche während der Messe. Er zweifelte nicht, daß irgendwo hoch unter der Decke, an der höchsten Sprosse der gelben Leiter, mit eingezogenen Flügeln der Heilige Geist sitze. Nicht in Gestalt einer weißen Taube, sondern als schwarzer zweiköpfiger Adler. In den gekrümmten Krallen hält er krampfhaft einen eisernen Stab mit schwarzen Kugeln umklammert.

*

So leistete Peter Niewiadomski dem Kaiser den Eid. Dann erhielt er seine Papiere und ging mit den Landsleuten in die Wirtschaft des Sch. H. Schames, wo er sich mit 90prozentigem Schnaps betrank.

IV. KAPITEL

Blinde Leiermänner sagten auf Jahrmärkten und Rummelplätzen längst das Ende der Welt voraus. Daß aber jener Tag, der Tag des göttlichen Zornes, gerade auf den 21. August 1914 fallen werde – nein, dies erwarteten die klügsten Leute nicht, weder in Topory noch in Czernielitza. Dies erwartete nicht einmal Hryć Łotocki, den doch jeder für den klügsten Mann in Topory hielt, obgleich er nicht lesen und schreiben konnte. Selbst der Pfarrer Makarucha holte zuweilen in verschiedenen wichtigen Angelegenheiten seinen Rat, z. B. wegen seiner Bienenstöcke, die er ebenso eifrig bearbeitete wie den Weinberg des Herrn. Der Pfarrer Makarucha ahnte auch nicht das so nahe Ende der Welt, und wer denn sonst, wenn nicht eine geistliche Person, sollte die göttlichen Absichten kennen. Die Kirche sorgt nämlich nicht nur für die Seelen der Menschen, sie bahnt nicht nur den Weg zur Ewigkeit, der Kirche übergab der Schöpfer auch alle Zeit in Pacht, alles Zeitliche, besonders aber überließ er ihr das Maß und die Rechnung der Vergänglichkeit, d. h. den Kalender. Der Wille der Kirche war es, daß der Donnerstag ein Donnerstag war und Sonntag ein Sonntag, es war der Wille der Kirche, daß dieses Jahr das Jahr 1914 war.

Pfarrer Makarucha wußte nur soviel, daß das Weltende runde Zahlen liebe. Er erinnerte sich noch aus dem Seminar, wie Gott schon einmal Lust hatte, die Welt zu vernichten. Es war im Jahre 1000. Jedoch im letzten Augenblick überlegte sich der Schöpfer die Sache, er erbarmte sich der Welt und verlängerte ihr sündiges Dasein für unbegrenzte Zeit. Die Verschiebung der Exekution bedeutet jedoch keine Amnestie. Wenn es also dem lieben Herrgott gefallen sollte, das Urteil zu vollziehn – würde er damit gewiß zumindest bis zum Jahre 2000 warten. So wäre die Rechnung glatt und der Effekt pathetisch. Aber so plötzlich, mir nichts, dir nichts im Jahre 1914? Und nicht einmal am 1. Januar oder am 31. Dezember, sondern am 21. August? Solche Wunderlichkeiten, so eine Unkenntnis der effektvollen Termine traute der Pfarrer Makarucha der himmlischen Buchführung nicht zu. Der Himmel hatte doch – bislang – nur mit großen Zahlen zu tun, mit Tausenden, Hunderten ...

Peter Niewiadomski hörte auch davon, daß die Welt im Jahre 2000 untergehen sollte. Er war also, was ihn betraf, ruhig, ebenso was seine Enkel und Urenkel betraf. Er hatte keine Kinder. Und wenn er keine Kinder hatte, wie konnte er da Enkel und Urenkel haben? Die Dynastie Niewiadomski wird vorher erlöschen – es geschehe Gottes Wille – also vor dem Jahre 2000. Friedvoll war in jenen Tagen das huzulische Dorf, trotz des Krieges, der auch diesem Flecken Erde immer näher kam. Das Getreide war schon in den Scheunen, die Stoppelfelder waren allerdings noch nicht gepflügt. Die alten Huzulen hatten dringlichere Arbeit: das Heu. Am frühen Morgen zogen sie zu den Wiesen, um die Mittagsstunde brachten ihnen die Weiber Milch und Kartoffeln oder sogar Klößchen – in tönernen Doppeltöpfen. Schweigend genossen sie ihr Mahl und mähten bis zur Dämmerung. Manchmal unterbrachen sie aber die Arbeit, nahmen die rauchenden Pfeifen aus dem Mund und dachten an den Tod, der im fernen Serbien die Sense für ihre Söhne wetzte.

Nur die Angst der alten Mütter verging nie. Sie wuchs in ihrem verdorrten Schoß wie ein ungeheurer, teuflischer Bastard. Mit kaltem Schweiß bedeckt, erhoben sie sich frühmorgens vom weichen Stroh, auf dem sie von schrecklichen Träumen geplagt wurden. Sie schüttelten die nächtlichen Gesichte wie unflätiges Gewürm ab und bekreuzten sich dreimal: für sich, für die Söhne im Krieg und für die Kinder, die zu Hause blieben. Dann gingen sie, schon ruhiger, zu den Kühen, und die messingnen Glöckchen an den Hälsen des Viehs trösteten sie mit ihrem gleichmäßigen Geklingel. Mitunter weckte allein der Anblick der Milch die Schmerzen der Mütter, denn sie erinnerte an weit zurückliegende Zeiten, als aus ihren eigenen Brüsten Milch spritzte. Nach so viel Jahren schmerzten wiederum die Brustwarzen, wie von zahnlosen Lippen gebissen, Lippen, die vielleicht heute schon die Erde beißen. Die Huzulinnen-Mütter neideten den Mutter-Kühen die selige Unkenntnis des Schicksals ihrer Nachkommenschaft, die in Schlachthäusern gemordet wurde. Und sie übten Rache an den Kühen. Mit wilder Wut rissen sie an ihren Eutern, als wenn sie nicht Milch, sondern Blut melken wollten. Und die Milch floß weiß und unschuldig in warmen Strömen und trommelte in die blechernen Melkeimer wie Erbsen. Doch keine der erbitterten Mütter dachte an den Weltuntergang.

Die Unruhe verbreitete sich im südlichen Teil Polens erst Mitte August. Damals fiel in dieser Gegend zum erstenmal das Wort ›Evakuierung‹. Es kam aus den Städten geflogen, wo man es ausgrub, aus den dumpfigen Kellern der Vergessenheit auspackte, gemeinsam mit solchen Worten wie: Sieg, Niederlage, Gefangenschaft, Gefangene, Angriff, Heldentod. Diese längst verwitterten Ausdrücke, in Dunkelheiten eingeschlafen wie Fledermäuse – wur-

den in der frischen Luft rot und farbig und erstanden in den Mündern aller zu neuem Leben.
Obgleich das Wort ›Sieg‹ den höchsten Kurs hatte, obgleich der Kaiser ununterbrochen in Serbien, Galizien und im Königreich Polen siegte, barg sich in den Seelen der Bürger des Bezirks Śniatyn der Wurm des Zweifels. Aus Lemberg kamen dumpfe Gerüchte, daß der Russe nahe. Zunächst gingen sie nur heimlich um, furchtsam in Dorfschenken und bei der Tränke geflüstert – bis in einer schönen, sternbesäten Nacht die kleinen und schmutzigen Scheiben der huzulischen Lehmhütten leise zu klirren und zu zittern anfingen. Damals sprachen schon alle in Topory laut davon, daß der Russe marschiere: der bärtige, behaarte Riesenbauer mit dem langen Spieß und der Nagajka, an deren Ende eine schwere, bleierne Kugel befestigt ist. In seinen Zähnen – gesund wie bei Pferden – hatte er ein scharfes Messer. Er jagt auf einem flinken Tatarenpferd und zertrampelt alles, was ihm in den Weg kommt. Von ferne stinkt er nach Teer und Schnaps. Er zerschlägt Scheiben mit dem Gewehrkolben, plündert jüdische Läden und Schenken, und wenn er in richtige Wut gerät – brennt er sogar ganze Dörfer nieder. Er zerschlitzt jüdische Federbetten, schneidet die Bärte der Juden ab und macht Jüdinnen dicke Bäuche. Daher ist es gut, an die Tür ein Muttergottesbild zu hängen oder mit Kreide ein Kreuz zu zeichnen, obzwar – wie man sagt – der Russe auch Christen nicht verschont, wenn er außer sich gerät. Er verschont nur ›russophile Elemente‹, die ihm hilfsbereit dienen, indem sie Holzklötze auf die Schienen legen, damit die Waggons mit österreich-ungarischem Militär auf dem Wege zur Front umkippen, oder – auf andere Weise. Diese ›Elemente‹ kriechen hervor wie die Fettflecken, die man mit Löschpapier und Bügeleisen herauslockt. Sie wachsen

plötzlich wie aus der Erde, und es zeigt sich, daß sie seit vielen Jahren unter uns lebten, und niemand im Dorfe wußte von ihnen, weder der Ortsvorsteher, noch der Gemeindeschreiber, noch der Dorfpolizist und nicht einmal der Pfarrer. Es sei denn, der Pfarrer selbst gehöre ihnen an. Erst vorigen Sonntag wurden in Sokal zwei ukrainische Geistliche und ein Kirchensänger gehenkt, weil sie vom Glockenturm den Russen Zeichen gaben. Und im Bezirk Tarnopol wurden fünf Bauern ganz einfach für nichts gehenkt. Nach den Berichten, die in huzulischen Wirtshäusern verbreitet wurden, verhielt es sich so: kaum flohen die Magyaren aus dem Dorf, den ganzen Troß zurücklassend (nur Pferde nahmen sie mit), erschienen die Kosaken. Sie halten unterwegs einige mutige Bauern zurück, die sich nicht wie die anderen in den Hütten versteckten, sondern hingingen, um von den verlassenen Vorräten zu retten, was sie konnten: Brot, Konserven, Rum, Tabak. Zuerst lassen sich die Kosaken alles herausgeben und auf ihre Wagen verladen. Dann nehmen sie die Bauern zwischen ihre Pferde und nun – fragen sie dies und das. Da erschraken die Bauern sehr und sagten, was sie wußten. Daß es also soundso viele Magyaren gewesen sind, nicht mehr als zwei Schwadronen, und daß sie alle flohen – es wird vor einer halben Stunde gewesen sein. (Sie logen, logen aus patriotischen Gründen, denn es waren an die fünf Schwadronen Magyaren gewesen.)
»Zeigt, wohin die Magyaren flohen?« sagte der Kosakenanführer. Wie sollte man es ihm nicht zeigen, wenn er eine Pistole hat und einen Säbel und eine Nagajka und seine Leute bis an die Zähne bewaffnet sind. Die Bauern wiesen also den Weg. Derweil traten andere Leute aus den Hütten, standen abseits und sahen, wie der und jener den Kosaken die Richtung zeigte. An demselben Tage zogen

zwei russische Regimenter ins Dorf. Lauter Infanterie. Die Offiziere gingen natürlich sofort ins Schloß und amüsierten sich mit dem Gutsherrn bis in die späte Nacht. Sie spielten herrlich Klavier. Und die Soldaten blieben im Dorf. Sie aßen, tranken, tanzten ihren Trepak und schliefen mit den Mägden. Bei Tagesanbruch marschierten sie weiter – weit gelangten sie aber nicht, denn die Magyaren fielen ihnen aus dem Walde in den Weg, schlugen einen Teil nieder, einen Teil nahmen sie gefangen, und der Rest – machte sich aus dem Staube, Gott weiß wohin. Und die Magyaren kehrten ins Dorf zurück. Sie erfuhren gleich, welche Bauern den Russen Dienste geleistet hatten und hängten fünfe von ihnen ohne Gericht an den Kastanienbäumen auf, dicht neben der griechisch-katholischen Kirche. Drei andere banden sie mit Stricken fest und brachten sie nach Lemberg, ins Zuchthaus. Dort werden sie sich auf Grund des Paragraphen 327 des militärischen Strafgesetzbuches zu verantworten haben. Sie begingen ein Verbrechen gegen die Kriegsgewalt des Staates.

Am 18. August, am Geburtstag Seiner Majestät des Kaisers, kam Exzellenz Korytowski, der Statthalter Galiziens, nach Wien. Während einer speziellen Audienz legte er zu Füßen des Thrones Beweise der Liebe, Treue, Anhänglichkeit der ganzen Bevölkerung des Kronlandes. Es sammelten sich so viele dieser Beweise an, daß aus ihnen zu Füßen des Thrones ein hoher Berg wuchs, und Seine Majestät konnte nur mit schwerer Mühe bis zum kaiserlichen Kabinett vordringen.

Peter Niewiadomski erfüllte immer noch die Pflichten eines Bahnwärters im Häuschen 86. Erschreckende Gerüchte von Verrätern, Spionen und gehenkten Popen drangen auch zu ihm. Und er überlegte, was ein Mensch zu tun habe, von dem der Feind Hilfe fordert. Willst du nicht – erschießt er dich wie einen Hund. (Hier warf er Baß einen Blick voll Angst und schmerzlicher Rührung zu. Der Hund lag auf dem Boden und leckte seine Pfote.) Lügst du – erschießt er dich auch, wenn er herausfindet, daß du ihn betrogen hast. Und tust du aus Angst seinen Willen – schwarz ist dann dein Schicksal! – Dein eigenes Militär henkt dich, sobald es nur wieder zurückgekehrt ist. Immer findet sich jemand, der einen verrät. Oder hat der Mensch etwa keine Feinde?

Peter begann, seine Feinde zu zählen. Viele hatte er nicht, aber doch genug, damit sich gegebenenfalls ein Denunziant finde. Da gab es z. B. den Fedko Semeniuk. Er haßte Peter seit langem wegen irgendeines Kartenstreites, dem eine Prügelei gefolgt war. Nun, und was hat ein unschuldiger Mensch zu tun, der den Russen den Weg zeigen muß? Kann denn ein Huzule die taktischen Manöver, die strategischen Rückzüge voraussehen? Nein, für so was ist ein Huzulenkopf zu schwach! Ein Huzule glaubt, wenn unser Heer das Dorf verlassen hat und an seiner Statt das russische einzog – so wird dies so bis zum Weltuntergang bleiben, mindestens bis zum Kriegsende. Das heißt: bis Weihnachten. Am besten ist es, taubstumm zu sein wie Wasyl Horoch aus Czernielitza. Nur Taube und Stumme sind in Kriegszeiten sicher. Sie – wird der Feind nicht ausfragen. Und wenn er fragt, hört er höchstens: mu-mu-mu...

Und Peter Niewiadomski dachte ernsthaft darüber nach, ob er nicht, wenn die Russen Topory besetzten, einen Taubstummen simulieren sollte.

Plötzlich brach er in ein so lautes Gelächter aus, daß Baß aufschrak. Welche dummen Gedanken einem Menschen in den Sinn kommen! Einen Taubstummen spielen! Noch hatte es ja der Russe so weit bis Topory! (Trotz dieser Gewißheit schaute Peter in die Richtung des Fensters, um sich zu überzeugen, ob es nicht zitterte. Es zitterte nicht.) Und zweitens: wer sollte dann dem Russen Dienste leisten? Ein kaiser- und königlicher Soldat? Als wäre er nicht Seiner Majestät durch den Eid verpflichtet, den er angesichts des Allmächtigen in Śniatyn geleistet hatte? Peter war mit einem Eid versehen wie ein Dokument mit einem Stempel, wie eine Leiche mit geweihtem Öl. Spätestens in vier Wochen wird er persönlich ausziehen, um für den Kaiser Russen zu töten! In vier Wochen ... Aber da heißt es, daß der Russe bereits Czernowitz einnahm. Unsere berühmten Regimenter, die Tiroler Kaiserjäger mit den Federchen an den Mützen, die Wiener Deutschmeister, die stolzen Windischgrätzdragoner wurden angeblich vernichtet. Der Kazape treibt sie wie Vieh in die Gefangenschaft. In den ›Plen‹. Was geschieht mit dem Eid, mit der Treue, was mit dem ganzen Jahrgang 1873, wenn der Russe früher nach Topory kommt als Peter in den Kader?

Also schlich die Unruhe in Peter Niewiadomskis Herz. Die Gedanken des Einsiedlers aus dem Wärterhäuschen 86 auf der Strecke Lemberg-Czernowitz-Itzkany unterbrach ein Läuten. Die Station Topory-Czernielitza signalisierte einen nahenden Zug. Peter setzte die Dienstkappe auf, diesen sinnfälligen Beweis des Bundes mit dem Kaiser, und ging mit einem roten Fähnlein vor das Häuschen. Tief überzeugt, daß er dem Kaiser dadurch diene, fing er an, die Kurbel zu drehen. Die amtliche Tätigkeit vollbrachte er langsam, beinah feierlich, und es tat ihm nur leid, daß ihn niemand sah. Die Drähte klirrten, der Schlagbaum fiel. Und dem Peter fiel die halbe Last vom Herzen.

So war es gut. Solange es nützlich war, solange er sich nützlich fühlte, hatten böse Gedanken keinen Zutritt zu seiner Seele. Der Schlagbaum versperrte den bösen Gedanken den Weg.

Ein langer Lastzug flitzte in Richtung Kolomea an Peter vorbei, voll Militär. Lange schon war durch diese Gegend kein Militär gefahren. Peter ging ins Wärterhäuschen zurück, setzte die Kappe ab, legte sie behutsam auf das Regal über dem Bett. Es umgab sie der Nimbus der kaiserlichen Majestät.

In Topory und besonders in der Seele Peter Niewiadomskis wuchs die Unruhe mit jedem Tag. Sie verwandelte sich beinahe in Panik, als auf der Strecke immer häufiger Militärzüge auftauchten. Dieses Militär, noch vor zwei Wochen so froh, stolz und sangeslustig, war jetzt stumm, traurig und böse. Eine Armee von Leuten, die von der Front zurückkehrten, sah wie eine Armee ausgelöschter Laternen aus. Und sogar die Waggons, die sie von den verlorenen Positionen tief ins Land hinüberführten, trugen das Mal der Niederlage. Sie waren mit Schlamm bespritzt, abgeschabt und rochen nach Tod. Sie jagten mit verrückter Geschwindigkeit, wie in den Abgrund. Es schmückten sie weder Zeichnungen noch Aufschriften, in denen vor kurzem noch der Eifer der Soldaten sich Luft gemacht hatte. Sie jagten jetzt nackt und roh dahin, wie die blanke Wahrheit vom Krieg, für den das Militär schon kein Herz mehr hatte. Am Tag und in der Nacht sah Peter Züge, Züge, Züge. Das unaufhörliche Läuten der Signale weckte ihn aus dem Schlaf wie in den ersten Tagen der Mobilmachung. Es lärmte in seinem Kopfe wie im Bienenstock des Pfarrers Makarucha. In den Personenwagen fuhren Offiziere, ungewaschen, seit vielen Tagen nicht rasiert, ohne Blusen, ohne Abzeichen, wie gewöhnliche Menschen. Der ganze Flitter verblich, die Parade ging zu Ende. In einem der Abteile bemerkte Peter Offiziere, die

Karten spielten. Mit Hilfe des Klaberjaß versuchten sie, die Niederlage zu vergessen. Dann folgten viele Viehwagen, vollgepfropft mit Soldaten. Manche Leute waren ohne Stiefel, sie lagen auf faulem Stroh, ernst, in sich gekehrt, ohne jede Neugierde. Einige von ihnen hatten einen Verband aus schmutzigen, blutigen Fetzen um ihren Kopf, oder sie trugen den Arm in einer Binde. Auf größeren Stationen schauten ihnen Menschen zu, die begierig waren, diejenigen zu sehen, die vom Tode zurückkehrten. Denn jeder von diesen Soldaten hatte den Tod gesehen und ihm zur Macht verholfen, das Leben roch jetzt nach Leichengift. Alle Angelegenheiten des Lebens schrumpften in ihren Augen zusammen, nur – der Tabak nicht. Sie rauchten fast alle, gierig den Rauch der zugeteilten Zigaretten einatmend, diesen letzten Trost des Soldaten.

Ein andermal bemerkte Peter Wagen, die mit einem riesigen roten Kreuz gezeichnet waren. Sie rollten sehr langsam, und aus ihrem Innern wehte der scharfe Gestank von Chemikalien. Peter wußte, daß in diesen Wagen massakriertes menschliches Fleisch fuhr. Und er horchte, ob nicht etwa irgendein Stöhnen zu ihm drang. Aber die Kreuzwagen waren still wie Gräber. Sie rutschten gemächlich, weich, geräuschlos, wie auf Gummirädern. In den Korridoren und an den Fenstern standen junge Frauen, ganz weiß, Engel. Manchmal rauchte einer der Engel eine Zigarette. – Kreuze, nur Kreuze – dachte Peter. Und er schwankte, ob er nicht die Kappe abnehmen und beim Anblick der roten Zeichen sich bekreuzigen sollte.

Weniger Unruhe stifteten auf der Strecke die Waggons mit Vieh, das zum Schlachten bestimmt war. Das menschliche Fleisch, das Kanonenfutter, mußte nämlich zunächst vorschriftsmäßig mit dem Fleisch der Tiere gefüttert werden. Auch Pferde flohen von der Front. An dem Wärterhäuschen zogen ganze Ställe vorbei, voll von Pferden, die ihre traurigen Köpfe sanft aneinander schmiegten. Manchmal kündigte den herankommenden Zug ein furchtbares Dröhnen an. Es waren – Geschütze auf Plattformwagen. Die Birkenzweige, mit denen man am Tage des Abmarsches die Lafetten geschmückt hatte, waren schon längst verwelkt. Schwere und leichte Geschütze kehrten jetzt, ihrer Herrlichkeit entblößt, zurück; die grüne Farbe schälte sich von ihnen wie eine räudige Haut. Die Artillerie fuhr mit Plandecken überzogen, offenbar aus Scham. Auf jeder Plattform stand regungslos neben den Geschützen ein Mensch mit Gewehr. Dreckbespritzte Automobile mit zerschlagenen Scheiben, geplatzten Gummireifen und sonstige mit Steuergeldern der Bürger erworbene Überreste der Kriegsgeräte, Scheinwerfer, Stacheldrahtrollen, Wellblech, Feldtelephone, Feldküchen jagten unaufhörlich auf den Schienen in westlicher Richtung. Das kaiserliche Gut mußte gerettet werden! Wandernden Zirkusbuden gleich zog dieser in Eile aus den ungünstigen Linien zurückkommandierte Zug vorbei. Bis man am Ende – Tag und Nacht hörte, wie die Erde dröhnte. Peter unterschied nicht mehr, ob von dem Getöse der Waggons oder von der herannahenden Kanonade. Am 20. August, ungefähr um 7 Uhr früh, erblickte er einen merkwürdigen Zug, mit Zivilisten vollgestopft. Das konnte kein normaler Personenzug sein: die verkehrten nicht mehr. In den Wagen, in denen Bänke aufgestellt waren, fuhr – Israel. Es führte mit sich lebende Gänse, Federkissen, Wiegen, Kochkessel, Säcke, Kisten und eine Menge schreiender Kinder. Jüdinnen mit schwarzen, glänzenden Haaren machten sich wie zu Hause zu schaffen, sie kochten sogar auf Spirituskochern. Manche Männer waren von Kopf bis

Fuß in lange, weiße Tücher gehüllt, die unten mit schwarzen Streifen besetzt und oben mit Gold- und Silberstickereien verziert waren. Glitzerndes Gold und Silber bedeckte den Kopf bis zu den Augen. Die Stirnen waren nicht zu sehen, denn auf ihnen waren schwarze, viereckige Schächtelchen befestigt. Bärte, Bärte, graue, schwarze, rote, zitterten in goldener und silberner Umrahmung der Tücher, in denen diese Juden aussahen wie lächerliche, pathetische Könige. Sie wiegten sich rhythmisch nach vorn und nach hinten zum Takt der ratternden Räder, als wollten sie diesem Geratter irgendeinen neuen und erhabeneren Sinn geben.

Nicht zum erstenmal sah Peter betende Juden. Als Kind pflegte er in die Fenster einer alten, heute nicht mehr existierenden Schenke hineinzuschauen, wo sich jeden Sonnabend Juden zum Beten versammelten. In Topory gab es kein Bethaus. In messingnen Leuchtern brannten große Kerzen, und im Gebet versunkene Bärte in Mänteln schaukelten über dicken Büchern; sie tanzten fast, laut schreiend und jammernd. Der Gesang der Juden ängstigte Peter und freute ihn zugleich.

Eines Sonnabends, als er so in Gedanken versunken vor den Fenstern stand, geschah etwas, was er sich lange nachher nicht erklären konnte. Plötzlich öffnete sich die Tür, und vor ihm stand ein mächtiger Jude mit rotem Bart, in einem samtenen Kittel mit einer schwarzen Schnur umgürtet. Statt der Schuhe hatte er weiche Pantoffeln an, und weiße Strümpfe reichten ihm bis zu den Knien wie einem Mädchen. Auf dem Kopfe trug er eine phantastische, vieleckige Mütze aus Fuchsschwänzen. Man hätte schwören können, die Mütze und der Bart bildeten ein Ganzes. Peter erschrak. Er dachte, daß ihn der Jude durch das Fenster erblickt hatte und kam, um ihn zu verprügeln.

Aber der Jude faßte seine Hand und fragte mit sehr sanfter Stimme:
»Du, Junge, wirst die Kerzen auslöschen, ja? Bekommst am Sonntag fünf Kreuzer!«
Peter verstand nicht, worum es ging. Er ahnte irgendeine Falle. Er floh jedoch nicht. Er blieb festgebannt mit aufgerissenem Mund stehen, wie verhext: so groß war die Anziehungskraft der fremden und geheimnisvollen Welt. So folgte er also dem Roten in die Stube, wo die Juden beteten. An der Schwelle nahm er die Mütze ab, weniger aus Ehrfurcht als aus Angst. Im selben Augenblick drückte sie ihm der Rote wieder so kräftig über den Kopf, daß es schmerzte. Peter zitterte am ganzen Körper. Niemand von den Anwesenden geruhte ihn anzusehen. Alle legten sie bereits ihre Tücher von sich, falteten sie sorgfältig zusammen, küßten sie zärtlich und packten sie in samtene Säckchen. Und Peter Niewiadomski löschte den Juden die Kerzen aus. Am Sonntag bekam er natürlich fünf Kreuzer.
Dies war schon sehr lange her. Doch die Erinnerung an die geheimnisvolle Tätigkeit, die er einst ausgeübt hatte, ohne seine Rolle zu ahnen, erwachte beim Anblick dieser Waggons und weckte die unterdrückte Angst vor den Juden.
»Immer beten sie«, dachte er, »und trotzdem werden sie in die Hölle kommen.« Peter glaubte an die Hölle.
Der Bethaus-Waggon verschwand. Es gab dort keine brennenden Kerzen. Im übernächsten Waggon dagegen bemerkte Peter eine nicht angezündete Tischlampe mit einem hellgrünen Schirm. Ein hübsches Mädchen mit großen schwarzen Augen, die eher wie eine Zigeunerin als wie eine Jüdin aussah, drückte sie an ihre Brust, als wäre es keine Lampe, sondern das liebste Kind. Sie ließ diese einzige Lampe in der Welt nicht aus den Händen, diesen

einzigen Lichtquell, der dem Nomadenvolk die Dunkelheit seiner Heimatlosigkeit erhellen sollte. Wohin ziehen sie? Beginnen sie vielleicht nach Jahrhunderten nochmals ihre Wanderung? Siehe da, die Eisenbahn führt die Juden durch die Wüste, an deren Rand das Gelobte Land auf sie wartet. Dieses Land liegt – nach Wille und Gnade des Kaisers Franz Joseph – in Mähren. Dort werden Holzbaracken die galizischen Flüchtlinge mosaischen Glaubens aufnehmen.

So sah die Evakuierung des Huzulenlandes aus: Staatsbeamte mit ihren Familien, einige Gutsbesitzer und Kaufleute flüchteten vor den Russen, Huzulen flüchteten nicht. Huzulen fliehen nie und vor niemandem. Kann man denn die Erde und die Kühe und die Schafe mitnehmen?

Peters Dienst war um jene Zeit besonders schwierig, aber er erfüllte seine Pflichten. Er gewann die Strecke lieb. Das heißt: den ihm anvertrauten Abschnitt. Täglich ging er seine vier Kilometer bis zum Häuschen 86, wo seine Verantwortung aufhörte. Seinen Posten verließ er nur, wenn ihn Magda besuchte. Sie vertrat ihn gewissenhaft, wie es nur rechtmäßige Wärtersgattinnen konnten. Der Anblick des jungen Mädchens, das mit einem roten Fähnlein Dienst machte, lockte schon einigemal ein Lächeln auf die müden Gesichter der vom Tode Zurückkehrenden. Als hätte das Leben selbst das Mädchen hier zur Wache befohlen.

Auf Peters Abschnitt herrschte immer Ordnung. Kein ›Element‹ wagte es, Klötze auf die Schienen zu legen. Seine vier Kilometer waren dem Kaiser treu, und das kaiserliche Heer konnte hier so sicher fahren wie in Wien. Oh, wenn man so bis ans Ende der Tage auf der Strecke sitzen könnte! Das Leben hätte dann irgendeinen Wert, einen Sinn. Peter würde sich hier als Bahnwärter wie ein souveräner Fürst fühlen. Als Wärter würde er vor allem vor sich selber verantwortlich sein und dann erst vor dem Stationsvorsteher, der drei Kilometer rechts von hier seinen Sitz hatte.

Rechts oder links? Mit dieser Frage berühren wir die schmerzlichste Stelle in Peter Niewiadomskis Seele. Trotz seiner vierzig Jahre – wußte er nicht, es war nun mal so, wo die rechte und wo die linke Seite war. Die Orientierung mit Hilfe der Hände steigerte nur die Verwirrung. Auf dem Posten war es immerhin gleichgültig: da mußte man sich nicht nach den relativen Begriffen rechts und links richten, da gab es eine Regel: dort, wo die Station Topory-Czernielitza liegt, ist die rechte Seite und die linke dort, wo das Wärterhäuschen Nr. 86 sich befindet. – Aber so ist es nur dann, wenn man in der Tür des Häuschens steht oder am Schlagbaum. Im Freien dagegen dreht oft der Teufel die Erde, und was vor einer Weile links war, wird unversehens rechts. Oftmals verlor Peter darüber den Kopf, doch glücklicherweise kam bis jetzt... es ist besser, den Teufel nicht zu versuchen. Allerdings hat sogar Jesus Christus selbst zu den Menschen etwas über die rechte und linke Hand gesprochen, etwas, was mit Almosen in Verbindung stand. Peter fühlte Angst, sooft der Pfarrer Makarucha den entsprechenden Abschnitt des Evangeliums vorlas. Er fühlte sich dem Teufel ausgeliefert, doch hatte er nicht den Mut, dieses sein Gebrechen jemandem anzuvertrauen, nicht einmal dem Pfarrer. Er spürte: früher oder später wird der Mangel ans Licht kommen, und der Teufel wird das seine tun. Das Verderben wird eben von dieser Seite her kommen, von der rechten – linken –, wer kann's wissen?

O ja, Peter liebte sein Häuschen. Es war klein, aber wichtig, und wichtig fühlte sich der kleine Mensch, der in ihm residierte. Daneben stand der Heuschober, Eigentum des Bahnwärters Banasik. Heu war nicht mehr viel darin, die Frau Banasik hatte es rechtzeitig dem Militär verkauft. Das gekrümmte Strohdächlein reichte bis zur Erde und sah der Mütze auf dem Kopf eines Betrunkenen ähnlich. Nur vier hohe Pfeiler ragten majestätisch empor wie Maste, ihrer Flaggen beraubt. Der Heuschober war der Lieblingsplatz des Hundes Baß. Er vergrub sich im übriggebliebenen Heu zu einem Nachmittagsschläfchen, sicherlich fing er auch Mäuse. Mit Heu vollgestopft sah der Schober wie ein mächtiges Bollwerk zum Schutze eines souveränen Fürstentums aus, dessen Wappen auf einem weißen, blechernen Schild dunkelte – die Ziffer: 86. Jetzt lag das Bollwerk in Trümmern, und Peter Niewiadomski träumte, es wieder aufzurichten – mit frischem Heu.

An demselben Tage, gegen sechs Uhr, nahmen alle Träume ein Ende. Soweit das menschliche Gedächtnis reicht – war Topory nichts anderes als ein gewöhnliches Dorf. Es zählte 281 Seelen (auf Grund der letzten Volkszählung) und 78 Schornsteine. Die Bezeichnung ›Schornsteine‹ war nicht exakt, denn in huzulischen Bezirken rühmen sich nicht viele Hütten eines Schornsteines. Sagen wir also: 78 Strohdächer. Der Krieg leerte gleich am Anfang die Hütten von den besten Männern, es gingen etwa 40 Mann, lauter Reservisten und Neueingezogene, wenn wir nicht diejenigen mitrechnen, die im regulären Heer dienten. Wie wenn jemand mit Flegeln das beste Getreide weggedroschen hätte, wie leere Garben lagen die Wohnhütten längs des gewundenen Weges, der Jugend beraubt. Nur der Landsturm, der Ausschuß der Männer, blieb zusammen mit den Weibern, Greisen und Kindern zurück. Mit dem Eid versehen, mit Papieren ausgestattet, wartete er geduldig auf den Tag der Einreihung. Jedoch angesichts der vielen wichtigen wirtschaftlichen Angelegenheiten, z. B. der Heumahd, schien jener Tag, anstatt näher zu kommen, sich mehr zu entfernen. Am Ende begann so mancher von den Gemusterten sich einzureden, daß jener Tag überhaupt nicht mehr kommen werde. Und bis zur Zeit, in der die Scheiben zu zittern anfingen, bemühte sich jeder, so zu leben, als gäbe es überhaupt keinen Krieg.

Bis plötzlich, am 20. August, das winzige Dorf Topory zur Würde einer Etappe des großen Weltkrieges aufstieg. Das Dorf schien sich nicht einmal von dem Glanz Rechenschaft zu geben, der dank der Gnade des Hauptkommandos auf es fiel. Und wieder begann der Gendarm Durek mit der Ledertasche und dem goldenen Zahn im Dorf zu kreisen. Wieder überreichte er Analphabeten Papiere, von denen ihr Leben abhing. Als er vor dem Häuschen 86 erschien – bellte Baß nicht mehr. Der Hund hatte sich schon an den Krieg gewöhnt. Peter fürchtete sich auch nicht mehr vor der Gendarmerie. Seit man ihn für tauglich erklärt hatte, fühlte er sich wie ein entfernter Vetter jeder Waffenmacht. Er schaute jetzt vertrauensvoller auf ein Gewehr, ein Bajonett.

Korporal Durek, der Zerstörer der Träume im Revier Topory-Czernielitza, kam nicht allein. Es begleitete ihn irgendein Soldat in den besten Jahren. Das Gewehr hatte er bequem über der Achsel hängen. Er paffte eine Pfeife mit langem Rohr. Etwas war bei ihm besonders verdächtig: auf den grünen Kragenaufschlägen glänzte neben dem hörnernen Stern ein metallenes Rad mit Flügeln. Augenscheinlich hatte dieser Soldat etwas mit der Bahn zu tun.

Korporal Durek war heute anders gekleidet als an jenem Abend, da er die Einberufungskarte brachte. Statt des

Helms – eine gewöhnliche Soldatenkappe, statt der Uniform von schwarz-grünlich schillerndem Tuch – die graublaue Felduniform. Nur noch die Ledertasche und der Säbel zeugen davon, daß vor uns ein Korporal der Gendarmerie steht, und nicht z. B. der Infanterie. Alle glänzenden Gegenstände: Blech, Knöpfe, sogar die Jubiläumsmedaille waren weg, zum Zeichen, daß Topory eine Etappe bilde. Statt der Medaille schmückte ein schmales, diskretes, weiß-rotes Bändchen die Brust des Gendarmen. Das Kreuz mit dem Bild des Kaisers verschwand, Grundsatz der Etappe ist strenges Inkognito. Nur der Goldzahn glänzte im Munde des Gendarmen genauso wie einst.

»Sie werden den Dienst diesem Gefreiten übergeben!« sagte Durek. »Ab heute übernimmt das Militär die ganze Bahn. Evakuierung!«

Das Wort ›Evakuierung‹ half dem Korporal, wie alle Fremdworte, den Glauben an die eigene Überlegenheit zu stützen.

»Evakuierung!« wiederholte er. Er sog diesen Klang ein wie den Rauch einer gutschmeckenden Zigarette. Der Gefreite warf inzwischen das Gepäck ab. Er machte es sich im Häuschen bequem, ohne auf Peter zu achten.

»Sie zeigen dem Herrn Gefreiten, was nötig ist!« sagte Durek. Dem Gefreiten verlieh er den Titel ›Herr‹, um die Distanz zu betonen, die Peter vom Soldaten trennte.

Peter war betäubt. Evakuierung – gut! Ist er aber ein Jude, daß er flüchten sollte? Und wohin? Und was wird aus seinem Militärdienst?

Korporal Durek kam aber nicht nur hierher, um ihm den Posten zu nehmen.

»Zeigen Sie mal Ihre Papiere!« sagte er geheimnisvoll.

Peter grub aus der Brustgegend unter dem Rock sämtliche Papiere hervor, die er besaß.

»Das brauch ich nicht!« Der Gendarm reichte ihm geringschätzig seinen Geburtsschein zurück. Dagegen prüfte er das Militärdokument aufmerksam. Peter beobachtete den Herrn Gefreiten mißtrauisch.

»Abfahrt morgen!« schloß Durek kurz, das Papier zusammenfaltend. »Heute noch melden Sie sich beim Herrn Stationsvorsteher wegen der Marschroute.«

»Nach Stanislau?« fragte Peter. Sein Kader war nämlich in Stanislau.

»Was für ein Stanislau? – Nach Ungarn!«

Peter begann einiges zu begreifen. Der Kaiser sah alles voraus, sogar die Evakuierung. Der Kaiser läßt ihn nicht dem Russen zurück. Der Kaiser sammelt jetzt in Eile seine Leute, wie ein kluger Bauer, der vor dem Gewitter die Garben in die Scheune bringt. Peter verspürt eine große Erleichterung. Schlimme Eventualitäten, die er befürchtete, hörten auf zu existieren. Jetzt konnte der Russe ruhig nach Topory kommen, den Peter Niewiadomski findet er dort nicht.

Durch die Linderung ermutigt, fragt er:

»Ist der Russe weit?«

Diese Frage erzürnte den Gendarmen. Solche Fragen darf man in seinem Revier nicht stellen. Er nahm eine strenge Haltung an, bemühte sich, möglichst ›feldmäßig‹ zu erscheinen, nur der goldene Zahn warf einen warmen Glanz auf seine Worte:

»Unterstehen Sie sich nicht, Panik zu säen! Dafür droht Kriegsgericht! Kein Grund für eine Panik. Wir siegen auf der ganzen Linie.«

»Jo, jo!« bestätigte ironisch der Gefreite, der Tscheche war.

Durek schmetterte ihn mit einem Blick nieder. Was für eine Taktlosigkeit, in Gegenwart eines Analphabeten am

Sieg zu zweifeln. Durek pflegte die Kriegsnachrichten in der ›Neuen Zeit‹ zu lesen.
»Die Russen ziehen sich auf der ganzen Linie zurück!« rezitierte er auswendig. »Bei Rozwadow zerschlugen wir zwei feindliche Divisionen. Der General der Kavallerie von Brudermann ...«
Er verschluckte sich beinah an dem Namen des Generals. Er kannte nicht nur die Namen der Generäle, er konnte sie auch richtig aussprechen. Wenigstens die deutschen. Einige Schwierigkeiten bereiteten ihm nur die ungarischen Namen. Er suchte sie nach Möglichkeit zu vermeiden. In diesem Augenblick aber lohnte es überhaupt nicht, Namen zu nennen. Es lohnt sich nicht, das ungebildete Volk aufzuklären. Von Herrlichkeit triefende, wie Federbüsche rauschende Adelsnamen sollten für höhere Zwecke aufbewahrt werden. Um die Vorgesetzten zu blenden, zur Erhöhung der guten Meinung dort, wo diese Meinung die Konduite beeinflussen konnte.
Peter verstand ihn nicht. Was durfte man nicht säen? Panik? Was ist das – Panik? Vielleicht giftige Körner, oder etwa eine Tabaksorte? Schwere Strafen wurden denjenigen auferlegt, die insgeheim Tabak pflanzten. Peter säte gar nichts, züchtete gar nichts, außer Bohnen, Kraut und Sonnenblumen. Die Sonnenblumen wuchsen eigentlich für Magda. Und was heißt es, der Russe weiche zurück, wenn unser Militär von der Front flieht und man uns so schnell wie möglich befiehlt, Topory zu räumen? Der Teufel weiß, was wahr ist. Möglicherweise ist es so, wie der Gendarm sagt, nur versteht es Peter nicht. Wenn er nicht weiß, wo die linke und wo die rechte Seite ist – konnte er auch nicht wissen, wo vorne und wo hinten ist. Der Teufel, Vater aller Relativitäten, ist listig! Einst, als Peter ein Kind war, führte ihn der Teufel in einer dunklen Nacht

über Felder, Felder, zwei Stunden vielleicht. Peter irrte umher und suchte seine Hütte und konnte sie nicht finden, und das Haus stand dicht vor seiner Nase, hundert Schritte entfernt. Der Teufel versteckte die Hütte unter der Erde, um die unschuldige Seele zu versuchen. Wer weiß, vielleicht führt der Teufel das ganze kaiserlich-königliche Heer irre, dem es scheint, daß es vorrücke, während es in Wirklichkeit zurück und immer mehr zurück zog?

Wiederum ertönte das Glockensignal. Peter lief mit dem Fähnchen heraus, und zum letzten Male in seinem Leben schloß er den Schlagbaum auf der Strecke Lemberg-Czernowitz-Itzkany. Seine Eisenbahnerkarriere war zu Ende.

V. KAPITEL

»Also nicht aufhalten? Hallo! Ich frage, ob ich nicht anhalten soll?« – Der Vorsteher der Station Topory-Czernielitza telephonierte mit dem Vorsteher der Station Śniatyn. »Sie sagen, es wird um 12.29 anfangen und wird bis 14.50 dauern? Aber selbstverständlich. Durch diese Evakuierung hatte ich seit einigen Tagen keine Zeitung in der Hand. Hallo! Ja, was denn? Auf jeden Fall nicht anzünden? Ja, ich auch nicht. Solche ... Hallo! ... solche Sachen hatten wir schon. Im Altertum, zur Zeit der Punischen Kriege, Scipio Africanus ...«

Im Hörer des Stationsvorstehers aus Śniatyn rauschte die Geschichte des Altertums. Zwischen der Station Śniatyn und der Station Topory-Czernielitza, in den Drähten, auf denen müde Spatzen saßen, jagte, in der historischen Stunde der Evakuierung des Bezirkes, Hannibal hin und zurück. Inzwischen meldete sich die neuere Geschichte im Echo des fernen Kanonendonners, des Zitterns der Erde und Scheibenklirrens.

»Ja, ja, ich meld's an. Ergebenster Diener!«

Er hängte den Hörer ein, drehte die Kurbel, das Glöckchen im Apparat verkündete, daß das Gespräch zu Ende war. Hannibal ging unter.

Der Stationsvorsteher von Topory-Czernielitza rühmte sich einer klassischen Bildung. Besonders gut erinnerte er sich an die Punischen Kriege, denn dank jener und anderer blutigen Geschichten mußte er sein Abitur wiederholen.

Das erste Mal sagte er zum Ärger der ganzen Kommission, daß es fünf Punische Kriege gäbe und daß sie Philipp von Mazedonien gegen Rom geführt habe. Als er nach sechs Monaten zum zweiten Male zum Examen erschien, wußte er genau, was wirklich geschehen war. Doch diesmal war der prüfende Professor nicht neugierig, seine Meinung über die Punischen Kriege zu erfahren. Nachdem er einigermaßen richtige Antworten über Julius Cäsars Feldzüge erhalten und nachdem er eine leidliche Übersetzung eines Fragments aus ›Ab urbe condita‹ angehört hatte, bestätigte er die Reife des Kandidaten. Der Vorsteher vergaß bis ans Ende seines Lebens die Punischen Kriege nicht. Er lobte die alten Römer *en bloc*, nicht so sehr für ihre Tugend und Klugheit, als vielmehr dafür, daß man dank der oberflächlichen Kenntnis ihrer Geschichte und Schriften in der k. u. k. Armee nur ein Jahr dienen mußte, Reserveoffizier werden und einen Staatsposten bekommen konnte. Menschen ohne Abitur betrachtete er als Geschöpfe zweiter Ordnung. Er reichte ihnen nie die Hand. Eine Ausnahme machte er nur Frauen und der eigenen Familie gegenüber, zum Beispiel dem Vater, der im Rohatiner Bezirk Wagenbauer war. Aber den Vater erwähnte er nicht gern, und nicht überall mochte er sich mit ihm zeigen.

Nur noch vier Jahre fehlten ihm zur vollen Pension. Der einzige Sohn Tadzio würde dann schon das Abitur hinter sich haben. (Sie sollten ihn nur über die Punischen Kriege oder Cäsars Feldzüge prüfen!) Mit diesem Tadzio hatte man Scherereien. Er haßte die alten Römer, und noch mehr die alten Griechen, mit ihrer verfluchten Grammatik. Er wollte Eisenbahnmechaniker werden. Zu diesem Entschluß trug in großem Maß die Station Topory-Czernielitza bei. Tadzio verbrachte gerade die Ferien bei den Eltern. Eben durchstöberte er in der Küche die Abfälle auf der Suche nach Glas. Er wollte unbedingt ein Stückchen Glas haben. Als er es nicht im Kehricht fand, ging er zur Wand hinüber, wo eine kleine Küchenlampe hing. Er zündete sie an, drehte den Docht so hoch, daß das Glas vom Ruß schwarz wurde und platzte. Da löschte er sie aus. Ein Stück rußiges Glas steckte er in die Tasche. Er sah sich um, ob ihn niemand sah, und schlich sich aus der Küche.

Im Büro des Vaters läutete das Telephon.

»Hallo! Jawohl. Ich höre. Sie kamen heute früh. Ja, ein Offiziersanwärter. Ich weiß von nichts. Auf die Strecke, jawohl, auf die Strecke. Hallo. Ich verstehe nicht. Jawohl, die Gendarmerie. Ich weiß noch nicht. Wahrscheinlich schick' ich die Familie nach Wien. Was sagen Sie? Keine Spur. Die Kasse habe ich gleich gestern abgegeben. Nun, und was sagte er? *De gustibus non est* ... Natürlich. Aber wissen Sie – schon im Altertum ... Entschuldigen Sie, entschuldigen Sie vielmals. Ich dachte, daß es Sie interessiert – –«

Das Gespräch wurde unterbrochen. Der Vorsteher der Station Kolomea wollte nicht die Bildung des Stationsvorstehers von Topory-Czernielitza bewundern. Und dazu noch in so einem Augenblick, wo die Welt zusammenstürzt und die Russen herankommen und das Militär die Bahn übernimmt.

Der Vorsteher leerte schweigend den bitteren Kelch. Der Offiziersanwärter Hopfenzieher trat ins Büro, ohne anzuklopfen. – Der Vorsteher vertrug es nicht, wenn man, ohne zu klopfen, ins Zimmer kam. »Ohne anzuklopfen tritt man nur in einen Schweinestall«, hatte er in normalen Zeiten – das schlechterzogene Publikum belehrt. (Das Publikum in Topory-Czernielitza hatte meist kein Abitur.) Aber die

Zeiten waren nicht mehr normal, und der Offiziersanwärter Hopfenzieher hatte nicht nur das Abitur: von heute ab war er hier der Herr. Die Aufschrift an der Tür: ›Eintritt Fremden streng verboten‹ war überholt. Wer ist hier jetzt fremd und wer nicht?

»Hätten Sie Lust, mit mir das Inventar nachzuprüfen?« fragte der Eindringling.

»Ausgezeichnet!«

Sie setzten sich an einen Schreibtisch und begannen, auf dem Papier das Inventar zu prüfen.

Die Arbeit unterbrach ein schüchternes Klopfen. Der Vorsteher sprang wütend vom Stuhl und öffnete die Tür. Mit der Mütze in der Hand stand auf der Schwelle Peter Niewiadomski.

»Was ist los? Wißt ihr nicht, daß das Eintreten ohne Klopfen verboten ist?«

»Ich habe angeklopft, Herr Stationsvorsteher.«

Natürlich klopfte er. Aber was ist er doch für ein Esel: sieht er nicht, daß es hier gar nicht um ihn geht, sondern um jene Eindringlinge, die heute früh in die Station einbrachen? Das sind die ›Fremden‹, denen man für alle Zeiten den Eintritt verbieten sollte. Und plötzlich erwachte im Vorsteher eine Sympathie für Peter. Dieser dunkle Huzule war doch sein Mensch, und nicht ›ihrer‹. Immerhin verbrachten sie elf Jahre zusammen. Zum ersten Mal seit elf Jahren keimte im Vorsteher das zarte Gefühl der Solidarität mit dem kleinsten Funktionär desselben Dienstzweiges. Und zum ersten Male fühlte sich das Flügelrad auf seiner Dienstkappe, mit goldenem Zwirn gestickt, wie ein Bruder des Blechrads auf Peters Kappe. Der Glanz der metallenen Räder blendete den Vorsteher, und die Flügel rauschten mit pathetischem Schlag. Es war kein Abzeichen mehr, kein Symbol, sondern der Genius der

Eisenbahn. Es genügte aber, auf den Kragen des Kadetten zu schauen, um festzustellen, welchen Göttern er in Zivil diente. Er war ein militarisierter Eisenbahner.
Und der Glanz der Räder erlosch, und die rauschenden Flügel gehörten einem Trauerengel, dem Trauerengel der verpfuschten Karriere eines Stationsvorstehers. Es unterlag nämlich keinem Zweifel, daß der Krieg die Beförderung verzögern werde, zumal jener Beamten, welche die Evakuierung zu flüchten zwang. Wenn der Krieg nicht wäre, ginge man in Pension – in einer höheren Rangklasse, vielleicht sogar mit goldenem Kragen. Der Vorsteher schaute Peter wie seinen eigenen Sohn Tadzio an. Der Vorsteher war ein menschlicher Vorgesetzter, auch wenn er einem gelegentlich eine versetzte.
»Kommen Sie später«, sagte er wohlwollend. »Sie sehen, ich bin jetzt beschäftigt. Sie haben noch etwas Geld bei mir. Kommen Sie in einer Stunde.«
Wehmut lag in diesen Worten. Der Vorsteher trennte sich von seiner Station. Er hatte sie lieb gewonnen, wenn er sie auch manchmal verfluchte. Und gehörte nicht Peter Niewiadomski ebenso zum Inventar wie der Fahrkartenschrank (der Altar der Station), der Morse-Apparat, die Semaphore, Weichen, der Wertheimer-Geldschrank, die Waage und drei Uhren aus der Siemens-Halske-Fabrik? Er gehörte dazu – aber der Vorsteher wird ihn dem Offiziersanwärter nicht übergeben. Er übergab nur das tote Inventar. Peter war lebendig. Und über die Lebendigen verfügt der Kaiser.
»Na, da kann ich also gehen«, sagte Peter.
Ja, er konnte gehen, er hatte hier nichts mehr zu suchen. Der Vorsteher wollte ihn aber mit noch einem, dem letzten Dienst beehren.
»Vielleicht holen Sie das Schild herunter. Aber passen Sie

auf die Haken auf, die Haken könnten noch brauchbar sein. Bringen Sie sie mir.« Und er schloß die Tür vor seiner Nase. Das erste Mal seit elf Jahren hieß ihn der Vorsteher etwas verrichten und sagte dabei sogar ›vielleicht‹. Das hatte schon den Geschmack von Brüderschaft.

Das Schild herunterholen? Was bedeutet das? Peter begriff die Bedeutung des Schildes gut, auch wenn er nicht lesen konnte. Ein Schild war für die Station dasselbe, was für den Menschen – der Name. Die schwarzen lateinischen und ruthenischen Buchstaben kannte er auswendig. Das Wort ›Topory‹ war wie Peter, und ›Czernielitza‹ wie Niewiadomski. Die Station des Schildes berauben – das war so, wie einem Menschen den Namen nehmen. Der Auftrag des Vorstehers erschütterte Peters Glauben an die Weltordnung. Die ganze Welt war voll blühender Namen – wie eine Wiese. Bestimmt hat sie Gott vor Jahrhunderten gesät. Es gab duftende, süße, sanfte Namen, und es gab scharfe, streng verbissene. Woher kam zum Beispiel der Name ›Topory‹*? Wahrscheinlich waren hier einst lauter Wälder, und es kamen Holzhauer mit Äxten und fällten sie. Und jetzt soll man der Station ihren größten Stolz nehmen, das, was sie von anderen Stationen unterschied? Peter ging plötzlich ein Licht auf. Wahrscheinlich muß man das Schild herunternehmen, damit der Russe nicht so leicht herfinde. Soll er die Station doch selber suchen oder seine russophilen Bauern fragen. Wir – werden dem Russen nicht zeigen, wo Topory-Czernielitza ist.

So einen Sinn gab Peter seiner letzten Mission bei der Eisenbahn.

Der Anblick des Bahnsteigs trug noch mehr zur Verwirrung seiner Seele bei. An der Wand, an der Tür, die zum

* Topory poln. Äxte.

Wartesaal führte, standen Gewehre. Peter zählte sie: es waren acht. Niemand bewachte sie. Überall Papier, Abfälle, Stummel und zertretenes Stroh. Stroh bedeckte auch den Fußboden des Wartesaals. Auf den Bänken – Tornister, Brotsäcke, Eßschalen. Drei Soldaten machten sich auf dem Stroh breit. Sie rauchten Pfeifen und sprachen in einer fremden Sprache. Peter ging mit Widerwillen durch den Wartesaal, den man in ein Soldatenquartier verwandelt hatte. Herausfordernd spuckte er in den dreckigen Spucknapf. Als er zurückging, fiel ihm auf, daß die Petroleumlampe in der Laterne fehlte, die vor dem Häuschen für ›Damen und Herren‹ Wache stand. Sie hatten sie schon stibitzt, die Kerle. Peter ging daran, das Schild herunterzuholen. Er stellte eine Leiter an die Wand. Das längliche, wohlgeformte Schild hing zwischen dem Wartesaal und der Wohnung des Vorstehers im ersten Stock. Die Wohnung bestand aus drei Zimmern und Küche, doch nur zwei Fenster gingen auf den Bahnsteig. Peter bestieg die Leiter und blieb auf der vorletzten Sprosse stehen. Unter den Fenstern des Vorstehers, in grünen hölzernen Kästen mit Erde, blühten Petunien, Storchschnabel und Spanische Kresse. Die Frau des Vorstehers, die Blumen leidenschaftlich liebte, hatte sie gepflanzt. Peter senkte den Kopf und verweilte einige Augenblicke in der Betrachtung der Blumen. Sie dufteten nicht. Dann zog er eine Zange aus der Tasche und lockerte die Haken. Von dem Lärm herangelockt, erschien in einem der Fenster der Kopf eines Knaben. Es war der Sohn des Vorstehers, es war Tadzio. Er erkannte Peter.

»Was machen Sie denn hier, Peter?«

»Das Schild wegschaffen.«

»Warum?«

»Der Vater wollt's.«

Tadzio grunzte bissig und verschwand sofort.
Peter zog die Haken heraus. Das weiße Schild mit den schwarzen Teufelszeichen rutschte nach der Seite hinüber. Peter hielt es mit der linken Hand fest, aber das Schild war zu schwer. Wenn er es mit beiden Händen stützen wollte, konnte Peter das Gleichgewicht verlieren. Eine Weile lang stand er unentschlossen auf der Leiter. Endlich entschloß er sich, das Schild zu Boden zu werfen. Er sah wie Moses aus, der die Gesetzestafeln zertrümmert. Das Schild fiel mit einem lauten, metallischen Krach zu Boden, ohne aber Schaden davonzutragen. Nicht ein Buchstabe ging verloren.
Peter stieg von der Leiter herab, wie ein Scharfrichter nach der Vollstreckung des Urteils. Er hob das Schild auf die Arme wie einen toten Menschenkörper und trug es ins Magazin. Die Soldaten auf dem Bahnsteig schauten gleichgültig der Degradierung der Station zu. Ja, von diesem Augenblick an gab es eigentlich die Station Topory-Czernielitza nicht mehr. Es blieb nur ein einsames Häuschen auf der Strecke, ohne Namen, ohne Kopf, ohne Seele.
Am späten Abend verabschiedete sich Peter vom Vorsteher. Der ›Alte‹ zahlte das restliche Gehalt aus und legte außerdem noch zwei Kronen aus der eigenen Tasche dazu. Er erteilte ihm auch gewissermaßen die letzte Ölung. »Führen Sie sich gut beim Militär, lassen Sie sich nicht töten. Wenn Sie der Teufel holt, wird kein Hund nach Ihnen bellen.«
Diese vom Vorsteher bevorzugte Wendung stammte noch aus den Zeiten seines Militärdienstes. Einer der Leutnants in der Einjährigenschule pflegte gewöhnlich, wenn er irgendeinem der Zöglinge seine höchste Verachtung ausdrücken oder ihn von der vollkommenen Nichtigkeit seines Lebens überzeugen wollte, auszurufen: »Ich erschieße Sie,

und kein Hund bellt nach Ihnen!« Der Hund diente natürlich nur als plastische Metapher, und als solche ging er in den Phrasenschatz des Vorstehers über.
Die Verabschiedung war rührend, doch kam es nicht zu Tränen. Peter gehörte nicht zu denen, die so leicht weinen. Im harten Leben wurde nicht nur seine Haut hart, auch einige Drüsen hörten zu funktionieren auf. Peter küßte dem Vorsteher die Hand. Mehr als die Trennung von den Lebendigen machte ihn der Abschied von der Welt der toten Dinge traurig. Dieser Welt fühlte er sich näher als den Menschen. Er war selbst hier so eine Art Stationskran. Und diese Schienen, diese Steine, diese Schwellen, trugen sie nicht die Spuren seiner Hände, waren sie nicht von seinem Schweiß betaut? Zwar existieren diese Spuren nur unsichtbar, aber sie werden so lange existieren, bis einst neue Menschen kommen, um neue Schienen zu legen, um frischen Kies auf der Strecke Lemberg-Czernowitz-Itzkany zu streuen. Die unbewegliche, schweigende Dauer der Dinge, denen menschliche Hände ihren Sinn gaben – das ist der höchste Lohn für die schwere, gemeine, vergängliche Mühe. Besäße Peter die klassische Bildung des Vorstehers, könnte er in diesem Moment sagen: Non omnis moriar. –
Er ging den Bahndamm entlang und erkannte sogar im Dunkeln jeden Gegenstand, mit dem ihn seine Arbeit jemals verbunden hatte. Hier war die Pumpe, vor der die Lokomotiven halten, um Wasser zu holen. Wie ein steifer, wunderlicher, riesiger Vogel dunkelt sie in der Finsternis mit ihrem blechernen Schnabel. Hat doch Peter sie so oft für den Winter in Stroh gewickelt. Und drüben, ganz in der Nähe, rosten im Gras alte allzu gute Bekannte: ausgediente Schienen.

*

Peter kehrte nach Hause zurück. Das Dorf lag drei Kilometer hinter der Station. Feuchte Wiesen, im Frühling mit Hahnenfuß bedeckt, säumten den Weg. Es war die Zeit der Heumahd, und dicke Heuhaufen standen in regloser Schwarmlinie wie ein verzaubertes Heer. In einem bestimmten Moment schien es Peter, als wenn die Haufen vorwärts rückten. Aber die Täuschung schwand bald. So weit das Auge reichen konnte – war keine lebendige Seele zu sehen. Es sei denn, Grashüpfer, die so laut und unermüdlich die Nacht durchdringen, hätten eine Seele. Die Erde, irgendwo weit von Kanonenkugeln geschändet – stöhnte in gleichmäßigen Zeitabständen. Die Nacht war kühl. Der Mond kroch noch nicht aus seiner Höhle hinter dem Hügel bei Czernielitza, doch zerstäubte er über Topory schon silbernes Mehl. Sterne zwinkerten ihm ermutigend zu, aber sie waren winzig und fahl, wie Flämmchen von kleinen Petroleumlampen. Der Mond hatte Zeit. Er spann lange Zeit irgendwelche Ränke in dieser Nacht.

Das Dorf schickte Peter seine stärksten Gerüche entgegen: überreife Zwiebeln und Petersilie. Und als er zwischen die ersten Hütten trat, wehte ihn mit der Ruhe ländlichen Daseins der ewige Geruch bäuerlicher Stuben an: eine Mischung von Holzrauch, Käse, Molkenwasser, Hühnerdreck und Armut. Schwarze, unglasierte Töpfe, Mohnnäpfe, Krüglein steckten auf den Zaunpflöcken wie Helme auf den Köpfen der Kreuzritter. In vielen Hütten brannte Licht, denn der Landsturm sollte am nächsten Morgen nach Ungarn abfahren. Jetzt packte man für ihn Bündel in Holzkoffer, kochte Essen für den Weg. Nur in der Hütte des Hryć Łotocki war es dunkel. Er schlief ruhig, er zählte über fünfzig Jahre, und der Kaiser rief ihn nicht in den Krieg. Łotockis Hund sprang beim Klang von Peters Schritten aus der Hütte, lange bellte er den Vorübergehenden an, als wäre es ein Dieb. Vom Gekläff geweckt, fuhren andere Hunde auf, aber nicht lange erwiesen sie Łotockis Schäferhund ihre Solidarität. Einer nach dem anderen zogen sie sich auf ihre Lager zurück.

Dafür erkannte Baß aus der Ferne den Schritt Peters und sprang ihm freudig entgegen. Er wartete vor der Hütte zusammen mit Magda, die im Dorfe die beschleunigte Abreise Peters erfahren hatte. Sie beschloß, diese Nacht bei ihm zu verbringen. Sie gingen in die Stube hinein.

Peter zündete die Lampe an. Es war schwül. Magda öffnete die Fenster. Sofort flogen nächtliche Schmetterlinge, Motten und farbige Käferchen herein. In Mengen starben sie geräuschlos in der lockenden Flamme, wie Soldaten, die in dieser Nacht im Kanonenfeuer fielen an der Drina, der Sambre, der Maas. In diesem Augenblick hat nämlich der Rückzug der österreich-ungarischen Truppen aus Serbien bei Kragujevac begonnen, und vom Norden rückten eben die 4. und 5. russische Armee heran, vom nördlichen Osten dagegen die 3. und 8., indem sie sich zentripetal der Linie Przemysl-Lemberg näherten. Durch das Geklirr der schmutzigen Scheiben im Hause Peter Niewiadomskis verkündeten die in Galizien kämpfenden Armeen ihre gesteigerte Aktivität. Peter setzte sich aufs Bett, ohne den Hut abzusetzen. Er war sehr müde und hungrig. Magda scharrte die Asche heraus, die sich noch vor dem Kriege im Herd angesammelt hatte, spaltete einige Holzscheite und machte Feuer. Umsichtig, wie sie war, brachte sie Milch, Brot, Kartoffeln mit. Lange schwiegen sie. Das warme Feuer im Herd begann langsam zu den Menschen zu dringen.

Als erste fing Magda an:

»Sie fahren?«

Obgleich Magda für Peter seit vier Jahren das war, was

zivilisierte Menschen ›Geliebte‹ nennen, wagte sie es nicht, zu ihm ›du‹ zu sagen. Nur in Augenblicken tiefster Vertraulichkeit erlaubte sie sich, das zu tun. Waren diese Augenblicke vorbei, trennte sie von Peter wiederum eine Barriere aus Ehrfurcht und jenen siebzehn Jahren, um die er älter war als sie. Er sagte zu ihr immer ›du‹, sie nur im Dienst. Im Dienst der Venus. Außerhalb dieses Dienstes existierte sie nur als demütige Waise, die ihre Minderwertigkeit nicht vergessen darf.

»Ich fahre«, antwortete er.

Und wiederum schwiegen sie. Erst beim Abendessen, das sie zum letzten Male zusammen genossen, sprach Peter sie an:

»Paß auf Baß auf, daß ihn die Russen nicht wegnehmen. Auf einen Hund ist jeder erpicht.«

Und er streichelte Baß, mit beiden Händen faßte er seine Schnauze so, daß der Hund winselte.

Magda tat das weh. Immer kümmerte er sich mehr um den Hund als um sie. Sie schwieg aber, denn auch Waisen haben ihre Ehre. Nach dem Abendessen trat Peter vor das Haus, zündete die Pfeife an. Er setzte sich auf die Schwelle und schaute in die Sterne. Ein Stern riß sich von seiner Herde los, machte einen Strich über den ganzen Horizont und verschwand im Pruth. Peter versank in Gedanken. Er hatte gehört, daß Sterne herunterfallen, wenn jemand sterben sollte. Er lachte laut auf: wenn wegen jedes Bauern, der im Krieg verreckte, ein Stern herunterfiele, müßten sie ununterbrochen fallen und so dicht wie Hagel. Und bald bliebe kein einziger am Himmel.

Er wußte nicht, daß es mehr brennende und erloschene Welten gab als Soldaten Seiner kaiserlichen und königlichen Majestät.

Er rauchte die Pfeife aus, erhob sich schwer und ging in

den Obstgarten. Alle Bäume dunkelten phantastisch im milchigen Abglanz des versteckten Mondes. Keiner der beiden Apfelbäume brachte in diesem Jahr Früchte, und die Pflaumen waren noch klein und grün. Trotzdem pflückte er eine und steckte sie in die Tasche. Dann ging er um das Haus herum und stellte gewiß zum hundertsten Male fest, daß es um so ein Haus schade war. Man könnte es restaurieren.

Unter dem Strohdach hingen blanke gelbe Maiskolben. Sie trockneten, um als Samen zu dienen. Sie sahen in der Dämmerung wie schlafende, an Nägeln herunterhängende Fledermäuse aus.

Peter kehrte zu Magda zurück – und es begann ihre Liebesnacht. Das Mädchen wusch die Schüsseln, wusch die Töpfe, fütterte Baß mit den Überresten des Nachtessens. Der satte Hund lief auf den Hof hinaus, kehrte aber gleich mißmutig zurück: scheinbar konnte er kein bequemes Lager finden. So begann er denn, sich unter dem Bette eine Schlafstätte zu bereiten. In einer Ritze zwischen dem Herd und dem Fußboden zirpte eine Grille.

Magda kniete vor dem Bild der Heiligsten Mutter, schloß die Augen und betete lange mit inbrünstigem Geflüster. Dann nahm sie ihr Kopftuch ab, legte die Schürze und das Kleid ab, öffnete zwei dünne Zöpfe und flocht daraus einen dicken. Dann löschte sie das Licht aus und legte sich zu Peter.

Da rührte sich Baß unruhig, er erinnerte an seine Gegenwart. Peter schämte sich vor Baß. Dieser lebendige Zeuge geniert. Er muß fort. Peter sprang aus dem Bett, öffnete die Tür und versuchte, Baß wenigstens in den Flur hinauszudrängen. Aber der Hund weigerte sich zu gehorchen und war verbissen: er wollte seinen Herrn in der letzten Nacht freiwillig nicht verlassen. Peter – gedemütigt, brauchte Gewalt, und mit dem Stock, mit dem Stock trieb er seine einzige Liebe hinaus. Die vertriebene Liebe heulte schmerzlich auf.

Peter liebte Magda nicht, er ›lebte‹ nur mit ihr. Und konnte er überhaupt lieben? Wer weiß, ob Liebe nicht ein Luxus ist, den sich nur bevorzugte Seelen gestatten können? Worin z. B. offenbarte sich Peters Liebe zu Baß? War es etwa das grenzenlose Zutrauen eines geschlagenen Menschen zu einem geschlagenen Tier, die Kameradschaft eines Hundeschicksals auf dieser Erde, über die sie beide mit gebückten Köpfen schritten, oder war es mehr? Und vielleicht ist die Liebe eine stupide, gegenseitige Untertänigkeit? Denn auch Peter unterlag Baß oft gegen alle Vernunft, und die vernunftlose Ergebenheit einem schwächeren Geschöpf gegenüber gilt manchmal als Liebe. Nur in wirklich wichtigen Situationen, zum Beispiel, wenn dem Hund Gefahr drohte, zwang ihm Peter seinen Willen auf. Was weiß ein Huzule von einem Hund? Peter maß Baß einen großen Verstand zu. Es schien ihm, daß der alte Hund alles sah, fühlte und jede menschliche Bewegung verstünde. Und deswegen schämte er sich vor Baß, sooft Magda über Nacht bei ihm blieb. Oft kam es, mit Rücksicht auf Baß, überhaupt zu keiner Vertraulichkeit zwischen Peter und Magda. Der Hund konnte nicht dulden, wenn jemand seinen Herrn anfaßte, er schien eifersüchtig zu sein. Er stürzte sich auf den fremden Körper und versuchte, ihn von Peter loszureißen. Aber auch wenn Baß sich ruhig verhielt, fühlte Peter keine Bewegungsfreiheit. Diesmal aber überwog die Erregung, durch die Vorfälle des Tages gesteigert wie auch durch die neblige Vorahnung, daß es die letzte Nacht mit Magda sei. Peter wollte nicht auf sie verzichten, und in Gegenwart von Baß konnte er sie nicht lieben. Er jagte ihn hinaus.

Der Vorfall mit Baß kühlte sein Verlangen ab. Es ist dumm, zu der Werbung zurückzukehren, die durch den Widerstand des Tieres unterbrochen wurde. Überdies saß unter den Lidern der Krieg wie ein lästiges Insekt und bedrückte ihn mit aufdringlichen Gedanken über den morgigen Tag. Man muß das Blut wieder wecken, die Flamme schüren, den Verstand ausschalten, Ängste überwinden. Am Ende siegte Venus.

Nein, Peter liebte Magda nicht. Er genoß ihren Leib, wie man Schnaps trinkt oder wie man ein Kurbad nimmt. Nur war es kein Laster. Peter hatte keine Laster. Magdas magerer, kleiner, fester Leib war immer kühl. Nicht einmal in Momenten heißester Entzückung schwitzte dieser Leib. Er beschenkte Peter mit sanfter, diensteifriger Ergebenheit. Deswegen gewann ihn Peter lieb. In den Armen der Waise verspürte er die jedem Manne liebe Linderung, das Abstumpfen des Bewußtseins und der Kräfte. Und dann war Magdas Körper das einzige Gebiet, auf dem er sich als Sieger fühlte. Ohne dieses Gefühl kann der männliche Egoismus nicht bestehen. Peter besiegte Magda, er fand keinen Widerstand, aber manche Mühe, und nur der Gedanke an die Unfruchtbarkeit seines Samens trübte seine kurze Freude. Sie beraubte des tieferen Sinns, machte die Vereinigung zweier Körper, die keine Folgen hatte, unernst. Aber sie behütete gleichzeitig vor Ausschweifung. Übrigens wurden Magdas Sinne noch durch ihren Glauben und Peters Alter abgekühlt. Einem jüngeren Manne würde es – möglicherweise – gelingen, Magdas Körper zu Ausschweifungen zu verführen; und ihre Seele – des Bewußtseins der Sünde zu berauben. Da sie mit Peter lebte, vergaß sie niemals, daß sie sündigte, sie bemühte sich also, wenigstens mit Maß zu sündigen. Und deswegen – sicherlich – betete sie so inbrünstig, bevor sie in sein Bett ging. Sie betete, als wollte sie im vorhinein die Vergebung erlangen.

Peter berauschte sich auch nie an Magda, er beherrschte immer seine Instinkte. Er erfüllte gewissermaßen unbewußt die Pflicht, die ihm der unbekannte, polnische Vater – Niewiadomski – als Erbteil hinterließ.

Die Nächte mit Magda gaben ihm eine unmittelbare Lebensfreude, die er sonst nirgends genoß. Der Körper der Waise war somit für ihn das Kaffeehaus und die Oper und die weite Seereise, alles, was für andere Menschen Musik, Sport und die Vergnügungen des Geistes bedeuten. Er enthielt aber keinerlei Überraschungen, er war alltäglich – wie Brot. Peter fand darin Ruhe, Weichheit, und er fühlte sich für einige Sekunden außerhalb des eigenen Lebens versetzt. Weib, Schnaps, Religion – dies sind drei Genüsse, welche die Seele eines dunklen Huzulen vor der Verzweiflung und der Hölle auf Erden schützen.

Niemals jedoch nahm Peter Magda mit in seine Träume. Die Waise machte an der Schwelle seines Schlafes und seines Wachens halt, so wie sie es am Tage nicht wagte, zu ihm ›du‹ zu sagen. Peter war im Schlaf einsam, auch wenn ihn ihre Arme umflochten. Oftmals besuchte ihn im Traume die Mutter, manchmal sogar die ungeratene Schwester Paraschka, nie – Magda. Sie dagegen träumte oft von ihm. In dieser Nacht war sie ganz mit ihm vereint. Sie sah ihn zuerst in der Gestalt eines kleinen Kindes, und er sog an ihrer Brust, dann wuchs das Kind plötzlich... Die Scheiben zitterten, die Erde bebte rhythmisch, als wäre sie von Liebeskrämpfen geschüttelt. Die dumpfen, dunklen, weiten Detonationen in der nächtlichen Stille waren nicht schrecklich – im Gegenteil – sie erregten. Die ganze Nacht musizierte vor dem Menschenpaare die Grille, dieser Mozart der bäuerlichen Ofenecken. Nur das

Winseln des verjagten Baß füllte die Nacht mit Unruhe und entzündete irgendwelche unvernarbten Wunden.
Der Mond führte entschieden etwas im Schilde. Er zeigte sich nicht, obgleich er längst über Topory stehen sollte. Erst gegen Mitternacht rollte er majestätisch hinter Czernielitza hervor und übergoß die Nacht und das schlafende Liebespaar mit kaltem Silber. Der silberne Peter und die silberne Magda schwammen aus dem Dunkel wie zwei silberne Geister hervor. Peter schnarchte. Die Scheiben klirrten wie Silber.
In jenem Augenblick verließ der Tod die Schlachtfelder und schlich durch die Stanzen und Kemenaten des Vatikans. Umsonst bewachten Garden mit Hellebarden sämtliche Eingänge. Der Tod führte ihre Wachsamkeit irre und drang in das Bett, in dem der Greis Melchior Joseph Sarto lag. Kardinäle und Prälaten sprachen schon die Bußpsalmen. Einer der Hausprälaten Seiner Heiligkeit reichte dem Sterbenden das Kreuz zum Küssen. Der Tod des Papstes Pius X. trat um 1 Uhr 20 Minuten ein. Der Kardinal Kämmerling della Volpe stellte das persönlich fest. Danach begannen die Kardinäle und Prälaten das officium defunctorum zu lesen. Der Tod kehrte, nachdem er seine Aufgabe erfüllt hatte, auf die Schlachtfelder zurück. Eben begann die Schlacht in Lothringen. Peter Niewiadomski schnarchte.
Die Sterne erblichen, die Nacht war entkräftet, als Magda mit lautem Weinen erwachte. Sie hatte einen furchtbaren Traum. Ihr träumte von Peter. Er lag auf dem kleinen Hof des Iwan Bury. Er lag ganz nackt, und auf dem Bauch hatte er eine riesige, abscheuliche Wunde. Die trächtige Sau der alten Maryna Prokipczuk tauchte ihre Schnauze in die Wunde und schlürfte das Blut so laut, so laut. –

Magdas Schluchzen weckte Peter. Sonst war es auf der Welt vollkommen still. Vor Tagesanbruch hörte das Kanonenfeuer auf, man möchte sagen – um Atem zu schöpfen. Die Scheiben zitterten nicht. Nur die Grille musizierte immerfort in der Ritze zwischen dem Küchenherd und dem Fußboden. Peter erschrak über die plötzliche Ruhe auf der Erde und über Magdas Weinen.

»Was hast du?« fragte er. Und als sähe er jetzt erst das ganze Elend der Waise und alles eigene Elend und alles Elend der Gattung, der er angehörte, fügte er hinzu, die Weinende zärtlich umarmend: ›Kindchen?« Magda bebte am ganzen Körper vor Kälte, Schreck oder aus zunehmender Liebe und stammelte durch die Tränen:

»Wenn Sie wollten – ich würde Sie bis zum Tode lieben.« – Und sie erzählte ihren Traum. Peter lachte, aber zwischen ihm und Magda stand schon das Wort ›Tod‹. Sie weinte noch, seufzte, endlich besänftigte sie Peter. Und zum letzten Male im Leben schlief er in den mageren Armen der Waise Magdalene Mudryk ein.

VI. KAPITEL

Der Tag des 21. August erwachte wie alle Tage dieses Sommers – hell, strahlend und warm. Er versprach, sehr schön zu werden. Kein einziges Wölkchen. Die Vögel fingen zeitig zu zwitschern an, die Hähne krähten ausführlich und so fanatisch, als sollte wiederum jemand seinen Meister verleugnen.

Derjenige, der bis heute Nachfolger des Heiligen Petrus, des Seelenfischers, gewesen war, verleugnete seinen Meister nicht. Wenige Stunden zuvor, von der Welt Abschied nehmend, erneuerte er in Gegenwart der Kardinäle sein Glaubensbekenntnis. Ohne Furcht also konnte er vor dem König erscheinen, dessen Interessen er auf Erden beharrlich verteidigt hatte, freilich nicht immer mit Erfolg. Er blieb bis zum letzten Augenblick seinem Wahlspruch treu: ›Alles im Namen Christi erneuern.‹

Einige Tage nach dem Tode Pius' X. schrieb die römische ›Tribuna‹: »Der Papst ist ein Opfer des Krieges. In den letzten Tagen hat der Heilige Vater selbst viele Telegramme diktiert, um die europäische Katastrophe aufzuhalten.« – Er hielt sie nicht auf. Durch den Tod, der rechtzeitig kam, sagte er sich los von der moralischen Gemeinschaft mit den Stiftern der Schlächterei. Auf den Tod des Papstes krähten heute die Hähne in Topory, in Czernielitza und in der ganzen katholischen Welt.

Dicht über die ganze Welt waren die Garnisonen des römischen Gottes verstreut. Und sogar eine so winzige Gemeinde wie Czernielitza besaß (allerdings gemeinsam mit den Gemeinden Topory, Bogatyn, den Vororten Nowopole, Wierbiaz und der Kolonie Bilousy) ein eigenes Stück geweihter Erde und den Rest einer Reliquie irgendeines Heiligen der griechischen Kirche: den Kern des Gotteshauses. Und wo eine Kirche ist, dort ist auch ein Glockenturm und ein Pope, ein Kirchendiener oder Psalmensänger.

Die Nachricht vom Tode des Papstes gelangte um elf Uhr früh durch Vermittlung des Gendarmeriekorporals Jan Durek in den Pfarrhof von Czernielitza. Durek war frühmorgens auf der Station gewesen und erfuhr die Sache vom Vorsteher, der Telephon hatte. Der Pfarrer Makarucha steckte gerade seinen Kopf, der durch einen Drahthelm geschützt war, in einen seiner dreizehn Bienenkörbe. Zuerst glaubte er nicht an die traurige Nachricht. Er gehörte nämlich zu denen, die der Meister ›Kleingläubige‹ nannte. Zeitungen las er schon seit langem nicht mehr, und also war ihm nichts von der kurzen Krankheit des Papstes bekannt.

Die erste Pflicht eines Pfarrers beim Ableben eines der kirchlichen Würdenträger war – die Glocken zu läuten. Und wenn erst der Papst stirbt! Doch Pfarrer Makarucha erfüllte nicht sogleich seine Schuldigkeit. Der Tod des Heiligen Vaters ist ein zu großes Ereignis, als daß man es gleich glauben und auf der Stelle reagieren sollte. Übrigens brachten diese Zeiten phantastische Gerüchte hervor, und es vertrug sich nicht mit der Würde eines Kaplans, alle ernst zu nehmen.

Läuten oder nicht läuten?

Wahrlich, ein schwerer Entschluß. Denn war der Papst wirklich gestorben und die Glocken in dem Pfarrhof des Probstes Makarucha schwiegen – sündigte der träge Probst. Und ist das Gerücht falsch oder auch verfrüht, riskiert er, wenn er läutet, eines übermäßigen Eifers beschuldigt zu werden. Der Seele des lebenden Papstes kann es jedoch nicht schaden. Der Seele des Verstorbenen dagegen wird durch die Verzögerung des Läutens Unrecht geschehen. Und dies lag dem Pfarrer Makarucha jedenfalls fern. Pfarrer Makarucha wünschte sich nur eine Sache: die offizielle Bestätigung. Diese konnte nicht so schnell kommen, weil Krieg herrschte und Evakuierung und eine allgemeine Verwirrung. Was tun? Soll man sich über das Ableben des Kirchenhauptes grämen oder den Schmerz noch aufsparen?

An diesem Tage hatte Pfarrer Makarucha Kummer genug. Und zwar ärgerte er sich über – die fünf Kilogramm wiegenden Honigeimerchen (feinster Wabenhonig), von denen zehn an der Zahl auf der Station standen und nach Lemberg verladen werden sollten. Seit der Privatverkehr der Personen- und Lastzüge aufgehalten wurde, war das Schicksal des Honigs (des feinsten Wabenhonigs) ungewiß. Eigentlich war es schon seit heute ganz gewiß: die Ware wird nicht nach Lemberg abgehen. Was ist zu tun: läuten oder nicht läuten? Und das Lemberger Warenhaus hatte noch vor dem Kriege eine Anzahlung geschickt. Die Anzahlung betrug kaum den fünften Teil des Betrages, den Pfarrer Makarucha nach Lieferung der Ware erhalten sollte. Vielleicht wäre es richtig, wegen des Glockenläutens die Frau um Rat zu fragen? Aber was kann ein Weib in solchen Fällen raten? Es wird besser sein, sich allein zu entscheiden. Man kann sich so und so kompromittieren. Aber vor wem? Wenn sich das Gerücht als falsch entpuppt, kann man den Leuten sagen, daß zu einem anderen Zwecke geläutet wurde.

Es ist wirklich ein Skandal – mit diesem Honig! Hatte er sich dafür das ganze Jahr abgerackert und sich den Bienenstichen ausgesetzt? Pfarrer Makarucha ging allerdings nie ohne Netz über dem Gesicht, ohne Handschuhe und Schurz an die Bienenkörbe. Er sah in diesem Kostüm wie der Oberpriester irgendeiner geheimen Sekte aus. Er liebte es aber, unter bestimmten Umständen, die Gefahr zu betonen, der er sich bei dieser Bienenzucht aussetzte, um so mehr, da sein Amt als Seelenhirte keine großen Gefahren barg. Pfarrer Sydir Makarucha machte gar kein Hehl daraus, daß ihm seine Bienen lieber waren als die fügsamen und räudigen Schafe seiner Pfarre. Die Schafe stechen zwar nicht, sie geben aber auch keinen Honig. Sie geben auch kein Geld für Kindtaufen, Trauungen und Begräbnisse. Besonders über Kindtaufen konnte Pfarrer Makarucha sich nur selten freuen: jedes zweite Ehepaar war kinderlos. Es war ja allgemein bekannt, daß die Huzulen für die französischen Sünden ihrer Urväter büßten. Und wie der Probst von Czernielitza keine großen Einkünfte aus den Tugenden seiner Probstei hatte (ihre größte und, wer weiß es, vielleicht einzige Tugend war – Armut), so hatte er sie auch nicht aus den Sünden. Die Leute wollten sich nicht trauen lassen, sie lebten in wilden Ehen und hatten obendrein keine Kinder. Sünden, Sünden! Wie soll man da von fremden Sünden in so einer mageren und unfruchtbaren Pfarre leben? Was Wunder, daß Pfarrer Makarucha am Honig klebte; mit seiner ganzen Person – wenn man sich so ausdrücken darf – im Bienenkorb steckte. Um so mehr, als ihm, der er doch kein Huzule war, der liebe Gott keine Kinder zu geben geruhte. Honigscheiben, Kunstwerke der Insektenarchitektur, interessierten ihn mehr als jene Pflaster*, mit denen er Wunden der Huzu-

* Im Polnischen heißen Honigscheiben: »Honigpflaster«. Es entsteht also ein in deutscher Sprache nicht wiederzugebendes Wortspiel (Anm. des Übersetzers).

lenseelen lindern sollte. Die Frau des Pfarrers goß ausgezeichnete Kerzen aus Wachs, für den Hausgebrauch wie für die Kirche. Mit diesen Kerzen versahen sich auch die benachbarten Pfarreien, woraus sie nicht geringe Gewinne zog.

Der Honig sickerte oft aus den Bienenstöcken in den eigentlichen Beruf des Pfarrers. Sooft er in seinen Predigten das Gelobte Land erwähnte, darin Milch und Honig fließt, wußten die Gläubigen, die mit einer lebhaften Einbildungskraft begnadet waren, daß Pfarrer Makarucha seinen Honig meinte. Es war in der Tat vorzüglicher Honig. Der Pfarrer fälschte ihn nie mit Zucker.

Er haßte Schnapstrinker. Den Sinn des Gelobten Landes interpretierend, pflegte er zu sagen: »Da seht ihr, teure Brüder und Schwestern, daß der Allmächtige den Juden nicht ein von Milch und Schnaps, sondern von Milch und Honig strotzendes Land verhieß.« Einmal, während der Osterandacht, verrannte er sich so weit, daß er sagte: »Wir empfangen Fleisch und Blut des Herrn in Gestalt von Brot und Honig.« Er verbesserte sich: »und Wein«, als es schon zu spät war und das ganze Gotteshaus von gedämpftem, summendem Gekicher ertönte wie ein Bienenkorb.

Soll er die Glocken läuten oder nicht? Das ist die Frage, die den Pfarrer noch lange bewegte, nachdem der Gendarm gegangen war. In der Seele des Pfarrers wirkte insgeheim noch eine Hemmung: erwies sich der Alarm als falsch, so drohte durch das Glockenspiel eine ernste Gefahr. Mit Grauen dachte Pfarrer Makarucha an die gehenkten Kollegen in den nördlichen Bezirken. Er war loyal, er war kein Russophile. Aber können das sämtliche Offiziere der k. u. k. Armee wissen? Alle die Deutschen, Magyaren, Kroaten, Tschechen? Das wissen nur die hiesigen Leute. Das wußte auch der Bezirkshauptmann in

Śniatyn. Aber die Bezirkshauptmannschaft übersiedelte gewiß schon in sicherere Gegenden. Läuten oder nicht läuten? Den Kirchendiener haben sie zum Militär eingezogen, einen Psalmensänger hatten sie nie, so wird es im Ernstfalle – Gott behüte ihn davor – niemanden geben, dem man die Schuld aufbürden kann. Seitdem der Kirchendiener beim Militär war, läutete Makarucha meist selbst. Sollte er sich also jetzt vertreten lassen, wenn es um den ewigen Frieden der Seele nicht irgendeines Michels, sondern des römischen Papstes ging? Das schickt sich doch nicht. Pfarrer Sydir Makarucha war kein Feigling. Er wollte also auch vor sich nicht feig erscheinen. Und also beschloß er – zu läuten. Als er aber den Strang in die Hände nahm, mit dem er die zwei schweren Glocken in Bewegung bringen sollte – konnte er sich nicht von dem abscheulichen Wahnbild befreien, daß der Strick ihn am Halse würgte.

Seinem Mut kam die Einbildungskraft zu Hilfe. Der seinerzeit berühmte, langwierige Zwist zwischen Kaisertum und Papsttum erstand in der Seele des Pfarrers Makarucha wieder. Der Pfarrer aus Czernielitza kämpfte jetzt eine Art Kampf um die Investitur, der jedoch mit keinem Canossagang endete. Er empörte sich gegen die Oberherrschaft des Staates über die Kirche, und obgleich es ihm um sein Leben leid tat, war er bereit, es dem Glauben zu opfern. Gut, sie mögen ihn verdächtigen, aber er und Gott im Himmel wissen es, daß Sydir Makarucha unschuldig ist und seine heilige Pflicht erfüllt.

Er fühlte eine große Gewalt in seiner Seele. Er gedachte aller ihm bekannten Märtyrer, er gedachte aller ruthenischen Geistlichen, die unschuldig gehenkt wurden, und, die Palme des eigenen Märtyrertums vor Augen, zog er am Seil. Er setzte beide Glocken in Bewegung und verkündete seiner Pfarre den unbestätigten Tod des Heiligen Vaters. Bald darauf ertönten die Glocken der benachbarten Pfarren. Also lebte der Papst wirklich nicht mehr. Pfarrer Makarucha verspürte eine nicht geringe Erleichterung, aber gleichzeitig bereute er, die Rolle des Märtyrers zu verlieren. Seine Palme verwelkte, bevor sie heranwuchs.

Alsbald jammerten im ganzen Bezirk Śniatyn die Glokken. Sie waren von Beiträgen der Gemeindemitglieder oder von großzügigen Spenden frommer Gutsherren und reicher Leute angeschafft, die dank Gottes Hilfe wieder gesund geworden waren. Sie dröhnten von Kirche zu Kirche, von Dorf zu Dorf, und ihre Stimme zeichnete unsichtbare Kreise in den reinen und hellen Himmel.

Der römische Papst ist gestorben. *Rymskij papa umerl!* Oj der römische, unser römischer, oj der römische, unser römischer Papst ist gestorben. Alle Kardinäle trauerten um ihn, alle Bischöfe und Suffragane, alle Prälaten und Domherren, Mönche und Barmherzigen Schwestern in den Klöstern, alle Heiligen im Himmel und Frommen auf der Erde, die es schon wußten. Sogar der griechisch-katholische Erzbischof von Lemberg, sogar Graf Szeptycki, der ›goldene Metropolit‹, trauerte dem römischen Papst nach: ein großer Herr, ein polnischer Herr, der auf den kaiserlichen Dienst bei der Kavallerie verzichtet hatte, um Gott zu dienen, der sich von der römischen, herrschaftlichen Konfession losgesagt hatte, um in der goldenen Tiara der griechisch-katholischen Kirche das ruthenische Volk auf den Weg der Erlösung zu leiten. Und es trauerten um ihn sämtliche Kleriker, sämtliche Seminaristen und Popen und Djaken, und Psalmensänger sangen ihm die Panichiden, und der Pfarrer Sydir Makarucha, der Probst aus Czernielitza, läutete und läutete die Glocken.

Und in Rom trugen zur selben Zeit acht Schweizer Gardisten den Körper des Papstes in die Kapelle del Sacramento. Hinter dem Sarg schritt der Leichenzug, der aus einem bewaffneten Korps, aus allen Hofleuten und zwölf Kardinälen bestand, die Camerlengo della Volpe führte.

*

Peter Niewiadomski wunderte sich sehr, als er die Glokken vernahm. Sonst läuten die Kirchenglocken um diese Zeit nur am Sonntag nach dem Gottesdienst. Also war's ein Begräbnis?

Nein, bei einem Begräbnis läutet es nur in der Pfarre des Verstorbenen, und jetzt hört man die Glocken von überall: am deutlichsten trägt das Echo einen fernen Klang aus Horbacz und Nyrkow am Czeremosz herüber. Wenn es also kein Begräbnis ist, was denn sonst? Vielleicht läutet man zu Ehren der Abfahrt der letzten Jahrgänge des Landsturms? Sie verabschieden uns mit Glockengeläut, als lebten wir schon nicht mehr?

Die Nachricht vom Tode des Papstes brachte erst Magda. Sie brachte auch Proviant für den Weg mit: ein Kilo Speck, zwei große Kommißbrote und Käse. Von ihrem eigenen Geld kaufte sie noch ein Paket Tabak. Gänsefett konnte sie nirgends kriegen. (Peter aß Gänsefett sehr gern.) Sie war nur auf einen Sprung herübergeeilt, dann mußte sie zum Heuen zurück. (Daher hatte sie das Geld.) Sie wird jedoch abends auf den Bahnhof kommen.

Der Tod des Papstes bedrückte Peter. Wie die römische ›Tribuna‹ hielt er ihn für ein Werk des Krieges. Die einfachen Leute in der Huzulei konnten sich nicht leicht mit der Tatsache abfinden, daß bedeutende Menschen genauso starben wie sie. Den Tod der Mächtigen dieser Welt verknüpfte man hier gewöhnlich mit weltbedeutenden Ereignissen. – Wahrscheinlich starb der Heilige Vater deswegen, erklärte sich Peter den Vorfall, weil die Geistlichen das Töten gestatteten. Sie haben es nicht nur erlaubt, sondern sie haben es auch ausdrücklich befohlen. Es sieht beinahe so aus, als ob das Töten von Russen keine Sünde sei oder als ob es nur als Halbsünde angerechnet wurde wie das Töten eines Juden. Obzwar man das eigentlich nicht vergleichen kann. Die Juden sind Heiden, und die Griechisch-Orthodoxen glauben an Jesus Christus.

Peter kannte die Griechisch-Orthodoxen. Sie wohnten nicht weit, in der Bukowina. Es stimmte schon, daß sie Rumänen waren, aber sie waren Kaiser Franz Josephs Untertanen, genauso gut wie die Huzulen. Sie trugen sogar dieselbe Kleidung. Auf der Bahn erzählte man Wunder von der Residenz des orthodoxen Erzbischofs Repta in Czernowitz. Sogar der goldene Metropolit, der Graf Szeptycki, war bei ihm zu Besuch gewesen – das sind nun wohl vier Jahre her. Die Huzulen errichteten damals in Śniatyn einen herrlichen Triumphbogen und empfingen ihren Erzbischof mit Brot, Salz, Musik und einem Trupp Berittener. Er fuhr in einem eigenen Salonwagen durch die Station Topory-Czernielitza. Wenn die Griechisch-Orthodoxen Heiden wären, würde der Lemberger Metropolit nicht zu ihnen zu Besuch fahren. Das alles ging über Peters Fassungskraft. Man weiß nicht mehr, wer Freund und wer Feind ist, wer gerecht ist und wer ein Sünder. Man sagt, der Russe zieht sich zurück, und man befiehlt uns zu fliehen. Man sagt, der Russe muß geschlagen werden, weil er orthodox ist und statt des Heiligen Vaters in Rom sein Väterchen, den Zaren, anerkennt, und der Rumäne ist auch griechisch-orthodox, und trotzdem dient er unserem Kaiser, und der Zar geht ihn gar nichts an. Und heute

nahm der Herrgott seinen Statthalter von dieser Welt, und man weiß nicht, ob es eine Strafe ist oder ...
Der Tod des göttlichen Statthalters weckte gewisse düstere Assoziationen. Es kam ihm der kaiserliche Statthalter Graf Andreas Potocki in den Sinn, der vor sieben Jahren in Lemberg ermordet wurde. Der Mörder war ein Ruthene, ein Ukrainer. Das Blut vom Opfer dieses politischen Attentats kam über das ganze ruthenische Volk. Peter Niewiadomski war auch Ruthene, wenn auch von einem polnischen Vater. Da hatte die Konfession entschieden. Das Nationalbewußtsein war nie Peters starke Seite. Wenn man so sagen darf, blieb Peter hart an der Schwelle des Nationalbewußtseins stehen. Er sprach polnisch und ukrainisch, er glaubte an Gott nach griechisch-katholischem Ritus, er diente dem österreich-ungarischen Kaiser. Ukrainische Agitatoren drangen zwar bis Topory vor, sie konnten jedoch nichts gegen den Einfluß des Pfarrers Makarucha ausrichten, dem am guten Verhältnis mit den Gutsbesitzern lag – nicht nur der Honigtransaktionen wegen. Während der Wahlen zum Sejm* empfahl der Pfarrer von der Kanzel, die Stimme einem Kandidaten der altruthenischen Partei zu geben, es bereitete ihm aber nicht viel Kummer, wenn mit Hilfe der Huzulenstimmen irgendein polnischer Graf gewählt wurde. Ebenso war es mit Reichsratswahlen, obzwar in einigen aufgeklärten Bezirken Huzulen auch Huzulen wählten. Peter Niewiadomski aß die ukrainische Wurst, die als Wahlgeschenk verteilt wurde, er aß auch die altruthenische, aber seine Stimme gab er dem Grafen. Ein Graf – ist sicherer. Es ist klar: Grafen, Fürsten, Magnaten haben die Welt immer regiert und werden sie auch weiter regieren. Und sie ste-

* Sejm = (Galizischer) Landtag.

hen dem Kaiser nah. Der Kaiser spricht mit ihnen, der Kaiser hört auf sie. Und was ist schon ein Bauernabgeordneter? Es schickt sich nicht einmal, daß er sich unter die Herren dränge und sich in die Regierung mische. Seitdem aber auf der Welt Krieg ist – verwirrte sich alles, offensichtlich hatte der Teufel beschlossen, den Menschen den Rest ihres Verstandes zu rauben. Und deswegen – vielleicht – starb der Papst. Und was wird jetzt geschehen? Die Christenwelt ohne Papst ist wie ein Mensch ohne Kopf, wie eine Station ohne Schild. Jetzt erst wird der Teufel zu wüten anfangen! Peter wurde von einer Angst vor dem Teufel ergriffen. Infernalische Visionen zogen vor seinen Augen vorbei. Und er zitterte vor dem Gedanken, daß der Teufel Gott das ganze fünfte Gebot gestohlen und es den Kaisern verkauft hatte. Er bekreuzigte sich dreimal, um den Teufel fortzujagen. Dann trat er vor das Haus – um ein wenig Luft zu schöpfen. Es war Mittag. Die Sonne stand hoch am Himmel, senkrecht über Topory. Sie brannte auf den bloßen Kopf. Das Läuten der Glocken hörte auf. Von den Wiesen kam der friedliche Klang der Sensen und das Gebrüll des Viehs. Böcke blökten, Gänse schnatterten, Grashüpfer zirpten. Kleine, zwitschernde Vögel auf den Zweigen erfüllten den Weltraum mit lieblichem Geplauder, Schwalben jagten sich in den Lüften – die einzigen dunklen und beweglichen Striche am reglosen Himmel. Der Himmel war so blau wie das Adriatische Meer. Unaufhörlich krähten die Hähne, und wieder begann das Kanonenfeuer, an das sich die Menschen allmählich gewöhnt hatten. Peter kehrte in die Stube zurück, hob den Deckel vom Topf, um festzustellen, ob die Kartoffeln schon gar waren. Zu den Kartoffeln wollte er schon heute etwas von dem Speck geben, den Magda ihm für den Weg mitgebracht hatte. Er stellte Salz auf den Tisch,

wusch Löffel und Messer. Er schnitt ein Scheibchen Brot ab und probierte den Speck. Er war köstlich. Bald dampfte es kräftig aus dem Topfe. Peter goß das heiße Wasser ab und begann zu essen.
Plötzlich fing der Himmel an, sich zu verdunkeln, obgleich kein einziges Wölkchen zu sehen war. Mit jedem Augenblick verlor die Sonne mehr von ihrem Glanz, und vom Obstgarten wehte es kühl, obwohl sich kein einziges Blatt auf den Bäumen bewegte.
Die Spatzen hörten zu schilpen auf und versteckten sich in den Baumhöhlen, wie beim Einbruch der Nacht. Vom nahenden Dunkel verscheucht, flatterten die Schwalben aus den Höhen herunter und schienen unter der Erde zu versinken. Panik ergriff sogar die Insekten. Schmetterlinge, Wespen, Bremsen, Mücken und Fliegen – alles, was in der Luft kreuchte und fleuchte, bemühte sich so schnell wie möglich, festen Boden zu fassen, einen Zweig zu erreichen, an ein Blatt sich zu klammern, in eine Baumritze sich zu verkriechen, ins Stroh, ins Moos. Es wurde kalt, wie im Innern alter Kirchen.
Peter Niewiadomski hob den Kopf vom Kartoffeltopf und schaute durchs Fenster.
»Was ist das? Die Sonne erlischt ja! Sie steht genau in der Mitte des Himmels, sie steht im Süden und erlischt.«
In düsterer Leere hängend, verlosch die Sonne in dunkelroter Agonie, wie eine riesige, runde Glühbirne, wenn im Elektrizitätswerk plötzlich irgend etwas versagt. Ein Strom kalten Entsetzens schoß durch Peters Adern und schlug ihm ins Herz. Der Löffel fiel ihm aus der zitternden Hand. Die heißen Kartoffeln kollerten zu Boden.
Baß dachte, sie wären für ihn, aber er verbrannte sich die Zunge. Peter kämpfte mit der Angst und trat vor das Haus. Und als er sah, wie die aufgeschreckten Fledermäuse mit

abscheulichem Piepsen unter dem Strohdach hervorstürzten, eine nach der anderen, und irrsinnig von Baum zu Baum kreisten, fing er an, die Unbefleckte Mutter um Hilfe anzuflehen.

Die Sonne erlosch fast ganz, und die Welt verfinsterte sich, wie von Trauerflor bedeckt. Angst fiel über die ganze huzulische Erde, obgleich viele Huzulen wußten, daß das eine Sonnenfinsternis war. Auch die Kenntnis der astronomischen Vorgänge, nämlich, daß sich der Mond zwischen die Erde und die Sonne schiebt, beseitigte nicht die in den Seelen eingewurzelte Furcht vor einer plötzlichen und unerwarteten Dunkelheit, ebenso wie die biologische Interpretation des Phänomens ›Tod‹ nicht das Todesgrauen verringert. Umsonst wäre es, einem Sterbenden auseinandersetzen zu wollen, daß Enzyme die Auflösung der Eiweißstoffe in seinem Organismus verursachen, daß das Faulen des Leichnams nur einen passiven Zerfall von Eiweiß bedeutet und Leichengifte – nur Zerfallprodukte sind. Sogar ein Wissenschaftler, der sterben muß, schöpft keinen Trost aus diesen ihm so gut bekannten Tatsachen, und in letzten Augenblicken des Bewußtseins vertröstet er die Familie nicht mit dem Grundsatz, den er das ganze Leben hindurch verteidigte, ›daß nichts in der Natur verlorengeht‹. »Weltuntergang!« riefen die Huzulen in Topory und Czernielitza. Aus Altem und Neuem Testament, die aus den Predigten des Pfarrers Makarucha so gut bekannt waren, krochen furchtbare Bilder der Vernichtung hervor, umringten die huzulische Phantasie, die seit so vielen Jahren ausschließlich mit diesem einen Buch gefüttert wurde, das die Huzulen nicht einmal lesen konnten. Das winzige Dorf Topory verwandelte sich in den entsetzten Seelen in die biblische Stadt Sodom, und Czernielitza in Gomorra, und vielen Leuten wurde das Tal des

Flusses Pruth, das in Sommernächten nach Minze duftende – zum Tal des Josaphat. Alle erinnerten sich aus der Heiligen Schrift – an die ägyptische Finsternis und erinnerten sich, daß die Sonne genauso wie heute jählings erlosch und die Nacht am hellichten Tage hereinbrach, als auf Golgatha der Erlöser gekreuzigt wurde. Und es gab Heulen und Zähneklappern im Bezirk Śniatyn.

Leute, deren Gewissen nicht ganz rein war, fielen auf die Knie, lagen bäuchlings vor Heiligenbildern und schlugen sich so vor die Brust, als könnten sie mit den Fäusten alle rückständigen Sünden aus ihrem Innern vertreiben: die nicht eingestandenen oder auch bei der Beichte absichtlich verheimlichten. Manche von ihnen wollten sofort alles zurückgeben, was sie je gestohlen hatten, und noch etwas aus ihrem eigenen Besitz dazulegen. Ja, ja, es gab Missetäter in Topory: Diebe und Ehebrecher. Es gab sogar einen Mörder. Zu fünfzehn Jahren verurteilt, saß er nur sieben Jahre im Lemberger Zuchthaus Brygidki, den Rest erließ ihm der barmherzige Kaiser, als der Krieg ausbrach.

Vielen Leuten wurde jetzt klar, warum in diesem Sommer im Dorfe fünf unschuldige Kinder und zwei fromme Weiber gestorben waren. Gott hat die Gerechten mit dem Tod belohnt, damit sie nicht den Weltuntergang schauen. In dieser Finsternis erklärte sich auch der Tod des Heiligen Vaters. Sämtliche Prophezeiungen über den Weltuntergang erwähnten den Tod des Papstes. So fängt die Strafe Gottes an. Alles stimmt: ein furchtbarer Krieg wütet auf der ganzen Welt, überall fließt christliches Blut, die Russen stehen schon dicht an den Grenzen des Śniatyner Bezirks ... und siehe, es kam der Jüngste Tag: der römische Papst schloß die Augen, und Gott zog über die Erde einen Vorhang aus Dunkelheit. Jetzt hat der Teufel, der Fürst der Dunkelheit, freie Hand und kann mit der Welt trei-

ben, was er will. Bald werden vom Himmel Plagen herunterregnen, und der Antichrist wird auf einem Feuerwagen erscheinen.
Das Dröhnen der Kanonade ward in der Dämmerung noch deutlicher und erschreckte die entsetzten Seelen mit schwarzen, dumpfen Stößen. Berge schienen zu platzen und zu stürzen, und die Erde verhundertfachte ihren Pulsschlag. Bald wird sie sich öffnen und wird das ganze sündige Geschlecht verschlingen – wie sie einstmals Korah verschlang.
Feiglinge spürten schon Schwefel und Brandgeruch in der Luft, und das andauernde Gebrüll der Kühe schien ihnen von apokalyptischen Bestien zu stammen. Einige Mutige wollten zum Pfarrer Makarucha laufen und ihn fragen, ob das wirklich der Weltuntergang sei. Andere rieten, abzuwarten, vielleicht werde die Finsternis vorübergehen. Aber die Finsternis dauerte und wurde immer dichter. Es fing die höllische Qual an – das Warten auf das Schlimmste. Die Phantasien hörten allmählich zu arbeiten auf, und die Seelen der Huzulen erfüllte stattdessen die Stumpfheit Verurteilter. In der allgemeinen Bestürzung schaute niemand auf die Uhr. Die Zeit aber schritt in der Finsternis ebenso ruhig vorwärts wie in der Helle.
Auf der Station Topory-Czernielitza, im ersten Stockwerk am offenen Fenster, wo Petunien, Storchschnabel und Kresse welkten, stand Tadzio, der Sohn des Bahnvorstehers. Durch ein berußtes Glas beobachtete er die totale Sonnenfinsternis. Er wußte vom Vater, daß sich im Altertum etwas Ähnliches ereignet hatte. Im Jahre 202 vor Christi Geburt, während der Schlacht bei Zama. Hannibal sprach damals jene berühmten Worte: ›Da werden wir also im Dunkeln kämpfen!‹
Auch jetzt kämpfte man im Dunkeln. Man kämpfte bei

Turynka, etwa 21 Kilometer westwärts von Kamionka-Strumillowa. Die erste deutsche Armee rückte eben in Brüssel ein. Und in Rom stellte man in der glänzend beleuchteten Kapelle del Sacramento den Katafalk mit der Leiche Pius' X. zur öffentlichen Schau aus. Der Vizeregent, Patriarch Cepetelli, besprengte sie mit Weihwasser.

Peter Niewiadomski gehörte zu jenen Menschen, für die sogar ganz verschiedene Erscheinungen dieselben Ursachen und einen augenscheinlichen Zusammenhang haben. In seinem Geiste verknüpften sich also alle Vorkommnisse zu einem Ganzen oder vielmehr zu einer chaotischen Masse, welche sein Geist auf Grund der ihm eigenen Logik zu ordnen pflegte. Deshalb sah Peter bei der Sonnenfinsternis nicht nur den engen Zusammenhang mit dem Krieg und dem Tod des Papstes wie die anderen Huzulen, sondern auch mit den eigenen Sünden. Vornean stand die Erbsünde, die alle anderen geringeren Sünden in den Schatten stellte. Und es geschah zum zweiten Male seit der Musterung in Śniatyn, daß es Peter bitter bereute, Magda nicht geheiratet zu haben. Er kam aus der Finsternis, die Finsternis war seine Heimat, aber in diesem Augenblick fürchtete er sie mit Todesangst und flehte auf Knien um Vergebung.

Der Schöpfer erhörte gnädig die Gebete des armen Huzulen, und zum letzten Male verzieh er der sündigen Welt. Und genauso plötzlich, wie sie eingebrochen war, begann die Finsternis zu weichen, und langsam erhellte sich die Welt. Die Sperlinge schilpten wieder, die Lerchen sangen, die Insekten summten, und der Tag wurde wieder heiter und schön. Nur die Erde dröhnte weiter, und die Scheiben zitterten. Peter hatte also mit seinen Gebeten für die Welt nur die halbe Vergebung erzielt. Und als er sah, wie die erloschene Sonne aufs neue sich mit Licht anfüllte und alles zum alten zurückkehrte, war er fast sicher, daß auch das Kanonengebrüll aufhören würde und daß er bald der Gendarmeriekorporal Jan Durek mit der freudigen Nachricht vom Kriegsende erscheinen würde. Deshalb beeilte er sich nicht, seinen Koffer zu packen.

Die Sonnenfinsternis dauerte fast zwei und eine halbe Stunde: von 12.29 bis 14.50. In diesen langen Stunden der Dunkelheit bereicherte sich die Erde um mehrere tausend Leichen. Und es gab Menschen, die wünschten, daß diese Nacht ewig dauern möge und ihre Sorgen, ihre Qualen, ihre Angst vor dem Krieg begrabe. Das waren nicht Einwohner der Gemeinde Topory. Einwohner der Gemeinde Topory und der Gemeinde Czernielitza sowie andere Gemeinden im Bezirk Śniatyn freuten sich über die Rückkehr der Sonne und über die göttliche Vergebung, und sie lachten über sich selbst, daß sie so albern gewesen waren. Aber noch saß die Angst in ihnen und lauerte auf dem Grunde der Seele: sie sollte heute zusammen mit den Körpern der letzten Landsturmjahrgänge nach Ungarn abfahren.

Als sich Peter Niewiadomski von seiner Angst erholt hatte und der Friedensengel in Gestalt des Gendarmeriekorporals nicht kam – begann er zu packen. Essen konnte er nicht mehr. Als er seinen schwarzen, hölzernen Koffer öffnete, der aussah wie ein kleiner Kindersarg, vernahm er hoch, ganz hoch über sich, ein ungewöhnliches Surren und Rauschen. Er trat vor das Haus und erblickte ganz hoch am Himmel – einen nicht allzu großen Vogel. Es schien ihm, daß dieser Vogel aus dem innersten Kern der neugeborenen Sonne herausgeflogen kam, man hätte sagen können: eine Taube, aus Gotteshänden losgelassen. Der Vogel schwebte ruhig, manchmal ließ er sich herab, dann schwang er sich wieder hoch. Und er wuchs und wuchs und rauschte immer mächtiger mit seinen Flügeln wie ein Wasserfall. Am Ende flog er schon so niedrig, daß man die Flügel erkennen konnte, weit gespannt und mit irgendwelchen farbigen Kreisen unten bemalt. Nur daß diese Flügel ganz und gar reglos waren. Riesig und dunkel schwebte er über den Wiesen und begann kleiner zu werden, und das Rauschen wurde immer leiser, als käme es von einer Hummel. Endlich schrumpfte der seltsame Vogel zu den Ausmaßen einer winzigen Fliege zusammen – und verschwand im Blau. Es war das erste Militärflugzeug, das sich über Topory an die Front begab.

Peter kehrte in die Stube zurück und packte den Koffer. Er legte zwei Hemden hinein, ein paar Unterhosen, ein Handtuch, einige farbige Taschentücher, ein Gebetbuch (er pflegte es in die Kirche mitzunehmen, obwohl er nicht lesen konnte), einen kleinen Spiegel, eine Bürste, ein Rasiermesser, einen Löffel, schließlich – Proviant. Ganz unten verbarg er das Säckel mit Geld, das er mit einem dreifachen Knoten festband. Die Knoten sollten den 60 Kronen in Banknoten und Silber ihre Sicherheit verbürgen. Dieser Betrag bildete seine Ersparnisse. Als Peter den Koffer, wie es sich gehört, verpackt hatte, hängte er ein Schloß davor.

Jawohl, das war sein Köfferchen, sein unleugbares Eigentum. Alles, was er bisher auf seinem Rücken getragen hatte, gehörte anderen: Die Kartoffeln den Juden, der Hafer, das Korn, die Gerste den Gutsherren; die feinen Reisekoffer den Gästen aus der Stadt. Peter hatte Respekt vor jedem Eigentum, aber unbewußt haßte er es, weil es fremdes Eigentum war. So viele Jahre mußte er fremde Koffer tragen und hatte nicht einmal das Recht zu wissen, was sie bargen. In ihren rätselhaften, von Schlössern gesicherten Tiefen ahnte er unerhörte Schätze: goldene

Uhren, außergewöhnliche Rasiermesser; besonders aber beschäftigten ihn die Schuhe. Vielleicht deshalb, weil er den größten Teil des Jahres barfuß ging. Aus dem undeutlichen Aufschlag und den Geräuschen unsichtbarer Sachen, die sich im Koffer auf seinem Rücken durcheinanderwarfen, bemühte er sich, seinen Inhalt abzuhorchen und zu erraten. Peters Rücken hatte beim Tragen Ohren und Augen. Die unbekannten Pfunde auf seinem Rücken haßte er mehr als die Menschen, denen sie gehörten. Besonders Koffer konnte er nicht ausstehen. Ihm waren einfache Säcke lieber, obgleich sie um vieles schwerer waren. Er zog Kohle, Holz und Getreide vor, er liebte diese Lasten sogar. Das waren ehrliche Lasten, aufrichtig und nicht verborgen. Die Koffer beleidigten ihn, weil sie geschlossen waren, so wie einen geschlossene Briefe kränken, die man übergeben soll. Es gab Koffer und Kisten der verschiedensten Art: aus Tierfellen, von Leinenüberzügen bedeckt, andere waren aus Holz, mit Wachsleinwand überzogen, und wieder andere aus geschnitztem und geflochtenem Reisig mit einem Querstock, der durch beide Henkel hindurchgeschoben war. An einem Ende des Stockes befestigte man ein Schloß: das heilige Symbol des Besitzes, des Eigentums, das vom Recht geschützt war. Mit einem Schloß sicherte auch Korporal Durek die Fesseln an den Händen der Diebe. Peter sah oft, wie die Besitzer der Koffer die Schlösser prüften. Ja, er selbst bestand manchmal darauf, daß sie in seiner Gegenwart geprüft wurden, denn er war nur für abgeschlossene Gepäckstücke verantwortlich. Allerdings demütigte ihn das Bewußtsein, daß sie hauptsächlich vor ihm auf der Station Topory-Czernielitza verschlossen wurden.

Dieses schwarze Köfferchen hier war sein Eigentum. Peter kannte seinen Inhalt ganz genau. Genau wie die anderen Menschen sicherte er es mit einem Schloß vor unbekannten Dieben. Ja, es gab Diebe, und zwar nicht nur in Topory. Sie werden sich auch nach dieser zweieinhalbstündigen Weltuntergangsprobe nicht gebessert haben. Aber im Gefühl des Besitzes schien es Peter, daß der Koffer leicht war wie keiner von denen, die er auf die Bahn trug. Nicht für die Reisenden, sondern für den Kaiser trug er sie! Dieser war leicht wie die Freiheit selbst. Falls die Freiheit leicht ist.

Der Weg mit dem Köfferchen zur Station führte aber nicht zur Freiheit. Peter nahm in dieser Holzkiste den Rest seiner privaten Existenz in den Krieg mit, sogar das Unterfutter seiner zivilen Persönlichkeit, den heimlichen Teil seines Äußeren, das eine Uniform bedecken wird.

Bevor er sein Haus verließ, mußte er drei wichtige Angelegenheiten entscheiden: was mit Baß zu tun wäre, mit der Eisenbahnerkappe und mit dem Hausschlüssel. Daß man keine Hunde in den Krieg mitnehmen darf, erfuhr er von anderen Landsturmmännern, die Hunde besaßen. Verkaufen wollte er Baß nicht. Er beschloß also, ihn der zweifelhaften Obhut Magdas zu überlassen. Zweifelhaft war sie, weil es nicht sicher war, ob die Magd den Hund nicht vernachlässigen würde. Er würde sie nochmals streng ermahnen, Baß wie ihre eigenen Augen zu behüten. Was die Kappe betraf, entschloß er sich nach langem Zögern, sie mitzunehmen. Er wird sie sich zwar unrechtmäßig aneignen, aber mit so einer Kappe auf dem Kopf ist es vorteilhafter, sich dem Militär zu präsentieren. Und was den Schlüssel betraf, verwarf er die erste Absicht, ihn Magda zu übergeben. Er traute ihr nicht. Sie war ein gutes, aber unbeständiges Mädchen. Es ist nicht gewiß, ob der Krieg wirklich zu Weihnachten enden wird. Und wenn er nicht zu Ende ist und die Russen Topory besetzen und Magda den Schlüssel hat, so weiß nur Gott, was da alles für Dinge in seinem Haus vorgehen können. Es wird entschieden besser sein, den Schlüssel mitzunehmen. So tat er es denn auch. Wieviel Vertrauen doch die Menschen den Schlüsseln schenken! Das kalte Eisen liegt in ihren Taschen, wie Geiseln, die die Sicherheit der Häuser, Kleider- und Geldschränke und Schubladen verbürgen. Wir können uns tausend Meilen von unseren Häusern entfernt befinden, und die mit uns wandernden Haustorschlüssel, Türschlüssel, setzen uns in den Wahn, daß wir weiterhin Herren unseres Besitzes sind. Schlüssel in der Tasche – das sind die Seelen jener verlassenen Orte, die zugesperrt ihren Sinn verlieren, ihr Leben. Peter schloß sein Haus ab, und obgleich die Fenster fast bis zur Erde reichten, glaubte er, daß sie kein Dieb zerschlagen werde. Er traute auch dem Russen, der bestimmt den geschlossenen Türen Achtung zollen und es nicht wagen würde, sie mit dem Gewehrkolben einzuschlagen. Er sperrte das Haus ab und verschloß in ihm sein bewegliches Gut: das Bett, die Kiste, Töpfe – und alle Hoffnungen. Durch die offenen Türen konnten die Hoffnungen fortwehen, aber so waren sie gesichert. Nach seiner Rückkehr aus dem Kriege wird sie Peter unangetastet finden, in demselben Zustand, in dem er sie zurückgelassen hat. Die Hoffnungen – wer weiß, ob sie nicht inzwischen groß werden? Peter Niewiadomski setzte den Traum seines Lebens, seine Karriere, auch jene reizende Wunsch-Frau mit stattlicher Mitgift, hinter Schloß und Riegel. Möge die Frau hier den ganzen Krieg hindurch auf ihn warten! Möge sie sich mit Gedanken an ihn und das künftige Eheglück nähren. So schloß Peter mit seinem rostenden Schlüssel zwei Häuser ab, das richtige, baufällige, dessen Hälfte seiner Schwester Paraskewja Niewiadomska gehörte, die eine Straßendirne war, sowie dieses

zweite – erträumte, renovierte, mit Blumentöpfen in den Fenstern und einer Mausefalle.
Geräuschvoll drehte er den Schlüssel um, prüfte, ob die Tür gut geschlossen sei, und ohne sich umzuschauen – ging er mit Baß fort. Auf dem Rücken trug er den Koffer.
Es war vier Uhr. Der Zug sollte erst um sechs Uhr kommen, trotzdem wanderten schon aus vielen Dörfern Bauern mit Koffern und Bündeln zur Station, von Weibern und Kindern begleitet. Vor dem Stationsgebäude standen sogar einige Fuhrwerke: in den Wagenkörben sitzt es sich bequemer. Zur Station Topory-Czernielitza gehörten eine Menge Siedlungen, die auf den Hügeln und in den Tälern beider Flüsse verstreut waren, so daß Auffahrt, Wartesaal und Bahnsteig überquollen von einer zahlreichen, vielfarbigen Menschenmenge. Manche Huzulen trugen noch lange, mit glänzendem Fett bestrichene Haare, obwohl es bekannt war, daß sie beim Militär mit einer Maschine bis zur Haut geschoren wurden. Ebenso wollten sich die Juden bis zum letzten Augenblick nicht von ihren Bärten und Haarlöckchen trennen, die von den heiligen Büchern vorgeschrieben waren. Das Militär wird ihnen das Haar schneiden, das Militär wird sie rasieren – gut: nicht sie werden dafür verantwortlich sein, sondern der Kaiser. Sie werden nicht freiwillig mit eigener Hand gottlose Taten ausführen.
Auf der Station herrschte reger Verkehr. Alle kamen viel zu zeitig, in der Meinung, daß es nicht statthaft wäre, zu spät in den Krieg zu fahren – genau wie es nicht angebracht ist, einen Toten in großer Eile zu beerdigen. In den Krieg fahren ist eine feierliche Angelegenheit, also muß man sich lange verabschieden und lange warten. Alle waren sehr aufgeregt, vor allem nach diesen schweren Stunden der Dunkelheit. Am meisten spaßten jene über

den Weltuntergang, die während der Sonnenfinsternis am heftigsten gezittert hatten. Der Stationsvorsteher mit roter Mütze rannte geschäftig umher wie ein Mitglied eines Ballkomitees. Immer wieder erschien er auf dem Bahnsteig und verschwand darauf sofort. Der Offiziersanwärter Hopfenzieher, nun Herr der Station, hatte einen Säbel, die tschechischen Soldaten Gewehre. Drei Gendarmen sorgten heute für Ordnung: der ganze Gendarmerieposten von Czernielitza, beide Korporale, darunter Durek und der kommandierende Zugführer.

Und der Bahnsteig füllte sich heute mit Menschen, die nie vorher mit der Bahn gefahren waren. Aus den Hütten kamen alle alten Weiber, die Wasylynas, Horpynas, Warwaras, die ältesten Weiblein und ältesten Männlein trippelten herbei, Kinder und Hunde tummelten sich auf dem Bahnsteig, so daß die Gendarmen und Tschechen viel Arbeit hatten, um die Ordnung aufrechtzuerhalten. Sogar der taubstumme Wasyl Horoch tauchte auf, trat an die und jene Gruppe heran und erweckte mit seinem unbeholfenen Stottern laute Heiterkeit. Die Abreisenden waren ihm dafür dankbar, daß er kam und sie von schweren und düsteren Gedanken ablenkte. Sie neckten ihn, aber nicht boshaft. Die Männer bemühten sich, um jeden Preis die Ruhe zu bewahren und gute Stimmung zu zeigen. Einige von ihnen waren betrunken, sie torkelten, stolperten über die eigenen Bündel, umarmten fremde Weiber, sangen unzüchtige Lieder, nur von Rülpsern unterbrochen. Irgendein zottiger Bauer erbrach sich auf dem Bahnsteig, was den tschechischen Korporal in Wut versetzte. »*Ty prase!* Du Schwein!« rief der Tscheche. Geruch von Schnaps, Schweiß, Wolldecken und Kleidern durchdrang die ganze Station. Die Erregung wuchs, je näher die sechste Stunde kam, aber mit der steigenden Erregung wurden die Leute stiller. Die Augen aller richteten sich immer wieder nach der Seite, woher der Zug kommen sollte. Man wartete auf den Pfarrer Makarucha: er hatte versprochen zu kommen, um die in den Krieg Ziehenden zu segnen. Der taubstumme Wasyl Horoch trieb sich auf dem Bahnsteig herum wie die personifizierte Unruhe, bis ihn einer der Soldaten am Kragen faßte und ihn mit Gewalt wegführte. Horoch raufte sich mit dem Soldaten und protestierte verzweifelt.

Gegen sechs Uhr waren das ganze Dorf Topory und das ganze Dorf Czernielitza auf der Station versammelt. Man hatte den Eindruck, daß auch noch alle Kühe aus den Dörfern kommen würden, alle Pferde, alle Schafe und Schweine, daß der kleine Fluß, der durch die Mitte des Dorfes Topory floß, heranfließen werde und daß der Pruth und Czeremosz, die heiligen Huzulenströme, aus ihren Ufern treten würden, um die Männer zu verabschieden, die in ihnen gebadet, ihre Pferde und Kühe getränkt hatten. Auf der Station kochte es. Die letzten Ratschläge, die letzten Ermahnungen, die letzten Beschwörungen schwebten in einer dichten Wolke aus Unruhe, Angst und Schmerz über den Menschen – und übertönten das Echo der Kanonade. Niemand dachte mehr an die heranziehenden Russen, alle Gedanken liefen weit über den abendlichen, saphirnen Horizont hinaus, auf den die wiedergeborene Sonne sich senkte, mit Erde und Menschen versöhnt. Alle Gedanken flogen unbekannten ungarischen Städtchen zu, wo die Söhne der Huzulenerde auf den Kasernenhöfen von schrecklichen Feldwebeln mit strengen Zwirbelschnurrbärten erwartet wurden. Köpfe unbekannter Wachtmeister, Feldwebel, Hauptleute tauchten immer wieder aus dem Nichts auf, krochen unter der Erde hervor, wuchsen aus dem Kies, aus den Schienen, sprangen aus den Telegraphenstangen. Der Tod spazierte unbefangen auf der ganzen Station Topory-Czernielitza hin und her, ohne Bahnsteigkarte, und blies seinen kalten Atem unter den Kragen bald des einen, bald des anderen. Den von lebendigen Menschen erfüllten Bahnsteig bevölkerten Gespenster.

Es war sechs Uhr vorbei, und der Zug kam nicht. Ungeduld bemächtigte sich der Leute, die abfahren sollten. Es wäre ihnen lieber, schon jetzt zu fahren, als den Augenblick des Scheidens ohne Ende zu verlängern. Die Sonne rollte, nach den Exzessen des Tages, als herrlicher, vollkommen runder Schild herunter, und bald erhoben sich von den Flüssen Nebel und Wasserdünste.

Erst einige Minuten vor sieben vernahm man das schwere Hämmern, Schnaufen, dann das Gerassel des herannahenden Eisens. Alle hielten den Atem an. Stille erfüllte den Bahnsteig, eine so tiefe Stille, daß man den Anschlag der Apparate im Büro des Stationsvorstehers hören konnte. Ein kurzer, gellender Pfiff zerriß brutal die Stille. Weiße und dunkle Rauchwolken vorausschickend, rollte ein langer Zug in die Station, der aus lauter Güterwagen bestand. Ihn zog ein eisernes Kamel, das aus der Floridsdorfer Lokomotivenfabrik entlassen war. Das Kamel mit seinem riesigen Buckel, der Dampfkuppel, schwitzte. Die langen und krausen Adern der kupfernen Röhren traten auf der eisernen Haut hervor. Der Zug fuhr an dem Stationsgebäude vorbei und hielt in einiger Entfernung von der Pumpe. Das ganze Eisen erklirrte. Die Puffer der Lokomotive stießen an die Puffer des Kohlenwagens, und die reichten den Schlag weiter bis zum letzten Waggon. Es ertönten alle Ketten, und der Zug rückte einen Schritt zurück, wie ein Mensch, der im Dunkeln auf eine Mauer stößt. In den Kolben, den Sehnen der Lokomotive, ließ die

Spannung nach. Das Kamel erleichterte sich und puffte Dampf aus.
Obgleich er Eisenbahner war, hatte Peter Niewiadomski den Eindruck, daß er zum ersten Mal im Leben einen Zug sah. Die Wagen wimmelten bereits von Landsturmmännern, die auf den vorigen Stationen eingestiegen waren. Es begann das Verladen. Wieder entstand ein großer Lärm, Mütter und Frauen, Schwestern und Väter küßten, umarmten die Abfahrenden. Alle drängten sich durcheinander, als hätten sie es auf einmal sehr eilig. Die Gendarmen und Soldaten mußten die Weiber, die sich an die Waggons herandrängten, mit den Gewehrkolben wegjagen. Magda schluchzte leise. Sie wagte es nicht, ihren Mann in Gegenwart aller rechtmäßigen Mütter und Frauen zu umarmen. Sie weinte still, irgendein unpersönliches, inneres Schluchzen, das sich ebenso auf alle Abfahrenden wie auf den einen einzigen beziehen konnte. Peter drückte ihre Hand, als wäre es die Hand eines Mannes, und noch einmal ermahnte er sie, auf Baß aufzupassen.
In dem Moment, als er sich durch das Gedränge zu dem Waggon hindurcharbeiten wollte, ereignete sich ein Vorfall mit Baß. Der Hund faßte Peters Jacke mit den Zähnen und bemühte sich mit aller Kraft, in den Wagen zu springen. Dies bemerkte der Gendarmeriekorporal Johann Durek und stieß mit einem heftigen Fußtritt seines beschlagenen Stiefels den Hund zurück. Baß heulte durchdringend auf, riß ein Stück Tuch von der Jacke und sprang zurück. Er hielt die Reliquie, von Peters Geruch durchtränkt, fest in den Zähnen. Peter wandte sich, ganz rot vor Wut, gegen den Gendarmen und drohte ihm mit der Faust. Doch der Gendarm sah es nicht. Bevor der Hund erneut versuchen konnte, in den Wagen zu springen,

trennten ihn schon Stiefel, Hosen, Rücken, Bündel und Kisten fremder Leute von seinem Herren.

»Einsteigen! Einsteigen!« riefen die Soldaten und Gendarmen. Man stieg ein. Und als alle schon verladen waren, gab der Vorsteher mit einem Pfiff das Abfahrtszeichen; da er jedoch nicht sicher war, ob ihn der Lokomotivführer bei dem großen Lärm hören würde, hob er die Hand. Aber der Zug rührte sich nicht. Er weigerte sich, der Zivilbehörde zu gehorchen. Er stand wie verzaubert auf den Schienen oder als würde er noch auf jemanden warten. Da rief der Vorsteher mit donnernder Stimme: »Fertig!« Den Ruf wiederholten die Soldaten vom Stationsdienst. Das wirkte. Aus der Lokomotivbude lehnte sich eine Militärmütze heraus, und bald ließ sich das Zischen des Dampfes hören. Ein schriller Pfiff ertönte, und die Waggons erzitterten. Schweigen umfing die Station. Sogar die Hunde verstummten. Der in der Kuppel verdichtete Dampf drückte vermittels der inneren Röhren auf die Zylinder und belebte die Kolben. Aus den Schornsteinen schnaubten schwere und scharze Rhythmen – und langsam, langsam, wie Leichenwagen vor Trauerhäusern, setzten sich die Wagen in Bewegung. Sie glitten vorbei, fortschiebend, fortstoßend, auseinanderreißend. wirklich losreißend die Leiber derjenigen, die in den Krieg fuhren, von denen, die in Topory zurückblieben.

In diesem Augenblick schrien zwei alte Jüdinnen laut auf. In ihren welken Schößen rührten sich die Säfte, und es erwachte derselbe Schmerz, der sie mit einer Wüstenglut in den Stunden des Gebärens versengte. Vor Jahren verschüttet, platzte er jetzt heraus wie Glut aus toter Asche. Es war das Signal für ein allgemeines Weinen. Die ganze Station fing an den jüdischen Flammen Feuer und erzitterte von einem Schluchzen. Die Jüdinnen jammerten wie

Anführerinnen griechischer Chöre, Huzulinnen winselten wie geprügelte Hündinnen, Säuglinge wimmerten, Hunde unter der Leitung von Baß, der den Fetzen seines Herrn aus den Zähnen fallen ließ, kläfften, die Gendarmen stießen mit den Gewehrkolben zu und trieben die Weiber weg. Nur die Greise und Greisinnen hatten ein trockenes Weinen. Nicht ein Laut kam durch die Kehlen, der Schmerz entriß keinen einzigen Tropfen Feuchtigkeit dem leblosen Glas ihrer versunkenen Augen. Sie zitterten und bebten wie trockene Sträucher im Wind. Pfarrer Makarucha kam nicht.

Der Zug bahnte sich seinen Weg mitten durch den menschlichen Schmerz und die Verzweiflung hindurch wie im Winter durch die Schneeverwehungen. Der Vorsteher stand stramm und musterte einen Waggon nach dem anderen, als zählte er sie. Er erwiderte den Militärgruß des Zugpersonals, und zum letztenmal erblickte Peter Niewiadomski das Flügelrad auf der roten Mütze, wie es im Glanz der vergehenden Sonne glitzerte.

Nach Abfahrt des Zuges standen die starren, schweigenden Weiber noch lange auf dem Bahnsteig. Die ratlosen Augen starrten auf die Schienen. Einst zogen sich diese Schienen in die Welt, ins Leben, nach Kolomea, Stanislau, Lemberg. Jetzt führten sie nur in den Krieg, geradeaus in den Tod. Eine weiße Rauchwolke schwebte noch als einzig sichtbare Spur des Zuges über den Schienen und fiel langsam auf die Abhänge herab, von den Fichten- und Tannenzweigen wie dünne Schleier zerzupft, bis sie in Nichts zerfloß.

Aus der Schar schweigender Weiber tritt eine Greisin, sie geht hinkend in die Mitte des Bahndamms. Ihre Haare ohne Glanz und Farbe, wie gebleichter Hanf, schieben sich unter ihrem weißen Kopftuch hervor. Sie murmelt etwas mit zahnlosen Lippen. Aus den wimperlosen Augen tropft Flüssigkeit, wie Harz aus morscher Rinde. Die Greisin spricht etwas zu den Schienen, setzt den Schienen etwas auseinander, was niemand hört. Dann erhebt sie mit priesterlicher Geste ihre zitternden, knochigen Hände hoch empor und macht über den Schienen ein riesiges Kreuz. Ein dreifaches, griechisches.

VII. KAPITEL

Die österreich-ungarische Monarchie bestand – wie schon die Bezeichnung sagt – aus den im Wiener Reichstag vertretenen Ländern, also aus Österreich und aus Ungarn, d. h. den Ländern der heiligen Stephanskrone.
Die heilige Stephanskrone *(A Magyar Szent Korona)* ist sehr alt und sehr schwer. Trotzdem muß sie jeder ungarische König einmal im Leben aufsetzen. Mit einem herrlichen Mantel bedeckt, auf weißem Roß, begibt er sich mit der Krone auf den höchsten Hügel der Stadt Ofen, wo er symbolisch ein riesiges Schwert in der Luft schwingt. Das ist der Höhepunkt des Krönungsfestes. Dann schläft die Krone ruhig viele Jahre in der Schatzkammer auf dem Ofener Schloß und wartet auf einen neuen König. Sie liegt ungestört, es sei denn, daß sie jemand raube. Dies geschah schon öfters im Laufe der ungarischen Geschichte. Deshalb vergruben sie Patrioten im Jahre 1846, unweit der Ortschaft Orsova an der Donau. Zehn Jahre lag die Krone in der Erde. Aber das Gold und die kostbaren Edelsteine keimten nicht. Nur das Kreuz am Gipfel des Diadems lockerte sich und ist bis heute zur Seite geneigt – wie das Kreuz Christi, damals, als er unter seiner Last zusammenbrach. Jeder Mensch in der Monarchie, jeder Bettler, dem man in die ausgestreckte Hand 20 Heller wirft, weiß, wie die heilige Stephanskrone aussieht. Denn das Münzhaus, wie übrigens das ganze Finanzwesen, war für beide Länder gemeinsam und brachte in beiden Staaten sowohl die

österreichischen wie die ungarischen Münzen in Umlauf. Auf diese Weise trug auch Peter Niewiadomski so manche heilige Stephanskrone in der Tasche, und oft wunderte er sich, weshalb das Kreuz darauf nicht gerade stand.

In Friedenszeiten interessierte man sich im Bezirk Śniatyn wenig für Ungarn, trotz der unmittelbaren Nachbarschaft. Und doch wußte jedes Huzulenkind, daß der Kaiser bei den Magyaren kein Kaiser war, sondern ein König. Warum das so war, darüber dachte – um die Wahrheit zu sagen – im Bezirk Śniatyn niemand nach. Das Problem wurde erst in jenem Augenblick aktuell, als ein Teil, und zwar der beste Teil der kaiserlichen Untertanen, nach Ungarn fahren mußte.

Die Waggons, in denen der Kaiser und König Franz Joseph seine Soldaten (40 Mann) oder seine Tiere (8 Pferde) beförderte, verschloß man auf zweierlei Weise, was von der Art der Passagiere abhing. Wurden Pferde, Vieh, Schweine befördert, schob man eine hölzerne, aus einem Flügel bestehende Tür ohne Fenster vor. Menschen erfreuten sich größerer Freiheit: wer wollte, konnte sogar aus dem Zuge springen; denn statt einer Tür stand dem Tod, den gebrochenen Gliedern oder der Freiheit eine einfache, eiserne Stange im Weg.

Auf diese Stange gestützt stand zusammen mit den Landsleuten Peter Niewiadomski. Es war ein bevorzugter Platz, der einzige im dunklen, schwülen Waggon, wo Sauer- und Stickstoff wechselten und wo man die vorübergleitende Welt sehen konnte. Ein kleines hohes Fensterchen diente nur den Lungen der Tiere, für Menschen hatte es keinen Wert. Es war vergittert wie im Zuchthaus. Diesen guten Platz hatte Peter den ungeschriebenen ethischen Grundsätzen der Mitreisenden zu verdanken. Im Waggon verpflichtete alle eine stillschweigende Abmamachung: wer an seiner heimatlichen Gegend vorbeifährt, hat das Recht, vorne zu stehen. Dann, wenn der Zug in fremde Bezirke kommt, muß man anderen den Platz räumen (sie mögen sich auch vollatmen, sie mögen sich auch vollschauen) und legt sich aufs Stroh im stickigen, dunklen Hintergrund.

So sollten sie sich während der ganzen Fahrt ablösen. Sie glaubten ja noch an eine Gerechtigkeit in der Welt. Peter glaubte auch an Gerechtigkeit in der Welt, aber nur bis zur Station Delatyn. Er stand an der Stange, und alles, was er sah, war noch bekannt, verwandt, manchesmal sogar sehr verwandt. Zuerst fuhr der Zug an dem Fleckchen Boden vorbei, den ihm die Bahn als Lehen überlassen hatte. Magdas Sonnenblumen neigten sich schon zu Boden, und Peter dachte, daß sie die Köpfe nach ihm wandten, schwarz und gelb wie die kaiser- und königlichen Fahnen. Die weit ausgebreiteten, stahlblauen Kohlblätter waren von Würmern zerfressen. Schade um das Kraut. Das hölzerne Kirchlein am Hügel in Czernielitza wollte lange nicht vom Horizont verschwinden. Es kreiste um den Zug und zeigte sich bald von der, bald von jener Seite, die Kirche spielte Haschen mit dem Zug, schwand plötzlich, und unversehens kamen ihre drei kleinen Kuppeln wieder aus dem Terrain herauf wie drei Menschenköpfe, die im Bade untertauchen und wieder zum Vorschein kommen. In dieser Kirche wurde Peter getauft, hier bekam er seinen Namen, hier beichtete er einmal im Jahr dem Pfarrer Makarucha und, davor noch, dem alten Probst, der gestorben war, es wird vor sechzehn oder siebzehn Jahren gewesen sein. Hier würde bestimmt seine Trauung stattfinden, wenn sich endlich eine passende Frau für ihn fände. Und sicher würde sein Körper nirgend sonst beerdigt werden als in der geweihten Erde, welche die Kirche in Czernielitza umgibt. Dort lag die Mutter. Die plötzliche Erinnerung an die Mutter, die dem Zuge noch so nah war, durchbohrte sein Herz wie mit einem scharfen Bajonett und füllte es mit kondensiertem Schmerz um alles, was Peter an diesem Tage verlor. Aber die Kirche schwand schon aus seinem Blickfeld, diesmal unwiderruflich. Der Zug verdoppelte die Geschwindigkeit; wie von einer Peitsche angetrieben sauste er bewaldete Hügel hinab. Die Telegraphenstangen legten sich eine nach der anderen in regelmäßigen Abständen zu Boden, Refrains eines alten, endlos währenden Liedes. Die gespannten Telegraphendrähte wogten im Rhythmus, von Kriegsneuigkeiten gefüllt. Auf den gemähten Wiesen zerrten die Pferde an ihren Fesseln – der Zug machte sie scheu. Die Fohlen hielten sich in der Nähe ihrer Mutter und trabten ungebunden herum. Reglose Gänseabteilungen rührten sich beim Anblick des ratternden Zuges und streckten die Hälse, Böses verheißend, ohne ihre Ordnung zu durchbrechen, ohne die Symmetrie zu zerstören. Die erste Gänsereihe breitete weit die Flügel aus, und wie auf ein Kommando mit den Flügeln schlagend, schwang sie sich leicht vom Boden. Diese Gänsesturmabteilung, bereit, den Zug anzugreifen, sah wie eine Schar weißer, heraldischer Adler aus. Den ganzen Weg entlang, insbesondere aus dem Gestrüpp, das den Fluß umgab, ging die Mobilisierung der Störche vor sich. Es nahte nämlich der 25. August, der traditionelle heilige Tag, an dem sie in wärmere Länder zogen.

Der Zug erreichte die nächste Station, nahm neue Leute mit Bündeln und Koffern auf, und wiederum weinten Weiber. Dies wiederholte sich bis Kolomea. Peter stellte fest, daß überall die Schilder auf den Stationsgebäuden an ihrem Platz hingen, obgleich bereits überall Militär regierte. Die Degradation der Station Topory-Czernielitza war also der Einfall des Vorstehers. Der althergebrachte Reisebrauch empfiehlt den Reisenden, hochmütige Reserve gegen den Hinzukommenden zu üben. So schauten auch in diesem Waggon diejenigen, die schon seit einer Stunde in den Krieg fuhren, einige Zeit auf die Neuangekommenen von oben herab. Jedoch nach Ablauf einer halben Stunde waren schon alle gleichgestellt. Auf jeder Station warf eine unsichtbare Hand den eisernen Kriegsöfen frisches Brennmaterial von Menschenkörpern zu. Nirgends jedoch stiegen soviel Landsturmmänner ein wie in Topory-Czernielitza. Scheinbar fuhr der Rest mit anderen Zügen. Peter war neugierig, wieviel Züge in diesem Moment mit Ladungen für den Kaiser über die Schienen der ganzen Monarchie dahinrollten. Hundert, vielleicht noch mehr?

Niemand aus der Masse der Reisenden, die zum ersten Male im Leben unentgeltlich fahren durften, wußte, wohin er fuhr. Alle wußten sie nur eines: nach Ungarn, wo die Leute Paprika fressen und wo Seine Majestät nur ein König ist.

Aber Ungarn, oder die Länder der heiligen Stephanskrone, ist groß. Der Waggon war überfüllt, und der Zug hatte längst schon Peters Heimat verlassen. Trotzdem behielt Peter den bevorzugten Platz. Dies bewirkten seine Dienstmütze wie auch seine fachmännischen Ausdrücke. Einer von den Reisenden wollte unbedingt wissen, wann der Zug in Kolomea ankommen werde. Es lag ihm so sehr daran, als hätte er in Kolomea ein dringendes Geschäft und als führe er nicht in Angelegenheiten seines Kaisers nach Ungarn.

»Um einundzwanzig Uhr sechzehn sollte er da sein!« verkündete Peter in einem Ton, als sei er der Autor des Fahrplans. ›Neun Uhr sechzehn‹ zu sagen, wäre unter der Würde eines Eisenbahners, für den es keine Morgen- und Abendstunden gibt und Tag und Nacht einen Leib bilden wie Mann und Weib, einen vierundzwanzigstündigen Leib. Ein richtiger Eisenbahner kennt nur eine neunte Stunde: morgens.

So kam es, daß Peter schon am Anfang der Reise für seine Person Respekt einflößte. Manche Leute im Waggon, diejenigen natürlich, die ihn nicht kannten, waren fast sicher, daß er mit ihnen dienstlich reise und nicht zum Militär müsse wie alle anderen. Auch ihm teilte sich die Magie der Kappe mit. Als er sah, mit welchen Ehren ihn die Leute umgaben, fing er zu bedauern an, daß er aus Dummheit, aus Angst, aus Scham, Gott weiß warum, bei der Musterung nicht seinen Zivilberuf erwähnt hatte. Vielleicht wäre er irgendeiner Bahnabteilung zugeteilt worden. Aber bei der Musterung hatte er noch keine Ahnung, daß solche Abteilungen überhaupt existierten. Militär ist Militär – dachte er – und Bahn ist Bahn. Wer konnte ahnen, daß es Bahnmilitär gab? Jetzt ist es zu spät. Jetzt fuhr er in den Krieg als einfacher Landsturmmann. Und mit ihm fuhr sein Eid nach Ungarn, ohne einen Schritt von ihm zu weichen. Er fesselte seine Hände, fesselte seine Beine. Wiederum eine Last zu tragen. Diesmal in der Seele. Es ist schon besser, Lasten auf dem Rükken zu tragen. Er ist selber schuld. Er konnte doch sagen, daß er Bahnwärter war. Er hätte dann auf den Eisenbahndienst geschworen.

Peter schwor oft im Leben. Zweimal sogar vor Gericht. Aber die Wichtigkeit dieser Schwüre endete gleich mit der Aussage. Nachdem er das Gerichtsgebäude verlassen hatte, war er frei. Und wie oft schwor er auf der Station, vor dem Vorsteher, aus freien Stücken, zum eigenen Nutzen, ohne

Zwang? Daß er nicht gestohlen hat, daß er nicht gesehen hat, daß er nicht gehört hat, daß es das letzte Mal ist, daß jemand anders ... Als er jung war, leistete er auch in der Kirche einen Eid, daß er das ganze Jahr hindurch keinen Schnaps in den Mund nehmen werde. Es war ein schweres Jahr, wahrhaftig, aber es wurde mit jedem Tag kürzer, und man konnte berechnen, wann man wiederum in die Kneipe gehen dürfte.

Etwas ganz anderes ist ein Eid, den man Seiner Majestät dem Kaiser leistete. Das bedeutet schon, einen Handel mit dem eigenen Leben zu treiben. Auf Kredit. Und nur ein Leben hat der Mensch. Wie gut wäre es, wenn der Mensch zwei Leben hätte: eines für den Kaiser, das Vaterland, und das zweite für sich selbst. Nachdem man das Leben für den Kaiser, zu Lande, zu Wasser oder in der Luft geopfert, könnte man immer noch mit dem zweiten Leben nach Hause zurückkehren. Und so kann man es weder sich noch dem Kaiser recht machen. Willst du leben, fliehst du – tust du dem Kaiser Unrecht, und der Kaiser spendiert dir dafür eine Kugel in den Kopf. Sein Recht ist es, denn du hast geschworen. Und du wirst in der Erde faulen. Und drängst du dich an die Front, kriechst in das schlimmste Feuer – tust du dir Unrecht und liegst auch in der Erde. Es ist so und so schlecht.

Peter Niewiadomski liebte den Kaiser sehr, dennoch war ihm sein eigenes Geschick nicht völlig gleichgültig. Wir haben sogar genügend Beweise, daß Peter das Leben liebte. Deswegen bedrückte ihn der Eid sehr, zumal nur Gott wußte, wann seine Wichtigkeit erlöschen und womit sie enden werde. Mit der Beförderung zum Gefreiten oder mit dem Tod für den Kaiser? Vielleicht weder mit dem einen noch mit dem anderen. Gefreiter, Herr Gefreiter, konnte Peter nicht werden. Ein Charge muß lesen und

schreiben können. Eine Leiche dagegen konnte Peter werden, dazu braucht man nicht in die Schule zu gehen, aber er hoffte, daß der Krieg in sechs Wochen aus sein werde. Genau sechs Wochen wird die Ausbildung dauern. Es sei, der Krieg würde sich bis Weihnachten verlängern. Von Mitte Oktober bis Weihnachten kann man für den Kaiser sechsmal sterben... Aber muß denn jeder Soldat sterben? Wenn es so wäre, würde der Kaiser den Krieg nicht gewinnen. Und eines ist sicher – er muß ihn gewinnen. Fährt doch ein ganzer Zug mit Huzulen dem Kaiser zu Hilfe.
Alle Insassen des Zuges waren mit dem Eid gefesselt wie jene Pferde auf der Wiese mit Stricken. Die Soldaten der Begleitmannschaft spielten ruhig Ferbel im einzigen ›menschlichen‹ Waggon, d. h. dem Personenwagen, der an den Kohlenwagen angekuppelt war. Sie kümmerten sich nicht um den Transport. Der Eid gab auf ihn acht. Im Bedarfsfalle wird der Eid die furchtbaren Kriegsartikel, die Feldgerichte, in Bewegung setzen; er gibt heute schon den Korporalen das Recht, die Rekruten aufs Maul zu schlagen. Die Wache darf ruhig Karten spielen: niemand wird die Flucht ergreifen.
Die Männer fuhren ihrem Los entgegen, mit dem Eid stärker als mit Fesseln gebunden. Im Augenblick war die Neugierde auf das neue Leben unter neuen Bedingungen in Ungarn stärker als die anderen Gefühle. Diese Neugierde war stärker als die Angst vor der Fremde, als die Sehnsucht nach der Heimat. Aber bald wird der Tag nahen, die Woche, der Monat, da die Sehnsucht sie übermannen wird und sie in den Waggons, in den Kasernen, den Feldlagern, aus verschossenen Säckchen, aus verfetteten Notizbüchern, aus Kuverts, vergilbte Photographien herausholen werden. Sie werden mit den Photographien aufwarten, werden sich der entstellten Reize ihrer Frauen

rühmen, ihrer Kinder, Geliebten, und in den gleichgültigen Augen der Kameraden den Glanz der Anerkennung suchen, der Bewunderung, sogar der Eifersucht. Heute ist es noch nicht soweit. Der tödliche Bazillus der Sehnsucht fing noch nicht zu wirken an. Und außerdem glaubten alle Leute im Waggon an eine schnelle Rückkehr zu den Menschen, deren leblose Abbildungen sie – dank der unglaublichen Zauberei der Franzosen: Niepce und Daguerre – mit in den Krieg führen konnten. Peter Niewiadomski besaß nur eine Photographie: die der Mutter. Sie lag in den Tiefen des Koffers, im Gebetbuch, zwischen den nie gelesenen Litaneien.

Es war noch hell auf der Welt, als sie in Kolomea ankamen. Peter hatte sich geirrt: zur einundzwanzigsten Stunde fehlten noch drei Minuten. Die Sonne war schon längst untergegangen; da sie aber der Erde eine Entschädigung für die zweieinhalbstündige Finsternis geben wollte, ließ sie ihr abendliches Leuchten noch eine Zeitlang am Himmel. In Kolomea stiegen die letzten Landsturmmänner ein. Man koppelte hinten eine zweite Lokomotive an. Von nun ab hielt der Zug selten und nur in eigenen Angelegenheiten: der Kohle, des Wassers, und nicht – des Militärs wegen.

An den ersten Brücken hinter Delatyn empfing Peters Eisenbahnerwürde eine schmerzliche Wunde. Er hörte auf, an eine Gerechtigkeit auf Erden zu glauben. Trotz der heranbrechenden Nacht konnte er etwas sehen, was andere Menschen wohl nur belustigt hätte. Unten, am Brückenende, standen wunderliche, bewaffnete Gestalten. Als der Wagen sich der Brücke näherte, so daß man die Gestalten unterscheiden konnte – erblickte Peter zwei bärtige Juden in langen Kaftans, die mit einem Militärüberschwung umgürtet waren statt der rituellen Schnur, die

während des Gebetes die obere, reine Körperhälfte von der unreinen trennt. Auf den Köpfen hatten sie normale Militärfeldkappen, in der Hand Gewehre mit aufgesetztem Bajonett. Sie bewachten die Brücke, die Brücke am Pruth! So also sieht die Gerechtigkeit auf der Welt aus! Daß sich der Kaiser nicht schämt, Juden zur Bewachung der Brükken aufzustellen? Als hätte er keine richtigen Eisenbahner. Und was ist das für ein Militär? Warum haben diese Juden keine Uniform an? Auf einmal wurde Peter die Eisenbahn fremd. Sie machte sich unverschämterweise über den Menschen lustig, der ihr so viele Jahre treu gedient und so manches ihrer Geheimnisse gekannt hatte. Wieder eine Brücke und wieder ein Jude im Kaftan. Allerdings in Gesellschaft eines Huzulen. Das bedeutet: sie waren noch nicht dazu gekommen, den ganzen Landsturm zu uniformieren. Peter rebellierte schon. Am liebsten würde er die Eisenbahnerkappe hinausschmeißen, hätte er eine andere. Er erinnerte sich nunmehr nur an die Schattenseiten seines Dienstes.
Die Telegraphenstangen fielen der Reihe nach zu Boden, der Zug atmete schwer, das Gelände wurde immer steiler und der Pruth schmäler und schmäler, und er rauschte immer lauter. Nach dem Tag der Qual und des Grauens sank eine herrliche Nacht auf die Strecke. Peter wurde alles gleichgültig. Auf nichts mehr war er neugierig: weder auf die Nacht noch auf den Pruth, die Wasserfälle, die Viadukte, noch auf Ungarn – alles zusammen und auch die ganze Bahn konnte der Teufel holen. Was war die Bahn denn jetzt noch? Ein Diener des Krieges war sie, der nur eine Aufgabe hat: dem Krieg Menschenmaterial zuzuführen. Und es schien Peter, als seien Züge nie im Frieden gefahren; nie würden sie aus dem Krieg wieder zurückkehren. Die Brücken werden von Kaftanjuden bewacht,

und er, Peter, fährt als gemeiner Landsturmmann. Dies hat er beim Kaiser erlebt! In jenem Moment war Peter bereit, dem Kaiser den Eid zu brechen. Aber wie tut man das? Springt man aus dem Zug? Da kann man sich nur die Arme und Beine brechen.

Also war Peter Niewiadomski auf die Eisenbahn böse, er grollte der Landschaft und verließ den bevorzugten Platz an der Stange. Mit einem Gefühl der Erleichterung, als fände er sich selbst wieder, sah er sein Köfferchen an. Wenn es möglich wäre, würde er sich ganz in dieser Kiste verstecken, da, wo sein Geld lag. Niemand durfte erfahren, daß er Geld im Köfferchen aufbewahrte. Auf dieser Welt darf man niemandem trauen, nicht einmal dem eigenen Bruder. Vorsichtig öffnete Peter den Koffer, nahm Brot und Speck heraus und ließ seine Wut am Essen aus. Dann rollte er sich im Hintergrund des Waggons zusammen wie ein verprügelter Hund. Er war böse, unzugänglich und mit sich selbst zerfallen. Diese Reise riß ihn mit jedem Kilometer vom Boden los, auf dem er sich einigermaßen mit dem Leben abfinden konnte. Peter konnte sich nur auf dem Boden von Topory-Czernielitza in sich selbst zurechtfinden. Dies scheint das Schicksal aller Menschen zu sein, die ihr Leben immer an einem Ort verbracht haben. Wenn irgendeine höhere Gewalt sie unerwartet aus dem Mutterboden reißt, werden sie sich fremd. Und deswegen klammerte sich Peter an sein Köfferchen, kauerte sich neben seiner harten, aber schützenden Wand zusammen und schlief ein, wie man im Schatten der heimatlichen Hütte einschläft. Er schlief lange. Er träumte von Scharen schwarzer Juden mit Gewehren und Bajonetten.

Inzwischen gelangte der Zug an die Grenzstation Köresmözö. Hier nahm man dem Kamel aus der Floridsdorfer Lokomotivenfabrik seinen Kameraden weg, den man in

Kolomea angekoppelt hatte, damit er von hinten nachhelfe. Das Gelände begann sich zu senken. Das Rangieren der Lokomotive dauerte lange genug. Doch Peter hörte es nicht. In einen tiefen und unangenehmen Schlaf versunken, fuhr er in die Länder des heiligen Stephan.
Einige Male erwachte er im Laufe der Nacht, rauchte, aß, erledigte seine Notdurft an der Stange, sprach mit den Landsleuten, meistenteils über den zukünftigen Dienst. Irgendein Mann setzte auseinander, daß man in wenigen Tagen in Rom einen neuen Heiligen Vater wählen werde, und dann ginge der Krieg bestimmt zu Ende. Ein anderer klagte, man verschleppe sie wie Vieh und sage ihnen nicht einmal, wohin. Alle waren sich darin einig, daß es ein Skandal sei, alle überlegten, wie lange die Reise noch dauern werde. Fast keiner von diesen Leuten hatte je eine so weite Reise gemacht. Die einen langweilte die Fahrt, aber es gab auch solche, die wünschten, daß sie solange wie möglich dauern sollte. Sie ahnten, was sie erwartete, sie sahen schlimmste Möglichkeiten voraus. Doch es fehlte auch nicht an Optimisten. Die fuhren dem Krieg wie einem Fest entgegen. Die Mehrzahl hatte freilich Angst: nicht so sehr vor dem Militär wie vor der Fremde.
Im Wagen gab es keine Lampe, keine Kerze, nur der Mond sandte zuweilen Strahlen schwachen Lichts durch die offene Tür. Der Zug drang durch die Fremde und in dichte Tannenwälder und verpestete mit seinem Rauch den nächtlichen Duft der schlummernden Bäume, erklomm mühsam die Windungen, durchschnitt die vielen Gebirgspässe, fiel in dunkle, lange Tunnels und füllte die Waggons mit beißendem Rauch, diesem Element der Eisenbahn. Er trug durch die Gebirgsnacht menschliche Angst, menschliche Unruhe und sehr viel Eigenliebe.
Am frühen Morgen verspürten alle gewaltigen Durst. Im

Zug gab es kein Wasser. Daß er doch endlich wo hielte! Doch der Lokomotivführer mied emsig die kleineren und größeren ungarischen Stationen, auf denen trotz der aufgehenden Sonne noch elektrische Lichter brannten. Erst gegen sieben Uhr geruhte er, den Waggons auf der Station Huszt Rast zu gönnen. Dort warteten auf die Söhne der huzulischen Erde das Wasser und der Teufel.

Alle dachten, es wäre schon der Kader, und wollten die Wagen verlassen. Doch rechtzeitig hinderte sie die Begleitmannschaft daran. Das erste Mal seit Beginn der Reise interessierte sich die Wache für den Transport. In bewaffneter Schwarmlinie stellten sich die Soldaten auf dem Bahnsteig auf, fleißig achtgebend, daß niemand aussteige. Unter den Huzulen brodelte es. Zuerst murrten sie, dann fingen sie an, laut zu protestieren. Der eine oder andere nahm sogar eine drohende Haltung an. Die große Gottheit aller Heere und aller Kriege: die Subordination – hatte diese Leute noch nicht unter ihre Flügel genommen. Solange sie in Zivilhosen staken, solange sie noch nicht das Reglement kannten – durften sie noch schreien, trotz des Eides. Sie schrien. Mit welchem Recht verbietet man ihnen das Wasser nach einer stickigen Nacht? Laßt uns zum Wasser! Aber die alten Landsturmleute, aus denen die Wache bestand, waren unerbittlich. Niemand durfte aussteigen. Die Huzulen mußten sich dem Willen der Wache fügen: der Eid verpflichtete sie.

Man koppelte neue Wagen an. Im Nu füllten sie slowakische Bauern in farbigen Röcken. Sie fuhren auch zum Militär. Sie lärmten furchtbar, in einer Sprache, die die Huzulen nicht verstanden, obgleich sie viele Worte an die eigene Sprache erinnerten. Auch auf der ungarischen Station weinten die Weiber. Auch in den Ländern der heiligen Stephanskrone waren Tränen populär. Die Einheimischen, besonders jene, die nicht in den Krieg fuhren, musterten die Angekommenen mit großer Neugierde und großem Mißtrauen. Sie hielten sich für wertvollere Menschen. Es verging viel Zeit, bevor die Wache gnädig gestattete, die Wagen zu verlassen. Die Huzulen rannten zu Haufen auf den Bahnsteig – wie ein Rudel hungriger Wölfe. Die mißtrauischeren nahmen ihre Koffer mit, sie fürchteten Diebe. Die Wache war sehr beunruhigt. Wenn sie die Koffer mitnehmen – können sie desertieren. Und für einen Deserteur ist vor allem die Wache verantwortlich und erst dann der Deserteur, natürlich, falls er sich fangen läßt. Aus diesem Grunde wurde in jedem Waggon ein Mann zur Kofferwache bestimmt. Trinken wird er dann – wenn die anderen zurückkommen.

Peter drängte sich zusammen mit den anderen zum Wasser. Seine Kappe bahnte ihm den Weg. Er stand betäubt inmitten brausender Wogen fremden Lebens, das er gar nicht begriff. Und wäre nicht das Weinen der Weiber, diese internationale, in jeder geographischen Breite verständliche Sprache des Schmerzes – nie würde Peter glauben, daß er sich unter Leuten befinde, die aus denselben Karpathen stammten wie er.

Im Laufe nur weniger Minuten erwachte auf der Station Huszt in den Seelen der ruthenischen Bauern, der slowakischen Bauern und der ungarischen Bauern eine Feindschaft, von der gemeinsamen Ratlosigkeit vor dem Geschick genährt. Da sie sich am Schicksal nicht dafür rächen konnten, daß es sie brutal von den Feldern, Weideplätzen und Wäldern riß, stießen sie sich gegenseitig und warfen sich haßerfüllte Blicke zu. Von fremden Worten verfolgt, die sich wie Schimpfworte anhörten, drängten sich die Huzulen an den Brunnen. Dort eben stand der Teufel. Ein Riese. Er trug das Kostüm eines ungarischen Gendarmen.

Auf dem Kopf hatte er statt eines Helmes – einen schwarzen Hut, der mit Federn von Hahnenschwänzen geschmückt war. Ähnliche Hüte tragen die Landwehrmänner und Feldjäger an Paradetagen. Dieselbe Medaille wie beim Korporal Durek glänzte an der Brust des Teufels. Nur fehlte in seinem Munde der goldene Zahn. Der ungarische Teufel hatte lauter gesunde Zähne. Ein tadellos schwarzer Schnurrbart und Backenbart, sowie eine zigeunerhaft dunkle Haut stachen gegen das raubtierhafte Weiß dieses Gebisses ab. Kaum machten sich die Huzulen an das Wasser heran, zischte es wie Lava zwischen den Zähnen des Gendarmen hervor. So begrüßte der Teufel die Huzulen am Brunnen, weil das Feuer, ein teuflisches Element, seit Ewigkeiten mit dem Wasser Krieg führt. Besonders seit Kriegsausbruch erschollen im Śniatyner Bezirk nicht wenige fremde Sprachen. Die Ohren der Huzulen begannen sich allmählich an das grausige Schnarren der rauhen deutschen Sprache zu gewöhnen und an das sogenannte Armeeslawisch, wie man ein Ragout aus sämtlichen slawischen Sprachen nannte. Man wurde mit dem Klang der stupsnasigen tschechischen Sprache vertraut, die überhaupt keine Vokale zu besitzen schien. Längst schon war man mit dem melodischen *›rumaneschti‹* der Bukowiner Nachbarn vertraut, und sogar der jüdische Jargon, der überall zu Hause und wie mit Knoblauch und Zwiebeln zubereitet war, klang in den Huzulenohren wie Heimatklänge. Die Bürger des Śniatyner Bezirkes mengten manchmal selbst einzelne jüdische Ausdrücke, ja sogar ganze Wendungen in ihre Rede, allerdings brachten sie sie gewöhnlich falsch an. Man darf sie also nicht ganz der Unkenntnis fremder Sprachen oder des Hasses gegen sie verdächtigen. Aber es ist etwas anderes, unverständliche Laute bei sich zu Hause zu hören, wo immerhin die eigene

Sprache Herr und Wirt ist, war und sein wird und wo eine fremde Sprache sich als geduldeter Untermieter in die Ecke drücken muß oder Gastspiele gibt. Es ist etwas durchaus anderes, sich plötzlich unter lauter fremden Menschen zu befinden, wo wie zum Trotz niemand unsere Sprache versteht. Bei sich zu Hause darf man lachen, man darf sich über diejenigen lustig machen, die anders sprechen; im Auslande aber werden wir nicht nur ausgelacht, im Auslande ist der Mensch ganz und gar verloren. Er ist machtlos wie ein kleines Kind, wie ein Blinder tastet er sich durch das Dunkel. Plötzlich wurde sich Peter darüber klar, was für eine große Sünde der Turmbau zu Babel gewesen sein mußte, wenn Gott darum die menschlichen Zungen vermischte. Peter hatte nie vorher über die Ausmaße dieser Katastrophe nachgesonnen, er war dem Geheimnis nicht nachgegangen, warum ein Mensch den anderen nicht versteht. Erst auf der ungarischen Station Huszt wurde ihm mit abgrundtiefem Entsetzen die Tatsache bewußt, daß dieser Gendarm zwar, wie jeder Mensch, Augen, Ohren, einen Mund hatte, und doch kamen aus diesem Mund keine menschlichen Laute. Nein, die magyarische Sprache war keine menschliche. Sie war Feuer, Schwefel und Paprika. Der Gendarm hat doch Ohren, warum hört er nicht, was ihm Semen Baran, ein sehr kluger Mann, auf deutsch erklärt? (Drei Jahre hatte Baran in Sachsen zugebracht und ein gutes Stück Welt bereist.) Er hört, dieser Gendarm, er hört gut, aber zwischen ihm und Semen Baran steht eine dicke, undurchdringliche Wand. Ein Stück vom Turm zu Babel. Und wäre es wenigstens der Feind, ein Russe, Serbe, aber das ist sozusagen einer von den unseren, ein Kaiserlicher ... Nein, das war kein kaiserlicher Mensch. Ein kaiserlicher Mensch wird den anderen kaiserlichen Menschen immer

irgendwie verstehen, und sei es auf deutsch. Dieser Gendarm – ist ein königlicher Mensch. Weil der Kaiser bei den Magyaren nur ein König ist. Da sieht man's – die Magyaren verdienen nicht einmal einen Kaiser. Mit so einem Maul und so einer Sprache.
Und was will dieser Teufel eigentlich? Er verbietet, Wasser zu trinken? Vielleicht fürchtet er, daß ihm die kaiserlichen Menschen dieses stinkende magyarische Wasser vergiften? Soll er doch wie ein Mensch reden, wenn er will, daß ihn die Leute verstehen!
Die Kaiserlichen hörten nicht auf den Gendarmen. Sie leisteten passiven Widerstand, waren sie doch in unbedingter Mehrheit und im Bewußtsein ihres heiligen Rechtes auf das Wasser. Sogar das Vieh hat das Recht, seinen Durst zu stillen, und sie sind kein Vieh. Der königliche Gendarm griff, nicht so sehr in Verteidigung des Wassers als seiner eigenen Autorität, zur Gewalt. Er nahm das Gewehr vom Arm und schlug blindlings zu, in der Hoffnung, die Kaiserlichen vom Brunnen wegzudrängen. Er glaubte an seine Uniform und an die Hahnenschwänze, anderenfalls hätte er's sicher nicht gewagt. Er war allein, und die anderen waren ein ganzer Haufen. Doch ließen ihn die Autorität seiner Kleidung, seine Sternchen und Hahnenfedern im Stich. Die Kaiserlichen waren der Meinung, daß sie nur der kaiserlichen Behörde Gehorsam schuldeten und nicht der königlichen. Und sie gingen aus dem passiven Widerstand zu Taten über. Sie stießen den Gendarmen zurück und rissen ihm das Gewehr aus der Hand. Dabei fingen sie an, in ihrer Sprache zu schimpfen, dem Teufel die bösesten Flüche entgegenzuschleudern und seine Mutter zu beschimpfen. Viele von ihnen waren sich allerdings bewußt, welche Folgen der Widerstand gegen einen Gendarmen haben konnte, besonders Peter befürchtete Schlim-

mes. Doch der bei allen geschärfte sechste Sinn: der Wirklichkeitssinn, erlaubte es den Huzulen, die Situation zu überschauen, die sie, dank ihrer Zahl, meisterten. Sie wußten genau, daß sie diesen ungarischen Gendarmen straflos angreifen konnten, weil sie in den Krieg fuhren. Es entstand ein Tumult. Dem bedrohten Teufel eilten andere Gendarmen, die bis jetzt die Slowaken verladen hatten, zu Hilfe. Sie hieben mit den Kolben ihrer Gewehre drauflos und gaben bald mit dem entrissenen Gewehr ihrem Kameraden auch seine Würde wieder. Gleichzeitig liefen irgendwelche Soldaten herbei, lauter Magyaren natürlich, und stießen die Huzulen weg. Vom höllischen Lärm alarmiert, rannte die Begleitmannschaft aus der Bahnhofswirtschaft herbei, die für alles hier verantwortlich war. Sie verstand kein Ungarisch, aber sie verstand, daß Menschen das Recht haben, Wasser zu trinken. Die Begleitmannschaft führte sich jedoch nachlässig und unbestimmt auf. Und wären nicht die Juden da, die noch vor dem Babelturm auf der Welt waren und alle Sprachen kannten – wäre es um ein Haar auf der Station Huszt zu einem großen Krieg zwischen den Völkern des Kaisers und den Völkern des Königs gekommen. Der Stationsbeamte rief in gebrochenem Deutsch einige Juden herbei – damit sie den aufgebrachten Leuten erklärten, daß der Gendarm sie in ihrem eigenen Interesse nicht zum Brunnen heranließe. In ihrem eigenen Interesse! Das Brunnenwasser steht nämlich im Verdacht einer Typhusinfektion, einer Ruhrinfektion und anderer Seuchen, die – bekanntlich – jeden Krieg begleiten. Trinkwasser, sterilisiertes Wasser, befindet sich am anderen Ende des Bahnsteigs in einem hölzernen Bottich.

Zu spät. Ein Teil der Huzulen stillte schon den Durst und die Wut – mit Ruhr und Typhus. Wer weiß, ob nicht an jenem Tage auf der Station Huszt der Same jenes berüchtigten Hasses der galizischen Soldaten, die in ungarischen Kadern untergebracht waren, gegen die einheimische Bevölkerung, insbesondere gegen die Honveds und die Husaren, gesät wurde. Jener Haß, der zunächst nur unterschwellig vorhanden war, entlud sich später in häufigen, ungemein hartnäckigen Schlägereien, und viele Liter erlesenen k. u. k. Blutes wurden, statt auf den Schlachtfeldern im Dienste des Monarchen, in magyarischen Schenkstuben und Wirtshäusern vergossen. Aber vorläufig gelang es, das Feuer aufzuhalten, und zwar nicht nur mit Hilfe des Wassers. Auch der Wein spielte dabei eine große Rolle. Ein gewisser Israel Glanz, ein Spezereiwarenhändler aus Kolomea, erwähnte scheinbar gleichgültig, daß es nicht lohne, um Wasser zu kämpfen, wenn man im Wartesaal für billiges Geld Wein bekommen könne.

»Wein?«

Peter Niewiadomski vermutete dabei irgendeinen jüdischen Schwindel. Er hat noch nie im Leben Wein getrunken. Wein – wächst nur in warmen Ländern, im heiligen Lande, in Rom, und deswegen trinken ihn die Geistlichen während der heiligen Messe. Man wird kaum glauben, daß Ungarn ein heiliges Land sei. Eher das Gegenteil. Einige Minuten später stellte Peter nicht ohne Vergnügen fest, daß Wein auch ein Laiengetränk ist, allen Sterblichen in Ungarn zugänglich.

Es war für die Gendarmen, die Hand in Hand mit der Wache arbeiteten, nicht leicht, die Kaiserlichen vom ungarischen Wein zu trennen. Aber es gelang ihnen. Ohne Proteste, ohne Widerstand nahmen die Kaiserlichen wieder ihre Plätze in den Waggons ein. In ihren Adern sang schon der Wein und weckte die Musen. Polyhymnia und Terpsichore. Besonders jüngere Landsturmjahrgänge sangen wehmütige Balladen, Gesänge von alten Feldzügen, oder sie ahmten fleißig das Blöken der Böcke, den Dudelsack und die Trombita nach. Sie vergaßen auch den Kolomyjkatanz nicht und schlugen dabei feurig mit den Absätzen auf. Drei Waggons Slowaken hörten mit aufrichtiger Bewunderung diesem huzulischen Bacchanal zu. Dadurch zum Wettstreit ermuntert, kramten die Slovaken aus der Tiefe ihrer eigenen Seelen ihre herrlichsten Lieder aus. Auch sie ahmten den Dudelsack und die Trombita nach. Schon wollten sie sich mit den Kaiserlichen verbrüdern, aber daran hinderten sie die Teufel mit den Hahnenfedern. Sie verboten den Slowaken strengstens, die Wagen zu verlassen. Der Zug setzte sich wieder in Bewegung, von Gesängen tönend. Nur Peter Niewiadomski blieb ernst. Es zeigte sich, daß er zu denen gehörte, die der Wein traurig stimmte. Er stand wieder an der Stange, neben den Wagenältesten, denen der Wein nicht in den Kopf gestiegen war. Aber der heidnische Gott Dionysos vollbrachte sein Werk: er versöhnte Peter Niewiadomski mit der Bahn.

Auf einmal bemerkte Telesfor Zwarycz aus Widynów, daß es nicht angebracht wäre, so laut zu singen und zu tanzen, da die ganze katholische Welt den Tod des Heiligen Vaters betrauerte.

»Noch ist der römische Papst warm, er liegt noch nicht einmal im Sarg ...«

In der Tat – der Papst lag noch nicht im Sarg. Weder im ersten – aus Zypressenholz, noch im zweiten – aus Zinn, noch im dritten und letzten Sarg – aus Ulmenholz. Noch zog das römische Volk am Katafalk in der Kapelle des Heiligsten Sakraments vorbei.

Von allen Argumenten, die Zwarycz vorbrachte, überzeugte das Gewissen der Huzulen dieses:

Was werden sich diese Calvinisten denken? Das griechisch-katholische Volk jubelt nach dem Tode des Papstes?
»Calvinisten? Was für Calvinisten?«
Außer den Juden wußte im Waggon niemand, daß manche Magyaren sich zur Lehre Calvins bekennen. Telesfor Zwarycz war der Meinung, daß es in Ungarn überhaupt keine Katholiken gäbe. Alles Ketzer, schlimmer als die Lutheraner. Peter fiel es schwer, daran zu glauben. Ketzer? Und sie haben den heiligen Stephan als Schutzheiligen. Kann es einen ketzerischen Heiligen geben? Lange wurde über religiöse Themen disputiert. Am Ende ließ sich auch Peter überzeugen, daß Magyaren keine Katholiken sind. Im stillen freute es ihn sogar, da er endlich begriff, warum der Kaiser Franz Joseph in diesem verfluchten Land nur König war. Gleichzeitig wurde ihm das Rätsel des schiefen Kreuzes auf der heiligen Stephanskrone klar. Wo der Christenglaube verfällt, dort neigt sich auch das Kreuz. Alle Huzulen waren sehr stolz darauf, daß sie ihre Überlegenheit über die Magyaren auf zwei Argumente stützen konnten: einmal als Kaiserliche, zweitens als rechtgläubige Katholiken. Es versteht sich von selbst, daß alle verstummten, alle traurig wurden, denn der Papst war gestorben. Und wieder einmal hat die römische Kirche die heidnischen Götter des Weines, Gesanges und Tanzes besiegt.
Seit einiger Zeit, seit der Station Marmaros-Sziget, hatte sich dem Zuge ein Kamerad zugesellt, der ihn stundenlang begleitete. Es war der Fluß Theiß. Er lief neben dem Zug her, wie um die Wette. Von Stunde zu Stunde wurde er breiter und rauschte lauter. Aber die Landschaft hatte sich seit gestern nicht sehr verändert. Die ungarischen Karpathen waren den galizischen sehr ähnlich. Nur auf den Hügeln und in den Tälern änderte sich der Stil der

Gebäude. Längst schon waren die hölzernen Hütten und Blockhäuser verschwunden, längst sah man die hölzernen Kirchlein mit den dreifach aufeinandergetürmten Dächern nicht mehr, die an chinesische Pagoden oder dreimastige Segelschiffe erinnerten. So sahen Tempel aus, in denen der richtige Gott hauste. Tempel des falschen Gottes waren gemauert, weiß gestrichen und mit hellem oder rotem Blech gedeckt. Meist hatten sie hochragende Türmchen mit einer Uhr. In diesem Lande gab es überhaupt viele Mauern, und deshalb sahen die Dörfer städtischer aus. Telesfor Zwarycz hatte aber sehr übertrieben. Nicht alle Magyaren waren Calvinisten, und wenn sie es auch waren, dann jedenfalls nicht hier, auf slowakischem Boden. Der Zug hatte die calvinistischen Komitate noch nicht erreicht. Doch die Huzulen hatten, von Zwarycz belehrt, ihre eigene Meinung über die ungarischen Kirchen. Sie hielten alle für Brutstätten der Ketzerei.

Nichtsdestoweniger gefiel ihnen die ungarische Erde. Peter interessierte sich wie ein Kind für jede neue Aussicht. Warum sollte er's leugnen: es war nicht nur die längste, sondern auch die schönste Reise in seinem Leben. Und hätte er nicht das Bewußtsein, daß er in den Krieg fahre, würde er höchst vergnügt sein. In Friedenszeiten würde er nie so weit reisen. Was für ein Geschäft könnte er denn in Ungarn haben? Am meisten wunderte ihn an dieser Reise die Tatsache, daß er, dem Kriege sich nähernd, immer weiter sich von ihm entfernte. Wie sollte man sich das erklären? Das ungarische Land war sehr still, die Etappen lagen irgendwo um Hunderte von Kilometern hinter ihm. Hier herrschte tiefer Friede. Alles atmete Wohlstand, Geborgenheit, die sorgenlose Erde erbebte nicht von Kanonendonnern, sie wartete nicht auf die Ankunft der Russen. Sie wichen normalen Personenzügen aus, niemand bewachte die Brücken, und an den Wärterhäuschen standen Wärter mit genausolchen Kappen, wie Peter eine trug. Und doch fuhr er in den Krieg.

Die Berge waren zu Ende. Der Zug jagte die breit fließende Theiß entlang, und als sie plötzlich in der Steppe verschwand – hielt er an der Station Beregszasz, als hätte er mit dem Fluß auch an Kraft verloren.

Nein, es gibt keine Gerechtigkeit auf Erden. Als sie weiterfuhren, bezauberte die Huzulen die weite Steppe. Diese Calvinisten haben ein so schönes Land, und der katholische Mensch krepiert beinah auf seinen Hügeln. Kaum daß er da ein wenig Korn und gemeinen Hafer erntet. Und hier ein Maisfelder-Tiefland. Und was für Vieh hat dieses magyarische Pack! Was für Schweine! Sogar die größten Feinde der Ungarn, versunken in den Anblick der unzähligen Massen des Viehs auf der Steppe, mußten gestehen, daß sie so ein schönes Vieh noch nicht gesehen hatten. Die Hörner der Ochsen waren vielleicht einen Meter lang. Nur, warum trugen hier die Hirten Rockschöße wie Weiber?

Schon auf den letzten Abhängen erschienen riesige Pflanzungen irgendeiner unbekannten Bohnensorte. Dann, als die Steppe begann, verschwanden die Bohnen. Einen halben Tag fuhren sie durch die Steppe, die von der ungeheuren Sonne erhitzt war (War auch hier der Weltuntergang? dachte Peter) – und plötzlich wieder Bohnen. Es kamen immer mehr davon, und sie kletterten immer höher an den Holzstangen empor.

»Warum fressen die Magyaren so viel Bohnen?«

»Das ist Wein, es sind keine Bohnen«, erklärte einer der Juden. Er schrieb verbissen etwas in sein Notizbuch, strich es durch, addierte, als berechnete er das jährliche Einkommen von diesen Weinbergen.

Sie fuhren durch Weinberge den Fluß Bodrog entlang. Sie fuhren, fuhren. Allen, die sich vor der Abreise in den Krieg rasiert hatten – wuchs schon wieder ein Bart. Diese unendliche Reise ermüdete sie sehr. Die Kilometersteine brachten sie dem Kriege näher, und es schien, daß die zurückgelegten Kilometer Jahre waren. Auf der Reise bildet der Raum das Maß der Zeit. So mancher von den Huzulen bildete sich ein, daß mit der Reise auch der Krieg zu Ende gehen werde. Sie kommen endlich im Kader an, und der Feldwebel sagt: ›Kehrt nach Hause zurück. Man braucht euch nicht mehr. Der Kaiser läßt schön danken. Es ist Friede.‹

Die von der Fülle der Eindrücke Betäubten umfing schon die zweite Nacht auf ungarischem Boden ... Zeit und Raum nahmen ihnen die Schrecken. Sie waren still, in ihr Los ergeben, demütig. So schliefen sie ein. Sie schliefen aber nicht länger als zwei Stunden. Plötzlich, mitten in der Nacht, überfiel sie der helle Tag – wie eine umgekehrte Sonnenfinsternis. Eine Tageshelle inmitten der dunklen Nacht. Mächtige Erschütterungen weckten sie, der Zug wankte, bog sich nach allen Seiten, von Schiene auf Schiene geschleudert, von einem Geleis auf das andere. An langen Reihen von Zügen ging es vorbei, ganze Züge standen regungslos auf unzähligen Blindgeleisen. Ein ohrenbetäubendes Gemisch von Geräuschen: Eisengeratter, Pfiffe und Glockenläuten. Langsam, sehr langsam fuhren sie ins Innere einer riesigen Halle aus Glas und Eisen, man hätte sagen können – ins Schiff einer gewaltigen Kirche. Eiserne Bögen, eiserne Gewölbe stützten die kugelförmige Glasdecke. Ein großer Lärm herrschte in dieser seltsamen Kirche, wo viele Lokomotiven mit Rauchsäulen und Dampf-Weihrauch inbrünstig beteten. Riesige Lampen aus Milchglas verstreuten von verschiedenen Hö-

hen Tageslicht. Aus ihnen strahlte diese Helligkeit. Große, leuchtende Uhren zeigten die heilige Eisenbahnzeit.
Es war erst 23 Uhr 13 Minuten.
»Alle aussteigen! Die Koffer mitnehmen!« rief die Wache. Alle stürzten sich auf ihre Sachen und sprangen aus den Wagen. »Mir nach! Mir nach!« rief die Wache, die der Geist der Macht überkam. »Achtgeben, daß ihr euch nicht verliert! Zusammenhalten!« Endlich also der Kader. Die Huzulen torkelten wie betrunken und bahnten sich unter fremden Soldaten den Weg, zwischen fremden Offizieren, fremden Zivilisten, fremden Frauen. Was für ein Tumult, was für Lärm herrschte hier trotz der nächtlichen Stunde! Das war keine Nacht, das Militär schaffte die Nacht ab, das war – heller Tag. Von allen Seiten schlug den huzulischen Köpfen die ungarische Sprache wie siedendes Wasser entgegen. Es war nicht der Kader, sondern der Budapester Bahnhof. Wie ein Haufe erschrockener Schafe liefen sie ihren Führern nach, unbeholfen, dumm, der Gnade ausgeliefert. Sie rannten die Stiegen hinunter, durch unterirdische, schlecht beleuchtete Labyrinthe und krochen wieder über Treppen hervor und erreichten helle, geräuschvolle Bahnsteige. Sie rannten von Bahnsteig zu Bahnsteig – wann werden sie sich endlich aus dem magischen Kreis der Bahn befreien?
Man ließ sie wieder einsteigen, aber diesmal war es ein Personenzug. Gott sein Dank – es gibt Bänke, sie werden wie Menschen reisen. Sie haben lange nichts Warmes im Magen gehabt. So waren sie höchst erfreut, als vor den Waggons wohltätige Damen erschienen und Kaffee, Tee, sogar Wurst und Zigaretten verteilten. Die Damen lächelten sehr freundlich und vornehm, aber sie sprachen magyarisch. Immer wieder: »*Teschek, teschek*, bitte.«
Der Eifer der patriotischen Frauen war in diesen Zeiten so

groß, daß er nicht nur für uniformierte Helden ausreichte. Mit dem Übermaß ihrer Barmherzigkeit bewirteten die Damen sogar jene Leute, die erst zum Militär fuhren. Auf diese Weise nahmen die Barmherzigen das Heldentum der Rekruten vorweg, indem sie sie dazu durch Kaffee, Tee, Wurst und Zigaretten verpflichteten. Sattgegessen und sattgetrunken, von der Güte der ungarischen Damen entzückt, in glänzender Stimmung fuhren sie weiter. Sie riefen sich die empfangenen Eindrücke ins Gedächtnis zurück, korrigierten voreilige Urteile. Allmählich fingen sie an, Worte der Versöhnung zu äußern.

»Denn ihr müßt daran denken«, erklärte Semen Baran, »sie sind Königliche und wir Kaiserliche, aber nur in Zivil. Das Militär ist gleichgestellt, das Militär ist kaiser- und königlich, man schreibt's: k. u. k. Nur die Honveds, die Magyarische Landwehr, ist königlich. Ich sag euch, Kerle, mit den Honveds fangt ja nichts an!«

Peter schlummerte schon. Nur einige Bruchstücke von Semen Barans Auseinandersetzungen drangen zu ihm. K. k., k. u. k., Ka-ka-ka –

Er saß auf der Bank am Fenster, wackelte hin und her und schlief. Langsam begannen Gänse in seine Augen hineinzukriechen – ka-ka –, hinter den Gänsen schwere ungarische Ochsen mit meterlangen Hörnern und herrliche, herrliche Schweine. Ka-ka. Ka-u-ka. Ka-ka-ka. –

Plötzlich redeten die Gänse magyarisch, deutsch, slowakisch. Und die Ochsen redeten magyarisch. Und die Schweine magyarisch. Sämtliche Sprachen schwammen dann in den Schnäbeln, Mäulern und Schnauzen zusammen, sie mischten sich in eine dichte Klangmasse, in jene Ursprache, deren sich die Menschheit einstmals bediente – vor jenem Turmbau zu Babel. Jedes Wort, jedes Wort dieses Uridioms verstand Peter Niewiadomski.

Plötzlich ist er von einem unendlich hellen Glanz geblendet. Peter geht auf dieses Leuchten zu, und was sieht er? Das Innere der Kirche von Czernielitza. Die ungarischen Damen singen ein Hochzeitslied. Pfarrer Makarucha, in blumigem, goldbesticktem Gewand, führt Peter an den Altar. Auf dem Kopfe hat er einen Hut mit Hahnenfedern. Im Nu erscheint an Peters Seite eine reizende Braut. Pfarrer Makarucha salbt Peters Schläfen mit irgendeiner fetten, klebrigen Flüssigkeit. Peter erinnert sich daran, wie Pfarrer Makarucha mit der letzten Ölung zu der sterbenden Mutter Wasylina kam. Dann hebt der Pfarrer eine goldene, glänzende Krone vom Altar und setzt sie Peter auf den Kopf. Peter stöhnt auf. Diese Krone kann er nicht tragen, sie wird ihre 50 Kilogramm wiegen. Kein Mensch kann 50 Kilogramm auf dem Kopfe tragen. Peter fällt unter der Last der Krone, der heiligen Stephanskrone.

*

Der Morgen graute, als sie den Kader erreichten.

VIII. KAPITEL

Sie kamen in den Kader, setzten sich auf ihre Koffer und warteten auf das Ende des Krieges. Aber der Krieg ging nicht zu Ende. Er hatte kaum begonnen, obgleich schon genug Festungen, vor allem in Belgien, in Trümmern lagen und nicht wenige gotische Kathedralen ihre Türme verloren hatten und viele ruthenische Dörfer vom Feuer verschlungen wurden und das Blei tausende und abertausende Seelen aus dem Fleisch der Menschen gerissen hatte. Die Zeitungen der ganzen Monarchie brachten enthusiastische Berichte vom Kriegstheater, wo, im Gegensatz zu anderen Theatern, Bühne und Zuschauerraum, Zuschauer und Schauspieler eins sind. Jeden Tag starrten dir die Bilder der Regisseure und Primadonnen des Krieges auf dem gedruckten Papier entgegen, applausgierige Profile uniformierter Greise, die mit fremdem Tod die eigene Unsterblichkeit erkaufen wollten. Die Begeisterung für dieses Schauspiel drückten die Zeitungen jedoch weniger durch Photographien aus, auf denen doch oft das düstere und schiefe Gesicht der Wahrheit erscheint, als vielmehr durch grandiose Zeichnungen von Massenszenen, mit denen die Phantasie der Künstler nach den Weisungen der Propaganda nicht geringere Triumphe als die der vaterländischen Waffen feierte. Auf solchen Zeichnungen wurden nur Feinde vernichtet, und über ihren massakrierten Leichen galoppierten in voller Ordnung und voller Ruhe – die herrlichen Regimenter der eigenen Kavallerie. Mußte um des guten

Beispiels willen doch ein getroffener Österreicher oder Deutscher gezeigt werden, so erblickte man höchstens einen Soldaten mit einer leichten Beinwunde. Zeigte man anstandshalber im Gesamtbild einige Gefallene auch auf der eigenen Seite, so schlugen diese kümmerlichen Verluste nie eine Bresche in die dichtgeschlossenen Reihen der Sieger, nie störten sie die Harmonie, im Gegenteil – sie verliehen diesem Tableau noch eine gewisse Pikanterie.

Anders freilich sprachen die Verlustlisten, die, in denselben Zeitungen gedruckt, mit jedem Tag länger und länger wurden. Nicht viele Familien konnten sich rühmen, daß ihre Namen in den unendlichen Litaneien von getöteten, verwundeten, verschollenen und in Gefangenschaft geratenen Menschen fehlten. Zum Glück konnten nicht alle Familien der Monarchie den Segen des geschriebenen Wortes und der Buchdruckerkunst genießen. Die Huzulenfamilien zum Beispiel. So wußten sie also nicht, warum die ganze Stadt Andrásfalva, durch die sie marschieren mußten, beflaggt war. Riesige rot-weiß-grüne und auch schwarz-gelbe Fahnen hingen triumphal von Türmchen, Balkonen, Fenstern herab, flatterten über den Köpfen der Fußgänger und gehorchten den warmen Winden, welche ausgelassen die Stoffe auf die Dächer wehten oder um die Stangen wickelten. Woher sollten die Huzulen wissen, daß dieser Fahnenzauber im ungarischen Städtchen mit der Schlacht bei Kraśnik und den Erfolgen der I. k. u. k. Armee des Generals der Kavallerie Viktor Dankl zusammenhing. Es war ihnen nicht einmal das Schicksal jenes Regiments bekannt, dessen Verluste sie einmal mit ihren eigenen Körpern zu ergänzen haben würden. Dieses Regiment gehörte einer anderen Armee an, die ebenso berühmt war wie die erste, doch nicht durch Siege. Deshalb wollen wir den Namen dieser Armee lieber nicht nennen. Die Verlustlisten waren so reichlich mit den Namen der Gefallenen bestückt, daß diese Armee-Einheit gewiß im Laufe der folgenden Tage zu bestehen aufgehört hätte, wenn ihr nicht die hingemähten Regimenter mit immer frischen Jahrgängen aufs neue nachgewachsen wären. In keiner Stadt der Monarchie wurden wegen solcher Ereignisse schwarze Flaggen herausgehängt...

Und die Huzulen saßen auf dem Hof des Kaders, in der Glut der Mittagssonne, und warteten auf das Ende des Krieges.

Der Kader war in einer alten, verlassenen Brauerei der Firma Farkas & Gjörmeky untergebracht, außerdem in Baracken. Die Bretter dieser Baracken rochen nach Wald. Noch war ihr früheres Leben nicht gestorben: hie und da tropften klebrige Harzklümpchen aus den gehobelten Wänden. In der großen Hitze dieser Tage trockneten sie nicht und rannen auf die Strohsäcke der Soldaten wie duftende Tränen.

Die ausgebreiteten Gebäude des Kaders lagen vier Kilometer schöner, glatter, gepflasterter Chaussee von der Stadt Andrásfalva entfernt. Zu beiden Seiten der Chaussee dehnten sich gepflügte Felder. Fette, schwarze Schollen glänzten im Sonnenlicht. Dichtbebaute, bereits abgeerntete Gemüsebeete zeugten von der Fruchtbarkeit dieser Erde. Mächtige, starkduftende Linden, deren Blätter grau vom Staub waren, begleiteten die Chaussee bis zum nächsten Dörfchen und verdeckten dem Kader den Blick. Nur vom zweiten Stock des Gebäudes, in dem Offiziere und Einjährige ihr Quartier hatten, waren die Türme der Stadt und Schornsteine sichtbar.

Eine andere Ordnung, eine andere Zeit herrschten hier als in der Stadt. Dort verkündeten Fabriksirenen um zwölf Uhr die Mittagsstunde, im Kader machte man eine Stunde früher Mittag. Die städtische Nacht sank den Jahreszeiten und der Sonne gemäß, die militärische Nacht achtete nicht auf die Bewegung der Himmelskörper: im Winter und im Sommer blies man um neun Uhr auf der Hauptwache zum Zapfenstreich. Dann wurde im ganzen Kader, mit Ausnahme der Quartiere der Offiziere und Unteroffiziere, der Kantine und der Krankenabteilung, das Licht gelöscht, und die Körper der gemeinen Soldaten, ihrer Uniformen entblößt, auf den Strohsäcken ausgestreckt, warteten gehorsam auf die Gnade des vorgeschriebenen Schlafes. Manchmal weigerte sich der Schlaf zu kommen, er verspätete sich, er wollte nicht die Erzählungen, im Dunkeln von Strohsack zu Strohsack geflüstert, unterbrechen. Gewöhnlich aber paßte er sich dem Reglement an. Er kam von seinen entfernten Quellen wenige Minuten nach neun Uhr, nahm die müden Seelen aus den müden Körpern und entließ sie für einige Stunden in die Freiheit. Der Kader hielt sich von der Stadt fern. Er lebte sein eigenes Leben, bildete ein Städtchen für sich, eine besondere Welt – eine Welt aus lauter Männern. Von der Welt der Frauen und Magyaren trennten sie hohe Bretterzäune, der Stacheldraht und – die Sprache. Und doch drang auch das Leben der Stadt bis dorthin. Es schlich sich auf den Exerzierplatz, in die Baracken, in die Brauerei, mit dem Klang ferner Stimmen, mit dumpfem Rattern, es heulte mit Fabriksirenen und läutete mit Glocken. Die Stadt beunruhigte, forderte heraus und lockte, trotz all ihrer fremden und feindlichen Elemente. Vielleicht aber gerade deshalb. Man darf nämlich nicht vergessen, daß die meisten Bewohner des Kaders Bauern waren. Anfangs durften sie in dienstfreien Stunden in die Stadt gehen, da das Marschbataillon aus Leuten bestand, die in Friedenszeiten gedient hatten und die Disziplin kannten. Als sich aber beim Regimentsarzt, Dr. Badjan, immer zahlreichere Opfer der magyarischen Venus zu melden anfingen, so daß man die Leute, statt an die Front, in spezielle Krankenhäuser schicken mußte, hörte die Nachsicht des Kommandanten auf. Jetzt konnte man nur noch mit einem Passierschein in die Stadt, und es war nicht leicht, im Kader Seiner kaiser- und königlichen Majestät einen Passierschein zu erdienen. Also riskierte man Ausflüge auch ohne Passierschein. Manchmal liefen sie glücklich ab, oft aber fingen die Patrouillen der Militärpolizei, lauter Magyaren, die Verwegenen in der Stadt ab, in Schenken und Freudenhäusern, nahmen ihnen die Würde, d. h. ihr Bajonett, und brachten sie auf die Wache des heimatlichen Kaders. Der vom Sirenengesang der Stadt verführte Mensch stand am nächsten Morgen vor dem Antlitz des Kompaniekommandanten und ein Rückfälliger sogar vor dem Kaderkommandanten. Die Strafe ging von zehn Tagen Kasernenarrest bis zu zwanzig Tagen strengem Arrest. Zu zwei Anlässen begab sich der Kader jedoch vollzählig in die Stadt: in die Garnisonskirche und zum Scharfschießen. Der Schießplatz lag nämlich weit hinter Andrásfalva, nördlich der Bahn. Diese offiziellen Märsche, mitten auf der Fahrstraße, gestatteten keine persönliche Berührung mit der Zivilbevölkerung. Ein Mensch in Reih und Glied ist nur ein beweglicher Strich, ist nur einer der vielen Punkte der geometrischen Figur ›Marschkolonne‹. Aber sogar das kleinste Pünktchen in der Reihe hat Augen und einen Mund, die einer Frau im Fenster oder auf der Straße zulächeln können.

Manchmal kam auch die Stadt dem Kader näher, streifte ihn fast. Sie ging dicht am Zaun und Stacheldraht vorbei. Aber sie brachte nicht Leben – sondern Tod. Ehe der Morgen graute und die Seelen der Soldaten, durch das Spiel der Hornisten zurückgerufen, aus ihrem nächtlichen Urlaub heimkehrten, zogen hier Herden von Ochsen, Kälbern, Schafböcken und Schweinen vorbei. Kurz darauf, wenn der Kader schon auf den Beinen war, ertönte in der Nähe schreckliches Todesgebrüll. Und in den Nachmittagsstunden, mindestens einmal in der Woche, wandelten feierlich langsam die Chaussee entlang: Trauerzüge, Leichenwagen, mit katholischen oder kalvinistischen Geistlichen an der Spitze, manchmal sogar mit Musik und Standarten, öfter jedoch gemeine, schwarze Kisten auf Rädern, ohne Schmuck, ohne Kränze und ohne geistliche Begleitung. Nur ein Kreuz, von einem barhäuptigen Burschen getragen, bezeugte, daß der arme Bewohner der Stadt Andrásfalva auch eine Seele besessen hatte, die der göttlichen Gnade würdig war.

So hatte der Kader als nächste Nachbarn zwei Institutionen öffentlicher Wohlfahrt: die städtische Schlachtbank und den Friedhof. Es konnte scheinen, als wollte man die Menschen, die in den Tod gehen sollten, absichtlich in der Nähe der Todesanstalten einquartieren, damit sie sich an den Tod rechtzeitig gewöhnten. Aber Menschen, die in den Tod gehen, haben keine Zeit, an ihn zu denken. Die Nachbarschaft des Schlachthauses war sogar – angenehm. Immerhin erinnerte sie ans Essen, also – ans Leben.

Und die Leute waren hungrig. Seit vielen Stunden saßen sie auf einem geräumigen Platz zwischen der Brauerei und den Baracken, von Stacheldraht umgeben, von Rätseln umgeben und erwachender Angst. Sie aßen bereits den Rest des Brotes auf, das ihnen ihr harter Boden gegeben hatte, und als sie den letzten Bissen in den Mund steckten, überfiel sie eine große Trauer. Alle hatten den Eindruck, daß sie sich erst jetzt wirklich von ihrer Erde trennten. Von nun ab waren sie auf die Kost vom Kaiser angewiesen. Es gebührten ihnen 700 Gramm Brot und 300 Gramm Fleisch pro Kopf und Tag. Noch leisteten sie dem Kaiser gar keinen Dienst, und schon geruhte der allerhöchste Kriegsherr einen ganzen Ochsen für sie in den Regimentskesseln kochen zu lassen. Nicht eigenhändig, natürlich, sondern durch die Vermittlung des Gefreiten Mayer und der dem Gefreiten untergebenen Küchengehilfen, der sogenannten ›Schmieracken‹.

Selten aßen die Huzulen Fleisch bei sich zu Hause. Einmal, höchstens zweimal im Jahre. Meist zu Ostern. Außer, es krepierte einem von ihnen ein Kalb! Und jetzt sollte beim Kaiser alle Tage Weihnachten sein. Alle Tage, den Freitag ausgenommen (denn an Freitagen muß sogar das Militär fasten), sollten sie frisches Rindfleisch haben, manchmal Schweinefleisch, und keineswegs Notgeschlachtetes. Herrliche Zeiten waren angebrochen.

In allen Kasernen der Welt roch die elfte Stunde nach Brühe. Dieser angenehme Geruch streifte die Nasen Peters und seiner Kameraden, lange bevor die Unteroffiziere vom Dienst das Mittagessen ankündigten. Die allgemeine Freude wurde nur durch technische Schwierigkeiten getrübt: man wußte nicht, wohin mit dem Fleisch und woraus die Brühe essen. Es war Sonntag, und die Halbgötter des Krieges, d. h. die Unteroffiziere, wollten die Eßgeschirre nicht ausliefern. Eßgeschirre werden mitsamt der ganzen Ausrüstung erst nach der Präsentierung ausgeteilt, wenn schon genau feststand, wer ›einverleibt‹, ›dem Stand zugeteilt‹ wurde und wer weiterfuhr – ins Spital, zu einer anderen Abteilung, zum Teufel. Heute war Sonntag. Kein Kader, der auf seine Ehre etwas gibt, präsentiert sich an einem Sonntag. Sogar Gott ruhte am siebenten Tage, nachdem er die Welt geschaffen hatte. Also gebührt auch den Halbgöttern, die leichter als der Weltenschöpfer ermüden, ihre Rast. Gott schuf die Welt in sechs Tagen und brauchte schon Ruhe, und Unteroffiziere müssen wochenlang Menschen zu Soldaten, also zu wirklichen Menschen umarbeiten. Denn der von Gott geschaffene Mensch – warum sollten wir es nicht gestehen – ist kaum Material für einen Menschen, kaum Halbrohstoff.

»Ich werde aus euch Menschen machen!«

Seit sechzehn Jahren begrüßte der eiserne Stabsfeldwebel Bachmatiuk jeden neuen Jahrgang mit diesem Ausruf. Das war keine leere Prahlerei. Nach einigen Wochen gingen aus seinen Händen wirklich herrliche menschliche Geschöpfe hervor. Heute aber war Bachmatiuk nicht anwesend. Er genoß ein Privileg, das niemandem sonst im Regiment zukam, nicht einmal dem Zugkommandanten, und das kein Vorgesetzter ihm zu nehmen wagte: dem Reglement entgegen durfte Stabsfeldwebel Bachmatiuk, ohne sich jemandem zu melden, am Sonntag den ganzen Tag verschwinden. Niemand wußte, wohin Bachmatiuk ging. Einige Leute versicherten, daß Bachmatiuk einen Zivilanzug besitze. Aber es ist leichter, sich den Teufel im Weihwasser vorzustellen als Bachmatiuk in Zivil. Jedenfalls war er bis jetzt noch niemandem in dieser Gestalt erschienen.

Von seinen heimlichen Ausflügen kehrte er spät nach Mitternacht heim, vollständig betrunken, er, dessen Nüchternheit im Dienste allen Chargen als Vorbild hingestellt wurde. Er kehrte zurück, gleichgültig gegen alles Militärische, erkannte niemanden, erwiderte nicht die strammen Ehrenbezeugungen der Wachtposten und grüßte auch selbst niemanden. Nicht einmal den Kommandanten des Kaders. Offiziere, denen er auf der Treppe begegnete, wenn sie aus dem Kasino kamen, taten so, als sähen sie ihn nicht, drehten die Köpfe weg. Der ganze Kader konnte verbrennen, das ganze kaiser- und königliche Heer konnte desertieren – es würde die sonntägliche Gleichgültigkeit des Stabsfeldwebels nicht rühren. Sie verging am frühen Morgen mit den ersten Klängen der Reveille. Nach einigen Stunden tiefen Schlafes wurde Bachmatiuk nüchtern. Es kam nicht vor, daß er sich am Montag um eine Minute verspätete. Und im Laufe von sechzehn Jahren war es nicht einmal vorgekommen, daß Bachmatiuk am Montag erkrankte. Er war überhaupt selten krank. Und selbst wenn sich sein Körper für einige Tage von der Uniform trennen und im Bette liegen mußte, zeigte sich der Geist des Stabsfeldwebels niemals solidarisch mit dem Körper, sondern machte weiter Dienst, allwissend, wachsam und allsehend. Falls Kader Seelen besitzen, so war der Stabsfeldwebel die Seele dieses Kaders. Und der Kader mußte sich damit abfinden, daß ihn jeden Sonntag seine Seele verließ.

Bald nachdem Bachmatiuk verschwunden war, wurde der Pulsschlag des Kasernenlebens schwächer; alle Chargen und sogar Offiziere beschlich eine schläfrige Stumpfsinnigkeit. Der Dienst war voller Versehen, nachlässig und ungeschickt. Heute waren alle schlecht auf Bachmatiuk zu sprechen, weil er sich nicht um den neuen großen Transport gekümmert hatte. Er hatte nicht einmal gesagt, daß der Magazineur die Eßgeschirre herausgeben sollte. Und dazu hatte der Stabsfeldwebel noch die Schlüssel vom ›Augmentationsmagazin‹ mitgenommen. Umsonst bemühten sich der Kaderkommandant, Oberstleutnant Leithuber, und sein Adjutant, Oberleutnant Baron Hammerling, ihre ohnmächtige Wut zu verbergen. Sie wagten nicht, laut gegen Bachmatiuk zu murren. Beide fühlten sich von ihm abhängig. Und die Unteroffiziere wollten sich ohne Stabsfeldwebel nicht bemühen. Sie lasen nicht einmal das Namensverzeichnis durch, gerade daß sie von der Eskorte einen oberflächlichen Rapport abnahmen, um dann dem Inspektionsoffizier zu melden: »Ein Transport von 567 Mann ist gekommen.« Noch keiner von diesen Männern existierte fürs Militär, weder als Person noch als Name. Heute waren sie nur eine Ziffer von 567 Mägen.

Pflicht des Inspektionsdienstes war, darauf zu achten, daß die Küche 567 Portionen austeilte. Diese Pflicht wurde erfüllt. Aber auf welchem Wege jene Portionen in die Mägen des Transportes gelangen sollten – das ist schon eine andere Sache, deren Lösung nicht zum Inspektionsdienst gehörte. Der Transport soll sich selbst Rat schaffen.

Gegen zwölf Uhr kehrte das Marschbataillon von der Kirche zurück. Es verspätete sich zum Mittagessen um gute drei Viertelstunden, weil es an diesem Sonntag vom Oberleutnant Smekal kommandiert wurde.

Reserveoberleutnant Smekal, in Zivil Spediteur, liebte es, nach dem Gottesdienst auf dem Marktplatz der Stadt Paraden abzuhalten. Im Alltag war er nur Kompanieführer, aber von Zeit zu Zeit führte er am Sonntag ein ganzes Bataillon in die Kirche. Der Marktplatz von Andrásfalva ist sehr breit und eignet sich ausgezeichnet für derartige Schauspiele. Besonders an Sonntagen, wenn sich auf den von zwei Kastanienreihen beschatteten Bürgersteigen viel Zivilbevölkerung, vor allem die holde Weiblichkeit versammelte. Oberleutnant Smekal träumte zwar von Paraden auf dem Marktplatz einer ganz anderen Stadt – der Stadt, in der er geboren war, wo er die Schule besucht hatte und wo sonst nur seine Möbelwagen paradierten, aber es war nichts zu machen: alle Träume kann der Krieg nicht erfüllen. Nachdem er auf dem ungarischen Marktplatz die ihm gebührenden Lorbeeren eingesammelt hatte (zu diesem Zweck stellte er sich malerisch vor dem kleinen

Denkmal des großen magyarischen Staatsmannes Déak Ferencz auf) und er seinen Kommandohunger wenigstens vorübergehend gestillt hatte, verspürte Smekal einen gemeinen physischen Hunger. Nur diesem Umstande verdankte das hundemüde Marschbataillon, daß es ihm endlich vergönnt war, zum Mittagessen heimzukehren. Mit donnerndem Getrampel der rhythmisch vorgestoßenen Füße, in eine Staubwolke gehüllt, marschierte das Bataillon in den Hof des Kaders ein. Glücklicherweise marschierte es heute ohne Rüstung und ohne Gewehre. Hier hätte es der Oberleutnant unzweifelhaft aufgelöst, wenn nicht Peter Niewiadomski und seine 566 Kameraden dagewesen wären.

Beim Anblick einer so großen Menge von Zivilisten konnte der Spediteur nicht widerstehen und beschloß, obzwar es im Transport keine einzige Frau gab, eine kleine Parade zum Besten zu geben. Nochmals setzte er dieses lebendige, 200 Meter lange Band grau-blauen Tuches in Bewegung, das von hellen Streifen sonnverbrannter Gesichter und Hände gesäumt war. Nochmals erhob sich das maßvolle Getrampel der beschlagenen Stiefel, die auf die fremde Erde draufschlugen, draufhämmerten, als wollten sie den letzten Grashalm zu Tode treten. Diese ganze dröhnende Mauer der Uniformen zog in wenigen Minuten vor den verblüfften Huzulen vorbei. Alle fingen an zu begreifen, daß in dieser rhythmischen Manifestation eisenbeschlagener Stiefel ein tiefer, ein heimlicher Sinn verborgen war, etwas Unmenschliches, obzwar sie von menschlichen Füßen vollbracht wurde. Die Schönheit des Marsches war nicht von dieser Welt. Hier wirkten irgendwelche unsichtbaren Kräfte, dieselben vielleicht, welche das elektrische Licht und die Motorkraft erzeugten. Es marschierten Menschen, und doch waren es keine Menschen

Und es schien, daß sogar der Magier, sogar der Oberleutnant Smekal mit den kurzen Beinchen, nur ein Werkzeug jener unsichtbaren Kräfte war und gehorsam ihren Willen tat.

Auf einmal schleuderte der Oberleutnant eine neue magische Beschwörungsformel in die Mauer des elektrisierten Tuches, und die ganze Mauer drehte sich im Marsch um, ohne den Rhythmus und das Tempo zu ändern. Auf einmal lief Smekal zehn Schritte nach rückwärts und bellte mit veränderter, um zwei Oktaven erhöhter Stimme furchtbar auf. Als Antwort auf dies Gebell rissen sich aus der Tiefe des Tuches vier geschmeidige Gestalten mit blanken Säbeln los und sprangen zur Seite. Alle vier bellten gleichzeitig auf, worauf im Nu die einheitliche dichte Mauer in vier Wände zerfiel, eine der anderen in einer Entfernung von wenigen Schritten folgend. Jede Kompanie bildete jetzt eine besondere Doppelreihe. Die Doppelreihen deckten sich gegenseitig und marschierten mit der Front auf den Kommandanten zu. Schwer dröhnten die dressierten Gewichte menschlicher Körper gegen Erde. Die Arme flogen rhythmisch nach links, nach rechts, nach links, nach rechts, als mähten sie auf irgendwelchen unsichtbaren Wiesen oder gar die Luft selbst. Das metallische Geklirr der Bajonette an der linken Hüfte begleitete sie. Aus der Kehle des Oberleutnants brach ein gedehnter, heiserer Schrei hervor. Die Truppe machte noch einen Schritt und erstarrte. Eine Stille herrschte auf dem Platz, als gäbe es da keinen lebendigen Menschen. Nur aus der Offiziersmesse kreischte der heisere Gesang einer Grammophonplatte:

»Puppchen, du bist mein Augenstern
Puppchen, hab dich zum Fressen gern!«

Die Verzauberung dauerte einige Sekunden. Mit einer neuen Beschwörung, mitten in die erhitzte Stille des Mittags, lockerte der Oberleutnant die ganze Konstruktion des Vierecks auf. Doch zerstörte er sie nicht. Er bellte eine Silbe – und die Wände bekamen Risse, Sprünge, erbebten und streckten lauter linke Beine aus. Entspannung folgte; der Druck ließ nach. Alle Köpfe und Hände bewegten sich individuell, jeder Rhythmik spottend. Doch die Tuchwände rührten sich nicht von der Stelle. Die einzelnen Segmente dieser Konstruktion wurden jeden Moment sichtbar, so daß man über dem graublauen Tuch die Gesichter unterscheiden konnte, die schweißbedeckten Gesichter, Menschengesichter. Und es zeigte sich, daß die hochklingende Bezeichnung ›Marschbataillon‹ sich hauptsächlich auf Bürger aus den Bezirken Śniatyn, Kolomea, Nadwórna bezog und auf Bürger einiger Bukowinaer Bezirke, die zu Beginn des Krieges als Reserve eingerückt waren. Als die Huzulen ihre so veränderten Brüder erblickten, kam es ihnen merkwürdig vor, daß sie solch schwieriger Künste fähig waren. Sie erschraken vor diesen unsichtbaren Mächten, die sicherlich auch aus ihnen bewegliche Wände schaffen werden. Was geschieht, dachten sie, wenn man uns ebenso marschieren heißt? Aber glücklicherweise besaß nicht jeder soviel Einbildungskraft, um die Qualen der Dressur vorauszuahnen.
Oberleutnant Smekal wollte gerade mit den anderen Offizieren und Kadetten ins Kasino gehen, als aus dem Kommandogebäude der Inspektionsoffizier herbeigelaufen kam. Er nahm vorschriftsmäßig Haltung an, salutierte zackig, worauf sie einige Minuten lang etwas berieten. Plötzlich brüllte der Oberleutnant über den ganzen Platz: »Doroftein!«
Vom rechten Flügel der ersten Kompanie trennte sich

der Feldwebel Doroftein. Er rannte im Laufschritt zur Offiziersgruppe und blieb stramm vor ihnen stehen. Smekal sagte: »Ruht!« Längere Zeit sprach er mit ihm wie mit einem Gleichgestellten. Inzwischen nutzten die Kompanien die Ruhestellung aus, nahmen die durchnäßten Mützen von den glattrasierten Köpfen und wischten sich mit Taschentüchern die Schweißbäche von der Stirn. Die ersten Reihen drehten die Hälse in die Richtung der Zivilisten.
Und als die Offiziere ins Kasino gingen, wohin sie Escamillo mit der Toreador-Arie einlud, übernahm der Feldwebel Doroftein das Kommando über das Bataillon. Er trat in entsprechender Entfernung vor das Viereck und schrie mit grober Stimme:
»Bataillon, auf mein Kommando: – Habt acht!« und verwandelte die Menschen wieder in eine Mauer. Doch erlaubte er ihnen sofort wieder, sich zu rühren. Dann hielt er ihnen eine Ansprache auf Ukrainisch.
»Jungens«, sagte er, »das Bataillon wird wie gewöhnlich sein Essen einnehmen. Kompanieweise. Die ersten zwei Kompanien haben schnell zu essen und die Geschirre zu waschen. Dann werden sie ihre Eßgeschirre den neuen Rekruten hier borgen. Die Korporale jedes Schwarms haben beim Essen anwesend zu sein, aber jeder hat selbst aufzupassen, daß ihm niemand die Schale stiehlt oder sie vertauscht. Verstanden?«
Die ›Jungens‹, von denen so mancher über vierzig Jahre alt war, verstanden. Auch wenn sie nicht verstanden, hätte niemand ein Wort riskieren dürfen. Die Frage des Feldwebels war rein rhetorischer Natur. Beim Militär stellt man viele solche Fragen, und wehe dem Soldaten, der im Glied steht und der zu antworten wagt. Und doch vergaß sich ein Soldat aus dem zweiten Glied der ersten Kompa-

nie. Er murmelte etwas mit schwacher Stimme, die eher aus dem Bauch kam als aus dem Mund. Aber gerade der Mund verriet ihn. Er machte eine Grimasse des Zweifels oder des Protestes, Gott weiß, was diese Miene bedeutete.
Der Feldwebel Doroftein litt an Verfolgungswahn. Diese Krankheit quält schwache Menschen, die an der Macht sind, oft. Es schien ihm, daß ihn jeder Soldat auslachte. Wenn er ihn außerdienstlich auslachte – war nichts zu machen. Aber im Dienst – oh –, da gibt es viele Mittel! Da kann man sich verteidigen. Feldwebel Doroftein hatte einen scharfen Blick, freilich waren seine Augen nicht so scharf wie die Bachmatiuks, die durch Mauern drangen. Nachdem er den Soldaten fixiert hatte, der ihn angeblich verspottet hatte, beschimpfte Doroftein zunächst ihn allein, worauf er sogleich seine Wut auf die ganze Kompanie übertrug. So war sein System. Die Mütter von mehr als zweihundert Menschen beschimpfen – das bedeutet was! Das gibt Selbstgefühl und bereitet Lust. Als einzelner eine ganze Kompanie ungestraft beschimpfen zu dürfen.
Aus seinem Munde sprangen jetzt Fontänen rumänischer, ukrainischer, deutscher, polnischer Flüche und besudelten die schweigenden Abteilungen. Aber den Kompanien war es lieber zu hören, wie der Feldwebel ihre Mütter beschmutzte, als Strafübungen zu machen, die er auch zuerst dem Schuldigen aufzuerlegen pflegte und dann der ganzen Abteilung. Aber Dorofteins Zorn erlosch gewöhnlich ebenso schnell, wie er gekommen war. Mit einer noch wutbebenden Stimme donnerte er jetzt: »Habt acht! – Doppelreihen – Rechts um!« – und als er alles erreicht hatte, was er mit dieser Stimme forderte, milderte er sie zu einem fast familiären Kommando: »Erste Kompanie, mir nach – Marrrsch!« Und er führte die erste Kompanie in die Baracke. Die anderen Kompanien folgten unter dem

Kommando ihrer Feldwebel. Nur die Zivilisten blieben auf dem Platz.

Als Feldwebel Doroftein mit den Offizieren sprach, hatte sich Peter Niewiadomski überzeugt, daß es beim Militär Zauber gab. Als er im Viereck bekannte Gesichter entdeckte, wagte er, zusammen mit einigen anderen Zivilisten, an das Viereck heranzutreten. Er wollte seine Landsleute begrüßen, er wollte die bekannten Gesichter ansprechen. Umsonst. Die Leute in den Reihen waren stumm, wie jener Wasyl Horoch aus Czernielitza. Was ist los? Warum antworten sie nicht, warum schweigen sie? Nur ihre Augen scheinen zu sagen: »Kommt nicht näher! – Flieht von hier!« Und die Hände, die sich frei bewegen konnten, trieben die Landsleute verzweifelt fort. Doch die Sprache verloren nur die gemeinen Soldaten. Die Chargen hatten Stimmen. Und zwar sehr unangenehme. Sie machten auch von ihrer Stimme Gebrauch, um die Zivilisten wegzujagen. Zwischen einer Abteilung Soldaten und der übrigen Welt erstreckt sich nämlich eine unsichtbare, aber sehr gefährliche Zone, die niemand passieren darf – weder von dieser noch von der anderen Seite.

Und plötzlich verstanden die Zivilisten, daß in diesem Kader die Angst Herr ist. Zu ihr führt der Eid, den sie dem Kaiser feierlich geleistet haben. Angst, Angst verwandelt lebendige Menschen in steife Vierecke, in rhythmisch marschierende Kolonnen. Alle diese schönen Märsche und Paraden entstehen aus menschlicher Angst. Die Angst wird einst diese disziplinierten Abteilungen aus den Mauern der Brauerei ›Farkas und Gjörmeky‹ herausführen, sie wird sie aus dem ungarischen Lande herausführen und wird sie weithin jagen, dem Tod entgegen. Die Angst vor etwas, was fürchterlicher und mächtiger als Offiziere ist, mächtiger als Feldwebel, vielleicht sogar als der Kaiser und der Tod selbst. Noch kannten sie nicht den Namen jener Gottheit, aber sie spürten schon ihre scharfen Klauen. Noch kannten sie die Subordination nicht, und schon wehte sie ihr eisiger Atem an. In der geräumigen Maschinenhalle, der früheren Brauerei, waren die Mannschaftsküchen untergebracht. Auch hier waltete die Angst, auch hier herrschte die Subordination. Man spürte sie in den Küchendünsten und im Geruch des Rinderblutes. Dank dieser Subordination ging die Essensausteilung ziemlich ruhig vor sich und in verhältnismäßiger Ordnung, obwohl Bachmatiuk, der große Oberpriester der Subordination, heute abwesend war. Schon erlagen ihr die Neuangekommenen. Aus freien Stücken ahmten sie das Benehmen der Menschen in Uniformen nach und hielten Reihen. Aber was für Reihen waren es! Daß sich der Kriegsgott erbarme! Die Rekruten erhielten das Essen in den Geschirren der 3. und 4. Kompanie, die 1. und 2. kam heute zuletzt dran. Jeden Tag ging eine andere Kompanie als erste in die Küche. Beim Kaiser herrschte Gerechtigkeit.

Während des Mittagessens wurde es klar, daß niemand vom Marschbataillon beim Militär die Sprache verloren hatte. Jeder beherrschte sie weiterhin so fließend wie bei sich zu Hause. Nur nicht im Glied, wo der Befehl: ›Ruht!‹ nicht zum Sprechen berechtigt. Weder mit den Kameraden und noch weniger mit jemandem, der sich jenseits der gefährlichen Zone befindet.

Die Rekruten wußten nicht, wie man mit den Eßgeschirren umgeht. Viele von ihnen gossen den flüssigen Inhalt der metallenen Gefäße auf ihre eigenen und auf fremde Hosen. Es war ein besonders dicker, heißer Bohnenbrei, der von den ›Schmieracken‹ mit einem Kochlöffel auf die flachen Deckel hingepappt wurde. Nach einer kleinen Stunde war das ganze Rind, ein Stolz der ungarischen

Steppe, in den Bäuchen der Huzulen verschwunden. Und was für schöne lange Hörner hatte es noch gestern gehabt!

Das Essen vertrieb die Angst aus den Huzulenseelen. Dieses Militär kann nicht so schrecklich sein, wenn es einen mit Fleisch und Suppe und Bohnen füttert. Der Mensch weiß wenigstens, daß er nicht umsonst dient.

Nach dem Essen stellte der Oberkoch, Gefreiter Mayer, fest, daß ihm auf dem Holzbrett noch sechsunddreißig Portionen zurückgeblieben waren, jene nicht mitgerechnet, die er für die Arrestanten zurückgelegt hatte. Was soll das heißen? Sollte sich die Kanzlei geirrt haben? Das ist doch unmöglich, die Kanzlei irrt sich nie. Was also sonst? Vielleicht hatten sich nicht alle vom Transport zum Essen gemeldet?

So war's in der Tat. Sechsunddreißig Männer verachteten das Mittagessen. Schon der Anblick dieses Fleisches erfüllte sie mit Abscheu. Und obwohl sie wußten, daß es kein Schweinefleisch war, noch Fleisch von Hasen, Rehen, Wieseln, Adlern, Greifen, Straußen, Eulen, noch das Fleisch anderer Tiere, welche die Nahrung nicht wiederkäuen oder einhufig sind, also unrein, sondern daß es Fleisch von einem Rind war, das wiederkäut und zweihufig ist – trotzdem wollten sie es nicht anrühren. Denn woher sollten sie die Sicherheit haben, daß man aus dem Fleisch dieses Rindes vor dem Kochen das ganze Blut ausrinnen ließ und daß man sämtliche Adern entfernte? Nein, diese Sicherheit hatten sie nicht. Im Gegenteil: es war bekannt, daß dieses Fleisch mit seinem Blute und mit seinen Adern gekocht wurde. Und hat nicht der Herr zu Moses gesagt: »Das Blut jeglicher Körper sollt ihr nicht essen, weil die Seele des Körpers im Blute ist, und wer sie ißt, wird umkommen – – –«

Sechsunddreißig Rekruten des Landsturms wollten die Seele des Rindes nicht essen, um nicht zu Grunde zu gehen und nicht die eigene Seele zu verlieren. Und wann ist es leichter, den Tod zu finden, wenn nicht in diesen Zeiten des Krieges? Und wer sollte ihn erleiden, wenn nicht die Soldaten Seiner kaiser- und königlichen Majestät, die bei der Musterung den A-Befund bekommen hatten? Und wenn auch im Kriege nicht nur Söhne Israels fallen und nicht nur diejenigen, die auf die Vorschriften der rituellen Küche achten, konnte es trotzdem scheinen, daß eben sie beim Tod den Vorrang hatten. Gewiß, dieser ganze Krieg ist nicht koscher und stinkt nach Sünden, die hundertmal schwerer wiegen als der Genuß unreiner Nahrung. In Strömen eigenen Blutes baden nicht bloß ausgefaserte Fleischmassen, und die Schlachtung des menschlichen Viehs ist nicht rituell, o nein! Doch solange die jüdischen Körper Kaftane tragen – und nicht Uniformen, solange die Subordination nicht zum Essen zwingt, darf und soll man sich sogar von allem zurückhalten, was nicht koscher ist. So hatten die Vorgänger dieser sechsunddreißig Gerechten gehandelt, so werden auch sie handeln. Morgen werden die Bärte fallen, morgen werden die Schläfenlocken abgeschnitten, und die demütigen Körper werden morgen mit den kaiserlichen Uniformen wie mit Totenhemden bekleidet werden. Morgen, und nicht heute. Morgen werden sie höheren Mächten ausgeliefert sein und damit frei von der Pflicht des Koscherseins. Und sie werden, wie die anderen, mit den Eßgeschirren in die Regimentsküche gehen, um Unkoscheres zu essen.
Und sie werden das Essen verzehren. Und für die befleckten Seelen wird einstmals vor dem Ewigen der Kaiser selbst sich verantworten.

*

Obgleich die Nahrungsaufnahme zu jenen Angelegenheiten gehört, die wir gewohnt sind, und mit zu den sogenannten höheren Bedürfnissen, so geschieht es doch manchmal, daß eine Portion Rindfleisch auch der Seele Freude bereitet. Jede Nahrung verlängert unsere Existenz auf dieser Erde und verspricht dem Organismus eine längere Dauer. Sonst wären die letzten Bitten der zum Tode Verurteilten nicht zu verstehen. Wie oft verzichten sie auf den Trost der Religion, auf die Sterbesakramente für die unsterbliche Seele, um kurz vor der Exekution nur eines zu verlangen: einen Schweinebraten, eine Kalbshaxe oder ein Stück Fisch. Vielleicht erliegen sie unbewußt der trügerischen Hoffnung, daß sie auf diese Weise ein wenig länger leben werden, daß der Tod nicht so leicht in den gesunden Körper eindringen wird, in dem noch frisch zugeführte Lebenssubstanzen wirksam sind. Und vielleicht ist das Essen für diejenigen, die nicht an die Unsterblichkeit der Seele glauben, das einzige Narkotikum, das die Seele gegen die Angst unempfindlich macht?
Peter Niewiadomski war kein zum Tode Verurteilter im gewöhnlichen Sinne des Wortes. Und er glaubte an die Unsterblichkeit der Seele. Und doch gab ihm das heiße Rindfleisch Mut zum Kampfe mit der Angst, die die Atmosphäre des ganzen Kaders durchdrang. Es war dies keine Todesangst. Die chemische Zusammensetzung der Kaderangst ließ sich nicht exakt bezeichnen. Es war irgendein unsichtbares, geruchloses Gas. Die schäbigen Mauern der Brauerei ›Farkas und Gjörmeky‹ strömten es aus, es wehte aus den zehn Baracken, die in einer Reihe lagen, eine hinter der andern, neu, hölzern, länglich wie riesige Särge. Im Schatten dieser Särge, die nach Harz rochen, saßen sie jetzt, ruhten aus, aßen, rauchten, die Menschen in Uniformen neben den Menschen in Zivil.

Für die Zeit des Essens und des Verdauens herrschte zwischen ihnen und der Angst Waffenstillstand. Die Männer in Uniform freuten sich sehr über die Ankunft der Landsleute. Diese wiederum waren zufrieden, daß sie in Ungarn fast lauter Menschen aus ihrer Heimat antrafen. Es kamen ihrer genug aus dem Śniatyner Bezirk zusammen: aus Illiniec, Bieleluja, Chlebiczyn. Die Huzulen befreundeten sich mit Huzulen, die Polen mit Polen, die Juden mit Juden, deutsche Kolonisten aus Mariahilf bei Kolomea und aus Baginsberg mit Deutschen. Menschen derselben Nation erkennen einander allein am Geruch. Ein Huzule wird einen Huzulen, ein Jude einen Juden aus der Entfernung von zehn Metern riechen, und wäre er auch als Türke verkleidet und nicht als Kaiserlicher. Es wurde diesen und jenen leichter ums Herz, als sie sich unter ihresgleichen befanden. Und für eine Weile ergaben sich beide Parteien der Täuschung, daß sich die Entfernung verkürzte, die Ungarn von Pokuzie trennte, daß die Häuser, die sie der Obhut der Weiber und der Gnade des Schicksals überlassen hatten, ihren Ort verlassen hatten und sich irgendwo hier, ganz, ganz nahe befanden.
Die Zivilisten brachten allerhand interessante Neuigkeiten aus der Heimat mit. Über das Vieh, über die Weiber, die Kinder, die Geliebte, die Heuernte, auch über den Krieg. Es zeigte sich nämlich, daß die Soldaten aus dem Marschbataillon weniger über ihn wußten als die Zivilisten. Sie waren weit vom Krieg entfernt, obwohl sie in wenigen Tagen in den Krieg ziehen sollten. Ihr Krieg hatte noch nicht begonnen. Er wurde erst auf dem Hof dieser sicheren Kaserne geübt, auf den benachbarten Stoppelfeldern, auf den ruhigen, süßen Wiesen, auf dem Schießplatz. Sie kamen hierher, um noch einmal das strenge Alphabet des Krieges zu wiederholen, das sie schon

im Laufe der Jahre, die seit ihrem aktiven Dienst verflossen waren, vergessen hatten. Seit jener Zeit sind dem Alphabet einige neue Buchstaben zugewachsen, es hatte sich aber auch vereinfacht. Sie konnten schon marschieren, sie konnten schon auf Kommando ›Auf‹ und ›Nieder‹ machen, knien und auf dem Bauch kriechen, sie konnten mit einem Mannlicher- und einem Werndlgewehr umgehen, mit kleinen Spaten Gräben auswerfen, die sie vor Kugeln schützen sollten. Vor allem aber konnten sie gehorchen und schweigen. Dafür hatten die Zivilisten schon mit ihren eigenen Ohren das Donnern wirklicher Kanonen gehört, mit eigenen Augen Züge voll wirklicher Verwundeter gesehen. Kamen sie doch aus der Etappe, aus dem Lande, das unter den Füßen brannte. Dies gab ihnen eine gewisse Überlegenheit über das Marschbataillon, und darauf waren sie stolz.

Die Leute in Uniform erzählten vom großen Sieg bei Kraśnik, den der Kaderkommandant feierlich im Tagesbefehl kundgegeben hatte. Aber der Enthusiasmus war nicht sehr groß. Ein großer Sieg bei Kraśnik – eine schöne Sache, aber eine viel wichtigere Angelegenheit war – die für morgen angesetzte Gewehrinspektion. Nur jemandem, der den Stabsfeldwebel Bachmatiuk nicht kannte, konnte der Sieg bei Kraśnik wichtiger scheinen als die Gewehrinspektion. Nur jemand, der nie gesehen hatte, wie Bachmatiuk das linke Auge halb zumachte, das rechte an die Laufmündung legte, den Drall prüfte und Ruß- und Roststäubchen an ihm suchte, konnte diese Zeremonie geringschätzen. Die Zivilisten kannten den Stabsfeldwebel Bachmatiuk noch nicht, aber der Sieg bei Kraśnik erschütterte sie auch nicht. Alles, was jetzt an den Fronten passierte, war, ihrer Meinung nach, nur eine Ouvertüre. Der wirkliche Krieg, falls er nicht in der nächsten Zeit zu Ende geht, wird erst dann richtig beginnen, wenn *sie* an ihm teilnehmen werden. Man kann nicht gerade sagen, daß sie sehr darauf brannten. Sie waren bereit, die größten Siege zu verschmerzen, die ohne ihren Anteil errungen würden. Sieg oder Niederlage – es ist das gleiche Übel. Und sogar Peter Niewiadomski war nicht so naiv, um anzunehmen, daß man während des Sieges nicht ums Leben kommen könne. Aus dem russisch-japanischen Krieg wußte er, daß Sieger genau so sterben wie die Besiegten, manchmal sogar – noch eher. ›Wie Fliegen‹ fielen die Japaner bei Mukden, erzählte man im Jahre 1905. Peter hatte Japaner nie gesehen, aber er kannte Fliegen, die auf langen, gelben Streifen der honigsüßen Fliegenfänger krepierten. Er hatte selbst solche Fliegenfänger im Büro des Vorstehers auf der Station Topory-Czernielitza angebracht. Er selbst hatte sie auf den Misthaufen geworfen. So starben die Japaner, und trotzdem siegten sie und nicht die Russen. Und was hatten die japanischen Leichen von so einem herrlichen Sieg? Sicherlich genauso viel wie die krepierten Fliegen.

Nach Kriegsschluß, erklärte sich Peter, setzen sich die Kaiser in ihren Palästen hin, nehmen Papier und Bleistift und zählen die Leichen. Es könnte scheinen, daß es so wie beim Kartenspiel ist: wer mehr Karten abgegeben hat, hat verloren. Allein, was zeigt sich? Genau das Gegenteil. Wahrscheinlich waren auch bei Kraśnik mehr von der eigenen Truppe als von den Russen gefallen.

Er aß die Suppe. Neben ihm saß ein Soldat, Dmytro Tryhubiak aus Czernielitza. Ein alter Bekannter. Er borgte Peter das Eßgeschirr. Er erzählte von den Verhältnissen im Kader, erklärte die Geheimnisse des Exerzierens, die Reihenfolge der Feldübungen, klagte über die Vorgesetzten. Sie hauen einem in die Fresse, obgleich beim Militär das Schlagen verboten ist. Der Geschlagene darf sich zwar beim Rapport beklagen, aber weh dem, der es tut. Tryhubiak erzählte ausführlich von den Strafen. Er beschrieb verschiedene Arten der Arreststrafen. Die machten ihm offensichtlich Spaß. Es war ihm persönlich lieber zu sitzen, statt in voller Ausrüstung bei glühender Hitze zu marschieren. Immerhin ruht der Mensch dabei ein wenig aus.

Die Dinge, über die der Soldat sprach, schienen Peter geringfügig im Vergleich zu dem Krieg, in dem Menschen sich töteten. Er wunderte sich, daß sie hier von allen so übertrieben wurden, als wäre ›das Feld‹ für den Kader und alle seine Gefängnisse da, und nicht umgekehrt. Auf einmal hörte er dem Tryhubiak nicht mehr zu. Er sah nämlich – das Gesicht einer Frau aus der Eßschale auftauchen. Augen und Mund schienen ihm sofort bekannt. Wessen Gesicht konnte es sein, wenn nicht, wenn nicht ... Peter erschrak. Er erkannte es. Es war das Gesicht seiner Mutter. Nicht jenes abgerackerte, feierliche, aus den letzten Lebensjahren (so ein Gesicht hatte Wasylina Niewiadomska auf der Photographie im Köfferchen). Das war noch ein junges Antlitz ohne Runzeln, an das er sich nur noch schwach aus der Kindheit erinnerte. In solcher Klarheit war es ihm noch nie erschienen. Und also erschrak er. Unter anderen Umständen hätte er sich zweifellos sehr gefreut. Aber warum erschien ihm gerade heute dieses vergessene Gesicht nach so viel Jahren. Auf welchen Wegen war es hierher gewandert, nach Ungarn, zum Militär? Er sieht sie immer genauer, immer deutlicher. Er erkennt das rote Tuch auf ihrem Kopfe. Er erkennt die Korallenschnüre um den Hals. Die Korallenschnüre neigen sich über ihn ... Der Geruch der kaiserlichen Suppe hatte die junge Mutter aus anderen Welten gelockt. Auf unsichtbaren Wellen des Geruches jagten die Erinnerungen mit schwindelerregender Eile dahin. Sie schoben sich durcheinander wie Eisschollen auf dem Pruth zur Zeit des Tauwetters. Plötzlich hielten sie an und legten sich rings um deutliche Ereignisse. Und Peter erinnerte sich an einen sehr fernen Winter, schwer wie jene Krankheit, an der er als kleiner Knabe viele Wochen darniedergelegen hatte. Im Śniatyner Bezirk haben die Krankheiten keine Namen. Sie kommen namenlos zu den Menschen und gehen namenlos fort. Lange Wochen lag Peter hinter dem Ofen, in alle Tücher und Fetzen eingewickelt, die nur im Hause waren. Man könnte sagen: die Mutter sammelte die ganze Wärme der Hütte um das sterbende Kind. Denn Peter lag im Sterben. Die Krankheiten der Huzulenkinder enden meist mit dem Tode. Huzulenkinder sterben ohne ärztliche Hilfe. Die letzte Hoffnung der Mutter pflegte in diesem Teil der Erde – ein Bad zu sein, ein Bad im Absud von Minze, Salbei und Thymian. Wasylina Niewiadomska badete den Sohn wiederholt nach diesem uralten Aberglauben, doch umsonst. Also begann sie, ihn zu beräuchern. Sie beräucherte den Knaben mit Rauch von einem verbrannten Pferdehuf und beräucherte ihn mit Rauch von wildem Mohn, aber auch das half nicht. Weder die jüdischen Gottesgebote, nach denen es möglich ist, ein krankes Kinderherz auszuräuchern, noch jüdisches Osterbrot, das in der Kirche zusammen mit katholischem Osterbrot geweiht wurde – hatte sie bei der Hand. Sie gab also die Zaubereien auf. Sie hörte auf, an sie zu glauben. Dafür befolgte sie den Rat eines klugen Weibes, das in jungen Jahren in der Stadt gedient hatte. Dieses Weib glaubte heiß an Gott und an die heiße Suppe. Seitdem betete Wasylina täglich vor den Heiligenbildern und kochte alle Tage fette, heiße Suppe aus Rinderknochen. Die Knochen

kaufte sie beim Juden in Bogatyn. Sie schüttete eine Menge Graupen in die Suppe: Gerstengraupen, Hirsegrütze oder auch einfache Buchweizengrütze – dessen kann sich heute Peter schon nicht mehr erinnern.
Und Dmytro Tryhubiak jammert und jammert. Während der Nachtübungen auf den Wiesen hat er drei Hülsen von blinden Patronen verloren. Eine Lappalie, sollte man meinen, sie werden dir die paar Groschen vom Sold abziehen und dich in Ruhe lassen. Aber da kennst du das Militär nicht, Bruderherz! Das Militär läßt nicht den kleinsten Verlust zu! Für so eine Sache erscheinst du beim Rapport am linken Flügel. Für jede Hülse – einen Tag Kasernenarrest. Das heißt: für drei Hülsen – drei Tage. So steht der Tarif.
Peter hörte nur mit einem Ohr zu. Er konnte blinde Patronen nicht von sehenden unterscheiden. Und natürlich wußte er nicht, wo der linke Flügel ist und wo der rechte. Und überhaupt: woher kommen Flügel zum Rapport? Vögel haben Flügel. Der Geruch der kaiserlichen Suppe wirkte wie Chloroform. Er vernichtete die Gegenwart. Er stumpfte die Fähigkeit ab, sich von dem wirklichen und imaginären Grauen aller Militärstrafen beeindrucken zu lassen. Peter sah nur seine junge Mutter und sah ein Stück seiner Kindheit. Doch er konnte sich nicht erinnern, was für Graupen es waren: Hirse- oder Gerstengraupen oder einfache Buchweizengrütze. Die lange Reise und die schwere Hitze hatten ihn sehr erschöpft. Die Gesichte, vom Geruch der Suppe wachgerufen, begannen ihre Konturen zu verlieren. In der Suppe schwimmen Hülsen blinder Patronen. Und er wäre eingeschlafen, wenn ihm nicht gar plötzlich die Worte der Mutter in den Sinn gekommen wären: »*Jidz, Petro, jidz, od toho budesz żyw!* – Iß, Peter, iß, davon wirst du leben!«

Wie Vögel aus warmen Ländern, geräuschlos, kommen diese Worte aus den Abgründen des Vergessens geflogen und summen in den Ohren und verscheuchen den Schlaf. Peter streckte sich ganz aus, das Gesicht nahm den Ausdruck angespannter Aufmerksamkeit an, er war ganz Ohr; tief atmete er die auferstandene Musik der Vergangenheit in sich ein. Vielleicht wird er noch etwas erhaschen, vielleicht werden noch ein paar Worte aus dem Munde der Mutter kommen? Er hörte nichts mehr. *»Jidz, Petro, jidz, od toho budesz żyw!«* Das war alles. »Davon werde ich leben?« Damals hatte ihn die Suppe gerettet. Aber wie ist das heute zu verstehen? Vielleicht schützt die kaiserliche Suppe auch vor dem Tode? Wer weiß? Und deswegen füttert der Kaiser seine Soldaten, seine Kinder, mit ihr. – Das junge Gesicht der Mutter verflüchtigt sich. Umsonst rief es Peter mit allen Kräften seiner Phantasie zurück. Er machte die Augen zu: vergeblich. Gott allein weiß, welchen Gesetzen die Erscheinungen der Toten gehorchen! So eine Gelegenheit bietet sich nur einmal in vielen Jahren! Wer sie nicht nützt – ist selber schuld! Peter hat sie verpaßt. Er hätte nicht an die Graupen denken sollen! Statt der jungen Mutter vermochte er nur noch das Bild der alten Wasylina ins Leben zu rufen, wie er sie zum letzten Male gesehen hatte. In dieser Erinnerung lag nichts Außerordentliches, sie suchte ihn oft heim. Die Mutter liegt im Sarg, von der Majestät des Todes umstrahlt, auf dem Strohsack. Sie hat die Augen geschlossen. Peter hat der Mutter die Augen selbst zugedrückt, und doch dachte er, daß der Tod sie geschlossen hat. Am meisten entsetzte ihn die große Warze auf der Oberlippe der Verstorbenen und ein stattlicher, schwarzer Schnurrbart. Zu Lebzeiten der Mutter hatte er dies nicht beachtet, aber er wunderte sich sehr, daß diese Warze und dieser Schnurrbart nach dem Tode nicht verschwunden waren. Den Auswuchs auf der Haut der Mutter sowie die männliche Behaarung erklärte er sich als Folgen ihres Pfeifenrauchens. Etwas Schamloses war in dieser Warze, welche die Mutter ins Grab mitgenommen hatte. Es war unschicklich, darauf zu schauen.

Und Peter sah eine Szene vom Begräbnis vor sich. Da ist der Augenblick, wo er zusammen mit dem Nachbar Bilyk den vernagelten Sarg aus der Hütte trägt. Schwer war er, als hätte in ihm nicht nur ein Mensch gelegen, sondern all die Sorge, die ihn im Leben gequält hatte. (Oft hatte sich Peter, bei der Bahn, wenn er Lasten schleppte, an diesen Sarg erinnert.) Die Weiber singen fromme Lieder, und er hebt den Sarg an der Schwelle dreimal mit Bilyk hoch und stellt ihn dreimal auf den Boden. Dies gebührte der Hausfrau.

Jetzt denkt Peter an sich: ist er jung oder alt? Solche Gedanken suchen ihn immer heim, wenn er ans Sterben denkt. Eigentlich war er nicht alt. Er konnte noch doppelt soviel Jahre erleben, wie er hinter sich hatte. Nun, aber jung war er auch nicht mehr, obwohl er in sich genug Kraft und Gesundheit fühlte, und was die Weiber betrifft...

Wie immer in solchen Momenten, spürte Peter ein gewaltiges Verlangen nach einem Kind, als wäre er kein Mann, sondern ein Weib, das in Unfruchtbarkeit altert. Warum konnte er keine Kinder zeugen? Warum sollte er ohne Nachkommen sterben? Warum fiel gerade auf ihn ein Teil der Strafe, die Gott dem ganzen huzulischen Stamm auferlegt hatte? Paraszka, diese ungeratene Schwester, konnte ein Kind haben! Da sieht man's – Gott segnet zuweilen die Dirnen, wie seinen eigenen Sakramenten zum Trotz. Ein schöner Segen! Da kann man nichts sagen! Paraszkas Kind starb ja! Es erlebte nicht einmal neun Jahre! Ihm half keine Suppe.

Peter hatte dieses Kind der Sünde, mit dem man im Dorfe übel umsprang, sehr geliebt. Wer hatte es mißhandelt? Lauter Kinderlose, aus Neid. Paraszka trug nach der Geburt des Bankerts ein Tuch auf dem Kopf, wie es verheiratete Frauen trugen, aber es half ihr nicht viel. Das Tuch reizte die Weiber noch mehr. Paraszka tat gut daran, daß sie das Kind der Mutter überließ und selbst in die Stadt fuhr. Nur daß sie eine bessere Stellung hätte finden sollen als ein Bordell.

Der kleine Leichnam besuchte Peter oft im Schlafe. Immer verlangte er etwas, immer wünschte er sich etwas. Nach solchen Träumen tat es Peter leid, daß er manchmal gegen den Jungen streng gewesen war. Er hat ihn geprügelt, freilich er hat ihn geprügelt, obwohl er ihn sehr gern gehabt hat. Die Erinnerung an das Unrecht, das wir denjenigen zugefügt haben, die nicht mehr leben, schmerzt einen heftig. Besonders wenn es Kinder waren... Wenn Peter gewußt hätte, daß Paraszkas Kind nicht leben würde, hätte er seine Hand nie aufgehoben. Aber wer konnte das wissen?

Sofort kam ihm das Begräbnis des Bankerts in den Sinn. Es war ein christliches Begräbnis, wenn auch ohne Geistlichen. Ein Geistlicher kostet viel, und die Seele des Kindes war noch ohne Sünde, sie konnte also umsonst in den Himmel kommen. In der ersten Woche nach dem Begräbnis fürchtete Peter allerdings, daß der Bankert nachts im Dorfe herumwandern werde. Er war nicht sicher, ob Seelen unehelicher Kinder so wie die Seelen ungetaufter Kinder sich nach dem Tode nicht in Gespenster verwandeln, besonders, da kein Geistlicher dagewesen war. Aber der kleine Wasylko war in der Kirche getauft. Warum sollte er nicht ein Engel werden wie andere Unschuldskinder der griechisch-katholischen Kirche? Es bedrückte Peter auch die Ungewißheit, ob ein Bankert überhaupt erlöst werden könne. Nach längerer Überlegung pflegte er immer zum Schluß zu kommen, daß ein Bankert ja – warum denn nicht – erlöst werden kann, da der Tod im Kindesalter Buße für die Sünde der Mutter bedeutet und Gott der Ewige nicht so rachsüchtig ist, daß er an einem unschuldigen Kinde sein Recht verlangen würde. Zum Teufel! Warum denke ich heute an lauter Krankheiten, lauter Begräbnisse!

Und Peter bekreuzigte sich dreimal mit dem heiligen Kreuze, damit die Toten ins Jenseits zurückkehrten und die Lebendigen in Ruhe ließen. Er schämte sich ein wenig, das in Anwesenheit von Tryhubiak zu tun, aber jener dachte, daß sich Peter der Sitte frommer Leute gemäß nach dem Essen bekreuzigte. Peter holte Zigaretten hervor, die Zigaretten aus Budapest, von den mildtätigen Damen. Er reichte sie dem Kameraden und rauchte selbst eine. So wollte er den Lebendigen ganz gleich werden.

Doch waren hier nicht die Toten schrecklich, sondern die Lebendigen. Es waren richtige Gespenster. Sie kamen aus der Hölle, um am hellen Tage Menschenblut zu saugen. Tryhubiak erzählte von den Vorgesetzten. Er teilte sie in goldene Menschen ein und in Hunde. Hunde gab es im Kader, wer weiß warum, mehr als goldene Menschen. Ganze Rudel von Hunden. Tryhubiak schüttete die Namen nur so aus. Nach dem Klang dieser Namen wollte Peter das Wesen der Leute erraten, ihre Gesichter und Temperamente. Er traute Tryhubiak nicht. Er kannte die Menschen: jeder, der schwere Erlebnisse hinter sich hat, liebt es, einen Neuling zu schrecken. Auf diese Weise mildern alte Sträflinge und alte Soldaten ihr Los.

Manche Namen weckten unangenehme Assoziationen. Abstoßend war zum Beispiel der Name: Garbatsch. Allerdings versteckte sich dahinter ein junger Kadett, den Tryhubiak rühmte. Dafür gefiel Peter der Leutnant Zelenka, obgleich ihn Tryhubiak zu den schlimmsten Hunden zählte. Etwas Grünes, Waldiges, Wiesenhaftes strömte der Name dieses Leutnants aus. Und schließlich, gibt es nicht auch gute Hunde? Wie zum Beispiel Baß?

Als Tryhubiak zum dritten Mal von den verlorenen Hülsen zu erzählen anfing, stand Peter auf, ging zum Brunnen, wo die Landsleute die geborgten Eßgeschirre säuberten, wartete, bis er an die Reihe kam, gab das Eßgeschirr zurück und ging zu den anderen, die vergnügt zusammensaßen. Im Schatten der ersten Baracke saß Semen Baran. Er unterhielt eine zahlreiche Schar Soldaten und Zivilisten. Er kannte die Welt und fürchtete sich nicht vor dem Militär. Er zeigte irgendwelche Kartenkunststücke. Auf einmal hörte die Fröhlichkeit auf. Gefreiter Zubiak aus der 1. Kompanie wollte um ein Päckchen Herzegowinertabak wetten, daß man morgen, spätestens übermorgen den Tiroler Landsturm oder den italienischen oder sogar den bosnischen, weiß der Teufel, was noch für einen, herschaffen werde. Der Kaiser hatte Völker genug. Von den bisherigen Leuten – so wollte er wetten – würde man höchstens die Hälfte im Kader zurücklassen. Zubiak kam oft, als Charge, in die Kanzlei und hörte, was die Feldwebel sprachen. Man plante, Leute aus den verschiedenen Kronländern zusammen dienen zu lassen, damit kein Verrat vorkomme. Beim ominösen Klang dieses Wortes rückten sie alle näher, verengten den Kreis, als sollten ihre Körper dem Verrat den Weg versperren. »An der russischen Front«, sagte Zubiak, »gab es Verrat. Die Unsrigen liefen zum Russen über mit Gewehren, Maschinengewehren,

Fahnen, der Musik sogar ... Ganze Kompanien, ganze Bataillone ... Und wenn sie jetzt jede Kompanie mit Deutschen, Italienern und Tschechen vollstopfen – wird es keinen Verrat mehr geben. Jede Nation wird auf die andere aufpassen.«

Diese Nachricht deprimierte die Söhne der Huzulenerde. Sie hofften, wie eine Familie in den Krieg zu ziehen, lauter Landsleute, und nun will sich der Kaiser an ihnen für fremde Schuld rächen, er will sie unter fremde Regimenter verstreuen und ihre Zungen vermischen, wie einst Gott beim Turmbau zu Babel. »Bei uns hat es nie und wird es nie Verrat geben!« rief Peter Niewiadomski.

Aber alle dachten schon daran, wohin man sie wohl schikken würde, wenn nur ein Teil des Transportes in Andrásfalva zurückbleibe. Verrat! Verrat! – Es roch danach im ganzen Kader. Hatte Peter deswegen sein Gespenst zu Hause sieghaft bekämpft, damit es ihn hierher, zum Militär, nach Ungarn begleitete? Er wollte sogar den Taubstummen spielen ... Er hätte nie geglaubt, daß der Verrat eine Uniform tragen konnte. So eine Uniform, dachte er, und der Eid vor Gott behüten sicher vor Verrat. Nun, wenn aber ganze Bataillone zum Russen überlaufen, mit Fahnen und Musik, dann gibt es keinen Schutz mehr. Es sei denn der Tod. Das alles vollbringt der Teufel, der dem lieben Herrgott das fünfte Gebot gestohlen hat. Der Teufel befiehlt der Militärmusik, einen falschen Marsch zu spielen, vertauscht den Musikanten die Noten, daß aus den messingnen Trompeten statt österreichischer russische Melodien ertönen.

Über dem Kader hing schwere Glut. Sie machte das Gehirn weich, ließ Wahnsinn durch unsichtbare Ritzen in die Schädel sickern. Doch die Menschen, dem himmlischen Feuer ausgeliefert, hielten fest zusammen. Sie umlagerten die Brunnen, kauerten im bescheidenen Schatten der Baracken, aus denen der Sonnensatan die letzte Feuchte der Wälder saugte. Das Harz vergoß ununterbrochen seine Honigtränen. Es beweinte die Gefallenen des Regiments. Diejenigen, die sie vertreten sollten, saßen geduldig auf ihren Köfferchen, klebten an der zerrinnenden Farbe, oder sie bedeckten die Köpfe mit feuchten Tüchern, lagen auf den Bäuchen – und warteten auf das Kriegsende. In den durchschwitzten Kleidern erwachten längst vergessene Stammesgerüche. Es platzte das ausgedörrte Schuhleder. Auf den Gesichtern der Menschen erschienen Zeichen der Qual und Langeweile. In blendendem Glanz wurden auf dem Gesicht sämtliche Gemeinheiten offenbar und breiteten sich auf der Haut aus wie Schimmel. Nur wenige Physiognomien konnten ihre Masken behalten. Glut brannte durch die Masken und entblößte die furchtbare Wahrheit. Wie gemarterte Löwen mit erloschenen Augen keuchten die alten, hutzeligen Jahrgänge vom oberen Lauf des Czeremosz und Pruth. Sie kämpften mit der Kaderangst. Der Waffenstillstand war zu Ende.

*

Die Mysterien der militärischen Subordination verbrüderten wie die eleusinischen Mysterien schon hier, auf der Erde, die Sterblichen mit dem Tode und waren nur den Eingeweihten zugänglich. Hier wie dort gab es zwei Grade der Eingeweihten: dem ersten Grade entsprach der Rekrut, dem zweiten Grade dagegen ein Soldat, der schon an der Front war. Nur, daß der Kultus der Demeter den Eingeweihten freistellte, wie sie den Todesgeschmack beurteilten. Der Geschmack des Todes für den Kaiser, König

und das Vaterland wurde vom Reglement festgesetzt. Er war seit Jahrhunderten süß.
Leute aus dem Marschbataillon sind Eingeweihte des ersten Grades. Einstweilen kamen sie nur mit Symbolen des Todes zusammen, deren reale Süßigkeit sich ihnen erst nach dem Empfang der sogenannten Feuertaufe offenbaren sollte. Hier im Kader wurden sie dieser Taufe würdig, dank ihrer abgöttischen Ehrfurcht vor der Subordination. Die Religion der Subordination war nicht exklusiv. Im Gegenteil: es lag ihr an Massen, und zwar an durch Zwang bekehrten Massen. Wer sich nicht bekehren und in die Mysterien der Subordination einweihen lassen wollte, erlitt auf ihren Befehl hin den Tod, aber keinen süßen, sondern einen bitteren und schändlichen Tod. Der Kultus der Subordination forderte viele Praktiken und rituelle Gesten. Und wundere dich nicht, Enkel, Urenkel, dem ich diese Geschichte erzähle, daß in jenen fernen Zeiten Millionen von Männern strammstehen und fremde Menschen grüßen mußten, nur weil auf ihnen Sterne glänzten. Wir mußten alle Herren Gefreiten und Herren Korporale und Herren Zugführer und Herren Feldwebel grüßen, und besonders die Herren Offiziere vom Fähnrich an bis zu den Exzellenzen, den Feldmarschällen. Und noch höher mußten wir grüßen, es ist schrecklich, daran zu denken, wie hoch. Allen diesen besternten Mächten jedoch kam derselbe Gruß zu, obgleich der Verstand hier fordern würde, die bedeutenden Unterschiede zu berücksichtigen, also einem Korporal anders zu salutieren als einem General. Wenn man dem Korporal mit einer Hand die Ehrenbezeugung leistete, müßte man es bei einem General mit beiden tun. So würde es der Verstand diktieren. So handelte auch ein Soldat, den der geduldige Leser noch im Verlaufe dieser Erzählung kennenlernen

wird. Dieser Soldat wurde dann aus der k. u. k. Armee als Verrückter entfernt.
Die Leute aus dem Marschbataillon schwatzten bis jetzt gemütlich mit den Zivilisten und nützten den Waffenstillstand zwischen ihnen und der Angst aus. Auf einmal fingen sie an aufzuspringen, sich zu strecken, die Mützen zurechtzurücken, die Röcke zuzuknöpfen, die angezündeten Zigaretten auszudrücken. Die Gesichter verwandelten sich in tote Larven, die Rümpfe erstarrten, die Augen erfroren zu Glas. Wie Puppen schmissen sie die Köpfe nach rechts, nach links, rechtsum, linksum.
Die Sterne hypnotisierten aus der Ferne, und die Soldatenhände sprangen zu den Kappen hoch und schlugen an den Schild, schlugen an den Schild, schlugen an den Schild. Nach Ablauf der vorgeschriebenen Sekundenzahl sanken die Hände. Die Glieder lockerten sich, der tödliche Krampf ließ nach. Die Sternhypnose hörte auf zu wirken. Die in Holz verwandelten Menschen kamen wieder zu sich, wie aus einer fernen Reise ins Jenseits. Angst entströmte ihnen aus allen Poren. Sie teilte sich auch den Zivilisten mit. Aber die rührten sich nicht vom Fleck. Die Sterne übten auf sie noch nicht die lähmende Faszination aus. Die Zivilkleidung wirkte wie ein Schutzpanzer.

*

Peter Niewiadomski kannte sich aus in den militärischen Konstellationen. Er wußte, ein beinernes Sternchen bedeutet – einen Gefreiten, zwei – einen Korporal, drei – Zugführer, drei mit einem gelben Streifen – Feldwebel. Er konnte die Sterne der Chargen von den Offizierssternen auf Tuchaufschlägen und sogar Goldaufschlägen unterscheiden. Da er selbst eine kaiserliche Eisenbahnerkappe trug, salutierte er zusammen mit den Soldaten den Offizieren, die nach dem Mittagessen aus ihrem Kasino zurückkehrten. Gegen allen Anschein waren es Menschen. Ältere Herren, Schmerbäuche, Schnurrbartbesitzer, Vollbartinhaber. Es schlenderten hier auch verschiedene grüne Burschen herum, die der ausländischen Mode erlegen waren und das ganze Gesicht rasiert trugen. Sie sahen wie Geistliche in Uniform aus. Sie hatten alle fast dieselben Feldkappen wie die gemeinen Soldaten. Sie waren nur an den langen Säbeln zu erkennen, denn man konnte ihre seidenen Sternchen, die von silbernen oder goldenen Kreisen geschmückt waren, aus der Ferne schwer von den beinernen unterscheiden. Die Herren Offiziere erwiderten – in jenen Flitterwochen des Krieges – mit sichtbarer Genugtuung die ihnen geleistete Ehrenbezeigung. Besonders die Reserveoffiziere waren stolz, daß sie plötzlich zum Gegenstand der Ehre wurden. Von allen Seiten flogen diesen Volksschullehrern, Kaufleuten, Beamten und Studenten Militärgrüße im vorgeschriebenen Rhythmus zu, und sie fingen sie im Flug wie Bälle und gaben sie zurück. Der Kultus der Subordination wurde gewissenhaft erfüllt. Es kamen aber auch kleine Verstöße vor.

Zwei junge Leute, dem Range nach Kadetten, traten eben aus dem Kasino. Sie sahen in ihren schmissigen, smarten, engen Blusen, in Breecheshosen und Stulpen auf dem vorwiegend von Bauern bevölkerten Platz wie zwei Gutsherren vor einer Scheune aus. Einer von ihnen spielte mit der Reitpeitsche, deren Beschlag glänzte. In der Militärhierarchie bildeten die Kadetten etwas in der Art von Zentauren. Nur bis zum Gürtel waren sie Offiziere, ihre zweite Hälfte gehörte dem Mannschaftstande an. In Friedenszeiten mußten sie mit dem Gewehr und dem Offizierssäbel marschieren. Die Soldaten des Marschbataillons, die die Pflicht hatten, die Kadetten zu grüßen, taten dies tadellos. Nur ein älterer, dicker Mann, des dauernden Salutierens oder auch von der Hitze oder überhaupt des Lebens müde, konnte seine Bewegungen nicht richtig berechnen und salutierte schon, während er sich vom Boden erhob. Die Kadetten bemerkten es. Jener mit der Reitgerte und dem roten, kindlichen Gesicht näherte sich dem Sünder. Wie eine besorgte Mutter fragte er: »Wie salutierst du, Alter?«

Merkwürdig klang im Munde des Jünglings das Fürwort ›du‹ in Verbindung mit ›Alter‹. Der Alte schwieg in strammer Haltung. Er schob den Bauch übertrieben vor. Einen Moment lang schaute ihn der Kadett mit Bedauern an. Plötzlich nahm er Haltung an und rief mit veränderter, unmenschlicher Stimme: »Setzen!«

Der alte Mann setzte sich.

»Salutiert!«

Der alte Mann erhob sich vorschriftsmäßig, wartete einen Moment, salutierte. Wiederum:

»Setzen!«

Der Alte setzte sich.

»Salutiert. Eins! Zwei! – Drei!«

Der alte Rumpf erhob sich nur schwer, die Hände vollbrachten den Gruß, ihn in drei Teile teilend.

»Setzen!«

Die alten Augen suchten wie zwei Bettler Gnade in den Augen der Subordination. Aber sie fanden keine Gnade. Die Subordination sah die menschlichen Augen nicht. Sie schaute nur auf die Hände, die Füße, die Kappen. Vom Rhythmus des eigenen Kommandos berauscht, skandierte sie:

»Salutiert. Eins! Zwei! Drei!«

Der alte Körper schwankte einen Moment, als zitterte er

leicht, aber rechtzeitig riß er sich von der Erde hoch. Dies wiederholte sich noch fünfmal. Endlich begegneten beide Augenpaare einander. Nach dem achten ›Setzen!‹ folgte nicht mehr: ›Salutiert!‹, sondern das erlösende:

»Ruht! Weitermachen!«

Der alte Mann durfte von nun ab über seinen Körper verfügen. Befriedigt lächelte die Subordination mit dem Jünglingsmund und zeigte zwei Reihen gesunder, starker, schöner Zähne. »Garbatsch!« flüsterte Peter irgendein Soldat zu.

Das war also der Kadett Garbatsch! Peter verglich ihn mit dem Begriff, den er sich von ihm auf Grund des Namens gebildet hatte. Fehlgeraten! Tryhubiak hatte recht. Garbatsch sah gar nicht wie ein ›Hund‹ aus, und doch quälte er den alten Mann. Alle, die Garbatsch kannten, wußten, daß ihm persönlich gar nichts daran lag, ob ihn die Leute grüßten. Er pfiff auf menschliche Grüße. Aber schlechtes Salutieren konnte er nicht dulden. Nur jene Offiziere, die schlechtes Salutieren als Geringschätzung ihrer eigenen Person betrachteten, konnten weniger genau auf die Finger sehen. Es waren nämlich ihre Finger – und nicht die der Subordination. Kadett Garbatsch hatte nicht das Recht, den Menschen etwas zu vergeben, was nicht seine Sache war. (Er konnte beispielsweise seine Zigaretten verschenken.) Er überlegte eben, ob er dem alten Mann nicht eine Zigarette geben sollte. Er gab ihm keine. Nichteingeweihte konnten denken, daß er bereute, was er getan hatte. Aber er bereute nicht. Er hatte ein reines Gewissen. Wenn Leute schon im ersten Kriegsmonat so nachlässig salutieren, was wird später sein? Der Krieg kann bis Weihnachten dauern. Und darf man solche Grüße in Gegenwart von Zivilisten verzeihen? Gerade mit Rücksicht auf die Zivilisten mußte er so scharf reagieren. Er wird keine

Zigarette geben. Dagegen wird es gut sein, mit den Zivilisten zu sprechen. Sie sollen nicht denken, daß sie es mit einem stumpfsinnigen, verbohrten Kommißknopf zu tun haben.

»He, Landsleute, war das Essen gut?«

Er wußte, daß es gut war, obgleich er selbst nicht am Mannschaftsessen teilnahm. Er kam vom Offizierskasino, wo er ein Essen zu sich nahm, das wie Nektar und Ambrosia schmeckte. Mit dieser Frage wollte er zu verstehen geben, daß er selbst mit der Hälfte seiner Person noch im Menschlichen steckte, auch wenn die andere Hälfte nicht mehr menschlich war.

Er wartete nicht einmal die einstimmige, natürlich bestätigende Antwort ab. Er grüßte, faßte den Kameraden, der das Schauspiel gleichgültig betrachtet hatte, am Arm und entfernte sich mit ihm in Richtung Stadt.

Peter Niewiadomski wußte mit Bestimmtheit, daß dies kein ›Hund‹ war. Aber woran erkannte man hier die goldenen Menschen? Wäre der Kadett Garbatsch ein Hund, liefe er jetzt mit herunterhängender Zunge herum – so eine große Hitze herrschte. In der stickigen, ungarischen Luft flog die Tollwut geradezu herum. Peter dachte an seinen Baß. Ob der wohl solche Hölle aushalten würde? Er würde sie bestimmt aushalten. Die Leute träumten von kühlen Bergflüssen, vom Pruth, vom Czeremosz. Die schwächeren Seelen waren bereit, sich dem Teufel zu verkaufen, den Kaiser zu verraten, nur um den Körper in frisches Wasser tauchen zu dürfen. Sie fragten die Soldaten aus, ob es nirgends in der Nähe einen Fluß, einen Teich, ein Bächlein gab. Einen Teich gab es auf der anderen Seite der Stadt, auf dem Wege zum Schießplatz, aber er war ausgetrocknet und zugewachsen. Sie schauten also sehnsuchtsvoll auf die dichte Lindenallee der Chaussee, auf das Gärtlein um das Häuschen der Brauhausangestellten, aber keine Hilfe kam. Die Soldaten verließen, einer nach dem anderen, die Landsleute, gingen in ihre Quartiere, auf die Strohsäcke, in den Schatten. Trotz des Sonntags wartete noch Arbeit auf sie: das Gewehrputzen für die Musterung morgen.

Dann tauchten aus der Tiefe der roten Brauhausmauern zwei Gestalten auf. Vorneweg schleppte sich lässig ein Riese in zerknitterter Uniform, seit vielen Tagen unrasiert. Ungeschlacht schritt er in Schuhen einher, aus denen die Schnürsenkel entfernt waren. Die Hose fiel fast herunter. Immer wieder zog er sie mit den Ellenbogen hoch, denn seine Hände waren nicht frei. In beiden trug er Blecheimer. Knapp hinter ihm schritt ein zweiter Soldat. Die Hosen fielen ihm nicht herunter, seine Schuhe waren in Ordnung, über der Schulter trug er ein Gewehr mit aufgepflanztem Bajonett. Auf dem Bauch, am Koppel, zu beiden Seiten des messingnen Adlers, steckten zwei dickbäuchige Patronentaschen, die wie zwei schwarze Euter aussahen, mit bleierner Todesmilch angefüllt. Der Raum zwischen den beiden war mit irgendeinem lähmenden, tödlichen Strom geladen. Wiederum eine Todeszone. Diesmal eine physische. Es ist ein Wunder, daß Insekten, die sorglos zwischen diesen beiden Soldaten herumflogen, nicht tot zu Boden fielen. Ein Deserteur, dachte Peter beim Anblick des Arrestanten. Vielleicht auch ein Verräter, einer von jenen, die da mit den Fahnen ... Es war kein Deserteur und kein Verräter.

»Servus, Huk! Servus, Ilko! Komm her, dreh dir eine Zigarette! Einen Bart hast du dir aber wachsen lassen!« riefen seine Kollegen dem Riesen von der 3. Kompanie zu. Einige hielten die Tabaksäckchen wie Köder in seine Richtung. Keiner dachte daran, ihm im Ernst davon zu geben. Ilko Huk hatte im Gefängnis genug Tabak. In der ganzen Monarchie bekamen die Verhafteten heimlich Tabak. Der Soldat mit den Eimern warf den Kameraden einen freundschaftlichen Blick zu, zwinkerte verständnisvoll mit den Augen. Der Soldat mit dem Gewehr schaute nur in seinen Rücken. Man sah, daß er sich fürchtete.

»Er geht in die Küche, Essen für die Arrestanten holen«, erklärte einer der Soldaten.

»Wer ist es?« fragten die Zivilisten.

»Ein ganz schönes Früchtchen. Liebt es, die Mädchen zu lieben. Als er am vorletzten Samstag ohne Passierschein wegging, kam er erst am Montag nach den ›Gelenksübungen‹ zurück. Aber Glück hat der Kerl! Bei Gott! Der Hauptmann hat ihn gern. Nur zwölf Tage hat er bekommen. Bei einem anderen Hauptmann kriegt er einundzwanzig und Spangen als Zubeiß, weil er das zweite Mal Reißaus nahm.«

»Was sind das für Spangen?« fragte Peter Niewiadomski. Tryhubiak hatte nichts von Spangen gesagt. Die Eingeweihten ersten Grades lachten spöttisch auf, und der Gefreite Zubiak schüttelte den Kopf:

»Du weißt nicht, was Spangen sind, Herr Kondukteur? Und eine Mutter hast du?«

»Ich habe keine!«

»Nun, dann kannst du's bedauern! Denn wenn sie dir die linke Hand an das rechte Bein fesseln oder die rechte Hand an das linke Bein und du so zwei Stunden sitzen bleibst, oder drei, vier Stunden, wieviel du grad verdient hast – dann schwillt dir die Leber an und du verfluchst die eigene Mutter.«

Die Eingeweihten brüllten wieder. Einige Zivilisten auch. Peters Blick verfinsterte sich. Unter den Augenlidern glitzerten noch Spuren vom Bilde seiner Mutter, die ihn mit

Suppe fütterte, noch klang ihm in den Ohren das Echo ihrer Worte. Und so eine Mutter läßt ihn ein fremder Mensch verfluchen! Vielleicht hat der Teufel absichtlich dieses Bild in der höllischen Mittagsglut hervorgerufen? Verfluchen! Weswegen verfluchen? Wegen dieser linken Hand, wegen dieser rechten Hand, wegen dieses rechten Beines... Peter schaute seine Hände an. Um Gottes willen, welche ist die rechte und welche die linke? Sollte er das erst in den Spangen lernen?

Der Soldat mit den Eimern und der Soldat mit dem Gewehr mieden die gefährlichste Stelle des Kaders, das Kommandogebäude, wo sie von den Offizieren gesehen werden konnten. Die Spannung zwischen dem einen und dem anderen wurde bedeutend kleiner. Der Soldat mit dem Gewehr ging schon freier, er ging wie ein Mensch, er marschierte nicht. Als sie in die Maschinenhalle einbiegen sollten, drehte sich der Verhaftete um, hob die Eimer hoch, ohne darauf zu achten, was mit den Hosen geschehen werde. Triumphierend schlug er die Eimer zusammen. Sie erklangen wie Becken.

Trotz der Lustigkeit, die der Verhaftete bei den Kameraden weckte, war Peter immer noch traurig. Die Soldaten versäumten es nicht, die Zivilisten aufzuklären, daß der Wächter mit dem scharf geladenen Gewehr der Infanterist Oleś Hnidej sei, aus derselben 3. Kompanie wie der Infanterist Ilko Huk. An diesem Tage stellte die 3. Kompanie Wachen aus. Es war Leutnant Smekals Schuld, daß sich heute die Wachablösung über zwei Stunden verspätete. Anstatt vierundzwanzig war Ilko Huk von seinen Kameraden bereits sechsundzwanzig Stunden bewacht. In einer halben Stunde werden andere Leute aus der 1. Kompanie den Dienst übernehmen. Oleś Hnidej wird das Gewehr ablegen und die Würde des Wächters ablegen.

Die scharfen Patronen, mit denen er auf den Kameraden hätte schießen müssen, falls der versucht hätte zu fliehen, wird er in die Hände des Wachkommandanten legen. Aus einem Gendarmen, einem Profos, einem Feinde wird er sich wieder in einen Freund verwandeln. Der Verhaftete gehört auch zu den Eingeweihten. Er kannte die wandelbaren Eigenschaften der Subordination. Er wußte, daß sich in einigen Tagen, wenn er das Gefängnis verließ, alles umkehren konnte. Der Gendarm von heute kann zum Verhafteten werden, der Verhaftete – zum Gendarmen.
Peter Niewiadomski dachte bis zum Abend, bis zum süßen schwarzen Kaffee, an nichts anderes. Haft, Kasernenarrest, Dunkelkammer, Fasten, Spangen. Es gab genug davon beim Kaiser, genug! Und das Schlimmste ist, daß ein Kamerad den anderen Kameraden abführt, ganz wie der Korporal Durek den Banditen Matwij, den man ›Bulle‹ nannte. Nur mit dem Unterschied, daß der Gendarm bis ans Lebensende Gendarm bleibt und der Dieb ein Dieb, und beim Kaiser – bist du heute Gendarm, morgen – Dieb ...
Er konnte diese neue Ordnung der Dinge nicht fassen. Einundvierzig Jahre lebte er nun schon auf der Welt, und immer lernte er sie neu kennen und immer von einer neuen Seite. Von einer schlimmeren. Gut, sagte er sich, es ist Krieg. Das wissen wir. Aber warum häuft der Kaiser soviel Angst, soviel Wut, soviele Strafen gegen seine eigenen Menschen? Wäre es nicht besser, die ganze Wut für den Russen aufzuheben? Man führt doch mit ihm Krieg und nicht mit uns. Wozu verdirbt man österreichisches, gutes, katholisches Blut?
Peter Niewiadomski war dem Kaiser Franz Joseph gut. Die ganze k. u. k. Armee betrachtete er als kaiserliche Freunde. Die Verräter ausgenommen, natürlich. ›Meine

lieben Völker, mein liebes Heer‹ – schrieb Seine Majestät in seinen Manifesten. Schrieb er vielleicht nicht so? Aber die Schrift, dieses Teufelszeichen, ist eines und ein anderes die Wahrheit. ›Meine lieben Völker‹ ... Eine schöne Liebe ist das.

Nach dem Kaffee beruhigte er sich. Militärkoffein wirkt genau umgekehrt wie ziviles: es besänftigt die aufgewühlten Herzen. Trotzdem schlugen jetzt viele Herzen heftiger auf dem Platz hinter den Baracken, nicht wegen der Hitze, sondern aus Angst. Da brach die Nacht an, und es war ungewiß, ob man sie nicht unter freiem Himmel werde zubringen müssen. Unter den Zivilisten befanden sich Leute, die noch nie auf nackter Erde geschlafen hatten. Es sah gar nicht danach aus, daß man sie für die Nacht einquartieren werde. Die Menschen, die jetzt vor der Nacht, vor dem freien Himmel und der nackten Erde Angst hatten, stammten von einem alten Hirtenstamm ab. Ihre Väter verbrachten vor Jahrhunderten nicht nur eine Nacht im Tau, und nicht nur eine Nacht schliefen sie in den Wüsten, wo sie verbranntes Gras, heißen Sand oder das Fell eines lebendigen Kamels als Lager hatten. Wenn der Himmel Stürme sandte, bargen sie sich unter Leinwandzelten. In dunklen Nächten fürchteten sie sich nur vor Gott und vor Schakalen. O wie lange schon waren in Staub zerfallen die Zelte Israels! Die Nachkommen der alten Hirten, vom Hohn des verkehrten Geschicks verfolgt, irren jetzt in den steinernen Wüsten der Städte und Städtchen herum und fürchten den Himmel und fürchten den Regen.

Seit Beginn des Krieges, der schon fast vier Wochen dauerte, hatte es noch kein einziges Mal geregnet. Es war, als verzichtete der Himmel auf das Privileg, die Erde zu bewässern, und überlasse es dem Menschenblute. Aber vom Menschenblute, wenn es auch reichlich floß, hatte die Erde keinen Nutzen.

Gegen sieben Uhr kamen auf dem Grund des Horizontes, im Westen, Wolken herauf. Das tiefklare Blau bekam an vielen Stellen Streifen. Die Sonne gelangte noch nicht an ihre Endstation hinter der Stadt Andrásfalva. Sie verließ erst die Grenzen des Kaders. Sie schwamm hinunter, den Wolken entgegen. Und die Wolken schwollen an und wurden dunkel. Menschen, die unter anderen Umständen ein Gewitter als Linderung empfunden hätten, beobachteten jetzt unruhig die Mobilisierung in den Lüften. Wo sollten sie sich vor dem Regenguß schützen, der ja die ganze Nacht dauern konnte? Ohne besondere Erlaubnis darf niemand zu den Baracken gehen. Nur ein Befehl könnte ihnen helfen, aber niemand erteilte solch einen Befehl.

Gegen acht Uhr war es schon sicher, daß es nicht regnen werde. Als die Sonne mit der Wolkenfestung zusammenstieß – platzte die Festung. Dann gingen die Wolkengletscher auseinander, wie von Scham gerötet, zerfielen in viele, flüchtende Scharen schmutziger Schafe, welche ein feuriger Hund vor sich in den Abgrund jagte. Der Sieg der Sonne war herrlich, beinah wie der Sieg bei Kraśnik. Die Juden und Stadtbewohner atmeten auf.

Die Nacht unter dem ungarischen Himmel war nicht schrecklich. Auf dem geglätteten Firmament erglänzten die Sterne, ein Stern nach dem anderen – volle, reife, glitzernde. In solchen Nächten wurde einst die Astronomie geboren. Die stickige Luft, die am Tage die Menschen so gequält hatte, kühlte sich ab, wie unter dem Druck der menschlichen Angst vor dem Gewitter. Der Himmel setzte seine stillen, unsichtbaren Ventilatoren in Bewegung. Im Norden wehte eine angenehme Kühle. Ein sanftes Windchen streichelte die Gesichter der Ankömmlinge aus dem Norden. Der Mond zeigte sich noch nicht.

In den entfernteren Baracken sang man. Es waren Chorgesänge, deren jede Strophe mit: ›oj‹ anfing. Es waren Seufzer in Melodien, es war die ukrainische Sehnsucht in Klängen. Sehnsucht nach Hause, nach der Steppe, den Bergen, der Liebe, nach dem verlorenen Paradies. Die Huzulen legten sich auf die Koffer, auf die Bündel. Sie warteten auf Träume, sie warteten auf das Ende des Krieges.

Langsam senkte sich die Sommernacht auf sie nieder. Sie veredelte die Gesichtszüge, wischte von ihnen den Stumpfsinn und die Wildheit. Die gewöhnlichsten Gesichter bedeckte die Nacht mit der Patina der Heiligkeit. Sie sperrte die Münder zu und öffnete die Herzen. Allein, hier hatte keiner dem anderen etwas zu gestehen. Noch hatten sie nicht soviel gemeinsames Unglück erfahren, daß es ihnen den Stolz und die Scham von den Seelen abgestreift hätte. Jeder bewahrte seine Geheimnisse für sich. Es wird der Tag kommen, an dem keiner sie wird behalten können. In Ermangelung eines Geistlichen werden sie, der eine dem anderen, beichten.

Keiner von ihnen konnte einschlafen. Die erste Nacht beim Militär barg Geheimnisse. Alle warteten auf etwas.

Fast gleichzeitig mit dem verschwommenen Mond – kam hinter dem Brauhause der gedehnte, klare Ton einer Trompete herauf. Das kaiserliche Wiegenlied für artige Kinder. Die Chorgesänge in den Baracken verstummten. Neun Uhr. Die Soldaten der ganzen Monarchie gehen um neun schlafen. Die an der Front ausgenommen. Einige Minuten später erschien von dort, woher am Nachmittag der Verhaftete geführt worden war und woher jetzt die Abschiedsakkorde des Zapfenstreiches klangen, ein kleiner, bewaffneter Trupp. Auf den Gewehrläufen glänzten Bajonette. Sie marschierten paarweise in Reihen. Sie blieben vor dem Kommandogebäude stehen. Irgendein Offizier oder Feldwebel erklärte den Soldaten längere Zeit etwas. In seinem Säbel spiegelten sich die Lichter aus den Kasinofenstern. Er sprach mit gedämpfter Stimme. Dann zogen sie zum Platz. Sie blieben bald hier, bald dort stehen und ließen je einen Soldaten zurück. Auf den Kragen der Chargen glitzerten die Sterne. Der Kader stellte für die Nacht Posten auf. Der Inspektionsfeldwebel zeigte ihnen den jeweiligen Ort. Hinter den Zäunen, die den Kader umgaben, bei jeder Baracke, an den Stacheldrähten, bei dem Haupttor, das zu Ehren des Sieges von Kraśnik mit Tannenzweigen und Fahnen geschmückt war, spazierte jetzt ein bewaffneter Mensch. Hin und her.

Man traute ihnen nicht. Sie waren von allen Seiten bewacht wie ein Gefangenenlager.

Peter Niewiadomski konnte es nicht beschwören, aber er hatte den Eindruck, daß Dmytro Tryhubiak aus Czernielitza einer der Wächter war.

Schweigen umfing die Gefangenen, obgleich niemand ihnen verboten hatte zu reden. Sie flüsterten sich etwas zu. Die Militärnacht selbst legt das Schweigen nahe. Schüchtern borgten sie sich Streichhölzer und rauchten wie heimlich, obzwar niemand verboten hatte zu rauchen. Die Blicke irrten in der Nacht, sie hafteten auf den tagsüber roten und jetzt kreidebleichen Wänden des Brauhauses, sie hafteten an den Baracken, tauchten in der Dämmerung der Chausseelinden unter. Weder die Mauern noch die Linden konnten die verlorene Freiheit zurückgeben. Nur so weit! sagten die Grenzen des irdischen Horizonts. Weiter ist es nicht gestattet.

Sie erhoben also die Augen zum Himmel, wo die Sternbilder immer strahlender glänzten, deren Namen den

Astronomen bekannt waren, nicht aber den Bürgern des Śniatyner Bezirks. Peter Niewiadomski kannte allerdings einige Sterne. Er wußte, welches der Große Bär war, der Große Wagen, er wußte, daß der mit Sternkies bestreute Weg auf dem Himmel – die Milchstraße ist. Dort hat der Große Wagen die Deichsel zerbrochen. Die Blicke der Gefangenen liefen unruhig über die Milchstraße hin und zurück, wie ausgehungerte Hunde. Vielleicht wirft ihnen der Himmel einen Knochen zum Trost herunter?
Um diese Jahreszeit warf der Himmel nur Sterne herab. Als er sah, wie oft sie herunterfielen, dachte Israel Glanz, Kaufmann aus Kolomyja, daß Gott den Himmel degradiere. Vielleicht laufen auch die Sterne zum Russen über?
Das Lager schlief. Von der Erde und dem Himmel enttäuscht, gingen die Leute in sich, fielen zusammen, flossen in die Dämmertiefe ihres Wesens hinunter. Peter Niewiadomski schaute auf die Kameraden – und sah sie alle in Spangen gekettet. Die linken Hände an den rechten Beinen, die rechten Hände an den linken Beinen. Alle verfluchten schweigend ihre Mütter. Es herrschte große Stille, von Schnarchen, Husten, Stöhnen unterbrochen, und Sterne waren am Himmel und Sterne auf den Kragen der Chargen.

IX. KAPITEL

Der Wecker auf dem Tische läutete durchdringend. Doch es war sinnlos. Der Mann, der den Wecker aufgezogen hatte, schlief schon lange nicht mehr. Er lag auf dem Bett, halb unter einer weißen, wollenen Decke, und rauchte eine Zigarette. (Sicher kam seine heisere Stimme daher, daß er auf leeren Magen rauchte.) Der Wecker schleuderte die Portion Wut heraus, die ihm durch den Mechanismus vorgeschrieben war – und verstummte.

Das wiederholte sich seit Jahren. Seit Jahren wurde der Stabsfeldwebel Bachmatiuk einige Minuten früher wach als der Wecker. Trotzdem zog er ihn jeden Abend auf. Im Sommer stellte er ihn auf fünf, im Winter auf sechs Uhr. War das nur die gedankenlose Angewohnheit, die Wunderlichkeit eines alten Junggesellen? Stabsfeldwebel Bachmatiuk war ein alter Junggeselle, aber kein Sonderling. Alles machte er zielbewußt. Dieser Wecker verrichtete bei ihm wichtigen Dienst. Täglich huldigte er seinem Herrn und dessen Überlegenheit über die Mächte der Nacht. Überdies verkündete er an Montagen schallend den Sieg des Stabsfeldwebels über den Alkohol. Pünklichkeit und Disziplin waren Bachmatiuk nicht durch Mächte aufgezwungen, die seiner Natur fremd waren. Im Laufe der Jahrzehnte des Dienstes sind ihm diese Tugenden ins Blut eingesickert und haben die Zellengewebe wie Kalk durchdrungen. Bachmatiuk verlangte vom Wecker gar nichts anderes als die laute Bestätigung dieser Wahrheit. Jeden

Morgen wollte er sie hören. Das war sein Gesundheitsbad. Und wenn der Wecker läutete, schien es Bachmatiuk, daß er nicht nur sich, seinen Willen und sein Bewußtsein beherrsche, sondern auch die ihm zugeteilte Zeit. Loyal erfüllte der Wecker seine Schuldigkeit: er weckte nicht. Bis jetzt hatte er noch nie versagt. Er war gehorsam, man könnte sagen – er fraß aus der Hand, die ihn aufzog. Auch Bachmatiuk versagte nie. Er wachte immer von selbst auf, immer gewann er das Rennen.

Aber wessen Hand zog die Federn auf, die in Bachmatiuk wirkten?

Der Stabsfeldwebel kämpfte nicht nur mit dem Chronos auf seinem kleinen uhrmäßigen Gebiet. Er sagte auch Kampf an den schweren Kalibern der Zeit, dem eigenen Alter. Er hatte schon das fünfzigste Jahr überschritten, und es ergrauten nicht nur seine Schläfen, er hatte auch einen grauen Schnurrbart. Er hätte ihn abrasieren können und auf diese Weise den Schein der Jugend retten. Er tat es nicht, denn er diente bei der Infanterie, und das Reglement der Infanterie empfiehlt ausdrücklich, den Schnurrbart zu pflegen. In der k. u. k. Armee hatte nur ein Regiment das Recht, ja, das Privileg, den Bart und Schnurrbart zu rasieren, zum Andenken an die berühmten Vorfahren, die in der Blüte der Jahre dahingegangen waren. Das war das Regiment der Windischgrätz-Dragoner. Bachmatiuk war kein Dragoner, sondern Infanterist von Berufung, und er verehrte das Reglement seiner Waffengattung fanatisch. Was aber die äußeren Merkmale des Alters betraf, besaß er für ihre Unterdrückung Mittel, die ebenso erfolgreich waren wie das Rasiermesser.

Als er die Zigarette zu Ende geraucht hatte, schloß er die Augen und versank in Meditationen. Nach einer Weile erhob er sich, setzte sich im Bett auf und kommandierte sich selbst mit donnernder Stimme: »Auf!« Jedem Kommando gehorsam, und wenn es aus eigenem Munde kam, riß er sich blitzschnell hoch, zog die Pantoffeln an und marschierte zu der auf einem Stuhl befindlichen Waschschüssel. Er tauchte den Kopf in kaltes Wasser, wusch den Rest des Schlafes ab, die Spuren der Nacht von seinen großen, pechschwarzen Augen, die von einem Netz blutroter Adern durchzogen waren. Er rasierte sich vor dem kleinen Spiegel, der sein hübsches, gebräuntes Gesicht boshaft entstellte. Dann putzte er die Zähne, und nun begann der Kampf mit der Zeit. Aus der Tischschublade holte er alle Waffen hervor: die Schachtel mit schwarzer Farbe, die Schnurrbartbinde und eine kleine Kinderzahnbürste. Lange färbte er den üppigen, mächtigen Schnurrbart, der über Nacht den künstlichen Glanz verloren hatte, die künstliche Schwärze und die Symmetrie. Endlich legte er die rosa Binde an. An den Ohren befestigt, sah sie wie ein Verband aus. Sie bog die Oberlippe aufwärts und entblößte die länglichen, gelben Pferdezähne, so daß das bleiche Zahnfleisch sichtbar wurde.

Wieder setzte er sich aufs Bett und meditierte. Er überlegte, welche Hose er anziehen sollte. Die kurze graublaue Feldhose zu hohen Schaftstiefeln oder die lange schwarze Salonhose. Er wählte die Salonhose, obgleich er in keinen Salon gehen sollte. Es erwarteten ihn Baracken, Magazine und Staub. Zweifellos war eine schwarze Hose im Dienst unpraktisch, sie zeichnete sich aber durch einen Vorzug aus, den man nicht geringschätzen durfte. Wenn man uns fragt: von welcher Statur ist der Stabsfeldwebel Bachmatiuk – müßten wir antworten: von napoleonischer. Eine kleine Figur tut natürlich der Ehre keines Menschen Abbruch. Aber die Majestät des Franzosenkaisers, der sich seinem Heer meist auf dem historischen weißen Roß zeigte, in die historische graue Redingote gekleidet, gleicht nicht der Autorität eines Oberinstruktors in einem k. u. k. Regiment der galizischen Infanterie. Also entsprach die lange schwarze Hose Bachmatiuks mitunter dem Roß und dem Mantel Napoleons. Sie erhöhte Bachmatiuk und hob seine Autorität bei den Untergeordneten. In jenen Tagen war Bachmatiuk besonders viel an der Autorität gelegen. Die Salonhose war schon alt, abgetragen, und ihr Boden glänzte. Jedoch liefen die Außennähte entlang zu beiden Seiten zwei dünne, purpurne Adern in gerader Linie bis zu den Füßen. Bescheidene Miniaturen der Generalsstreifen. Die Wahl der Hose bestimmte auch die des Schuhwerks. Die hohen Stiefel, die an der Wand bereit standen, mußten naturgemäß vor einfachen Schuhen den Platz räumen, die der Ordonnanzsoldat zusammen mit dem Kaffee bringen würde.

Der Ordonnanzsoldat erschien im Augenblick, als Bachmatiuk die dichten und schwarzen Haare kämmte, schwarz von eigenen Schwärzevorräten und nicht von künstlicher Farbe. In der Schädelmitte durchschnitt sie eine weiße, schnurgerade, wie hingezeichnete Linie. Sie lief von der Stirn bis fast zum Nacken. Der Scheitel auf dem Kopfe und der Besatz an der Hose schienen dieselbe Idee auszudrücken.

In der Tür stand ein Soldat – ein Fettwanst mit einem Hermaphroditenteint. Die Haut, die sein blasses, geschwollenes Gesicht überzog, erinnerte an Pergament und glänzte wie Butter. Die Natur hatte ihn mit lebenslänglichem Bartmangel beschenkt und machte aus ihm einen Idealdragoner des Windischgrätz-Regiments. Trotzdem wurde er der Infanterie zugeteilt. Seit Kriegsbeginn putzte er inoffiziell die Stiefel des Stabsfeldwebels, machte Ordnung in der Quartierstube, brachte das Essen. Jetzt hielt er in einer Hand die geputzten Schuhe, in der andern die Eßschale. Der Stabsfeldwebel trank nämlich schwarzen Kaffee aus dem Kessel, wie ein gemeiner Soldat. Er machte von der Unteroffiziersküche, die Milchkaffee in Gläsern und Bechern verteilte, keinen Gebrauch.

Er schaute sich nicht einmal um. Mit der Schärfe seines erfahrenen Blicks prüfte er blitzschnell im Spiegel, vor dem er sich rasierte, auch den Spiegel der gleißenden Schuhoberfläche und stellte fest, daß die Schuhe aussahen, wie sie aussehen sollten. Den Urheber dieses Glanzes würdigte er keines einzigen Wortes. Er sprach ihn überhaupt selten an. Er hatte den Burschen erst seit Kriegsbeginn und wollte sich mit ihm nicht gemein machen. Alle Befehle gab er im Dienstton. Der Fettwanst führte sie im allgemeinen gewissenhaft aus. Er hieß Gabriel Kistoczok und stammte aus der Bukowina, der Heimat Bachmatiuks. Diesem Umstande hatte er sicherlich die große Auszeichnung zu verdanken. Es schien, daß ihn Bachmatiuk gern hatte. Im Anflug guter Stimmung hatte der Stabsfeldwebel einmal eine spaßhafte Anspielung auf den Namen des Erzengels gemacht. In Gegenwart einiger Soldaten rief er: »Du, Gabriel, Michael, Rafael – geh', hol' den Befehl aus der Kanzlei.«

Seitdem rief man dem Infanteristen Gabriel Kistoczok nach, wo immer er sich zeigte: Gabriel, Michael, Rafael!

Die Soldaten des Marschbataillons verspotteten ihn, aber unbewußt zollten sie ihm Ehre. Bewegte er sich doch immerhin frei in der Löwengrube, fegte er doch alle Tage diese Grube rein, hielt sich dicht am Quell der Angst auf; er war vom Duft der Macht angehaucht. So ein Mensch mußte so manches wissen. Sie überschütteten ihn mit Fragen, so: Wann wird die Gewehrvisite stattfinden? Wann wird der Inspektionsgeneral ankommen? Wann wird der

Krieg zu Ende sein? Sie taten mit Gabriel gut Freund, bemühten sich sogar, ihn mit Schnaps, Wurst und Tabak zu bestechen. Gabriel benahm sich, als würde er in der Tat etwas wissen. Er gab zu verstehen, daß er ein Vertrauter des Stabsfeldwebels sei, und lächelte ebenso albern wie rätselhaft. Aber seine Antworten waren meistenteils dunkel und zweideutig. Am Ende überzeugten sich die Soldaten, daß Gabriel, Michael, Rafael ebensowenig wußte wie sie. Trotzdem erfreute er sich immer noch ihrer Hochschätzung, und er wuchs dadurch mit jedem Tag in seinen eigenen Augen. Bachmatiuk gegenüber aber fühlte er sich immer kleiner und kleiner.

Mit Anstrengung würgte er jetzt die Worte hervor: »Herr Stabsfeldwebel! Ich melde gehorsamst – sie brachten Stroh!«

»Abtreten!«

Gabriel schlug die Absätze zusammen, stellte geräuschlos den Kaffee hin, nahm geräuschlos die Schüssel mit schmutzigem Wasser weg, ging geräuschlos fort. Er wird zurückkommen und aufräumen, wenn der Stabsfeldwebel schon lange das Zimmer verlassen hat.

Der Stabsfeldwebel bewohnte eine Stube für sich allein im zweiten Stock des Kommandogebäudes. Andere ›Berufsdiener‹, niedere Chargen, wohnten zu zweit, zu dritt in einem Zimmer. Größtenteils waren es verheiratete Leute mit Kindern. Sie hatten in der Stanislauer Garnison ihre Wohnungen, hatten ihre Kredenzen, Grammophone mit riesigen Trichtern, Nachttöpfe, Fiskuse, Rhododendren, Hündchen und Kanarienvögel. Der Krieg und die Evakuation verscheuchte sie aus ihren warmen Nestern. Der Bequemlichkeit beraubt, paßten sie sich nur mit Mühe den neuen Bedingungen des ungarischen Kaders an. Bachmatiuk fühlte sich hier ausgezeichnet. Seit beinahe dreißig

Jahren wohnte er im Regiment, und es war ihm gleich, wo das Regiment stationiert war. Er hatte nie ein eigenes Möbelstück besessen, ja nicht einmal eigenes Bettzeug, und was die Familie betrifft – seine Familie war das Militär. Man konnte sich schwer vorstellen, daß er jemals Eltern gehabt hatte. Sein Vater schien das Dienstreglement zu sein und die Subordination seine Mutter. Solange Bachmatiuk Präsenzdienst machte, verbrachte er zuweilen seinen Urlaub im ›Zuhause‹. Er besuchte seinen Vater, den Vorsteher einer wohlhabenden Gemeinde am Serethfluß, er besuchte die jüngeren Geschwister. Aber seitdem er in den Freiwilligen-Berufsdienst übergegangen war, löste er die Verbindung mit der ganzen Familie, und nur einmal sah man ihn in der wohlhabenden Gemeinde am Sereth: bei dem Begräbnis des Vaters. ›Wer Vater oder Mutter mehr liebt als mich – ist meiner nicht würdig‹, sagte der Herr zu den Aposteln. Wie eine Nonne, die dem Herrn in Unschuld angetraut war, lebte Bachmatiuk jahrelang fern von der Familie, seine Gottheit mehr als sich liebend.

Seine irdischen, zufälligen Eltern gaben ihm bei der heiligen Taufe, wie in Vorahnung, daß ihr Erstgeborener einst eine Stütze der Habsburgermacht sein werde, den erzherzoglichen Namen: Rudolf. Mit seinem ganzen Leben bewies Bachmatiuk, daß er diesen Namen verdiente. Er wurde als Ukrainer geboren, aber im Laufe der vielen Jahre des Militärdienstes löste sich seine Nationalität ganz in der schwarzgelben Substanz auf. Heute war er nur noch ein Österreicher. Es wäre auch naiv, von seiner Konfession zu sprechen, die in seinem Geburtsschein wie auch in den Regimentsbüchern als griechisch-katholisch vermerkt war, wenn doch der einzige Glaube, zu dem er sich inbrünstig bekannte und den er predigte, das Militär war. Den Rang eines Stabsfeldwebels hatte er sich ehrlich verdient, gegen sich und die Untergebenen streng, opferbereit und rein wie eine Vestalin. Den Reinheitseid leistete er vor dem eigenen Gewissen, aber zum Kaplan der Subordination hatte ihn der nicht mehr lebende, legendäre Hauptmann Knauß geweiht.

Bachmatiuk wußte, daß er nicht weiter befördert werden konnte. Der Rang eines Stabsfeldwebels bildete den Abschluß seiner Karriere. Es lag ihm nicht an einer Beförderung, er war kein Karrierenreiter. Er diente seiner Gottheit selbstlos, dem Zölibat treu. Seine Aufgabe: aus Menschen Menschen zu machen – begriff er wie ein Missionar. Er schuf nicht nur Infanteristen, die zu Parade und Kampf geeignet waren, vor allem formte er Österreicher. Die Arbeit eines Priesters und besonders eines Missionars beansprucht den ganzen Mann. Deshalb heiratete Bachmatiuk nicht. Menschen, die nicht fähig waren, den wahren Glauben zu begreifen, erklärten sich die Tatsache, daß Bachmatiuk Frauen mied, auf verschiedene Weise. Manche hielten ihn für impotent von Geburt. Narren! Übrigens besitzen wir vom Privatleben des Stabsfeldwebels nur sehr knappe Nachrichten. Außer Dienst verkehrte er mit niemandem in der Kaserne. In Stanislau hatte er angeblich irgendwo in der Stadt seine Gesellschaft. Als einziger Stabsfeldwebel nahm er im Regiment eine vollkommen isolierte Stellung ein. Die Feldwebel behandelte er als Untergeordnete, er war aber so bescheiden und taktvoll, daß er es nicht einmal versuchte, sich den Kadetten und Subalternoffizieren zu nähern.

Sein Zimmerchen im Brauhaus ›Farkas und Gjörmeky‹ erinnerte an die Zelle eines Mönches, eines Mönches von besonders strenger Ordensregel. Ein Feldbett, über dem Bett ein Brett, auf dem Brett Brot, Salz, Butter, Tabak und ein alter Paradetschako. Überall im Zimmer, auf dem Fensterbrett, auf dem Tisch, an den Wänden, am Fußboden sah man ausschließlich Gegenstände, die irgendeinen Zusammenhang mit dem Dienst hatten. Exerzierpatronen, Magazine mit blinden Geschossen in farbigen Kapichonen, einzelne, verschossene Hülsen. Überall eine Menge Papiere: Maschinenabschriften alter, ausgeführter Tagesbefehle, Dienstnotizbücher, Meldebücher, Formulare, Karten, Dienstzettel. Auf der Erde, an den Wänden standen Zielvorrichtungen, die er selbst wieder richtete; es waren auch Schießscheiben und eine große Holzkiste mit scharfer Munition da sowie zwei schwere Koffer mit Schlössern. Möglicherweise bewahrte er in einem dieser Koffer seinen Zivilanzug, über den phantastische Nachrichten in Umlauf waren. An einer der Wände hing eine kleine Trompete aus Messing. Auf dem Tisch lagen die heiligen Bücher, eins auf dem andern:

Dienstreglement I. Teil oder D. 1.

Dienstreglement II. Teil (Felddienst) D. 2.

Dienstreglement III. Teil D. 3.

Exerzierreglement für die Infanterie I.

Schießwesen,

sowie ein kleines Nachschlagwerk: ›Handbuch für Unteroffiziere‹ von H. Schmidt, mit einer farbigen Photographie des Kaisers auf dem Umschlag. Nirgends eine Spur von Privatleben. An der Hauptwand über dem Bett eine malerische Dekoration: ein Säbel, ein Gürtel und eine Pistole in braunem Lederfutteral. Dicht daneben das einzige Bild der Zelle: eine große Photographie in schwarzem Rahmen unter Glas. Den Rahmen füllte die Gestalt eines stattlichen Offiziers in mittleren Jahren in Marschausrüstung, mit einer Lorgnette auf der Brust und einem Blumensträußchen. Es war – der Hauptmann Knauß. Als der ins Feld zog, schenkte er Bachmatiuk nur ein kleines Amateurbild. Hauptmann Knauß fiel in den ersten Tagen des Krieges an der russischen Front. Bachmatiuk vergötterte diesen Hauptmann. Er verdankte ihm sein ganzes Wissen über das Militär, also über das Leben. Kein anderer als der Hauptmann Knauß machte aus Bachmatiuk ›einen Menschen‹. Als der steinharte Bachmatiuk vom Tode des Hauptmanns erfuhr, weinte er wie ein Kind. Von dem Moment an hörte er auf, sich für die Geschichte des Regiments an der Front zu interessieren. Und wenn sie auch das ganze Regiment bis zum letzten Soldaten ausgerottet hätten, es wäre ein kleinerer Verlust gewesen als dieser eine Tod. Mit diesem Tod hatte das Regiment schon den Krieg verloren. Die Photographie des Verstorbenen brachte Bachmatiuk zum besten Photographen in Stanislau, ließ sie vergrößern und in einen schönen Trauerrahmen fassen. Es würde sich niemand wundern, wenn unter dieser Photographie eines Tages ein Öllämpchen zu flakkern begänne.

Nachdem der Ordonnanzsoldat weggegangen war, sah der Stabsfeldwebel durch das geschlossene Fenster hinaus. Dort unten wimmelte es von Hunderten von Leuten. Auf der Hauptstrecke, welche die Chaussee mit dem Brauhaus verband, stand eine Kolonne von hoch mit Stroh beladenen Fuhrwerken. Die Pferde schlugen ungeduldig mit den Hufen. Bachmatiuk öffnete das Fenster, beugte sich über das Fensterbrett. Der menschliche Lärm wurde stiller. Das Brustbild des Stabsfeldwebels machte sogar im Negligé Eindruck. An den Brunnen wuschen sich die Zivilisten. Die Soldaten gingen Kaffee holen. Aus dem Osten, von der Schlachtbank her, kam gedämpftes Brüllen.

»Reszytylo!« schrie Bachmatiuk den Unteroffizier an, der bei den Fuhrwerken stand. »Worauf warten Sie? Fahren

Sie vor die vierte Baracke! Und geben Sie dort acht, daß niemand raucht! Wenn Feuer ausbricht, sind Sie verantwortlich, nicht ich! Aber fix!«

Die Wagen setzten sich in Bewegung. Bachmatiuk stand noch eine Weile am Fenster. Dieses Fenster und die zwei Stockwerke trennten ihn von der anonymen Masse, aus der er Menschen formen sollte. Er hatte diesen scheinbar lebenden Wesen, die keine Disziplin kannten, Odem einzuhauchen. Er wurde bei dieser Arbeit alt. Vor dem Kriege hatte er sechzehn Jahrgänge ausgebildet. Aber was man einst in Ruhe vollbrachte, im Laufe von Jahren, mußte man jetzt im Fieber, im Laufe von wenigen Wochen schaffen. Und bis jetzt hatte jeweils die Jugend eines Jahrgangs den Rohstoff gebildet, während heute aus verschiedenen Ecken der Welt lauter alte zerschmetterte Jahrgänge zusammengetrieben wurden.

Schon begann die kaiser- und königliche Völkerwanderung. Aus der ganzen Monarchie führte man Transporte des Landsturms zusammen, aus den Bergen ins Tiefland, aus den Karpathen in die Alpen, aus Dalmatien nach Tirol, aus Galizien nach Bosnien, nach Böhmen, nach Ungarn. Ein Teil des Huzulentransports wanderte schon aus Andrásfalva nach der Steiermark. An Stelle der Huzulen kamen etwa siebzig Steiermärker. Zum größten Teil Bergwerksarbeiter aus der Gegend von Knittelfeld. Die Einjährig-Freiwilligen, diese ›Advokaten‹, wie sie Bachmatiuk verächtlich nannte, schickte man in die Einjährigenschule, die Kranken und Simulanten in die Spitäler. Unten warteten Hunderte von gesunden, überwiegend bäurischen Körpern auf die Gnade der Einverleibung, auf die Gnade der Uniformierung in den Farben des Regiments. Eine schöne Farbe war das: Orange. In Friedenszeiten war ein Balkansouverän Eigentümer oder Chef dieses Regiments, mit dem heute die k. u. k. Monarchie Krieg führte. Trotzdem änderte das Regiment den Namen nicht. Es konnte sich noch den Luxus der Courtoisie leisten. Es blieb weiter das x-te Infanterie-Regiment des Königs N.

Bachmatiuk lächelte über die Erinnerung an den König N. Er sah ihn während des großen Kaisermanövers im Jahre 1904. Der König N. kam damals zu ›seinem‹ Regiment zusammen mit Seiner Majestät dem Kaiser. Bevor der Wagen der Herrscher vor der I. Kompanie hielt, wo sich die Fahne befand, war schwer zu erkennen, wer der Gast und wer der Kaiser sei. Der Kaiser Franz Joseph war in eine Balkanuniform gekleidet, mit dicken, silbernen Epauletten, auf dem Kopfe hatte er eine weiße Pelzmütze mit rotem Federbausch, der balkanische Machthaber trug dagegen den Tschako und den Paradewaffenrock eines k. u. k. Infanterieobersten. Auf dem Kragen und den Ärmeln orangefarbene Aufschläge. Vor dem Kriege fanden oft solche Maskeraden statt. Sie gehörten zum offiziellen Programm der Monarchenbesuche. Viele ausländische Uniformen hingen in den Garderoben der Burg und in Schönbrunn. Von Naphthalin betäubt, träumten sie heute ihren Traum von der vergangenen Freundschaft gekrönter Häupter.

Was werden sie jetzt mit den vielen feindlichen Uniformen machen? überlegte der Stabsfeldwebel Bachmatiuk, als der Krieg ausbrach. Werden sie sie zurückschicken oder in Gefangenschaft halten? Denn gefangen nimmt man ja sowieso nur die Uniformen. Was für Körper sie ausfüllen, ist gleichgültig. Ein Österreicher in serbischer Uniform ist auch ein Serbe.

Als der Krieg ausbrach, betrank sich Bachmatiuk, obgleich es kein Sonntag war, sondern Freitag. Und es schien ihm, als sähe er seinen Kaiser, wie er in balkanischer Gala auf

den Straßen der österreichischen Garnison Stanislau herumspaziere. Und er erschrak und begann in der Schankstube laut zu schreien: »Majestät, kehrt Euch! Majestät, in Deckung!« Beinahe hätte ihn die Gendarmerie verhaftet.
Jetzt war er nüchtern. Nüchtern schaute er durch das Fenster seiner Zelle auf die Welt. Er prüfte mit dem Auge den Wert des Materials, aus dem er in kürzester Zeit für den Kaiser ein neues Marschbataillon produzieren sollte. Der Kaiser! Was geht ihn eigentlich der Kaiser an? Das Militär kann existieren und kämpfen – ohne Kaiser! Franz Joseph war, das stimmt schon, der oberste Heeresleiter, der höchste Gott, wie Zeus auf dem Olymp, aber der Stabsfeldwebel diente einer noch höheren Gottheit, die unsichtbar war wie die Moira, vor der der ganze Kriegs-Olymp zitterte.
Heiß waren die Tage der Völkerwanderung. Laut Befehl des Kriegsministeriums mischte man die verschiedenen Gattungen, die mannigfachen Menschenarten, Elemente, deren Treue erprobt war, mit Elementen des Verrats. Diese schwierige Aufgabe teilte das Ministerium den einzelnen Formationen zu. Die Kaderkommandanten mußten entscheiden, welche von den Tausenden der Namen, die seit Jahren in papierner Bereitschaft gehalten waren, Zutrauen verdienten und welche auf fremden, sicheren Boden verpflanzt werden sollten. Kein Kaderkommandant beschäftigte sich damit persönlich. Dazu hatte er Adjutanten.
Es war vorauszusehen, daß sich unser Adjutant, Oberleutnant Baron Hammerling, nicht zu helfen wußte. Er konnte nicht einmal die Namen aussprechen, deren Geschick er bestimmen sollte. Wie sollte er demnach loyale Klänge von verdächtigen Klängen unterscheiden können? In solchen Fällen traut ein ehrlicher Adjutant seinen eige-

nen Instinkten nicht, sondern er macht von der Hilfe des erfahrenen Unteroffiziers Gebrauch. Und so geschah es. Der Stabsfeldwebel Bachmatiuk verlangte in der Kanzlei nach der alphabetischen Liste. Von jedem Buchstaben wählte er auf gut Glück einige Namen und bezeichnete sie mit einem roten Kreuzchen. Die mit den Kreuzchen Bezeichneten riefen »Hier« und fuhren in die Steiermark. Nach welchen Motiven sich Bachmatiuk bei seiner Wahl richtete, warum er Semen Baran und Telefor Zwarycz wegschickte und Israel Glanz und Peter Niewiadomski daließ – das war sein Geheimnis.

Obgleich die Kanzlei vom frühen Morgen bis zum späten Abend arbeitete (einige Rekruten mit Schulbildung kommandierte man zum Schreibdienst ab), war Bachmatiuk nicht zufrieden. Die Präsentierung zog sich hin, als wäre überhaupt kein Krieg. Es ist wahr, daß man sich nicht leicht mit diesem ›wilden Pack‹ verständigte. Viele kamen ohne Geburtsschein hierher und hatten die Namen ihrer Eltern vergessen. Man mußte ihnen eben einfach glauben, daß sie wirklich diejenigen seien, für welche sie sich ausgaben. Doch nach Bachmatiuks Meinung hätte man die Präsentierung und Einverleibung zwei Tage früher abschließen können. Der Baron Hammerling hat den Rekruten ganze zwei Tage gestohlen. Kein Wunder, wenn er Geige spielt, statt abends in der Kanzlei zu sitzen und zu arbeiten. Er hätte Kapellmeister eines Streichorchesters werden sollen und nicht Kaderadjutant. Vom ganzen Transport konnte man erst eine Kompanie einverleiben. Und der Rest – faulenzte schon den fünften Tag, ungebadet, nicht entlaust, nicht uniformiert. So ein Leben demoralisiert. Es kamen sogar schon Diebstähle vor. Würde der Hauptmann Knauß noch leben, wäre er nicht an der Front gefallen – alles würde im Kader ganz anders aussehen. Der Grundsatz des Hauptmann Knauß war: Tempo. Er blieb ihm bis in den Tod treu. Und sogar die Eile, mit der er den Tod für den Kaiser erlitt, schien nur die Bestätigung dieses Grundsatzes zu sein. Tempo, Tempo! Kaum erschien er an der Front, gleich fiel er. Jetzt hatte Bachmatiuk alle seine Grundsätze geerbt. Er schloß das Fenster, nahm die Binde von dem schwarzen, geformten Schnurrbart. Nach oben bildete er ein schönes Ornament in Gestalt des großen glänzenden Buchstaben: W. Das Monogramm des deutschen Kaisers. Dann trank der Stabsfeldwebel den Kaffee, drehte sich eine Zigarette, schaute auf den Wecker. Es war noch Zeit, er konnte noch einige Minuten allein sein. Das heißt, er brauchte sich noch niemandem zu zeigen. Denn eigentlich war er selten wirklich allein. Seit vielen Jahren folgte ihm immer und überall seine Gottheit. Sie kroch ihm unsichtbar nach, verfolgte ihn wie ein lästiger Spitzel, jeden Gedanken spionierend, jedes Wort, jeden Schritt. Sie schlüpfte in seine Träume. Vor ihr, vor der Gottheit floh er jeden Sonntag zum Alkohol, in der Hoffnung, daß sie ihn dort nicht erreichen werde. Umsonst. Sie erwischte ihn in alkoholischen Halluzinationen und quälte ihn mit Gewissensbissen. Und so kehrte Bachmatiuk in seine Zelle zurück, die ganze Seele wie von einem wütenden Hund zerbissen. Viele Jahre rang er mit der Gottheit, am Ende fügte er sich demütig, ging in ihr auf und verlor sich in ihr.

Heute war er schon wie ein Sklave, in die Subordination verliebt. Ganze Stunden verweilte er entzückt in ihrem heiligen Dienst. Er las stille Messen vor den Reglementbüchern, und, wie jeder Mystiker, fand er die höchste Lust im unmittelbaren Verkehr mit dem Geheimnis. Oftmals nach Mitternacht, wenn der Kader schon schlief und das Offizierskasino längst schon leer war und sogar die Geige des Barons Hammerling verstummte, brannte noch lange das Licht in der einsamen Zelle des Stabsfeldwebels. Er lag im Bett und las. Keine Zeitungen, keine humoristischen Blätter, wie andere Unteroffiziere, sondern D. 1. und D. 2., das Alte und Neue Testament des Militärs. Wie ein Talmudist blätterte er zum hundertsten und tausendsten Male dieselben Seiten durch, zum hundertsten und tausendsten Mal überdachte er dieselben Sentenzen, und zuweilen ward es ihm vergönnt, ihren Sinn vollständig auszuschöpfen. Vor allem zogen ihn Dinge an, die schwierig und verworren waren, für Durchschnittsköpfe nicht zugänglich; doch die größte Freude bereitete ihm die Kontemplation über elementare Dinge. Wieviel Schönheit lag verborgen in den scheinbar so einfachen Befehlen, wie ›Habt acht!‹ ›Ruht!‹, ›Kehrt Euch!‹, ›Kompanie marsch!‹, ›Voller Schritt!‹, ›Kurzer Schritt!‹, ›Laufschritt!‹, ›Halt!‹. Jedes Kind konnte sie verstehen, und doch waren es Mysterien. Mit welcher Passion tauchte Bachmatiuk in die abgründigen Tiefen der ›Habt-acht!‹-Stellung unter! ›Habt acht!‹ – die Aufforderung zum Achtgeben verwandelt den Menschen, verwandelt ungeordnete Massen von Menschen in ein einziges regloses Gefäß des Gehorsams. ›Habt acht!‹ – das ist angespannte Wachsamkeit, die Grundstellung, aus der sich alles ableiten läßt, was militärisch, also menschlich ist. Wenn man den Menschen in der ›Habt-acht!‹-Stellung hält – kann man ihn zu Boden werfen, man kann ihn rennen lassen, knien lassen, ins Wasser schleudern, ins Feuer, man kann ihn schießen lassen, stechen, zertreten! ›Habt acht!‹ – das ist der goldene Schlüssel, der die Geschichte der Völker aufschließt!

Seit vielen Jahren bildeten die Bücher der Reglements die einzige und geliebte Lektüre Bachmatiuks. Er betrieb nämlich reines Militär, wie manche Leute reine Poesie betreiben. Militär *pour* Militär! Und obgleich er diese uralten Bücher des Soldatendaseins auswendig kannte und wie kein anderer im Kader ihren unanfechtbaren, unergründlichen Inhalt erfaßt hatte - las und las er sie immer aufs neue, und jedesmal entdeckte er in ihnen neue Wahrheiten, neue Offenbarungen.

Er kannte und hatte erfaßt? – Klingt das nicht wie Lästerung? Welcher Sterbliche kennt und versteht D. 1. und D. 2.? Dies könnten nicht einmal Generale von sich behaupten, noch höhere Stabsoffiziere, noch Offiziere aus dem Kriegsministerium und dem Ministerium für Landesverteidigung!

Nicht einmal Hauptmann Knauß! Und wer weiß, ob selbst die Autoren des Reglements, diese Väter der k. u. k. kämpfenden Kirche, würdig waren, alles zu begreifen, was ihre Feder, von Gnade heimgesucht, niedergeschrieben hatte? Sicher waren sie nicht würdig. Wie hätte es also ein bescheidener Berufsunteroffizier sein sollen?

Und wenn er auch hie und da etwas mit seinem schwachen Geist erfassen konnte, ist das alles? Das Reglement verstehen und ergründen: heißt das nicht, streng danach leben, jeden Paragraphen, jeden Punkt wörtlich, blindlings erfüllen? Bei Tag und bei Nacht, im Frieden und im Krieg, auf dem Lande, auf dem Wasser und in den Lüften? Vollkommenheit, du warst der Traum Rudolf Bachmatiuks! An dir lag ihm mehr als an Beförderungen und Auszeichnungen. Er träumte von der Vollkommenheit wie jemand, der noch sehr weit von ihr entfernt ist. Er wußte nicht, daß er sie schon lange besaß. Womit denn sonst, wenn nicht mit seiner Vollkommenheit, weckte er solche Furcht? Er ließ nicht nur die Soldaten erstarren, wenn sie ihn sahen, sondern auch Offiziere, besonders die Reserveoffiziere. Sie hüteten sich fleißig, daß sie, Gott bewahre, nicht irgendeine Dummheit in seiner Gegenwart begingen. Er war gefährlich, er, der alles wußte und nie irrte. Das ist fürwahr ein seltener Fall in der Geschichte der Subordination, daß ein Untergeordneter nicht seine Vorgesetzten fürchtet, sondern umgekehrt. Offiziere fürchteten ihn, jawohl, sie fürchteten sich, weil er in ihren Augen die Verkörperung aller Tugenden darstellte, und nichts entsetzt die Menschen so sehr wie die Tugend.

Er konnte alles, was zur Infanterie gehörte, er löste die schwierigsten Schlachtaufgaben wie ein alter Generalstäbler. Seine Intelligenz und Beobachtungsgabe waren beunruhigend. Er war ein ausgezeichneter Schütze, blies tadellos die Trompete, trommelte, konnte in einigen Minuten ein Maschinengewehr auseinandernehmen und zusammensetzen. Knie tiefbeugen, Beine auseinandergrätschen, Gewehr ansetzen und präsentieren – alles das hatte so auszusehen wie bei Bachmatiuk. Er illustrierte mit seiner Person die Ordnung selbst, er bildete ein lebendiges Modell, das man für Lehrbücher photographiert.

Und seine Manieren, seine Unbestechlichkeit! Er tat keinem Soldaten Unrecht, er bevorzugte keinen, er hatte keine Vorurteile, kannte keine Kompromisse. Er prügelte nicht, fluchte nicht, beleidigte nicht, erniedrigte sich nicht dazu, von unflätigen Worten Gebrauch zu machen. Aber dafür bedeuteten bei ihm auch drei Stunden Strafübungen volle drei Stunden, und nicht zwei Stunden und vierzig Minuten! Wenn er das Anlegen der Spangen kontrollierte, wagte es der sanfteste Korporal nicht, sie in seiner Gegenwart lockerer anzulegen, als es die Vorschrift hieß. Den Rekruten war es lieber, Ohrfeigen zu bekommen, die schlimmsten Schimpfworte zu hören als die furchtbare Marter seines Spottes zu ertragen. Wenn er in Wut war, betitulierte er die Rekruten mit ›Herr Graf‹,

›Durchlaucht‹, ›Exzellenz‹. Sein Wort hatte eine entsetzliche Macht. Wenn er rief: »Ich werde aus dir einen Menschen machen!«, fühlte das arme Geschöpf, an das er diese Worte richtete, daß es einen wirklichen Schöpfer vor sich hatte, es fühlte, daß bald große, gräßliche Dinge mit ihm geschehen würden, letzte Dinge, Dinge der Genesis, daß erst in diesem Augenblick die Schöpfung anfangen wird, Gott der Vater zählte nicht mehr mit, denn der braune, behaarte Finger des Stabsfeldwebels strahlte einen Strom aus, der alles töten konnte, was lebt, und alles wieder beleben konnte. Und wenn Bachmatiuk in der Stunde des großen Zorns sich dem Schuldigen näherte und blaß, mit gedämpfter Stimme, beinahe flüsternd, ihm ins Gesicht hauchte: »Ich werde dir, mein Sohn, die Seele herauspressen!«, dann wußte der ›Sohn‹, Sohn der Erde, Sohn einer Frau, er wußte jetzt mit Bestimmtheit, daß er eine Seele besaß, da er sie bald verlieren sollte. So gewaltig schien der Stabsfeldwebel Bachmatiuk zu sein. Woher schöpfte er diese übernatürliche Kraft, wenn nicht aus dem Reglement? Er tat nichts aus eigener Phantasie. Nicht mal seine Feinde könnten ihm Eigensinn vorwerfen. Jede seiner Gesten, jede Tat paßte aufs genaueste auf einen der Paragraphen des D. 1., D. 2., D. 3. Wie klug war dort alles durchdacht, vorausgesehen, ausgerechnet! Dank dem Reglement bekam die Welt erst einen Sinn, und das Leben hörte auf, eine verschlungene Kette blinder Zufälle und fataler Mißverständnisse zu sein. Das sind keine leblosen Formeln ohne Anwendung in der Praxis, sondern ein genauer, präziser Plan des Daseins, der alles, absolut alles umfaßt: Von den Knöpfen und Riemen bis zum Tod. Und der Militärtod, der kaiser- und königliche Tod, wurde zum Unterschied vom zivilen Tode sogar in Friedenszeiten nicht zu den Katastrophen gezählt. Dank der Paragraphen 702, 703, 717 und 718 D. 1. – konnte jeder Soldat ruhig, reinlich, sicher sterben, genauso wie er lebte. Sämtliche Sterblichkeit beim Militär waren im Schema berücksichtigt.

Der Soldat stirbt:

- eines natürlichen Todes
  - von einer Krankheit verursacht (1).
  - plötzlich, bei scheinbarer Gesundheit (2).
- eines unnatürlichen
  - ohne die Schuld eines anderen (3).
  - aus eigener Schuld, und zwar durch Selbstmord (4).
  - bei einem Unglücksfall, den er selbst verursacht hat (5).
  - aus fremden Verschulden (6).
- Es ist zweifelhaft, ob natürlicher oder unnatürlicher Tod vorliegt (7).

Das Verfahren, in den Fällen 4, 5, 6, 7, wurde vom Kriegsministerium durch eine spezielle Verordnung vom 29. Oktober 1910, Teil 14, Nr. 1416, Beilage 39, geregelt.
Und wie sollte man nicht das Reglement preisen, jene Bibel der Ordnung, der einzigen Ordnung in diesem Jammertal, das den Zivilisten zum Leben gegeben wurde? Der Stabsfeldwebel Bachmatiuk konnte nicht begreifen, warum auf der Welt immer noch soviele Blinde, soviele

Umnebelte herumgehen, denen man die Augen mit Gewalt aufreißen mußte. Aber jene, denen der Star im Auge gestochen worden, waren geblendet und wurden manchmal sogar zum Quell des Lichts zugelassen: sie wurden Unteroffizierskandidaten. Sie lernten die Gebote und Dogmen auswendig und bemühten sich, den Meister nachzuahmen. Allein, niemand konnte es ihm gleich tun. Wenn wir den Menschen einen Heiligen nennen, der alle Gebote Gottes buchstabengetreu erfüllt und die Satzungen des Kanons pünktlich einhält, so war der Stabsfeldwebel Bachmatiuk ein Heiliger. Und wie ein wirklicher Heiliger hielt er sich selbst für einen großen Sünder. Er merkte sich nämlich die eigenen Sünden ganz genau, die ihm die Menschen längst verziehen und vergessen hatten. Er merkte sich jeden Unfall auf dem einzigen Weg, der zur Vollkommenheit führte: auf dem Dienstwege. Im Laufe einer so langen Dienstzeit saß er ein paar Mal im Arrest, und jedesmal wurde er verdientermaßen bestraft. Diese Strafen beschmutzten bis zum heutigen Tage das jungfräuliche Weiß seiner sonstigen Aufführung. Und wie konnte er sich als vollkommen betrachten, wenn er sich jeden Sonntag unmenschlich besoff und sich reglementwidrig benahm?

Er schaute auf den Wecker: schon nahte die sechste Stunde. In einer Weile sollte er zu den Leuten hinuntergehen. Dort unten wuchs der morgendliche Lärm, scharfe Pfiffe stachen wie Bremsen, die Kompanien stellten sich unter den Baracken auf, bereit zum Abmarsch auf den Exerzierplatz. Das Metall rasselte auf den Rücken der verspäteten Maroden, die zu den Reihen liefen. Der Tag versprach, wieder schön und heiß zu werden. Immer lauter, immer mächtiger brüllte das Vieh von der Schlachtbank Andrásfalvas. Bachmatiuk macht sich eilig fertig. Wie jeden Mor-

gen, so gelang es ihm auch heute, das Alter mit Farbe zu vertuschen. Vom Gesicht verjagt, setzte sich das Alter in den Knochen und Knien fest. Aber niemand betrachtete seine Knochen und Knie. Jetzt trat Bachmatiuk an seine dunkelblaue Bluse heran, die die Nacht auf einem Haken verbracht hatte. In der Morgensonne lebte ihre ganze Pracht auf. Sie glänzte mit echtem und falschem Silber, sie gleißte mit dem Gold der Aufschläge, Auszeichnungen und Sterne. Bachmatiuk streckte die Hand nach dieser täglichen Hülle seines leiblichen ›Ich‹ aus, und es erklangen die Medaillen, und es erklangen die Kreuze, in einer Reihe an der Tuchbrust befestigt, es ertönte der ganze Ruhm Bachmatiuks, die ganze Mühe seines Lebens, im Ordensmetall erstarrt.
Eine Sekunde lang stand er in Betrachtung seiner Verdienste versunken. Er schaute sie selten an, obzwar er sich nie von den Dekorationen trennte. Heute bezauberten ihn die glitzernden Kreuze auf den dreieckigen, farbigen Bändchen. Das Kreuz am weißroten seidenen Band, mit der bekränzten Büste Seiner Majestät, ist zwar sehr schön, aber nicht wichtig. Jeder Soldat, der im Jahr 1908 seinen Dienst machte, bekam vom Monarchen so ein Andenken an das Jubiläum. Ebenso ist die Medaille für die überflüssige Mobilmachung gegen Serbien im Jahre 1912 – unwichtig. Ein Orden im eigentlichen Sinne war auch das Kreuz am gelben Bändchen mit schwarzen Rändern nicht, das mit einer römischen Ziffer verkündete, daß der Stabsfeldwebel Bachmatiuk dem Kaiser XXIV Jahre treu gedient hatte. Das ist nur das Militärdienstzeichen 1. Klasse. Darüber, auf welche Weise Bachmatiuk dem Kaiser vierundzwanzig Jahre diente, gut oder schlecht, schwieg das Kreuz. Erst die vierte Dekoration, an einer Ehrenstelle über dem Herzen angebracht, gab dem

persönlichen Verdienst des Stabsfeldwebels die Ehre. Es war das silberne Verdienstkreuz mit Krone. Dies war der Preis, für den Bachmatiuk aus sechzehn Jahrgängen Menschen machte. So sah in Essenz das Werk seines Lebens aus. Ein kleines Kreuz aus Silber mit roter Emaille überzogen. In der Mitte – ein silbernes Schild mit irgendeiner lateinischen Aufschrift und mit den Initialen Franz Josephs. Das ganze war von einer silbernen österreichischen Habsburgerkrone gekrönt.

Oh, schwer war der Weg, den Bachmatiuk zurücklegen mußte, bevor er sich dieses Kreuz erkämpft hatte. Eine richtige *›via crucis‹*. Auf diesem Wege fiel er nicht selten um, nicht selten beugte er sich unter der Last der Taten, die man ihm später als Verdienst anrechnete. Was für einen Wert aber hatte diese Auszeichnung? So ein Kreuz wurde auch in Friedenszeiten und sogar Zivilpersonen zuerkannt. Jeder Postmeister, jeder Steuereinnehmer, jeder Finanzbeamte oder Tierarzt konnte das silberne Verdienstkreuz mit der Krone bekommen. Und nicht nur das silberne, sondern auch das goldene.

Zweifellos befand sich Stabsfeldwebel Bachmatiuk auf dem Wege zum goldenen. Nein, ihm lag nicht an Auszeichnungen! Und doch, wenn er so Aug in Aug mit seinem Verdienst dastand, stach ihn etwas ins Herz. Denn der Regimentsschneider hatte noch viel Platz an der Tuchbrust des Stabsfeldwebels freigelassen, und wenn sie auch in Zukunft beide Kreuze bedecken sollten, die noch zu erobern waren: das kleine goldene und das große goldene (mit der Krone), wie blaß, wie unscheinbar, wie lügnerisch ist ihr Glanz im Vergleich mit der kleinsten Kriegstapferkeitsmedaille! Der erstbeste Bauer, der erstbeste Analphabet, der letzte von Bachmatiuks Krautwachtern kann die kleine silberne, große silberne oder goldene Tapferkeits-

medaille bekommen. Für eine Wunde, für tapferes Verhalten vor dem Feinde, für einen Gefangenen. Nur Bachmatiuk – nicht! Das Gesicht des Feindes sollte sich dem Menschen nie zeigen, der sein ganzes Leben dem Kriegshandwerk opferte! Warum mußte gerade er auf diese Ehre verzichten? War er etwa körperlich benachteiligt? Oder seelisch? Vielleicht war er ein Feigling, und es war ihm dank der Suggestion, die er auf die Vorgesetzten ausübte, gelungen, einen Befund zu erringen, der vom Dienst an der Front befreite?
Seit sechzehn Jahren übte der Stabsfeldwebel im Regiment das Amt eines Katecheten aus. Er bereitete gewissenhaft Junge und Alte, Christen und Juden zur Feuertaufe vor. Doch müssen Katecheten anderer Konfessionen selbst getauft sein. Anderenfalls können sie nicht das Zutrauen der Täuflinge gewinnen, und ihre Inbrunst könnte verdächtig scheinen. Bachmatiuk war nicht getauft. Den Krieg kannte er nur vom Hörensagen und aus dem Reglement. Pulvergeruch kannte er nur vom Schießplatz her; dem Tod für den Kaiser, den er Tausenden so fachmännisch beibrachte – hatte er selbst noch nicht in die Augen gesehen. Und er wird ihm auch nie in die Augen sehen, obgleich er gesund wie ein Ochs war und die beste Tauglichkeitsstufe hatte. Und er wird ihm nicht in die Augen sehen – solange der Oberstleutnant Alois Leithuber Kaderkommandant sein wird. Und er wird's nicht... Bachmatiuk fürchtete den Tod nicht. Er fürchtete sich vor nichts, was im Dienstreglement vorgesehen war. Es wäre eine niederträchtige Verleumdung, von ihm zu sagen, daß er sich drückte. Er ging nicht an die Front – und hatte dennoch ein reines Gewissen. Und nicht nur er selbst, alle im Kader, vom Oberstleutnant bis zum letzten Rekruten, meinten, daß es in Ordnung sei. Denn, wurden etwa im

Schlachthaus der Stadt Andrásfalva Zuchtbullen geschlachtet? Tötete man in Pferdeschlachtbänken Hengste? Den Stabsfeldwebel behielt man als Zuchtexemplar, als Samen neuer Bataillone. Das war seine historische Mission. Was nützte dem Kaiser der Tod des besten Rekruteninstruktors im k. u. k. Infanterieregiment des Königs N.? Nur ein Wahnsinniger könnte solch eine Kraft opfern! Nur ein Wahnsinniger würde Bachmatiuk in eine Marschabteilung stecken und ihm die Leitung eines Zugs im Felde übergeben! Oberstleutnant Leithuber war kein Wahnsinniger. Bachmatiuk: das ist nicht nur die älteste und beste Charge im Regiment, sondern auch die einzige Vertrauensperson, der einzige Mensch im Kader überhaupt, den Leithuber seit langem kannte. Die Herren Offiziere, den Adjutanten nicht ausgenommen, das sind alles neue Menschen, Reservisten oder Berufssoldaten, die aus anderen Regimentern hierher versetzt oder frisch aus den Kadettenschulen ausgeschlüpft waren. Leithuber konnte sich auf niemanden so verlassen wie auf Bachmatiuk. Und deswegen ging Bachmatiuk nicht an die Front.

Der ganze Kader hatte das verstanden. Doch Bachmatiuk selber suchten manchmal Zweifel heim, obwohl er genau wußte, daß er im Kader unentbehrlich war. Oft quälte seine Seele die Versuchung des Kampfes, der in den Zeiten des Krieges jedes Soldaten Los ist. Ein Soldat, der keine Schlacht kennt, ist wie ein Weib, die in Jungfräulichkeit vertrocknet. Warum sollte gerade er, in der Kaserne, im Brauhaus ›Farkas und Gjörmeky‹ vertrocknen – während Tausende, weniger Würdige als er, die Feuertaufe empfingen, zu der er selbst sie vorbereitet hatte? Das Martyrium lockte Bachmatiuk, obgleich er auch in der Kaserne ein Märtyrer war, ein Märtyrer der Pflicht, der Disziplin, der Vollkommenheit! Vollkommenheit! Kann

man sie denn erreichen, ohne sämtliche Fälle ausgekostet zu haben, die im D. 2. (Felddienst) beschrieben waren? Kann man die Vollkommenheit auf dem Dienstwege erlangen, ohne sich einmal ›dem unnatürlichen Tod aus dem Verschulden einer fremden Person‹ auszusetzen (Paragraph 6)?
Wie eine zarte Mahnung der Gottheit, wie ein Ruf aus dem Jenseits klangen heute die Friedenskreuze auf Bachmatiuks Brust. Und es schien ihm, daß sie alle, im Vergleich mit dem Klang der Tapferkeitsmedaillen, wie falsche Münzen klangen.
Er fühlte sich in diesem Augenblick sehr alt. Das ganze Leben stürzte sich auf seinen Rücken und beugte ihn. Das dauerte kaum eine Sekunde, doch diese Sekunde enthielt viele auf dem Kasernenhof verbrachte Jahrzehnte. Sofort rief sich Bachmatiuk zur Ordnung: ›Habt acht!‹ Er reckte sich, knöpfte die Bluse zu, einen Knopf nach dem anderen, zog sie nach unten, damit sie straff anlag. Er seufzte wie ein alter Mensch, der nicht mehr mit der Zeit kämpfte, den Schnurrbart nicht mehr färbte. Dabei machte er mit der Hand eine Gebärde, als würde er die Versuchung vertreiben.
Er setzte die Kappe auf, machte den Rücken steif, zwirbelte den Schnurrbart hoch, ging hinaus und ließ die Tür zukrachen. Im langen, dunklen Korridor begegnete er niemandem, außer zwei Stiefelputzern. Die Offiziere schliefen noch, und die Feldwebel waren schon unten. Mit dem schweren, unregelmäßigen Schritt eines alten Zivilisten ging Bachmatiuk die Treppe herunter. Anfangs stützte er sich sogar am Treppengeländer.
In dem ersten Stock war es schon voll. Ein größerer Haufen von Zivilpersonen wartete vor dem Krankenzimmer auf die Präsentierung. Vom diensthabenden Unteroffizier be-

gleitet, standen mehr als zehn Soldaten ohne Überschwang und ohne Bajonette. Das waren die Maroden des Marschbataillons. Als sie den Stabsfeldwebel erblickten, sprangen sie zur Seite. Bachmatiuk verjüngte seinen Gang, machte seine Schritte elastisch. Seine Augen, im zweiten Stock noch erloschen, bekamen jetzt einen kalten Glanz. Die Runzeln glätteten sich unter der Spannung der Gesichtsmuskeln, aus denen die Müdigkeit verschwand.
Das Erscheinen des Stabsfeldwebels wirkte auf die Maroden wie die eines Arztes. Auf den Märtyrergesichtern blühte eine Röte auf. Dafür erblaßten die Simulanten. Der Anblick Bachmatiuks vertrieb jeden Gedanken ans Simulieren. Und er – schaute niemanden an, sprach mit niemandem, erwiderte die Grüße nachlässig. Plötzlich eilte der Oberleutnant Baron Hammerling, der Adjutant des Kaderkommandanten, vorbei. Sie salutierten gleichzeitig, wobei der Baron lächelte. Bachmatiuk ließ ihn ehrfürchtig vorgehen, erwiderte das Lächeln aber nicht. Er marschierte jetzt die Treppen mit solcher Würde und Kraft hinunter, als fühlte er hinter sich eine ganze Kompanie. Doch kein einziger Soldat schritt hinter ihm, die Stiegen waren leer. Als er aus dem Tor trat und in vollem Sonnenglanz dastand, war er schon beinahe ein Jüngling. Vielleicht ist das eine Übertreibung. Jedenfalls war der Stabsfeldwebel Bachmatiuk ein anderer in seiner Stube und ein anderer auf dem Kasernenhof.

X. KAPITEL

Lange konnte Peter Niewiadomski nicht verstehen, wieso sein Regiment, das k. u. k. Regiment, dieses österreichisch-ungarische Regiment, das Seiner Majestät dem Kaiser Franz Joseph den Eid geleistet hatte, Eigentum eines balkanischen Königs war. Dieser König führte ja mit Seiner Majestät dem Kaiser Krieg? Aber, fragte er sich, warum kämpft dann das Regiment nicht für seinen Eigentümer? Peter Niewiadomski war auch Eigentümer. Er besaß ein halbes Haus, einen halben Obstgarten und einen Hund. Das möchte schön aussehen, wenn Baß, anstatt sich auf fremde Menschen zu stürzen, auf Feinde, ihn, Peter, beißen würde! Es sei denn, er bekäme die Tollwut. Diese ganze Sache riecht stark nach dem Teufel. Das ist noch einer der vielen unbegreiflichen Streiche, die der Teufel dem Menschen in diesem Krieg spielt. Wer weiß, ob er die Huzulen nicht anstatt auf Serben und Russen, aufeinander wird schießen lassen? Kluge Leute: Hryć Lotocki oder Semen Baran können bestimmt dieses Rätsel lösen. Aber Hryć Lotocki saß in Topory, und Semen Baran fuhr in die Steiermark. Und so verwickelte sich Peter Niewiadomski, der Gnade des eigenen Verstandes ausgeliefert, immer wieder in das Netz, das ihm der Teufel stellte. Überall säte der Teufel Angst, und umsonst war die Flucht, umsonst die Mühe, welche sich die arme Seele gab, die nach Ungarn verstoßen wurde. Ein Glück, daß dieser Krieg sich weniger um die Seelen als um die Körper kümmerte. Er bereitete sie für seine Bedürfnisse zu, er veränderte ihr Aussehen nach eigenem Belieben. Seit dem frühen Morgen klapperten die Scheren. Wer einen Bart hatte, mußte ihn auf dem Altar des Vaterlandes opfern. Dank der Erfindungsgabe des Sanitätsgefreiten Glück stand dieser Altar in einem Schuppen des Brauhauses. Nur den frömmsten Juden gestattete der Kaiser, ein kleines, spanisches Spitzbärtchen stehenzulassen. Aber die orthodoxen Löckchen mußten ohne Erbarmen – fort! Das erste Mal im Leben betrachteten sich die Chassidim im Spiegel. Der Gefreite Glück (Barbier im Zivil) hatte diesen Spiegel für eigenes Geld gekauft. Vorderhand schnitt er das Haar und rasierte amtlich, also umsonst. Manche Orthodoxen machten mit Grauen die Augen zu, um nicht ihr Bild im Spiegel zu schauen. Das eigene Gesicht zu sehen, ist eine große Sünde, denn Gott schuf es nach seinem Ebenbilde.

Allmählich verschwand unter der Schere das düstere, geheimnisvolle Asien, es ging das pathetische Altertum unter, und auf den bleichen Gesichtern, zum erstenmal seit vielen Jahren nackt, tauchten – wie aus dem Boden trockengelegter Meere – die ersten Umrisse Europas auf. Aber nicht nur den Juden wurde das Haar geschnitten. Den Christen auch. Und es fiel von den Köpfen, den Bärten, den Gesichtern auf die Schultern, die Rücken, auf den Fußboden, in den Staub, es vermischte sich das dunkle Haar und das helle, das glatte und krause, das katholische und jüdische Haar, obwohl es geschrieben, deutlich geschrieben ward, daß ohne den Willen Gottes niemandem ein Haar vom Haupte fallen werde.

Peter Niewiadomski saß auf dem niedrigen Stuhl, steif und feierlich wie ein Bischof. Eine gezahnte Maschine vom Typ Nr. 0 fuhr auf seinem Kopfe herum, von oben nach unten, von unten nach oben, wie eine Mähmaschine über ein Weizenfeld. Es war die erste Kriegsernte auf seiner Haut. Er saß nicht vor dem Spiegel, und er sah daher die Verheerung nicht. Dafür amüsierten ihn die Köpfe der Kollegen. Schon sah die eine Hälfte des Kopfes nackt wie ein Knie aus, während auf der anderen Hälfte noch ein Zottelberg wuchs. Dies alles erinnerte an die Schafschur in der Heimat. Aber wozu braucht der Kaiser soviel Menschenhaar? Vielleicht für Strohsäcke?

Nach dem Haarschneiden ließ man sie neben den Baracken Strohsäcke stopfen. Nicht mit den eigenen Haaren, sondern mit frischem, ungarischem Stroh. In der Baracke Nr. 4, auf der Pritsche, hatte Peter sein Lager. Peter stellte sein Köfferchen, sein Eigentum, auf die Pritsche. Oh, hier wird er jetzt schlafen, vom Zapfenstreich bis zur Tagwache. Hier wird er bis zum Abmarsch ins Feld zwischen zwei Kameraden seine Nächte zubringen. Nur ein schmaler Raum trennt ihn von ihnen, kaum einige Zoll breit. In Wirklichkeit sind es Kilometer, Meilen. Links bekam er nämlich irgendeinen Polen zum Nachbarn, einen gräflichen Lakai, rechts – einen Steiermärker, einen ›Schwaben‹.

Im Schweiße seines Angesichts stopfte Peter den Strohsack mit trockenem, knisterndem Stroh aus dem Magyarenland. Mit wohlwollendem Auge schaute er auf das magyarische Stroh. Es wird alles Böse besänftigen, das man ihm tagsüber zufügen wird, es wird den Schweiß des Leibes und die Unruhe der Seele aufsaugen. Und vielleicht werden sie nur kurze Zeit in den Baracken leben, vielleicht wird der Krieg wirklich in einigen Tagen zu Ende gehen, wird sich nicht bis Weihnachten hinziehen. Warum sollte er nicht enden, wenn Österreich Rußland schon bei Kraśnik geschlagen hatte? – Peter kombinierte wie ein Kartenspieler. Wenn du schon einmal die Partie gewonnen hast, nimm das Geld und renn sofort nach Hause! Man soll das Schicksal nicht herausfordern! Zum zweiten Male kannst du alles verlieren! ... Da wird sich aber die Magda wundern. Baß wird vor Freude herumspringen! ... Peter schob die Hand in die Tasche, berührte das kalte Eisen. Er ist da, der Schlüssel, er ist da, er ist nicht verlorengegangen. Peter hat den Schlüssel zu seinem Haus, zu seinen Hoffnungen nicht verloren. Und er stopfte, stopfte, gönnte seinem Strohsack viel Stroh, mag nur das Lager hart sein, später wird es sowieso immer dünner werden.

Plötzlich erschien Bachmatiuk. Peter hatte sich schon an seinen Anblick gewöhnt. Der Schrecken des Kaders machte auf ihn keinen großen Eindruck. Ein kräftiger Kerl – das sieht man, verbissen, aber gar nicht so streng. Die Zivilisten schaute er nicht einmal an. In der Tat stießen die Zivilisten Bachmatiuk ab. Er fühlte sich nicht wohl in ihrer Gegenwart. Er schaute sie nicht an. Sollte ihn die Zivilkleidung derartig einschüchtern? Er spricht nur mit Menschen in Uniform.

»Wofür bin ich bekannt?«

Korporal Reszytylo, der eine Rekrutenabteilung bewacht, schweigt.

»Ich frage, wofür bin ich bekannt?«

»Herr Stabsfeldwebel sind dafür bekannt ... daß mit ihm nicht zu spaßen ist!«

»Warum haben Sie erlaubt, Reszytylo, beim Stroh zu rauchen, wenn ich's verboten habe?«

»Ich hab's nicht gesehen, Herr Stabsfeldwebel!«

»Wozu hat die Charge Augen?«

Und ohne eine Antwort abzuwarten, verschwand der Stabsfeldwebel. Korporal Reszytylo geriet in Wut, er schimpfte auf die Mütter der Rekruten und wiederholte hartnäckig die Frage: »Wer hat geraucht?« Er bekam keine Antwort. Das Schweigen der fremden Masse machte ihn noch wütender. Wieder beschimpfte er die Mütter. Umsonst. Schwer atmend, in einer Grabesstille, in wachsender Hitze, stopften sie Stroh in die Säcke. »Ihr werdet mir schon dafür bezahlen. Für jeden Tag, den ich euretwegen, ihr Rekrutenaas, im Kasernenarrest schmoren werde! Ich schwöre es euch!« Das schweißgebadete, dreck- und strohbedeckte Rekrutenaas fürchtete sich. Wie in Abwehr vor dieser Bezahlung, die Korporal Reszytylo ihnen abzuziehen versprach, versteckten sie sich hinter den Strohsäcken wie hinter Schilden. Sie legten sie auf die frisch geschorenen Köpfe, auf die Rücken, und zusammengekauert liefen sie im Trab in die Baracken. Peter Niewiadomski begann den Schrecken zu begreifen, den Bachmatiuk einflößte. Er schreit nicht, er schimpft nicht, er tut nichts Böses, sondern er macht die Untergebenen wütend. So erblickten die Huzulen, die mit cinigen Steiermärkern der Baracke Nr. 4 zugeteilt waren, den ersten Feind in diesem Kriege, im Titularkorporal Iwan Reszytylo.

Jedes Mannes Leib muß, bevor er die Uniform anlegt, ein reinigendes Bad nehmen, wie der Leib eines Weibes, bevor es den Liebhaber empfängt. Unter Leitung des Korporals Reszytylo machten sie sich auf den Weg zum Bad. Es war in einer besonderen Baracke untergebracht, neben der Küche. Platz gab es dort wenig, sie gingen also gruppenweise hinein, und die anderen warteten draußen. Aus den offenen Türen strömten große Dampfwolken, wie aus dem Kessel einer unsichtbaren Lokomotive. Man konnte auch wildes Lachen und Lärmen hören. Merkwürdige Dinge gingen in diesem Dampfbad vor. Von Zeit zu Zeit ward alles übertönt vom mächtigen Brausen eines Wasserfalls. Als Peter Niewiadomski eintrat, sah er zunächst gar nichts. Schwerer, feuchter Nebel hüllte den sowieso schon dunklen Raum ein. Erst als das Brausen aufhörte, sank der Nebel, und Peter Niewiadomski erblickte eine Herde nackter, nasser Leiber. Wie Wahnsinnige schnaubten, schnauften, sprangen sie auf nassen Brettern herum, schlugen sich auf den Hintern, schüttelten das Wasser ab. Peter war noch nie in einer Badeanstalt gewesen. Ein Bad konnte er sich nur im Fluß vorstellen. Er wußte, daß es Badewannen gab, in denen Herrschaften in ihren Palästen und in Städten baden. Hier gab es keine Badewannen. Unter den Füßen – irgendwelche Brettchen, oder waren es Leitern? Über dem Kopf – eiserne, verrostete Röhren. Das war alles. Aber wo ist das Wasser? Ein älterer Herr in weißem Ärztekittel mit grauem, gestutztem Bärtchen führte hier das Regiment. Vielleicht war es ein Arzt? Korporal Reszytylo befahl den Leuten, sich zu entkleiden und sich auf die Bretter zu stellen. Peter entblößte sich ohne Scham. Sein Schamgefühl verlor sich allmählich beim Militär. Peter war auf dieses kaiserliche Bad sehr neugierig. Er wußte aber nicht, was er mit seinem Körper anfangen sollte. Soll man sich auf die Bretter legen oder setzen?

»Also los, auf ins Wasser! Keine Angst!« krächzte mit heiserer Stimme der Herr im Kittel. »In die Mikwe! In die Mikwe, ins Bad!« trieb er die Juden lachend an.

Es war gar kein Arzt, nicht einmal eine Charge. Es war nur ein Landsturminfanterist ohne Waffe, Tauglichkeitsgrad C. Von anderen ›Gemeinen‹ unterschied ihn nur ein schmaler, gelber Streifen an den Ärmeln, der sogenannte ›Intelligenzstreifen‹ oder das ›Abortabzeichen‹, das ihn vor gewissen Arbeiten, so der Reinigung der Aborte, bewahrte. Dieses Abzeichen erhielten in der k. u. k. Armee ältere Landsturmleute ohne Reifeprüfung, aber mit einer im

Zivilberuf nachgewiesenen ›Intelligenz‹. Vor allen genossen diese Auszeichnung Unternehmer, Industrielle, Kaufleute, Gutsbesitzer. Der Herr im Kittel hieß Isidor Parawan, und er genoß im Kader leichten Dienst und eine große Protektion. Er war Besitzer eines sehr populären Lokales in Stanislau. Viele Offiziere dieses Regiments zählte er zu seinen Stammgästen. Den ›leichten Dienst‹ machte er nicht nur als Bademeister, er war auch in der Krankenabteilung behilflich, bei den allwöchentlichen Sanitätskontrollen, den sogenannten ›Schwanzparaden‹.
»Vorwärts, vorwärts, nur nicht wasserscheu!« rief er den Bauern und Juden zu und amüsierte sich über ihre Schüchternheit. »Fräuleins! Susannen im Bade! Niemand sieht hier zu, ihr braucht eure Reize nicht zu verdecken!... Schönes Fleisch, schönes Fleisch, gesundes Kanonenfutter! Lauter Beefsteaks für die russische Artillerie! Ich werde euch gleich ein Dianabad machen!«
Und er verschwand hinter dem Holzverschlag, wie ein Scharfrichter, der den elektrischen Stuhl bedient. Auf Peter machte er einen sehr unangenehmen Eindruck. Ohne Zweifel war er ein Teufel im weißen Kittel. Dieses graue Bärtchen, die unverständlichen Rufe, dieses abscheuliche Lachen... Daß er uns nur nicht ertränkt!
Plötzlich ergoß sich auf die Söhne der huzulischen Erde von oben, von der hölzernen Decke, ein warmer Regen. Aus kaum wahrnehmbaren Öffnungen in den Röhren spritzten dünne, dichte Wasserstreifen und schlugen auf die Köpfe und hieben auf die Körper wie Peitschen. Mit Entsetzen beugten sie sich unter den künstlichen Wasserfällen. Einige legten sich sogar auf die Bretter nieder in der Überzeugung, daß dieses Wasser aus den Röhren den ganzen Raum ausfüllen werde und sie darin würden schwimmen können. Dieses Bad war gar nicht schlecht, es

war sehr angenehm. Aber plötzlich wechselte das Wasser. Statt warm wurde es eiskalt. Brr... Nur ein Teufel konnte im Nu das Wasser verzaubern. Und der Teufel im weißen Kittel kroch aus seinem Schlupfwinkel, lachte, lachte mit seinen verdorbenen Zähnen, rieb sich die Hände und krächzte laut, indem er das Brausen übertönen wollte:
»Na was? Feines Bad? Wird kein einziges Läuschen auf euch lassen! Mein Ehrenwort! Hübsches Fleisch! Abtrocknen, ankleiden! Nächste Gruppe!«
Man wußte nicht, ob er scherzte oder wirklich böse war. Es war ja ein Teufel.
So wurden die Körper gereinigt. Und nicht nur vom leiblichen Schmutz. Unter dem künstlichen Regen fiel von den Menschen alles Unsaubere ihres ehemaligen Lebens ab. Das Bad gab den Körpern und den Seelen die verlorene Unschuld wieder. Doch die Füße stampften den dicken Dreck, den schwarzen Teig des Teufels.
Obwohl sein Haar geschoren war und er gebadet wurde, glaubte Peter Niewiadomski immer noch, daß er nicht in den Krieg ziehen werde, weil die Uniformen so lange auf sich warten ließen. Am selben Morgen zahlte man ihnen die erste Löhnung aus. Für zehn Tage. Außerdem erhielt jeder sechs Kronen zum Einkauf der notwendigsten Dinge: Zwirn, Seife, Bürsten, Schuhwichse, Werg und Fett zum Putzen des Gewehrs. Beim Auszahlen der Löhnung, hinter der Baracke Nr. 1, war der Stabsfeldwebel Bachmatiuk anwesend. Er saß am Tisch mit dem Rechnungsunteroffizier und noch irgendeinem Zugführer. Er kontrollierte die Löhnungsliste. Einer der Unteroffiziere rief die Namen auf. Der andere grub mit geübten Fingern in den Hanfsäckchen, wickelte die Geldrollen auseinander, griff von Zeit zu Zeit nach dem grünen Drahtkörbchen, in dem

Banknoten lagen. Es ist schwer zu ergründen, warum er dem einen Mann nur soviel gab, wie ihm gebührte, einem anderen dagegen eine größere Banknote zur Verteilung unter zwei oder drei Leuten einhändigte. Die Huzulen gingen zur Seite, zählten laut, wie auf einem Jahrmarkt, das Geld, legten es von einer Hand in die andere, irrten sich, zankten. Es waren keine leichten Abrechnungen.

Also verteilte der Kaiser Groß- und Kleingeld an diejenigen, die ihm dafür das Leben geben sollten.

Die Sache stinkt, dachte Peter Niewiadomski, als er das Geld nahm. Sie zahlen: also lassen sie uns nicht los.

Der Klang der Silber- und Nickelmünzen übertönte die letzte Hoffnung auf eine baldige Heimkehr. Peter wunderte sich über den Kaiser, den er für einen guten Spieler hielt, daß er sich nicht mit dem großen Sieg bei Kraśnik zufrieden gab, sondern das Glück herausforderte.

»Worauf warten Sie noch?« schrie ihn der Zugführer vom Tisch an. Peter ging nämlich nicht weg, sondern war auf der Stelle stehengeblieben, in Gedanken versunken.

Dieser Zugführer wußte nicht, daß Peter Niewiadomski auf das Ende des Krieges wartete.

Plötzlich sprang Bachmatiuk auf, kippte einen Stuhl um und marschierte mit schnellem Schritt in Richtung des Kommandogebäudes. Er hatte ein vertrautes Rattern auf der Chaussee vernommen. In einer Staubwolke fuhr ein kleiner Wagen vor das Hauptgebäude, von zwei zierlichen braunen Pferden gezogen. Der Adjutant Baron Hammerling stürzte aus dem Tor. Aber Bachmatiuk kam früher. Fast gleichzeitig salutierend, blieben sie vor dem Wagen stehen, in dem sich ein prachtvoller, großgewachsener Offizier mit hoher Mütze erhob. Trotz der Hitze hatte er eine schwarze, lange, malerische Falten werfende Pelerine an. Sie bedeckte die Hände. Schnell befreite er eine der Hände

unter der Pelerine: die linke, und erwiderte den Gruß. Der Adjutant wollte ihm beim Aussteigen behilflich sein.
»Ich danke! Ich bin noch nicht so alt.«
Er sah tatsächlich nicht alt aus, trotz der grauen Haare. Er hatte das lebendige, wohlgestaltete, glattrasierte Gesicht eines Schauspielers, mit grauen Backenbärtchen, eine jener österreichischen Physiognomien, die so glücklich die Merkmale der romanischen, germanischen und slawischen Rasse vereinigen. Dichte, schwarze Brauen. Ein wenig Rom und ein wenig ›Alt-Wien‹ bildeten das ganze Äußere des Oberstleutnants Leithuber, einen Typ, der in späteren Jahren bei der Filmindustrie sehr gesucht war.
Der Kaderkommandant wohnte in der Stadt Andrásfalva, am Marktplatz im Hotel ›Hungaria‹. Er kam im Bataillonswagen zum Regiment, manchmal zeitiger, manchmal später, was davon abhing, wie schnell er im ›Café Budapest‹ sämtliche Wiener Tageszeitungen durchgelesen hatte. Als er aus dem Wagen stieg, wechselte er einige Worte mit dem Adjutanten, dann mit Bachmatiuk, der glänzend deutsch sprach. Und mit den Sporen klirrend begab er sich direkt in sein Kabinett. Bachmatiuk kehrte nicht mehr zum Löhnungstisch zurück. Er warf einen Blick ins Krankenrevier, überzeugte sich, wieviel ›Marode‹ der Arzt tatsächlich für krank erkannt hatte, und ging dann in seine Stube. Ohne die Kappe abzulegen, setzte er sich aufs Bett und sah die Papiere durch. Er bereitete das Material für das tägliche Gespräch mit dem Oberstleutnant vor.

*

Die Gespräche des Oberstleutnants mit Bachmatiuk würden sich durch vollkommene Aufrichtigkeit ausgezeichnet haben, wenn Alois Leithuber vor sich aufrichtig gewesen wäre. Die Gespräche mit dem Stabsfeldwebel führte er größtenteils unter vier Augen, und schon dieser Umstand hätte notwendigerweise zur Aufrichtigkeit führen sollen. Eigentlich waren es keine Gespräche, sondern Monologe – für zwei Stimmen. Sämtliche Zweifel, die ihn bedrückten, sprach Leithuber laut aus und entschied sie mit Bachmatiuks Hilfe. Wenn er sich etwas vorzuwerfen hatte, wenn er mit sich unzufrieden war, schrie er Bachmatiuk an. Der empfing alles gehorsam, ruhig, doch widersprach er oft. Er wußte nämlich, daß er der einzige Mensch im Kader war, der nicht nur das Recht, sondern auch die Pflicht hatte, dem Kommandanten zu widersprechen. Die Offiziere, neue und fremde Menschen, mußten immer derselben Meinung sein wie der Kommandant. Aber Leithuber hielt sich gar nicht für ein unfehlbares Orakel. Er brauchte, um mit reinem Gewissen Befehle zu geben, einen Menschen, der seinen Skeptizismus weckte. Sooft Bachmatiuk etwas ausführte, was dem Willen des Oberstleutnants widersprach, hörte dieser auf, Bachmatiuk anzuschauen, und spitzte seine Ohren.

Er saß hinter dem Schreibtisch, in den Anblick der Photographie einer Dame mit schöner Frisur versunken. Der Rand des Schreibtisches verdeckte seinen riesigen Körper, so daß die Hände unsichtbar blieben.

»Das ist nicht möglich«, sprach Bachmatiuk, mit seiner ruhigen, heiseren, fast möchte man sagen: verbrannten Stimme. »Das Marschbataillon wird nicht in den ersten Septembertagen abmarschieren können. Die Maschinengewehr-Kompanie ist noch nicht fertig ... Herr Oberleutnant Lewicki ...«

Leithuber schlug so heftig mit der linken Hand auf den Tisch, daß die Dame mit der schönen Frisur rücklings umfiel. Er hob sie vorsichtig auf, stellte sie an ihren Ort und schien sie mit den Augen um Verzeihung zu bitten. Aber die Wut konnte er nicht beherrschen. Er war auf sich selbst böse, daß er dem Bachmatiuk mehr traute als sich. Immer wenn er fühlte, daß er nachgeben mußte, platzte er heraus und schlug mit der linken Hand auf den Tisch.

Die Rechte konnte er nicht bewegen. Sie war seit langem vertrocknet. Deswegen legte er nie den schwarzen, ledernen Handschuh ab. Dieses Gebrechen demütigte den Oberstleutnant nicht weniger als seine Nachgiebigkeit vor dem Stabsfeldwebel. Den Soldaten zeigte er sich stets nur in der Pelerine. Er vermied auch Situationen, in denen er mit blankem Säbel hätte auftreten müssen. Die Starrheit der rechten Hand ersetzte ihm reichlich die linke. Sie übernahm nicht nur die Funktionen der rechten, sondern sie erreichte gewissermaßen ein Übermaß der Gewandtheit. Mit der linken Hand salutierte Leithuber, aß er, schrieb er. Er hatte eine sehr schöne und deutliche Handschrift. Auf den täglichen Befehlen des Kaderkommandos, die man auf der Maschine in zehn Kopien vervielfältigte, konnte man seine gestochene Unterschrift bewundern: Leithuber, Oberstleutnant. Seine linke Hand konnte ausgezeichnet mit einer Pistole umgehen, er würde sich auch bestimmt mit einem Säbel Rat wissen, aber es schickte sich nicht, ihn an der rechten Seite zu tragen. Den größten Eindruck auf die Menschen machten jedoch die Taten seiner linken Hand. Mit der rechten Hand eine Ohrfeige bekommen, das ist eine normale, menschliche Sache. Aber wenn der Oberstleutnant mit der Linken ohrfeigte, während die Rechte leblos wie ein Leichnam unter der Pelerine herunterhing, so war es unheimlich, ja widernatürlich. Eigentlich war der Oberstleutnant ein gütiger Mensch, oft jedoch wurde er aufgebracht, und dann konnte er sich nicht beherrschen.

Bachmatiuk war seine rechte Hand im wörtlichen Sinne. Obzwar die beiden mehr oder weniger dasselbe Alter hatten, benahm sich der Stabsfeldwebel vor seinem Kommandanten wie ein alter Prokurist vor einem jungen Chef.

»Herr Oberstleutnant«, erklärte er, »wir arbeiten von sechs bis elf und von zwei bis fünf. Die Leute fallen vor Müdigkeit um. In dieser Hitze kann man nicht mehr ... Nachtübungen zweimal wöchentlich ...«

»Man kann! Man kann!« unterbrach ihn der Oberstleutnant. »Und man muß! Das Militärkommando kündet den Besuch des Generals noch Ende dieses Monats an.«

»Bitte gehorsamst, Herr Oberstleutnant wollen den Befehl erteilen, und wir werden von fünf bis zwölf und von zwei bis sieben arbeiten ...«

Beide wußten, daß ein solcher Befehl unmöglich war, weil er mit den Vorschriften über die Beschäftigungsdauer im Sommer nicht übereinstimmte. Leithuber schaute auf die Photographie, änderte den Ton und das Thema. Jetzt wollte er herausbekommen, was Bachmatiuk über seinen Entschluß dachte, den Hauptmann Slaviczek an die Front zu schicken. Er wollte diesen Hauptmann los werden, weil er Tschechen nicht leiden konnte. Den Unwillen gegen die Tschechen brachte er noch aus dem Elternhause mit. Dieses Haus stand in einem Arbeiterviertel Wiens und war mit einer Weinstube verbunden, deren Eigentümer der Vater des Oberstleutnants war, allgemein der ›Leithuber-Schani‹ genannt. Leithuber-Schani gehörte der christlichsozialen Partei an und verehrte den Bürgermeister Lueger. In lärmenden Disputationen, die er mit den Gästen an grünen Tischchen mit weiß-rot gestreiften Tischtüchern führte, sagte er das schnelle Ende der Monarchie durch die Tschechen und Sozialisten voraus. Wie treffend des Vaters

Voraussagungen waren, davon überzeugte sich der Leithuber-Sohn (›der Leithuber-Loisl‹) viele Jahre später, als die berühmte ›*Zde*-Affäre‹ passierte. Die tschechischen Reservisten wollten nicht länger ›Hier!‹ rufen, sondern riefen tschechisch: ›*Zde!*‹ Dieser Skandal fand in den klassizistischen Mauern des Parlaments ein lautes Echo. Auch konnte der Oberstleutnant den Tschechen das Jahr 1912 nicht verzeihen. Bei der Teilmobilmachung empörten sich die tschechischen Reservisten der Infanterieregimenter: I. R. 18 und I. R. 36, sowie das 8. Dragonerregiment.

»Hauptmann Slaviczek«, bemerkte Bachmatiuk gehorsamst, »ist ein Reserveoffizier. Seit achtzehn Jahren ununterbrochen im Regiment. Hauptmann Castelli kam direkt aus dem Ruhestand zu uns. Was er vorher trieb, ist unbekannt. Ich habe mit eigenen Ohren gehört, wie er ›Stellung-Fertig!‹ kommandierte. So ein Kommando gibt es schon längst nicht mehr im Exerzierreglement. Es stammt noch aus der Zeit . . .«

»Ich habe gesagt, daß Hauptmann Slaviczek mit dem Marschbataillon abgehen wird und Hauptmann Castelli das Rekruten-Bataillon übernimmt. Verstanden, darüber ist kein Wort mehr zu verlieren!«

»Zu Befehl, Herr Oberstleutnant!«

Bachmatiuk schlug die Hacken zusammen, zog die Notizbücher heraus und begann, ausführlich über alles Rechenschaft abzulegen, was sich in den letzten vierundzwanzig Stunden im Kader ereignet hatte. So teilte er jeden Morgen, vor dem offiziellen Rapport, dem Kommandanten vertraulich die wichtigsten Neuigkeiten mit.

Während er Bachmatiuk zuhörte, notierte der Oberstleutnant von Zeit zu Zeit auf einen besonderen Zettel Namen und Ziffern. Bachmatiuk meldete jeden Vorfall. Gestern war er gegen elf Uhr an dem Wachhäuschen vorbeigegan-

gen und hatte durch das Fenster hineingeschaut. Es zeigte sich, daß der Wachkommandant schlief. Heute früh wurde irgendeinem Juden im Bad schlecht. »Merkwürdig, was für ein Menschenmaterial man uns jetzt schickt!« klagte er, wie ein Verwalter einem Gutsherren.
Der Gesundheitszustand der Rekruten interessierte den Oberstleutnant nicht. Das war Sache der Ärzte. »Pachmatiuk!« Leithuber sprach den Buchstaben B wienerisch wie P aus. »Daß mir bis morgen der ganze Transport uniformiert ist! Fix und fertig! Ich werde bei der Vereidigung anwesend sein!«
»Zu Befehl!«
Jemand klopfte an die Tür. Es war der Adjutant. Er trat mit zwei dicken Mappen ein. Er trug auch einen Backenbart, aber einen schwarzen, der wie Samt glänzte, und genauso einen kleinen Schnurrbart.
»Pachmatiuk, Sie können gehen!«
Bachmatiuk salutierte beiden Vorgesetzten nacheinander und ging.
Leithuber mochte den Adjutanten nicht. Schon der Titel eines Barons störte ihn, obgleich ihm das Bewußtsein viel Vergnügen bereitete, daß der Sohn eines Schankwirts jemand ›unter sich hat‹, der so hoch geboren war, in einem jener romantischen, feudalen Schlösser, die wie Nester auf dem Gipfel wilder Felsen hingen, welche den Reisenden auf der Strecke Wien-Venedig bezaubern. Schon das Äußere des Barons störte den Oberstleutnant. Ein Clown. Er drückt sich im Kader, ist Schwiegersohn irgendeines einflußreichen Feldmarschalleutnants aus dem Kriegsministerium und trägt eine Felduniform, als sollte er heute schon mit dem Marschbataillon abfahren.
Statt der Orden trägt er dünne Bändchen, verdeckt die Sterne am Kragen mit einem seidenen Tuch, damit der

Feind sie nicht zufällig bemerkt, der Feind, dem er nie begegnen wird. Leithuber konnte Komödien und Possen noch nie leiden. Er selbst trug ostentativ die Friedensuniform. Verhüllte nicht seinen Goldkragen. Haßte auch den Adjutanten wegen seiner affektierten Redeweise. Nein, nein, er konnte ihn nicht leiden. Wozu schicken sie diesen Gigerl, der nicht einmal polnisch oder ukrainisch versteht, zum galizischen Regiment. Dafür spricht der Kerl fließend französisch! Im Regiment gibt es keinen einzigen Franzosen. In der ganzen k. u. k. Armee gibt es keine Franzosen. Sogar im Gespräch mit ihm, mit Leithuber, gebraucht er französische Wendungen. *En attendant!*... Einmal konnte Leithuber nicht mehr an sich halten und schrie ihm gerade ins Gesicht:

»*Am attanden*, Herr Oberleutnant, ich finde es nicht richtig, daß ein österreichischer Offizier im Gespräch mit seinem Vorgesetzten sich der Sprache eines Volkes bedient, mit dem wir auf Kriegsfuß stehen!« Oberstleutnant Leithuber beherrschte die französische Sprache nicht.

Heute erschien der Baron wiederum in Feldtracht. Mit einer vor Untertänigkeit vibrierenden Stimme referierte er alle Angelegenheiten des Tages, legte ein Papier nach dem anderen zur Unterschrift vor, am Ende verlas er den Entwurf des Tagesbefehls. Leithuber hörte ihn ungern. Beim Punkt 6 verlor er die Geduld, unterbrach den Vortrag, hieß den Adjutanten einen Bleistift holen und stenographieren. »Ich habe bemerkt, daß manche Wachkommandanten während der Dienstzeit in der Wachstube schlafen. Ich befehle, nein, ich – erinnere, daß es ein schweres Vergehen ist, das streng bestraft, streng bestraft wird – nicht auf disziplinarischem Wege, sondern auf Grund des Kriegsgesetzes. Wenn sich so etwas noch einmal wiederholt, wird der Schuldige sofort vors Divisionsgericht ge-

stellt. Vors Divisionsgericht. Punktum. Niemand darf sich einbilden, daß ich mich irreführen lassen werde. Ich sehe – schreiben Sie? – ich sehe alles und lasse gar nichts ungestraft. Punktum.
Punkt 7: Strafen. Ich bestrafe mit dem heutigen Tage folgende Unteroffiziere und Mannschaften – das werden Sie schon selbst ausfüllen, schreiben Sie, bitte, deutlich, daß sich die Stenotypistin nicht irrt. Einigemal schon waren die Namen im Befehl falsch. Als ich den Feldwebel Kandl darauf aufmerksam machte, sagte er, daß *die Kanzlei* strikt nach dem Stenogramm der Adjutantur abschreibt. Wo haben Sie stenographieren gelernt, Herr Oberleutnant? Im Konservatorium?«
Eine delikate Anspielung auf das Violinspiel des Barons. Leithuber konnte dieses Spiel nicht leiden. Bei jeder Zusammenkunft im Kasino – immer dieselben Stücke: ›Träumerei‹ von Schumann, das zweite ›Nocturne‹ von Chopin und ›Si j'étais roi‹. Wie ein verliebter Schüler aus der Kadettenschule.
»Schreiben Sie, Bitte: *Punkt 8: Zuteilungen.* Mit dem heutigen Tage wird der Hauptmann Erwin Castelli zum I. M. B. zugeteilt und wird ins Feld abgehen, als Kommandant der 2. Kompanie. Das Kommando über das Rekrutenbataillon übernimmt Hauptmann Slaviczek Jaroslav . . . haben Sie, Herr Oberleutnant? – Jaroslav . . .«

*

Kann man sich einen Krieg vorstellen, der in Röcken, Pelzwesten, Kaftans, Krawatten, steifen Hüten und Samtkäppchen geführt wird? Nein, so einen Krieg konnte sich nicht einmal Peter Niewiadomski vorstellen. Er konnte es gut verstehen, daß man nur in einer Uniform einen Menschen töten darf, und nur in der Banderole, in staatlicher Verpackung sozusagen, ist der Tod für den Kaiser gültig. Der Kaiser besaß nämlich das Monopol nicht nur für Tabak und Salz, sondern auch für das Töten der Menschen. Und wie Gott den Menschen nach seinem Ebenbilde geschaffen hat, so gab der Kaiser dem Menschen die Uniform, um ihn sich zumindest einigermaßen ähnlich zu machen. Natürlich war der Unterschied groß zwischen der Uniform des Kaisers und der Uniform, die Peter Niewiadomski heute anlegen sollte. Aber war nicht auch der Unterschied zwischen diesen beiden Sterblichen groß? Ach, in welchen Mützen, in welchen Kostümen starben nicht Menschen für ihre Könige und Kaiser! Sie starben in allen Farben, in eisernen Rüstungen, in glänzenden Panzern. Sie krepierten in Helmen, in Kolpaks, die riesig waren wie Kannen, in Mützen mit leuchtendem Blechschmuck, in Bärenmützen und Mützen mit Vogelfedern oder Roßschweifen. Und damit auch ein Rekrut im Regiment sich gar nicht von seinem Kameraden unterscheide und damit er jenes Aussehen vollkommen verliere, in dem er auf der Welt Sohn, Vater und Gatte war – befahlen die Kaiser den Militärschneidern, für alle im Regiment dieselben Mützen zu nähen, dieselben Blusen, dieselben Hosen. Und sie bedauerten nur, daß sie nicht alle Gesichter nach einem Muster umarbeiten konnten. Aber längst waren die Zeiten vorbei, in denen ein Infanterist im Putz in den Tod zog, bunt und glänzend wie ein Pfau. Heute lag den Kaisern mehr daran, den Infanteristen vor dem Auge des Feindes zu verbergen und nicht das Auge des Feindes mit einer schönen Uniform zu blenden. So führte man auch überall die graue, erdige oder sandige Farbe in die Armee ein. Man glaubte, es werde auf diese Weise gelingen, den Feind und seine scharfen Gläser zu betrügen. In der Sorge um das Leben des Soldaten bemühten sie sich, ihn der Mutter Erde ähnlich zu machen, die er mit seinem Körper verteidigen sollte. Aber die Mutter Erde hatte mehr Farben, als sich die Tuchfärber träumen ließen. Könnten sie nur einen Stoff erfinden, der wie ein Feueropal schillerte, sämtlichen Farben des Geländes und der Jahreszeiten angepaßt! Daß er einmal weiß wie Schnee wäre und das zweitemal gelb wie ein Stoppelfeld, dann wieder grün wie der Wald oder farblos wie Wasser. Wer weiß, vielleicht würde dann kein einziger Huzule im Kriege fallen? Aber was wäre das für ein Krieg, in dem keine Huzulen sterben?

Nur allmählich wurde die krasseste Farbe, die rote, aus der k. u. k. Armee vertrieben. In den ersten Kriegsmonaten ließ man sie auf den Hosen der Ulanen und Husaren: mögen sie sich noch ein wenig am Rot erfreuen. Aber als dieses Rot den Untergang der Kavallerie beschleunigte, wurde es ganz aus der Armee ausgestoßen und seitdem repräsentiert im Kriege nur das Blut die rote Farbe. Wir würden lügen, wenn wir behaupteten, daß man alle Soldaten sofort in Felduniformen kleidete. In Andraśfalva z. B. bekamen die Landsturmmänner für die Zeit der Ausbildung die alten ›Friedenssorten‹ von ihren Vorgängern. Das Uniformieren war eine Zeremonie, die unter der Aufsicht des Stabsfeldwebels Bachmatiuk stattfand.

Vor Peter Niewiadomski öffneten sich Magazine mit allem, was ihm vom Kaiser gebührte. Ein Soldat besteht aus einer Bluse, einer Hose, einem Mantel, aus Schuhen, einem Gewehr, einem Koppel, zwei Patronentaschen, Bajonett, Tornister, Brotsack, einem Spaten oder einer ›Beilpicke‹, einem Eßgeschirr, einer Feldflasche, zwei Decken, einer Zeltbahn, aus einer großen Menge Lederriemen – und aus sich selbst. Nun, und einer Kappe. Ohne Kappe ist er fast ein Krüppel, ist er wie eine Lampe ohne Schirm, wie ein Stengel ohne Blüte.

Im Kleidermagazin des Kaders, voll von graublauen und dunkelblauen Uniformteilen, türmte sich das Tuch, bis hoch zum Gewölbe. Dieses ganze Tuch roch nach Gerstenmalz, weil man das Magazin im ehemaligen Malzhaus der Brauerei untergebracht hatte. Mit einer langen Stange, die am Ende eine Gabel hatte, griff der Magazinär nach den Uniformen und warf sie zu Boden. In einer duftenden Staubwolke flogen Tuchbeine herunter, Tuchärmel, Tuchvögel, die sich ähnlich waren wie ein Faden dem anderen, wie ein Knopf dem anderen. Alte Blusen hatten orangefarbene Vierecke auf den Kragen, neue – nur schmale Besatzstreifen, die die Regimentsfarbe markierten. Die Rekruten probierten die kaiserliche Tracht gleichgültig. Aber es gab auch launenhafte unter ihnen: das war ihnen zu breit, jenes zu eng, sie benahmen sich, als ließen sie sich diese Uniformen für eigenes Geld nähen. Fromme Juden weigerten sich, die alten, durchschwitzten Hosen anzulegen, die verstunkenen Kappen. Wer weiß, was sich vorher in diesen Taschen befunden hatte, wessen Beine in diesen Hosen herumgekrochen waren. Vielleicht gehörten die Kleider auch Gefallenen? Bachmatiuk stand abseits, in den Anblick der leeren Uniformen versunken. Mit verliebtem Blick streifte er das schönste Werk, das auf dieser Erde unter der Schere eines Schneiders hervorgehen konnte: anscheinend war ihm eine leere Infanteristenuniform lieber als der Mensch, der sie anlegen sollte. Er bedauerte jedes Stück, das an einen der Bauerntölpel wegging. Er bedauerte die Uniform, die Peter Niewiadomski probierte. Und er stand so, den Blick in die Haufen von Blusen, Mänteln und Hosen versunken, in die Pyramiden von Soldatenkappen, als segnete er sie. Sie nahmen mehr oder weniger alles, was sie in diesem Magazin vom Kaiser bekommen sollten, warfen die ganze Ladung auf den Rücken und folgten Bachmatiuk.

Tausend Gewehre mit aufgepflanztem Bajonett in matten Bezügen warteten im dämmrigen Waffenhaus auf sie. Sie lagen in Reihen, auf Brettern – still, unschuldig, schlafend. Nur die schwarzbraunen Läufe und die verrosteten Kolbenschuhe warfen beunruhigende Blitze. Wie unbeholfen waren doch Gewehre ohne menschliche Hände!

Da streckten sich schon Hände aus, die aus den stummen Eisen dröhnenden Tod herauspressen werden. Gemach, gemach! Stabsfeldwebel Bachmatiuk blickte aufmerksam auf die Hände des Zugführer-Büchsenmachers, der den Rekruten die Waffen reichte, bei jedem Namen die Nummer notierend. Wenn dem Bachmatiuk die Uniform teurer war als der Mensch, um wieviel erst das Gewehr, das Zentralorgan des Infanteristen, wichtiger als Herz und Hirn! Für Bachmatiuk existierten keine Menschen, es existierten nur Jahrgänge. Sie waren billigeres Material als die Manlicher, die in Steyer produziert wurden, zu mehr als 100 Kronen das Stück. Und was war also der Mensch im Vergleich mit einem Manlicher oder gar einem alten Werndl, der länger lebt als ein Mensch? Und deswegen regte sich Bachmatiuk auf, wenn man vom Regiment sagte, es bestehe aus 3000 Soldaten. Ein Infanterieregiment besteht aus 3000 Gewehren, ein Reiterregiment aus 2000 Säbeln. Peter Niewiadomski erhielt einen Manlicher und ein Bajonett Nr. 46 821. Er konnte Zahlen lesen, aber eine so hohe Zahl, am Schloßgehäuse wie auf der Kuppe des Bajonettgriffs eingraviert, war nicht leicht zu lesen! Ganz davon zu schweigen, sie sich zu merken! Peter hatte noch nie mit solchen hohen Zahlen zu tun gehabt. Sein Gehalt bei der Eisenbahn betrug 15 Kronen,

das Häuschen, in dem er den Bahnwärter vertrat, war mit Nr. 86 bezeichnet. Und da auf einmal: sechsundvierzigtausendachthunderteinundzwanzig. Daß so eine mächtige Zahl mit seiner Person verbunden war, erfüllte Peter mit Stolz, er fühlte sich wichtiger als vorher, aber gleichzeitig gab er sich Rechenschaft davon, daß er von dem Moment an nur ein Requisit der Nummer 46 821 ist.
Diese Waffe war nicht neu.
Viele mußten schon vor Peter der Nummer 46 821 dienen. Gott weiß, ob sie noch leben? Und wenn Gott Peter gestatten wird, mit noch funktionierendem Gewehr zurückzukehren – wird Peter es in dieses Magazin zurückgeben müssen, es soll ausruhen, sich ausschlafen – bis zum nächsten Krieg. Ja, Peter fühlte selbst, daß das Gewehr wichtiger war als er. Die Waggons waren auch wichtiger, denn auf ihnen waren hohe Zahlen draufgeschrieben.
Wieviele Leichen können diese Gewehre machen? fragte er sich und schaute auf Hunderte von Gewehren in Rekrutenhänden. Fünftausend? Zehntausend Leichen? Er erinnerte sich an Huzulenmärchen über selbstschießende Büchsen und über Büchsen, in denen sich Geister der Erschossenen verbergen. Und plötzlich begannen Geister, Geister unter der gewölbten Decke des dämmerigen Kellers zu kreisen. Geräuschlos flogen sie herunter, klammerten sich an die Hände, faßten die Beine. Gespenster tauchten aus dem Dunkeln hervor, Hände holten aus zerrissenen Brüsten, Bäuchen, Stirnen längliche Bleikörner hervor und überreichten sie Peter flehend. Peter faßte Angst, und er dachte, daß die magyarischen Bierbrauer Farkas und Gjörmeky keine Bierbrauer waren, sondern Teufel, und daß sie hier kein Bier aufbewahrten, bitteres Bier aus Hopfen und Gerste, sondern Blut.
Peter dachte, daß man den Rekruten mit den Gewehren

auch Munition geben werde. Man sieht gleich, daß er noch nicht beim Militär gedient hat. Wer gibt denn Rekruten scharfe Patronen in die Hand? Und außerdem: in diesem Magazin gab es überhaupt keine Munition. Gibt es denn überhaupt Kasernen, wo man die Körper der Schießgewehre zusammen mit den bleiernen Seelen aufbewahrt? Nur an der Front hörte diese strenge Trennung auf.

Wie ein Maulesel beladen kehrte Peter in seine Baracke zurück.

Peter, Peter, wie wirst du jetzt aussehen? Die eigene Mutter würde dich nicht erkennen! Wasylina Niewiadomska!

Unter Aufsicht der Chargen begannen sie, sich umzukleiden. Als sie die Zivilkleider ablegten, kam ein Augenblick, ähnlich dem Augenblick zwischen der Nacht und dem Tagesanbruch. Der Tag ist noch kein Tag und die Nacht keine Nacht mehr. So waren auch die Menschen: sie waren keine Zivilisten mehr und noch kein Militär. Die Menschen gingen aus einer Gestalt in die andere über, einer Raupe ähnlich, die sich in einen Schmetterling verwandelt. Manchen von ihnen tat es leid, sich vom Zivilleben zu trennen, aber es gab auch solche, die es mit Lust von sich warfen. Alle mußten sie ihre Siebensachen zusammenpacken, mit einem Zettel, mit Namen und Adresse versehen und in das Magazin zur Aufbewahrung tragen. Die an Gott glaubten, empfanden bitter die Wahrheit, daß nur Er es weiß, wieviele von ihnen ihre Bündel zurückbekommen werden. Peter Niewiadomski glaubte an Gott, doch konnte er nicht schreiben. Darum bat er einen Kollegen. Vorher nahm er aus der Tasche der eigenen Hose den Schlüssel zu seiner Hütte heraus und legte ihn zusammen mit dem Gelde und der vertrockneten Pflaume in die Militärtasche. Es tat ihm nicht um die Zivilkleider leid. Es war ihm nur um die Eisenbahnerkappe schade.

Na, aber die Soldatenkappe – ist ja auch kaiserlich. Vielleicht noch mehr. Sie bekamen auch Wäsche vom Staat gestellt, doch wer wollte, konnte die eigene tragen, als Unterlage unter der staatlichen Packung. Die Westen wurden auch nicht abgenommen. Das Militär steckt seine Nase nicht unter die Uniform. Hauptsache, daß alles von außen einheitlich aussieht.
Bald verwandelte sich der Transport von Bauern, Hirten, Bergbewohnern, Händlern in Soldaten. Die krassen Unterschiede, die bis jetzt die Menschen so sehr getrennt hatten, gingen verloren. Die Huzulen waren keine Huzulen mehr, die Juden keine Juden. Die alten Kerle erschienen in diesem kaiserlichen Kostüm jünger, sie bewegten sich wie kleine Bären in zu breiten Kniehosen oder wie Dorfburschen im väterlichen Kaftan. Auch in den Seelen geschah eine große Wandlung. Es waren nicht mehr dieselben Menschen. Plötzlich wurden sie kindisch, fingen an, ihre Aufmerksamkeit auf Kleinigkeiten zu lenken, auf Knöpfe, Riemen. Die Herren Chargen gingen daran, ihnen die Bestimmung jedes Lederriemens, jeder Klappe zu erklären. Denn alles am Soldaten, alles an seinem Ledergeschirr hatte seinen tiefen Sinn, kein Knopf ist überflüssig, jeder Zentimeter sinnreich ausgenützt. Jedes Stück ist mit dem anderen verbunden: der Kalbsfelltornister – mit der Patronentasche, die Patronentasche – mit dem Überschwung.
Erst jetzt richtete der Stabsfeldwebel Bachmatiuk sein Augenmerk auf die Neuankömmlinge. Erst in der gemeinsamen Uniform fielen ihm ihre persönlichen Merkmale auf, die würdig waren, daß er sie behielt. Er notierte genau in sein Gedächtnis die Gesichter und Oberkörper, die man von nun an öffentlich auslachen durfte. Die Duldung der Mängel und unverschuldeten Lächerlichkeiten

der Körper der Mitmenschen hörte auf. Er erblickte auch Peter, den er vorher nicht einmal in der Eisenbahnerkappe bemerkt hatte. Er musterte ihn von Kopf bis Fuß mit unverhüllter Verachtung. Er verachtete diese Jahrgänge, obgleich sie uniformiert waren. Und plötzlich umfing sie ein Schreckenshauch. Bisher war die Angst hinter ihnen gewesen, jetzt machte sie sich in ihnen selbst breit. Sie drang aus den rauhen Fäden der Uniformen in die Körper. Alle fühlten es, daß diese duftende, nach Malz riechende Tracht sie dem Tode weihte. Es ist ein Wunder geschehen: In die undressierte Masse trat die Subordination. Sie kroch in die Knochen, vermischte sich mit dem Mark und machte die Bewegungen steif. Sogar die Stimme veränderte sie ihnen.

Bis in den späten Abend brachten ihnen die Chargen in den Baracken bei, wie man Mäntel zusammenlegt, Pritschen bettet und Ordnung hält. Sie lehrten sie auch neue Manieren. Auf die Frage: »Wer bist du?« – hatten die Rekruten zu antworten: »Landsturminfanterist der und der aus so und so einer Kompanie aus dem x-ten Regiment des Königs N.« Dann war die Einverleibung vollbracht.

Der Mensch, der heute abend zwischen dem gräflichen Lakai Bryczýnski und dem steiermärkischen Bergmann Guglhupf einschlief, ist das immer noch Peter Niewiadomski? Nein, nein, das war nicht mehr unser alter Bekannter von der Station Topory-Czernielitza, es war nicht mehr Peter Niewiadomski, der Sohn Wasylinas, der Bruder Paraskewjas, des Freudenmädchens, sondern es war der Landsturminfanterist Peter Niewiadomski. Und das ist ein großer Unterschied. Am nächsten Tag rief man sie alle auf den Platz vor das Kommando und formte Reihen: drei Kompanien zu je vier Zügen. Peter Niewiadomski kam in den ersten Zug der 2. Kompanie. Er war der vierte vom rechten Flügel. Die Uniform stand ihm gut. Man wartete auf die Ankunft des Oberstleutnants. Er hatte seine Anwesenheit bei der Zeremonie der Vereidigung zugesagt. Denn der Kaiser wollte sich noch einmal vergewissern, daß sie ihm treu sein würden bis in den Tod, zu Lande, auf dem Wasser und in der Luft. Sie warteten lange auf den Oberstleutnant. Wie alle Tage, so war auch heute sonniges Wetter, und es war eine große Hitze vorauszusehen. Es schien, daß der Krieg mit der Hitze irgendeinen geheimen Vertrag abgeschlossen und daß er mit dem ersten Regen zu Ende gehen werde. Trotz der Glut hielten sich die Reihen nicht schlecht. Man durfte sich unterhalten. Auf den Außenwänden der Baracken malten Soldaten in weißen Leinenblusen mit roter Farbe irgendwelche riesige Buchstaben.

Etwas Wichtiges mußte den Oberstleutnant in der Stadt aufhalten. Es war schon nach neun Uhr, und er war noch immer nicht gekommen. Die Offiziere versteckten sich vor der Hitze im Kasino. Hauptmann Slaviczek stellte sich unters Tor und rauchte eine Zigarette nach der anderen. Nur Bachmatiuk entfernte sich nicht von den Reihen. Ununterbrochen beobachtete er die Linie der Schuhe. Er hatte Angst, daß sich diese langen, geraden Linien krümmen könnten. Mit welcher Mühe hatte er sie heute früh in diesen Zustand gebracht. Es lag ihm auch an dem tadellosen Glanz der Rekrutenstiefel. Als sie um acht Uhr auf den Platz zogen, glänzten alle Stiefel wie Metall. Jetzt waren sie vom langen Stehen in trockenem Sand vollkommen verstaubt. Sie neu putzen zu lassen, hätte keinen Sinn. Die mühsam montierten Reihen würden auseinanderfallen.

Bachmatiuk ärgerte sich über die Stiefel, um so mehr, als

die Leute keine Schuld hatten. Die zehnte Stunde war vorbei, und der Oberstleutnant immer noch nicht erschienen. Die Reihen fingen an, brüchig zu werden.
Bachmatiuk umkreiste sie von allen Seiten und verbesserte mit Hilfe der Korporale immer wieder die Deckung. Umsonst. Seiner Meinung nach eigneten sich viele dieser Infanteristen eher für die Kavallerie: sie hatten krumme und zu kurze Beine. Er konnte die Kavallerie nicht leiden, er konnte die Artillerie nicht vertragen, er konnte Sappeure nicht leiden, die Pioniere, den Troß, die Sanitäter, Frauen und Männer nicht. Sogar die Uniformierten nicht. Er haßte die Offiziere und Einjährigen, weil sie aus den höheren Sphären stammten, er konnte die Gemeinen nicht ausstehen, weil sie Volk waren, aus dem er stammte. Aber die Meinung, daß er nur hassen konnte, wäre irrig. Er konnte auch lieben. Und wie! Wie leidenschaftliche Liebhaber in der Lebensblüte und wie Greise, die von sündhaften Gefühlen für minderjährige Mädchen entflammt sind. Er haßte jeden einzelnen Soldaten, wegen seines Mauls, wegen seiner Seele, das ist wahr, aber er liebte symmetrische Linien, die er aus den Körpern, Uniformen und Stiefeln gestaltet. Er liebte die Doppelreihen, die Kolonnen – im ruhenden Zustande und im Marsche. Er liebte Vierecke, Schwarmlinien. Jede Unausgeglichenheit, jeder Bruch in der Reihenordnung fügt ihm physischen Schmerz zu. Die ›Habt-acht!‹-Stellung hielt er für die Grundstellung der Menschheit, für die Norm. Alles andere war schon eine Verirrung, Abschweifung. Die Menschheit hatte für ihn nur Wert, wenn sie in Regimenter eingereiht war. Ob er lieben konnte? Er liebte den Staub, vom Getrampel rhythmisch nach vorne geschleuderter Beine emporgewirbelt: es war Sphärenmusik, und er bedauerte, daß der Mensch nicht mehr Beine hatte, mit

denen er im Takt marschieren konnte. Er liebte das Gerassel der Waffen und das heilige, militärische Schweigen. Diese erhabenste aller Stillen geigte, rauschte mit Ewigkeitsecho. Mit gierigen Nüstern schlürfte er, atmete er den Duft des Soldatenschweißes ein. In den glänzenden Stiefeln der Infanterie musterte er sich wie im Spiegel der Wahrheit. Der einzigen und absoluten Wahrheit.

Eine immer dickere Schicht bedeckte die Stiefel des Rekrutenbataillons. Die Sonne begann, die schon mürben Bindungen der Vierecke anzugreifen, zu sprengen, die von der Sonne verbrannten Reihen bogen sich wie Kerzen. Noch eine Weile und sie werden schmelzen. Die Korporale verbessern immer wieder die Linien, knöpfen die Röcke zu, richten den Rekruten die Köpfe aus, schieben die herunterrutschenden Gürtel hoch, stopfen mit den Fäusten die allzu vorgereckten Bäuche zurück. Sie machen sich neben den alten Kerlen wie besorgte Mütter zu schaffen, die ihre Töchter zum ersten Ball ausstaffieren. Wenn der Kommandant jetzt nicht kommt, wird alles auseinanderfliegen, dieses ganze, mit soviel Anstrengung errichtete Gebäude – wird einstürzen.

Endlich kam er: finster, von irgend etwas tief erregt. Wenn sich der höchste Vorgesetzte den geschlossenen Abteilungen naht, muß man ihn mit einer entsprechenden Kopfwendung begrüßen. Weder Hauptmann Slaviczek, der neuernannte Bataillonskommandant, noch Bachmatiuk taten dies. Und richtig. Sie würden sich nur lächerlich machen, wenn sie einen Kollektivgruß produzieren wollten mit Hilfe von Menschen, die keine Ahnung hatten, wie man das tat. Es gab auch so schon genug Gelächter über die Rekruten. Alle Kaderknechte, Stiefelputzer und Simulanten krochen auf den Platz, begierig, sich auf fremde Kosten zu amüsieren. Gabriel, Michael, Rafael stand in der Nähe hinter der Baracke und fletschte die Zähne. In einiger Entfernung vom Stabsfeldwebel fühlte er sich sicher.

Der Oberstleutnant Leithuber nahm nicht einmal den Rapport entgegen. Er gab Bachmatiuk mit der linken Hand ein Zeichen, daß er darauf verzichtete. In die Pelerine eingehüllt, sah er nicht wie der Chef einer militärischen Formation aus, sondern wie der Führer einer Verschwörerbande. Er begab sich nach oben in sein Kabinett und blieb lange allein. Hier durchlebte er noch einmal die beängstigende Nachricht. Mit fetten Lettern krächzten sämtliche heutigen Zeitungen: *›Lemberg noch in unseren Händen.‹* Man weiß, was dies bedeutet. In einem Tag, in zwei, vielleicht schon in diesem Augenblick, werden die Russen die schöne Stadt Lemberg, die Hauptstadt des größten Kronlandes der Monarchie, die Perle der Habsburgischen Krone, den Sitz des XI. Korpskommandos, eine riesige Garnison, den Traum aller Offiziere, die in kleineren galizischen Städten stationiert waren, das ›Klein-Wien‹ – einnehmen. Mit allen Kasernen, mit der Zitadelle, dem Schloßberge, mit dem Schießplatz auf der Kortumówka werden die Russen sie einnehmen. Mit allen Kaffeehäusern, dem Korso, dem Kolosseum! Leithuber sah schon die Terrassen der Lemberger Kaffeehäuser voller russischer Offiziere. *Noch* in unseren Händen! Was für Hände hatten die Generale, daß sie nicht Lemberg festhalten konnten? Vielleicht waren die Hände der Generale schon verdorrt?

Er ging schnell hinunter, wo ihn ein zahlreiches Gefolge erwartete: der Adjutant, Baron Hammerling, Hauptmann Slaviczek, drei Kompaniekommandanten und Fähnriche. Leithuber schaute weder auf das Gefolge noch auf das Rekrutenkarree. Er schaute auf die Baracken und die Maler.

»Pachmatiuk!« rief er böse. »Wessen Einfall ist es? Wie kann man die Namen der Generale rot malen? Vielleicht laßt ihr noch die Rekruten sozialistische Lieder singen?«
Jawohl, es waren die Namen der Leute, dank derer Lemberg *noch* in unseren Händen war. Trotzdem mußte man den Befehl des Militärkommandos ausführen, man mußte diese Namen auf den Fassaden der Quartiere anbringen, damit die Leute sie sich leichter merken konnten. (Obgleich das Militärkommando doch wissen sollte, daß die Mehrheit in diesem Regiment nicht lesen konnte.)
Bachmatiuk fühlte sich nicht schuldig. Der Kommandant hatte gar keinen Befehl erteilt, was die Farben betraf. Bachmatiuk wählte die rote Farbe, weil sie am meisten auffiel. Sofort lief er zu den Malern und befahl, mit weißer Farbe zu malen. Leithuber war ungeduldig.
»Beeilen sie sich!« brüllte er den zurückkehrenden Bachmatiuk an. Er liebte kein Theater.
Wenn eine Soldatenabteilung den Eid leisten soll, kommandiert man: ›Zum Schwören!‹ Unsere Leute, obgleich schon in Uniformen, waren noch keine richtige Soldatenabteilung. Man ließ sie also wie Zivilisten die Köpfe entblößen und zwei Finger der rechten Hand auf Augenhöhe heben. Bachmatiuk zelebrierte in drei Sprachen. Vor dem Antlitz des Allmächtigen begannen Chöre Treue und Gehorsam Seiner Majestät, dem Kaiser, und allen seinen Generalen zu geloben. Allen, also auch denen, deren Hände Lemberg nicht festzuhalten vermochten. Peter Niewiadomski meinte, daß in einem so erhabenen Augenblick Musik spielen sollte. Er wußte nicht, daß die Kapelle mit dem Regiment an der Front war. Er mußte sich also mit der Musik begnügen, die in seiner Seele tönte, und sie spielte sehr schön. Mit einer Stimme, die sich im ungeordneten Chor verlor, versicherte Peter dem Kaiser, schon

zum zweiten Male, daß er »seine Truppen, Fahnen, Standarten in keinem Falle verlassen wird«. Oberstleutnant Leithuber hörte diese Versicherungen gar nicht. Er wiederholte sich im Geiste die Rede, die er vor den Rekruten auf ukrainisch halten sollte. Er beherrschte diese Sprache ganz gut, und doch fühlte er am ganzen Körper das heranziehende Lampenfieber. Das Bewußtsein des Lampenfiebers demütigte ihn um so mehr, als er doch zu Menschen reden sollte, die um so viel niedriger als er standen. Plötzlich fiel ihm das Wort: ›Fahnen‹ auf. Es zerstörte eine schöne rednerische Wendung.

Hoch auf dem erhitzten Himmelsblau blinkte ein gelbes Laken, von schwarzen und roten Zähnchen umsäumt. Mit einem zweiköpfigen Adler in der Mitte. Mit mächtigem Rauschen flatterte die Erscheinung der Regimentsfahne in Leithubers Seele. – Wo befindet sie sich in diesem Augenblick? Wieviel Kugeln durchbohrten sie? Vielleicht wurde sie gefangengenommen und wird in Kürze über dem Petersburger Arsenal flattern? Als er jung war, las Leithuber von heldischen Fahnenträgern, die auf dem Kriegsfelde starben und die von Kugeln zerfetzte Fahne nicht aus der Hand ließen. Wäre der Fähnrich Stiasny, der Fahnenträger dieses Regiments, einer solchen Tat fähig? Fähnrich Stiasny war als großer Schürzenjäger bekannt. Aber das eine hat nichts mit dem anderen zu tun. Im Gegenteil ... Während des Umzuges des Kaders aus Stanislau nahm Leithuber persönlich das leere, wachsleinene Futteral der Fahne mit. Es liegt bei ihm im Schrank, im Kabinett ...,

»und auf diese Weise mit Ehre zu leben und zu sterben«, psalmodierte der Chor.

Bevor die Fahne im Äther zerfloß, erblickte der Oberstleutnant auf ihrem Schaft die krampfhaft zupackende

Faust des Fähnrichs Stiasny. Nach einer Weile verschwand auch sie im Himmel, als würde ihr zusammen mit der Regimentsfahne die Gnade der Himmelfahrt zuteil. Es blieb nur die Ehre, mit der diese Menschen ›leben und sterben‹ wollten. Man muß ihnen etwas über die Ehre sagen. Leithuber schnitt Gesichter. Das Lampenfieber brannte mit saurem Speichel in der Speiseröhre. Die Leute ließen die Hände sinken, setzten die Mützen auf. Die Küche kündete mit immer stärkeren Gerüchen die elfte Stunde. Den Bruchteil einer Sekunde lang sah Peter Niewiadomski wieder das Gesicht seiner Mutter. Ach, was für Graupen waren es denn, Gerstengraupen, Hirsegraupen?... Oberstleutnant Leithuber machte einige Schritte nach vorn, er suchte einen Platz, wo er höher erscheinen konnte. Aber die Oberfläche des Kasernenhofes war glatt wie ein Tisch, er trat zurück, ging auf die Treppe, räusperte sich.

»Soldaten!« begann er mit väterlicher Süße.

Peter erinnerte sich an die Predigten des Pfarrers Makarucha. Er pflegte auch so süß anzufangen:

»Meine Brüder...«

»Ihr habt Uniformen bekommen.« Leithubers Stimme stieg empor und erklomm die Höhe strenger Pathetik.

»Ihr habt Uniformen bekommen, in denen ihr kämpfen werdet...«

Hier brach die Stimme plötzlich zusammen, fiel zu Boden wie ein verwundeter Vogel. Leithuber sagte nicht die Wahrheit, er wußte genau, daß sie in diesen Uniformen nicht in den Kampf ziehen würden. Vor dem Abmarsch ins Feld werden sie andere Uniformen bekommen. Gleichviel. Er erhob wieder die Stimme: »Für den Kaiser und das Vaterland sterben...«

Wie ein dicker tschechischer Knödel würgte es ihm in der

Luftröhre. Lampenfieber und noch etwas Schlimmeres als dies. Am besten wäre es jetzt, Schluß zu machen. Denn wer, wer predigt hier den Leuten Kampf? Ein Krüppel aus den Friedenszeiten, der den Kampf nie selbst erleben wird! Als der Krieg ausbrach, meldete sich Leithuber freiwillig an die Front. Nicht, weil er den Krieg liebte (obgleich er sich in Friedenszeiten nach ihm sehnte wie jeder Berufsoffizier), er liebte den Krieg nicht, er wollte nur aus dem Kreis der ewigen Lüge herauskommen, er hatte schon die fortwährenden, unfruchtbaren Vorbereitungen auf etwas, was nie erfüllt werden sollte, satt. Jahrelang bereitete er Situationen vor, die nie kommen sollten: das war nicht zu ertragen. Und als der Krieg plötzlich ausbrach und alle mit ihrem Schwung mitriß, sollte er da weiterhin mit blinden Patronen auf nicht existierende Feinde schießen? Sein ganzer Dienst war ein ununterbrochenes Schießen in die Leere. Er meldete sich freiwillig an die Front, weil er endlich einen richtigen Krieg sehen wollte.

In Gegenwart von Menschen, die in den Krieg ziehen sollten, fühlte er sich wie ein Gesunder am Lager eines Kranken. Er hielt sich trotz seiner verdorrten Hand für gesund. Freiwillig hatte er sich an die Front gemeldet. Im Felde kann man das Regiment auch mit der linken Hand kommandieren. Und übrigens, wer kommandiert heute mit den Händen? Welcher Oberst rennt beim Angriff mit blankem Säbel herum? Das war vielleicht zur Zeit des alten Radetzky üblich. Heute kommandiert man mit dem Kopf. Leithuber hatte einen gesunden Kopf. Einen viel gesünderen als der Oberst Martin, der das Regiment an der Front zu Grunde richtete. Die Ärzte haben beschlossen, daß er, Leithuber, zum Frontdienst unfähig ist. Gut! Aber warum versteckten sie ihn dann nicht in irgendeinem Büro, beispielsweise im Kriegsministerium, wo er nicht unmittelbar mit Leuten in Berührung kommen mußte, die ins Feuer gingen? Warum glotzt ihr mich so an, stinkende Viecher? Ich wollte freiwillig an die Front...

Und Oberstleutnant Leithuber hielt jetzt gleichzeitig zwei Reden. Eine laut, mit dem Mund, die andere – ohne Worte.

»Die Ehre der Uniform«, schrie er über den ganzen Platz, »das ist eine große Sache! Paßt auf, daß ihr die Uniform nicht befleckt. Nur Blut befleckt die Uniformen nicht...« Daß ihr ja nicht glaubt, ich drücke mich! Ich bin Invalide, und trotzdem meldete ich mich an die Front...«

Aber keiner von diesen Menschen, zu denen er sich in beiden Ansprachen wandte, hatte den Verdacht, daß er sich drückte. Niemand dachte daran. Alle horchten fromm auf ihn, außer den Steiermärkern, die kein Ukrainisch verstanden. Alle wünschten, daß diese erhabene Zeremonie möglichst rasch zu Ende ginge. Sie hatten Hunger. Peter Niewiadomski warf immer wieder einen Blick auf seine Bluse: es waren gottlob noch keine Flecken auf ihr zu sehen. Und als der Kommandant zu reden endete, atmete Peter erleichtert auf, wie nach einer Absolution für Sünden, die er erst begehen würde.

Der Oberstleutnant näherte sich dem Bataillon. In Gesellschaft der Offiziere begann er, die Reihen abzuschreiten. Es war eine uralte Zeremonie, seitdem es Militär gab. Die Kommandanten beurteilten den Wert des Soldaten nach seinem Aussehen, sie schöpften Mut vor der guten Haltung. Wenn die Menschen fest auf dem Boden stehen – geben sie die Garantie des Sieges. Unsere Leute standen schlecht. Alles hing jetzt von Bachmatiuk ab.

Nein, das Regiment, dessen Ergänzung Leithuber zufiel, gehörte nicht zu den erlesenen. Wie weit seine Geschichte

auch reichte, hatte es sich keines guten Namens erfreut. Und man wußte nicht, warum.
In der k. u. k. Armee gab es gute Regimenter und schlechte Regimenter, sympathische und unbeliebte. Glücks-Regimenter und Pech-Regimenter. Regimenter sind wie Menschen. Den einen verzeiht man alles, weil sie Charme haben, weil sie Schmiß haben oder eine gute Kapelle. Man verdirbt sie, man verhätschelt sie wie Frauen. Dafür vergibt man anderen nicht die kleinsten Fehler, und wenn sie wunder was zeigten, werden sie weder die Herzen noch die Popularität gewinnen. Diesen Deutschmeistern kann gar nichts den Ruf verderben. Und man braucht nicht so weit zu suchen. Innerhalb des XI. Korps gab es auch bevorzugte Regimenter, z. B. das Lemberger 30. Dagegen waren über unser Regiment in der ganzen Armee die häßlichsten Witze verbreitet, die angebliche Dummheit der Huzulen wurde sprichwörtlich. »Sogar ein dummer Huzule aus dem x-ten Regiment des Königs N. versteht das!« – pflegten die Offiziere in anderen Truppenkörpern zu sagen, wenn ihr Rekrut etwas nicht verstand oder schlecht machte.
Oberstleutnant Leithuber schritt in finsterer Laune die wirklich furchtbaren Reihen ab. Von Zeit zu Zeit hielt er vor einem der Rekruten, fragte nach dem Jahrgang, nach dem Geburtsort. Vor Peter hielt er nicht, fragte ihn gar nichts. Hinter dem Kommandanten schritten die Offiziere. Am Ende ging Bachmatiuk, mit hängendem Kopf: hartnäckig blickte er auf die Stiefellinie. Beim ersten Zug der 3. Kompanie angelangt, wurde Leithuber müde und kehrte um. Er durchblätterte die ersten Seiten des unbeschriebenen Buches, verlor die Lust und schloß es plötzlich. Die ganze Hoffnung lag bei Bachmatiuk. Er warf ihm einen bedeutungsvollen Blick zu, dann verließ der Kom-

mandant mit Gefolge den Platz. Die Reihen lösten sich sofort auf.

»Stehenbleiben! Stehenbleiben! Wer hat euch erlaubt, auseinanderzugehen?« schrien die Chargen. Sie jagten die zerstreute Herde in die Reihen zurück. Stabsfeldwebel Bachmatiuk wartete ab, bis sie sich aufstellten, ausrichteten, beruhigten. Und als sie wieder richtig standen, schrie er:

»Ich werde aus euch Menschen machen!«

Die Haut der Menschen in den Uniformen zitterte. Was wird er jetzt mit uns machen? Was waren wir bis jetzt? Was für Foltern, körperliche oder seelische, enthält diese Drohung? Alle fühlten, daß dieser Mensch in den langen Hosen, mit den Medaillen an der Brust, ihr ganzes bisheriges Leben ausgestrichen hatte, es ungültig machte. Sie waren Säuglinge mit grauen, kahlen Köpfen, Babys mit Schnurrbärten; die große Mutter Subordination wird sie an ihren Brüsten säugen. Sie zählten erst einen Lebenstag, seitdem sie Uniformen trugen.

Am Anfang war das Wort. Das Wort, das die Wellen glättete, das Wort, dem tödliche Stille folgt. Bachmatiuk schloß die Augen halb, wie ein scheinheiliges Weib bei der wichtigsten Stelle der heiligen Messe oder wie ein Musikliebhaber bei einem Symphoniekonzert. Er reckte sich hoch und krähte langgedehnt wie ein Hahn:

»Habt acht!«

Eine längere Weile öffnete er die Augen nicht, aus Angst, er könnte etwas erblicken, was ihm mißfiel. In der Tat verstanden ihn nicht alle. Die Korporale zeigten den Ungeschickten, wie sie sich auszurichten hatten. Der Stabsfeldwebel öffnete die Augen, rückte die Mütze zurecht, griff nach der Tasche. Er zog eine kleine Broschüre hervor: 37 Kriegsartikel, 37 Glaubensartikel. Und mit ruhiger

Stimme verlas er den Jahrgängen all die Verbrechen und Vergehen, die mit dem Tode oder langjährigem Gefängnis bestraft wurden. Die Jahrgänge blickten schnell auf den Grund ihrer Seelen, um ihre Widerstandskraft zu prüfen. Sehr wenige fühlten sich nach dieser Prüfung sicher. Peter Niewiadomski fürchtete sich am meisten vor Feigheit. Das ist eine große Kunst – angesichts des Feindes nicht feig zu werden. Der Kaiser verlangte von jedem Menschen Mut, als käme der Mensch mutig auf die Welt. Vielleicht wird ihnen der Stabsfeldwebel Bachmatiuk Mut beibringen?
Als der Stabsfeldwebel Bachmatiuk mit den Kriegsartikeln fertig war, schwebten über den Jahrgängen die Gespenster der siebenunddreißig Todsünden des k. u. k. Soldaten. Jetzt sollte man ein Vaterunser beten, dachte Peter, oder sich wenigstens bekreuzigen. Und er wollte die Hand heben, aber er konnte sie nicht bewegen. Sie lag leblos an der Naht der kaiserlichen Hose, wie von Bachmatiuks Wort gelähmt. Bachmatiuk schaute verzückt auf die erstarrten Gesichter, Uniformen und Stiefel. In seinen Ohren summte eine ideale Stille, aus seinem Wort geboren. Er atmete den süßen Geruch des Gehorsams aus der Angst. Und er war glücklich. An diesem ersten Schöpfungstage, da er die Seelen der ältesten Landsturmjahrgänge in Besitz nahm – sah er sein Werk beendet. Und er sah, daß es gut war.

NACHWORT

Dieses Buch über den Krieg ist nicht zu vergleichen mit anderen Büchern über den Krieg. Es spricht nicht für den Krieg, nicht gegen den Krieg, es erzählt vom Anfang eines Krieges, des Ersten Weltkrieges, vom Anfang der Angst. Ludwig Renn und Erich Maria Remarque haben der ohnmächtigen Verzweiflung Denkmäler geschrieben, aber das Bildnis Peter Niewiadomskis ist stärker als diese Mahnungen. Der Bursche aus dem Huzulenland, im Osten Polens, der zu den österreichischen Waffen gerufen wird, taucht nicht in Schlachten unter, hört kein Trommelfeuer, schleppt keine Verwundeten und Toten in den morastigen Graben. Für ihn beginnt der Krieg erst. Er wird eingekleidet, bekommt eine Nummer, wird namenlos, Teil des »Kaders«.

Im Anfang steckt hier schon das Ende: die Verwüstung und die brutale Anonymität, aus der sich die Erinnerungen nicht mehr befreien können. Joseph Wittlin hat seinen Roman zwanzig Jahre nach dem Kriegsbeginn geschrieben. Die Entfernung ist groß, sie macht die Geschichte leise, oft tonlos, nimmt ihr das blinde Erbarmen der Gegenwart. Joseph Roth hat diesen Roman bewundert. Das ist verständlich. Wie in seinen Büchern wird auch hier noch einmal die Landschaft des Habsburgischen Imperiums sichtbar, ihre Vielstimmigkeit, ihre verdeckten Abgründe. Es brannte lange, bevor das Feuer hochschlug.

Davon weiß der armselige Bahnarbeiter Niewiadomski nichts. Er ist genügsam. Seine Hoffnungen reichen kaum bis zur nächsten Station; seine Freuden drücken sich in drei Sätzen aus. Sobald der Horizont aufreißt, die Drohung aus der Ferne sich nähert, wird Niewiadomski noch kleiner, noch hilfloser. Was ihn dennoch mächtig macht, ist sein verwunderter Blick. Von ihm lebt die Sprache dieser Erzählung. Es ist die Verwunderung, die den Gepeinigten wappnet.

Wittlin treibt seiner Gestalt diese Haltung nicht aus, er redet ihr nicht herein. Er läßt sich von ihr aber auch nicht bestimmen. Das Buch hätte eine Legende vom einfachen Mann werden können, die Saga vom Unterdrückten. Es wurde die Geschichte von Niewiadomski.

Mitunter brechen Visionen in die Erzählung; der Prolog ist eine, das Kapitel von der Sonnenfinsternis eine andere. Aber die Perspektive Niewiadomskis wird eingehalten, der Blick von unten, der nie eingeschüchtert ist, der wenig begreift, der aber lehrt, daß einer, der so schauen muß, sich wehrt, indem er seine Erfahrungen in die vorgeschützte Größe dieser sterbenden Welt schleppt. Wer langsam liest, glaubt einen Trauermarsch zu hören, in dem immer wieder eine aufsässige bäurische Musik mitklingt, Rebellion des Überstehens. Ein solcher Mann kann kein Aufrührer sein. Er ist stolz, daß er, den Uniformierte unter Kuratel hatten, endlich eine Uniform tragen kann; und er fürchtet sich vor ihrem Anspruch. Er macht mit. Er beugt sich jeglichem Befehl, an Befehle gewöhnt. Doch er wird zu denen gehören, die aus den Befehlen ausbrechen, wenn sie deren Nutzlosigkeit in der tausendfachen Wiederholung begriffen haben. Kein Revolutionär, sondern einer, der der Vernunft der einfachsten Sachen traut, der es gelernt hat, mit ihnen umzugehen.

Wittlin beschreibt, so könnte man sein Buch resümieren, die Kindheit des europäischen Menschen im Jahrhundert der Technologen und den Anfang seiner Jugend. Kindheit und Jugend waren behelligt, gefährdet, in Frage gestellt von den eifernden Träumen einer alternden Generation ohne Güte und voller Wirrnis, von Anfang an verletzt durch Lügen und beschädigt durch einen frivolen Geist, der Krieg und Zerstörung als Zukunft ausgab.

Daß Joseph Wittlin, obwohl sein Buch in dreizehn Sprachen erschien, nicht weit bekannt wurde, hat er der Zeit zuzuschreiben. Er ist Emigrant. ›Das Salz der Erde‹ erschien 1935 in Polen und 1937 auf deutsch bei Allert de Lange in Amsterdam, in diesem den deutschen Emigranten so hilfreichen Verlag. Joseph Roth schrieb ein Vorwort. Thomas Mann rühmte in einem Brief die amerikanische Übersetzung, Gabriel Marcel die französische. Es half nicht viel. Der Krieg brach aus.

Joseph Wittlin wurde am 17. August 1896 in Dmytrów geboren, in einem ostgalizischen Ort an der Grenze der ehemaligen österreichisch-ungarischen Monarchie mit Rußland. Er besuchte das Klassische Gymnasium in Lwów (Lemberg), studierte Philosophie und moderne Philologie an den Universitäten von Wien und Lwów. Von 1916 bis 1918 diente er in der österreichisch-ungarischen Armee. Zwischen 1919 und 1922 war er Gymnasiallehrer, danach zwei Jahre lang Dramaturg am Stadttheater in Lwów, wo er eine Hochschule für die dramaturgischen Künste gründete. Er schrieb Theater- und Filmkritiken, wurde freier Schriftsteller und emigrierte 1941 in die Vereinigten Staaten. Er lebte in New York und starb dort am 29.2.1976. In Polen wurde er vor allem bekannt mit seiner Übersetzung des Odyssee in Hexameterm, die als meisterhaft bezeichnet wird und für die er den Preis des Polnischen Pen-Club (1935) bekam. 1920 hatte er Gedichte in dem Band ›Hymnen‹ gesammelt, dessen dritte Auflage 1929 herauskam. Danach publizierte er Essays und Reiseskizzen. Und immer wieder übersetzte er: aus dem Deutschen Gedichte von Dehmel und Rilke, Romane von Hesse, Dauthendey und Joseph Roth, aus dem Englischen und Amerikanischen Gedichte von Wilfried Owen, W. H. Auden, William Carlos Williams, E. E. Cummings und anderen, aus dem Italienischen Gedichte von Umberto Saba, Salvatore Quasimodo und Alfonso Gatto.

1935 endlich erschien ›Das Salz der Erde‹, das bis zum Kriegsausbruch in Polen drei weitere Auflagen erlebte; die fünfte polnische Auflage wurde 1955 in New York veröffentlicht. 1943 wurde die amerikanische Übersetzung von der American Academy of Arts and Letters mit einem Preis ausgezeichnet. 1947 schrieb Wittlin seine Jugenderinnerungen unter dem Titel ›Mein Lwów‹, und 1963 gab er seine essayistische Prosa aus 40 Jahren heraus: ›Orpheus in der Hölle des XX. Jahrhunderts‹.

P. H.

EXIL

Literarische und politische Texte aus dem deutschen Exil 1933–1945

Herausgegeben von Ernst Loewy
unter Mitarbeit von Brigitte Grimm,
Helga Nagel und Felix Schneider

Diese Dokumentation über das literarische Exil während der NS-Zeit bringt insgesamt 230 ungekürzte Texte (vom Gedicht zum Romankapitel, von der politischen Rede zum Offenen Brief) von hundert verschiedenen Autoren – von prominenten wie fast vergessenen, auf die sie vor allem aufmerksam machen möchte.

Band 1
Mit dem Gesicht nach Deutschland
Fischer Taschenbuch Band 6481

Band 2
Erbärmlichkeit und Größe
Fischer Taschenbuch Band 6482

Band 3
Perspektiven
Fischer Taschenbuch Band 6483

Fischer Taschenbuch Verlag

fi 57/1